殷国明文集 ⑩

空间的拓展
从比较文学到跨文化研究

殷国明———

著

九州出版社
JIUZHOUPRESS

图书在版编目（CIP）数据

空间的拓展：从比较文学到跨文化研究／殷国明著
. --北京：九州出版社，2022.11
ISBN 978－7－5225－1544－1

Ⅰ.①空… Ⅱ.①殷… Ⅲ.①比较文学—研究 Ⅳ.
①I0-03

中国版本图书馆 CIP 数据核字（2022）第 227112 号

空间的拓展：从比较文学到跨文化研究

作　　者　殷国明　著
责任编辑　王　佶
出版发行　九州出版社
地　　址　北京市西城区阜外大街甲 35 号（100037）
发行电话　（010）68992190/3/5/6
网　　址　www.jiuzhoupress.com
印　　刷　唐山才智印刷有限公司
开　　本　710 毫米×1000 毫米　16 开
印　　张　25.5
字　　数　366 千字
版　　次　2023 年 8 月第 1 版
印　　次　2023 年 8 月第 1 次印刷
书　　号　ISBN 978－7－5225－1544－1
定　　价　145.00 元

目 录
CONTENTS

第二辑　穿越时空：打开新的思维空间

第三辑　跨文化：建立一种博大的文学情怀

第一辑
从比较文学出发

不同的地平线上

——梅里美和沈从文小说创作比较

比较文学的方法为我们搭起了一座研究文学的桥梁，使我们能够通过这座桥梁把不同地区、不同时代彼此分离的文学现象联系起来，在世界文学的整体结构里进行分析考察，因而能进一步了解各种文学之间历史的、美学的共同性和特殊性，使它们走向世界，成为各放异彩的世界共同的精神财产。

但是，我们把19世纪的法国作家梅里美和20世纪的中国作家沈从文的小说进行比较研究，并不是出于这种目的，而是出于艺术本能的感受。因为在读这两个不同作家作品的时候，常常会感到一种类似启发性的东西，引起由此及彼的联想，而且隐隐约约地在黑白相间的图画中感到一种内在的相似性。这一瞬间的感受使这两个作家在我们的意识中并列在一起了，同时引起我们比较他们小说创作的极大兴趣。大胆的英国批评家E. M. 佛斯特在《小说面面观》中曾把不同时代、国家的作家召集到同一个圆桌旁加以考察，我们缺乏这种勇气，但我们却可以站在一个基点上来观察在不同的地平线上升起的文学星座。

从时间和空间的角度来看，把沈从文和梅里美并列在一起是困难的。梅里美（1803—1870）出生于巴黎的一个典型的资产阶级知识分子家庭，其父母都擅长绘画，热爱艺术，使他从小受到欧洲文化的熏陶。他1812年进中学，1819年进入巴黎大学学习法律，他广泛学习和钻研各种语言和各国古典哲学、文学、历史，成了一个学识渊博的学者。他虽然经历了拿破仑的倒台和波旁王朝的复辟，却丝毫没有影响他的前程。大学毕业后，他到商业部任职，1830年他晋升为历史文物总督察官，1853年被拿破仑三世任命为上议院议员，从此过着悠闲的日子。他文学作品并不多，开始写一些内容轻松的作品，如《克拉拉·加楚尔戏剧集》（1825）、抒情民谣集《独弦琴》。1828年出版《雅克团》，次年写了历史小说《查理九世时代的轶事》。而他小说的精华是中篇《高龙巴》（1840）、《嘉尔曼》（1845），以及一些为数不多的短篇小说。

　　而沈从文的生活经历远没有梅里美那么幸运。他是一个军人的后裔，除了能够在私塾教育中掌握语言的符号外，家庭难以给他创造更多成为一个艺术家的条件，他最初的文学教育是从在铁匠炉旁看打铁，或者各处去嗅闻死蛇、腐草的气味中得到的。[①] 他十五岁就投入军队，离开家庭到处奔波。当他二十岁到达北京的时候，他对自己的未来很迷茫。他的小说创作在很大程度上是一种求生的手段。求生使他成为一个职业的多产作家，除了《边城》《石子船》《旧梦》《长河》等中篇小说外，他还有大量的短篇小说。

　　尽管如此，这种时间和空间的距离并没有阻止他们在对待现实的问题上采取相似的态度，并把这种态度转移到他们的美学追求中去。资本主义的物质文明在给人生带来一阵虚幻福音后的灾难，同样激发了他们的人道主义精神。作为小说家，他们几乎同样厌恶资产阶级虚伪的人生，喜欢未开化的下层人们中的真诚和热情，并在下层人们身上展示出朴实而带野性的美和力的运动。

　　从现代文明的面纱下揭露出人生的悲剧，在荒山僻地的人类生活中索求人性的复归，《塔芒戈》是梅里美小说中最明显的例子。在作品中，资

---

① 　沈从文：《从文自传》，人民文学出版社，1981年，第16页。

本主义给人类带来的不过是更新式的贩奴船和镣铐。贩奴船"希望号"是新式的，而人却回到了原始人都无法忍受的生活中，他们失去了自由，连最低级的原始舞蹈也是戴着镣铐被迫进行的。文明和野蛮的人生在这里形成了强烈的对比，同时在资本主义掠夺和剥削的社会基础上达到令人心惊的统一。梅里美从人道主义出发，在资本主义上升发展的过程中，深刻感受到了这种历史的悲剧感。

对梅里美来说，历史发展的节奏是激烈的。在他身上结合着两个时代，即封建阶级垂死挣扎和资产阶级朝气蓬勃走向胜利的时代，同时也是资产阶级愈来愈显示出软弱和反动的时代，马克思曾指出当时的法国，"尤其是在资产阶级社会的上层……投机得来的财富自然要寻求满足，于是享乐变成放荡，金钱、污秽和鲜血就汇为一流了"。① 资产阶级继而成为历史发展的敌人。作为一次历史的进步，资本主义并没有消灭私有制，所以从它一产生，就带着一种遗传的社会弊病的基因。梅里美虽然没有看到1871年巴黎公社的革命风暴，却能够感觉到随着资本主义发展，在人生中聚集的越来越浓的乌云。在他早期的作品中，如《雅克团》《查理九世时代的轶事》，他表现了封建社会中的残酷和丑恶，而在以后的作品中，就愈来愈强烈地表现出对资本主义骄奢淫逸生活的厌恶。

正是在这个历史的分野上，沈从文对社会产生了相同的悲剧感。虽然中国资本主义的发展同法国有着完全不同的内容，但中国人民为此付出的痛苦代价是更加深重的。1927年是中国资产阶级得势的时代，中国人民生活的悲剧也达到了高潮。在《长河》中，沈从文描写了中国资产阶级文明的来临给中国农民带来的普遍的恐惧感。这种恐惧感是具有深刻的历史渊源的。从鸦片战争开始，资本主义的文明就是通过帝国主义炮舰进来的，伴随着的是掠夺、侵略和残杀，中国人就此饱受其害。国民党政府提出的一次次文明运动，给农村带来的是一次次灾难。所以，老水手再也不相信政治大员下来考察就是带走几只肥鸡回去研究研究的"科学文明"了，对

---

① 马克思：《1848年至1850年的法兰西阶级斗争》，《马克思恩格斯选集》（第1卷），人民出版社，1995年，第379—380页。

"新生活运动"不能不产生本能的反感。在《七个野人与最后一个迎春节》中，沈从文对现代文明给人们带来的危害表示了极大的义愤，把野人的山洞生活和现代生活的丑恶进行对比，揭露畸形社会现实的罪恶。在作者的笔下，现代文明带来的不过是说谎骗人的绅士、靠狡诈杀人的候补伟人、人口买卖行市和大规模官立鸦片烟馆。在这种情况下，七个猎人更加向往近似于原始人类的山洞生活了。

对于资本主义社会人的悲剧，无论是梅里美还是沈从文，都没有深刻认识到悲剧最终产生的根源。他们不可能设想在更高阶段的文明中看资本主义文明的局限性，所以只能把古老的未被开化的人生作为参照物，为人类在资本主义社会中失去的东西而感到惋惜。因此，他们对资本主义现代社会中的虚伪、凶残、空虚有很深的洞察力，这在他们描写一些爱情婚姻生活的小说中表现得很明显。《双重误会》是梅里美描写上层社会一个贵妇人爱情悲剧的小说。在作品中，悲剧是在温情脉脉的气氛中产生的，朱莉和夏韦尔欣的婚后生活虽然彼此毫无感情，但仍然维持着夫妻生活的体面。而悲剧的直接制造者达尔西却是个虚情假意、逢场作戏的人，他勾引朱莉重念旧情，完全是从戏弄的态度出发的，毫无真实的感情。所以，事过以后，达尔西扬长而去，而朱莉却禁不住这感情上的摧残，含恨而死。在《炼狱里的灵魂》《阿尔赛娜·吉约》《嘉尔曼》等作品中，梅里美对资本主义社会塑造的自私残酷的人心进行了揭露和抗议。

如果把沈从文的作品分成两部分，即描写湘西农村场景和描写城市生活场景的，那么后者基本上表现了作者憎恨厌恶的感情。尤其在他描写爱情生活的小说中，充满了对虚伪造作感情的嬉笑怒骂。在《某夫妇》中，颇有绅士风度的丈夫为了获得金钱，教唆妻子去引诱男子。在《或人的家庭》中，爱情就是要求女人"头发向后梳，新式样，穿花绸衣服"。在沈从文的笔下，城市中人追求爱情不仅显得虚伪，而且是愚蠢胆怯的，只是无聊生活中的无聊把戏而已。在这些作品中，沈从文要告诉人们的是，所谓现代文明给人们带来的不过是几件时髦的生活装饰品，而人与人之间真诚的感情却日趋泯灭。

于是，沈从文在《媚金，豹子与那羊》中抱怨在现代社会中真正的爱情没有了，一切被金钱所代替了。他娓娓动听地讲述一个古代的爱情传说，醉心于古俗民风中纯洁无瑕的爱情。《月下小景》《龙朱》《神巫之爱》等作品都是类似的主题。

其实，任何一个作家在和现实对抗的时候，都得寻找一个理想的支撑点，假如这个理想的支撑点在现实中找不到，就到往昔去寻找，在实际中没有，就到幻想中去寻求或者向上帝求救。沈从文却是在没有被现代生活所玷污的人的心灵中找到了它。他有些作品中的神奇色彩、田园风光，只是寄寓在这种心灵的"小庙"，在当时的现实生活中，沈从文也许再无法看到更好的人性的避难地了。《边城》就是他所建造的这样一座小庙，其中信奉着的是健康优美的人生形式，老水手的善良和无私，翠翠的天真纯朴，在大自然的怀抱里自由地表露出来，他们脱去了资产阶级文明的锁链，反而获得了更加合乎人性的发展。而他们美好的品质更是城市中思慕资产阶级生活方式的人所不逮的。《三三》《萧萧》《雨后》等作品都表现了作者对自然风光下的人生流连忘返的感情，在这样的境界中，我们能够感到人生自然和谐的情趣。这样的人生，只有我们对比地看城市资产阶级绅士太太们的另一番生活情境，才能理解其中蕴藏的隽永的韵味。

梅里美也在寻求这种理想的支撑点。随着在他眼前资本主义社会理想的黯然失色，这种支撑点也开始向远处转移，我们首先在科西嘉岛的丛林中看到了这一点。《马铁奥·法尔哥尼》中的主人公是一个与巴黎社会格格不入的人，他有自己生活的准则和信念。虽然被政府警察追捕的强盗齐亚尼托上星期还偷了他们家一只羊，但是他不能容忍自己的儿子在一块挂表的引诱下，就背信弃义出卖了强盗。尽管马铁奥·法尔哥尼只有福尔图纳托一个儿子，还是毫不犹豫地杀死了他。在他的生活中，不能容忍半点虚伪和不义。这种真诚可信的人生在当时人欲横流的社会中是难能可贵的。《嘉尔曼》中的嘉尔曼也同样如此，她追求自由的生活，不自由宁愿死，宁愿真诚地死，也不愿虚伪地生。这篇小说表现出一种光明磊落的人生态度。

　　在《生命的赌博》中，梅里美让真诚和虚伪进行了尖锐的斗争，真诚最后用死亡换取了胜利。在作品中，罗热在赌博中作弊，忍受不了内疚的心情，甘愿战死，是令人震惊的。同时嘉贝莉的品质更有锋芒，她是一个歌妓，但当一个商人依仗金钱来想全部占有她时，她赏了商人一记耳光。而爱她的罗热第一次给她献花，花束中包了几十个金币，她立即感到了极大的侮辱，当即掷到罗热的脸上，给他来了个"满脸花"。她能容忍公开的强暴，而反感虚假的温情，她对罗热说，我宁愿你杀十个人，不愿你一次赌博作弊。梅里美在嘉贝莉身上表现出对真诚的人生的赞美和向往，使作品显现出一种理想的光泽。

　　不难看出，这种理想的支撑点，对于沈从文和梅里美来说，都显示出和现实一定的距离。这表现了他们远离社会潮流的共同倾向，他们善良的愿望缺乏一定的现实基础。沈从文对于当时中国共产党领导下的人民斗争缺乏了解，梅里美对资本主义悲剧的社会历史根源缺乏研究，这就导致了他们不可能在今天和明天找到理想的支撑点，只能在过去的精神王国内徘徊。这种情景决定了他们的创作中有许多相似的"对称性"，体现了他们相似的艺术兴趣。

　　当然，我们在比较研究中提出"对称性"这个概念并不是很精确的，严格地说，想在文学中找出精确的"对称性"是徒劳无益的。但是，借助这个概念，我们能加强视力，较清楚地看到不同作家之间的相同性。

　　也许是偶然的巧合，沈从文和梅里美都对民歌民俗有很大的兴趣，对民歌清新自然的格调由衷地爱好。梅里美广泛收集研究过民歌，并用民歌体写了一些诗。由于他对民歌艺术风格心领神会，以至于他创作的民歌达到别人认不出是出自文人手笔的程度。普希金曾对他的《独弦琴》大加赞赏，并把一部分民歌翻译成俄文，歌德也曾撰文推荐过他写的民歌，这足以证明他对民歌研究的熟悉程度。沈从文对传统的民间艺术有浓郁的兴趣，且特别喜爱湘西少数民族的情歌，他的一些小说中就采用了民歌对唱的形式，他的散文一部分则完全可以当作学习湘西民风、民间艺术的参考资料来读。对民间艺术，特别对民歌的爱好对沈从文和梅里美写作风格有很大的影响。

艺术风格的形成往往是一个比较复杂的问题，单从形式方面来讲很难把它从艺术面貌的总体中分解出来。应该说，一个作家的艺术特色是他将认识生活和表现生活的各种因素综合作用的结果。艺术形式具有一定的独立性，但不可能是一种同作家思想感情分离的超然度外的东西。如果我们从这种思想与艺术的整体观念出发，文学中个别因素的"对称性"的存在就不可能是独立的现象，而是牵动整体或者其他因素相对称的已知条件，所以，我们虽然不能像几何中已知两个三角形的两个角相等，就推测出这两个三角形相似，但这足以引起我们把其他文学因素进行比较的兴趣。

沈从文和梅里美都不喜欢浮夸、雕琢的文风，虽然后者也曾受到欧洲浪漫主义文学的影响。他们的小说追求新奇的故事和情节，但从不喜欢大惊小怪，而常常以平淡的笔调来写下惊心动魄的场面。马铁奥·法尔哥尼亲手杀死自己心爱的儿子，作者连多一声"啊"字都没写。马铁奥这样回答惊吓而奔跑过来的妻子："他是祈祷以后才死的。"在沈从文的笔下也很难看到感情的大波大澜，在《早上——一堆土一个兵》中，激战中学生兵被打死，老同志只说了句"我们的祖宗并不丢丑"。在《知识》中，儿子被蛇咬死，父亲却依然在田里锄草，没有一点悲伤的流露。沈从文忌讳直接表露感情，他常常把悲伤深重的感情表现在故事情节的自然发展中。在创作中，这种平淡的笔调似乎是见怪不怪，却达到了加强生活真实感的效果。

如果在法国 19 世纪文学中选择一位最细致的作家，梅里美是当之无愧的，这是他能以不多的文学创作跻身于艺术大家行列的重要条件。他追求艺术的精致，在人物描写上注重细节的完美和真实，他从不放过故事情节发展中最关键时刻的精雕细刻，深刻地挖掘令人怵目惊心的生活真实。《嘉尔曼》中嘉尔曼面对死亡的态度，《炼狱里的灵魂》中唐璜冒充唐加西亚和唐娜福丝塔的幽会，梅里美都细致地描写下来，使人物在行动中自觉地表现出自己的灵魂。这方面沈从文的作品并不能和梅里美相媲美，特别在小说结构方面，他很多作品由于缺乏精雕细刻而显得松散，但沈从文在描写人物内在感情方面却有自己的精细之处，他能够捕捉人物内心中潜在的、瞬间即逝的、飘忽的情绪，并把它们表现出来。例如在《边城》中，他对翠翠在几年之中几度中秋佳节的种种心理，描写得真是惟妙惟肖。正由于如此，沈从文很多小说尽管描写的是微不足道的生活小事，却很耐人寻味。

如果我们依据沈从文和梅里美的小说，在不同的空间描摹两幅对称性的图形的话，似乎已经可以初步粗线条地看到它们的轮廓了。但是我们毕竟不能忘记，我们并不是站在北京和巴黎来看同一个月亮，而是站在一个地点看不同地平线上升起的文学星座。它们占据着不同的时间和空间，映照着不同的山光水色。

对梅里美来说，富裕的家庭出身使他能获得良好的教育，却使他平淡化远离下层劳动人民的生活。他能看到山地海岛下层人民生活真诚纯朴的内容，看到在远离巴黎上流社会的野人村姑的热情和勇敢，却不能理解他们在现实生活中迫不得已的痛苦。在他的笔下，嘉尔曼从事欺骗偷盗，追求绝对自由，是由她天性所造成的。她从事的一切都是自觉自愿的。他用欣赏的态度展示出嘉尔曼野性生活的魅力，并不能意识到这种生活同样泡浸着痛苦，是社会迫使她接受了已经习以为常的生活方式。梅里美在创作中追求鲜明新奇的故事情节，有些是为了满足在豪华的上层社会中厌倦了的好奇心。而沈从文却大为不同，他接触过广大的人生，下层劳动人民的辛酸在他心中播下了种子，在他赞美下层人民心灵美好的品质时，始终没有忘却他们实际生活的悲剧，在他的作品中，常常笼罩着一种悲哀的气氛，浸透着他对下层人民的深切同情。

因此，当梅里美向人们奉献出一朵朵"恶之花"的时候，沈从文却精心培育着一株株"善之花"，这我们只要比较一下《高龙巴》和《边城》就足够了。在抗拒资本主义恶势力的时候，高龙巴也全然用一种恶的方式进行报复，显示她的坚强有力。所以，在她身上的一切特点，包括野性的残暴，都由于出自抗恶斗争而闪闪发光。而《边城》中的翠翠全然相反，她天真美丽，有颗善良优美的心灵，在朴实无华的生活中，保持着对生活纯洁无瑕的爱和真诚的态度。作者在这种人生中寄托自己对生活的爱和理想。假定高龙巴的性格是梅里美所能欣赏、喜欢但却不敢苟同的，那翠翠优美的人品却是沈从文衷心热爱和向往的。梅里美仅仅是厌倦了上流社会兔子的怯弱，而在嘉斯科半岛上找到了狮子的勇猛，这种勇猛随着资产阶级在法国站稳脚跟而趋江河日下，一去而不复返。而沈从文是在纯朴的人性中，看到了改造社会的未被开发的精神财富。下层人民中蕴藏的热情和力量是他们所信赖的实现理想的物质基础，他在《虎雏》中曾试图利用这种热情和力量来为社会造福。

时代的急迫感，即使对沈从文这样的作家来说也表现得很明显，这不仅仅是由于沈从文比梅里美晚生一个世纪，而且更取决于中国社会近代一百年来的发展，同时在跨越着两个时代——封建主义时代和资本主义时代。在法国，从封建主义的灭亡到资本主义逐渐露出不可救药的弊病，有一个比较明显的演进过程。

对梅里美来说，他是既尝到了资本主义胜利的甜果，而后又感到了它的苦味。而沈从文从未尝到资本主义发展的一点甜味，他承受着两个黑暗时代的压力，咀嚼着两个时代的苦果。沈从文在作品中表现出对封建社会和资本主义社会的抗拒，而自己并没有在现实与理想的关系中找到必要的环节。所以，在沈从文的作品中仍然具有梅里美作品中所缺乏的探索精神。国家和民族生存的危机感时刻迫使着沈从文去关心现实的命运。这表现在他赞美笔下人物的品质，同时同情他们，为他们的悲剧命运感到愤愤不平，希望能够改变这种人生。假如说梅里美描写强悍的性格和不平凡的事件，不可避免地透露着浪漫主义色彩，那么沈从文的描写却带着淡淡的伤感的色彩。

由此可见，我们尽管在沈从文和梅里美的小说里能够看到一些"对称性"，但是地平线并没有消失，差别是仍然存在的。他们的作品之所以为人们所喜爱，首先在于他们内心所具有的对人生善良的愿望，因而能够感受到在历史发展中人生的痛苦，向往更合乎人性发展的人类生活，尽管他们并没有真正看到这种生活的远景，但这种善良的人生愿望和人道主义精神沟通了不同地域、时代的人类感情。这种感情是同历史发展的一般过程相和谐的。沈从文和梅里美用自己独特的艺术风格表现了这种感情，丰富了世界文学宝库，是值得我们认真学习和借鉴的。

（原载《新疆大学学报（哲学人文社会科学版）》1985 年第 3 期）

情致：穿越在双重文化氛围中

——陈若曦小说创作二面观

文学是人类文化创造中的一种结晶。

我以为，从古至今，各种不同文化之间的相互碰撞、交流和融合，是推动文学自我丰富发展最深刻的原因之一，而这个原因曾经被过去很多文学史家所忽略了。在文学发展中，一种卓越的文学创作，不仅包含着先前所积累的文化成果，而且或多或少地添加着一些新的因素。而这种新的因素总是和艺术家在文化横向联系中的感受、体验、学习和反思连在一起。

现代艺术的发展更充分地证实了这个事实，伟大的文学家总是汲取着多种文化的营养，巍峨的文学丰碑是建立在多种文化交融基础之上的。

面对陈若曦的小说作品，也许，从这里出发，我们能够获得一种新的感受和新的理解。

一、艺术触角：构建在二重文化背景下

如果说每一种文化都具有自己独特的色彩，那么，一种文化在与其他文化对比中必定更能显出自己的特色。对一个作家来说，真实感受和体验

不同的文化，会在不知不觉之间构建一种新的触角。

陈若曦就是这样。她的履历并不复杂，生于台湾，在台湾大学外文系毕业，然后去美国留学，1966年回到大陆工作，1973年离开中国去加拿大居住至今。然而，作为一种文化体验的心灵生活，这段经历无疑是极其丰富的，她在穿越东西方不同的文化氛围中，不断地突围，也在不断寻求和积累，面对空阔和多样的世界与人类生活，发出自己独特和真实的声音。

我相信，这种心灵的历程远在陈若曦未离开台湾就开始了。因为在她思想和文学成长的初期，就陷身于中西方两种文化在台湾这块土地上不断冲突、交融的氛围之中。中国传统文化在西方文化的冲击下，日益受到严重的挑战，人心在多种文化碰撞中所产生的紊乱和迷惑朦胧的向往，也深深地在陈若曦小说中留下了痕迹。她早期写的《钦之舅舅》就表明了一种迷蒙的向往和想象力，仿佛是一种传统少女的纯情和西方文学中浪漫情景的奇妙结合。钦之舅舅的拜月和祈祷是一种无法理喻的语言，构筑着一种真实的期待，等候着彼岸世界的应答。这里可以理解为作家一种情绪的寄托，同时也能感觉到一种潜在理性的冲突。对此作者在作品中做了这样的描述："我的脑子昏沉沉的堆满了问号。以前我读过莫里哀的爱娜，那里面有一群拜月的女人，我当时只觉得是作家笔底下虚构的事物，然而现在我不正亲眼目睹了相似的事吗？我的下意识告诉我，这是不可能的。可是我的潜意识响亮地反驳着：这是事实。"

当然，这个神秘的故事完全是由作者虚构的，但是，以西方文学中所描写的情景进行虚构这个事实本身，说明了陈若曦有意识或无意识地运用着另外一种生活观点来设想生活。西方文化中一些思想意识已悄悄进入陈若曦的心灵世界，尽管当时还是非常表面的，使她能够对生活产生一种新的感受和理解，加强了作者对生活中各种冲突的感应能力。《收魂》是陈若曦早期作品中现实性较强的作品。作品描述了一个家庭为生病的儿子求巫问神的故事，情节并不复杂，但是引起我最大兴趣的是作品为我们提供了一个各种文化因素相互作用的奇特空间。而作品中的女儿——一个女大学生，因一种特殊文化因素的介入，使这场家庭悲剧产生的内在冲突更为表面、明朗化了。穿着笔挺西装裤的道士在弄鬼装神，而挂着"仁心诊所"牌子行医的父亲却沉醉于迷信之中，最终在迷信活动中得了定心丸。对道士和医生来说，这是一种奇妙的结合，而对一个大学生来说，又构成了一种奇妙的冲突。而这一切都溶解在人物的心理情绪之中。在这里，毫无疑问显示了作者对生活细致的识别能力。在现代意识与传统生活的交叉之中，开始萌生出陈若曦感受和表现生活的个人情致。当她对西方文化感受和理解愈深、愈多，她就愈是不自觉地把西方现代文化生活作为自己认识自己民族和国家人情世态的参照物，对比之下，艺术感应的触角就愈尖锐，捕捉生活的能力就愈强。

台大毕业后，陈若曦去了美国，后又回到中国，后来写出了《尹县长》等一批反映"文革"时期生活的小说，更显著地表现了这种感应与捕捉的优势。这一方面固然是由于美国与中国的生活从内容到形式上构成巨大的反差，使生活特征更为突出，而更重要的一方面则在于作者亲身经历了多种文化生活，视野更为开阔，眼光更为敏锐了。所谓开阔，我所指的是她能够以整个人类进步和现代文明进程为台基来观察生活；所谓敏锐，是指她能够更明显地感觉到在那个时代，有一种本末倒置的从内容到形式的矛盾。从《尹县长》等六篇小说里我们就可以感觉到，对陈若曦来说，生活中发生的一切事实都在拨动着她的神经，挑动着她的冲动，激起她的忧愁、悲哀、激动和思考，她的小说就好像在如实地搬来一个生活横断面。而这些事实，也许，对长期生活在这种封闭的生活环境中的人来说，早已是熟视无睹和司空见惯的。

因此，在陈若曦的小说中，往往一些日常的、表面的生活小事，就能勾起一种感觉，甚至激起作者感情的波涛。《晶晶的生日》中千篇一律的连环画，《值夜》中有迫人就范之嫌的高音喇叭，《查户口》中讨论捉奸的居委会，《任秀兰》中令人印象犹深的批判会，等等，都深深触动着作者的心灵。确实，在"文革"十年中的生活，很多当时人们习以为常，而陈若曦在某种意义上却属于一个"外来人"，她所感到不可思议、不知所措的事实在是太多太多。于是，在她的小说中，我们仿佛感觉到她和生活发生着一个接着一个的冲撞，不断地冲撞，有时，她刚刚结束一个冲撞，还未弄清楚这种冲撞来自何方，新的冲撞就已经劈头盖脸而来。事实本身在建筑小说，思索和分析往往成为多余。也许这些事实对作者就已经足够了，它们所引申出的社会问题正是我们经过"文革"后，所意识到或者正在意识到的问题，因为作者敏锐的识别能力能够远远地从个别事物范畴中跳开，而直接涉及一系列当时被视为"禁区"的思想领域。而这些"禁区"，对陈若曦来说，显然不是一种抽象的推论或设想，而是代表着一种独特的文化素质，成为她感受和理解生活灵魂的一部分。于是洗碗机与"抢"自来水的慌乱，高速公路与泥泞公路，同样两幅色彩鲜明的画，一直会晃动在她的眼前。

于是，陈若曦这部分小说真实性、可感性的优点是那么明显地呈现在人们面前。她小说所描写的内容，不是幻化的抽象，而是一个一个具体的事实。衣食住行，这些最平凡的日常生活现象，构成了作家思想和感情停留的场所。夏志清先生在评论陈若曦小说时注意到作者对"吃"这一日常生活事实的特殊敏感性。陈若曦不止一次地在小说中写了"吃"的艰难，而每一次"吃"的事实之中，都夹杂着对另一种生活的回味和反思，一种潜在的不同的情景活动出现在作品的背后。而这种"吃"的事实，又牵连着人生一系列事实的出现，例如在《耿尔在北京》之中的吃涮羊肉引申出对外宾华侨的特别礼遇；《大青鱼》中买鱼的风波和接待外宾的弄虚作假；《女友艾芬》中喝酒和走后门买价廉物美的二锅头；等等。其实，岂止是在吃的方面，这种敏感性表现在生活的一切方面，如旅行住店，上街买菜，幼儿谈话，读书看报，洗衣晒衣，都留下了陈若曦不安、不适、惊讶、困惑的面孔。虽然我并不了解作者在国内七年生活是如何度过的，但是从她的小说中能够感觉到她生活得多么紧张和忙乱，但这种紧张和忙乱多半是纠缠在一些日常生活之中，她几乎每时每刻都在接受着大量的她不能完全接受和理解的事实，并伴随着自己无法平伏的感情活动。作者的长篇小说《归》就描述了这一艰难的生活与心灵历程。作品中的主人公辛梅生活在一种身心分离的苦楚之中，她所接触的真实生活使她难以理解，每时每刻都在摧毁着她的想象和向往，熟悉的生活中埋藏着陌生和异己的内容，有时是她的理智所无法穿越的。因此，经常有这种情况，"她躺在床上辗转反侧，脑海里思潮起伏，怎么也睡不着"。虽然她是抱着报效祖国的决心回来的，但是回来使她感到最迷茫的是，什么才是报效祖国的有效途径呢？辛梅从武汉一路思考到南京，也没寻到答案。这个答案对辛梅来说，在西方社会她已做出了，并用自己果决的行为解决了它，但是真正来到了中国社会，这个答案却失效了，起码可以说仅仅是完成了一半，甚至是并不重要的一半，完整的答案也许只有在中国社会中才能找到。这时，曾在西方向东方翘首而望的主人公，又从东方向西方投去了自己眼光。这同样是一种探寻的眼光。

二、理解与爱心：隐藏在表面冲突之下

显然，在自己的生活和小说创作中，陈若曦都曾经苦苦追寻过这个完整的答案。而且，由于她文化素质和人生经历的关系，她不会满足于肤浅的答案。否则，她敏锐的艺术触角不会让她心安理得。

然而，这种敏锐的触角造成了陈若曦一些小说的优点，同时在某种条件下也造成了它的弱点。在《尹县长》《归》等一批反映国内"文革"生活的小说中，我们也许会产生这种感觉，陈若曦仿佛那么轻易地被扑面而来的生活事实所征服了，她仿佛毫无休止地被纠缠在一个又一个表面的生活现象之中，她没有办法沉思默想，她的热情就在这些生活的表层事实之上不断地燃烧着。我认为，在历史发展中，一个艺术家能够以自己的作品揭露和表现现实生活的不合理和阴暗事实，固然是可贵的，但是更可贵的，也更艰难的是揭示这种不合理的存在何以能够以一种合理的形式存在。作为一个艺术家，前者有可能在表现生活表层结构的事实中做到，但要完成后者，就必须劈开生活表面结构，在生活的深层结构——这里主要指的是由长久的历史文化所构造的心灵结构——中完成。正是在这里，艺

术家能够揭示出一般政治家和历史学家所不能揭示的生活秘密。托尔斯泰就是这样，在《战争与和平》之中，拿破仑在莫斯科失败的原因，通过巨幅的历史生活场景和人心的洞察展现在人的面前。实际上，当艺术家对一种不合理生活揭露得愈充分，就愈需要一种历史文化的支撑，心灵也就最容易受到来自历史的责难。

陈若曦同样面临着这样历史的责难，当她把自己作品中的人物推上悲剧的峭崖时，她必须证明这并非出于自己的意志。他们虽然不情愿，却也是自己走到了这里。然而，也许作者由于和自己笔下人物有一种亲缘的感情联系，而不忍心去追究他们的心灵历史；也许由于作者过多的爱在无形中袒护着自己的民族同胞和传统文化，她往往在生活事实的边缘上停住了，很少和历史的心灵进行长久的谈话。这里，我又想起了《收魂》，一个还带稚气的女大学生眼看着当医生的父亲把装鬼弄神的道士请到了自己家里，她只是恨这个道士是多么愚妄、无知和虚伪夸张，而对自己父亲的愚蠢举动，惊异、失望过后，却这样给他辩解："人是要依附环境，适应现实的，这也是爸爸的哲学之一，何况处在极端不幸中呢？"这也许是一个偶然的比附，而十几年后陈若曦又似这位女大学生一样对待自己笔下受到磨难的骨肉同胞，用另外一种对于"道士"的恨，来解脱中国人民肩负的几千年传统的重负。

《地道》记述了在大做好人好事的运动中，六十四岁的"样板老人"洪师傅在挖地道过程中，结识了和丈夫离异的李妹，并且开始彼此相爱。这不仅在他这个"红色家庭"里闹起了风波，而且引起了周围很多非议，使这位老人感到一种重重的压迫。为了获得一阵短暂幽会的快乐，有一次洪师傅和李妹手挽手走进了幽深的地道。小说对洪师傅和李妹之间感情交往写得楚楚动人，尤其是小说结尾落笔轻微却叩人心灵，言尽意不尽。显然，这篇小说所揭示的问题，远远超出了那个时代，而造成洪师傅与李妹爱情悲剧的并不仅仅是当时挖地道的运动，或者是洪师傅的"红色家庭"，而是具有深刻的历史文化原因，它在人们心灵上留下了长长的阴影，这些阴影集到一块，又构成一张无处不在的网，罩住人感情的正常发展。然而在这些方面，陈若曦忽略了对整个社会心理的透视，把罪责简单地归结在社会一些表面结构的事物上。在《春迟》《十三号单元》《女友艾芬》等小说中，都可以看到这种美中不足。无疑，在这些小说中所表现的观念，都明显地具有西方文化的色调，同中国传统文化中一些观念产生了冲突。而在这种种冲突之下，隐藏着的是作者对自己民族生活的热爱和衷心期待。

自然，在艺术创作过程中，爱是浇铸伟大作品最重要的因素。然而，爱，有时会不会给创作带来一些过失呢？会的，因为创作不仅需要爱，还需要沉思，需要爱在沉思中和理性静静地融合。

这种爱不是凝固的，而是不断地流动着。一个艺术家当他对自己民族的历史文化感触愈深，体验愈深刻，这种爱就会变得更为深沉和内在。陈若曦的小说中就灌注着这种流动的爱，她在一些表面的生活冲突中，不断深化、内化着这种感情，并且在中国历史文化的沉淀中寻求着这种温馨的应答。《老人》是写一个老共产党员在"四五"运动前后所过的艰难岁月，作品在描写老人之妻与他共患难之中，写下了这样一段话："老太婆只好每天包个黑头巾，风里来雪里去地给他送饭，头垂得低低的，躲闪着人家的白眼，默默忍受着讥讽。多少恩爱夫妻在这种时候都被迫着彼此'划清界限'，而他们不过是出于生活方便而结合的夫妇，却能患难与共，这就使他在生平最黑暗、艰苦的日子里受到了启示和鼓舞。他参加'革命'几十年了，却是在那一时刻才体会到妇女的解放与传统道德并非对立，只有一味搞阶级斗争，才是婚姻和家庭的威胁。"

我并不想探究这段话在多大程度上代表了作者对文化的看法，以及这种看法的合理程度，我只想表达这样一种感觉，即陈若曦是在有意识地把人物的现实活动和历史文化传统结合起来进行考察，在这里她开始获得理解中国人民生活和心灵宽厚的基础。如果读了陈若曦《〈尹县长〉自序》中的一段话，会更加深我们这种印象，她写道："以前，我作为中国人好像是理所当然与生俱来，无所选择的。经过这几年，我才了解到中国人民原来是既悲且壮，可爱复可敬，哪怕是最平凡的一个人，本身也是数千年历史文化的结晶，自有尊严……"最深厚的爱，也许是一种理解，而不是判断谁是谁非。对陈若曦来说，理解，并不是一种默默的承诺，而注定要通过一番心灵的搏斗才能实现。因为她是一个真正的中国人，爱自己的国家和人民，同时她又是接受了美国文化和生活方式的中国人。她在家乡的时候，她做过"美国梦"，而在美国她做了"中国梦"。两种文化具有两种价值观念和两种行为方式，它们的弊害又往往和它们的优点一样明显，由此陈若曦获得了两种眼光、两个视点，给她提供了表现生活的宽广场景。然而，这两种眼光在相互交合的时候，往往也会显示巨大的差异甚至格格不入，使作家处于一种进退维谷的境地。在《老人》中我们已经微微感觉到了这种矛盾。在《尹县长》中，不可思议的不仅是尹飞龙无辜地被枪毙，同样不可思议的是尹飞龙质朴忠诚的另一面是愚忠，理解那个时代和理解尹飞龙这个人一样困难。同样，在《耿尔在北京》之中，爱情是那样复杂地和生活纠结在一起，使耿尔完全不能自己去把握它，也不能仅仅用自己的观念去理解它。于是，当小金，一个他知道仍然在深深爱着他的女人，为了不被下放而嫁给一个老干部时，他心里涌起的不是一种愤怒，而是怜爱之情。这里，我们也许能够从主人公情感的九曲回肠之中，进入一种新的境界。

三、宽容：穿越双重文化的间隔

这种境界是一种情感的宽容，两颗不同的心灵相互交通，在痛苦中默默地握手言和。耿尔似乎明白了，小金用对感情的"背叛"（嫁给他人）恰恰表达了对自己在那种条件下真实的感情（她说，"我出身不好，再等下去，也误了你"），从而超越了自己，达到了另一个感情平衡的彼岸。

显然，对陈若曦来说，完全达到这种境界同样意味着一次对自己的超越，她不能用单一的文化意识标准和价值标准来判断生活，来衡量自己笔下人物的思想感情。应该指出的是，文化本身也具有双重性格，对艺术家来说，对于多种文化的体验和理解无疑是一种艺术财富的积累，但是，不同的文化之间，由于种种差异的存在，同时也会构成一种心灵理解的间隔，使彼此不能轻易地进入对方的感情思想圈子，这常常是构成生活在不同文化空间的人不能自然地相互理解沟通的原因之一。一个艺术家，要充分利用这种文化的财富，同时又不受这种文化间隔的限制，就必须从一种单一的文化空间中突围出去，以一种博大的文学胸怀来观照人生。陈若曦的小说创作就是在这种不断突围中进步的，她不仅从传统文化氛围中突围出来，也不断突破西方文化意识氛围，在不同的文化空间中搭起一座心灵相通的桥梁。长篇小说《突围》就在这方面表现出了长足的进步，它所表现的不是笔调的成熟，而是情怀的成熟。《突围》这部作品描写了一个居美多年的华人教授颇带"三角"意味的爱情纠葛。这纠葛联结着不同的生活世界和历史文化，人物的心灵在矛盾与冲突之间，痛苦地辗转反侧，寻求自我解脱的出路。

《突围》的三个主要人物（翔之、美月和欣欣）相聚在美国，他们处于一个社会里，但各自却联系着不同的文化空间，都构成一个小小的独立世界。翔之是一个早年就离开内地、留居美国多年的华人教授，家乡的人情风物已经深深地埋在自己的意识中，而主动的个人追求已成为他性格中突出的因素。由于爱，他如痴如迷地追求过美月。而也许是意识深处一丝怀乡之情的牵引，他又对从家乡来到美国的欣欣产生了炽热的爱情。很难说这是否是一种少时情感的复制和回光返照，但他不顾一切地去追求它，以期冲出既成婚姻的枷锁。显然这本身大大伤害了美月。在翔之的实际生活中，美月实际上构成了不可缺少的一部分，在情感和义务上实际承担着这个家庭。美月从台湾来到美国，曾经有过使自己醉心的爱。为了把这种爱转移到翔之身上，她也付出极大的努力，换取的并不是同等的爱情。但她毕竟只是一个女人，第一次出走，使翔之尝到了一种"遭电闪或雷击的滋味"，也使她自己充分意识到了自我内心的矛盾，作品中写道："她发现自己缺乏独立生活的勇气，不是太爱翔之，就是太害怕自己；她虽然恨这个家，却没有离开它的准备。"其实，怯场懦弱的首先是翔之，他没有自信去承担离婚带来的后果。因此，他和美月都在制造着一个精神圈套，想圈住这个婚姻，也想圈住自己，抑制自己想"突围"的愿望。

在翔之和美月之间，欣欣显然表现了一个新的心灵世界，作者用一种理解的目光看着她，表现了对这个"第三者"极其宽容甚至爱抚的态度，她是从大陆去美国不久的女孩子，她的大部分心灵世界都是在中国生活中铸造成形的。正因为如此，对待生活她有着自己独特的看法。在美国，为了适应新的生活方式，她虽然放弃了很多以前十分执着的信念，但是依旧感到了困扰和不安。例如作者写到，她出于爱情而奉献自己，但一般人似乎是出于享乐，遂使她有黑白混淆之叹。她和翔之虽然彼此相爱，但是翔之和她在思想上有很大的分别，翔之难以理解她所说的"我因为爱你，所以，愿意离开你"的意义，他正是感到糊涂和混沌。显然，真正理解欣欣这句话的只有陈若曦，因为她懂得金子（《耿尔在北京》），懂得洪师傅和二妹（《地道》），自然也懂得中国传统文化中的道义感和成人之美对欣欣心灵根深蒂固的牵引，理解她扯不断在家乡照料母亲的另一个青年人潘厚的心。在《突围》中我们看到，作品中三个人都处于一种困顿的地位，需要自己来解脱自己，而这种解脱必然要求冲破在心灵上自我设置的障碍，否则无法获得心灵的自由。但真正获得这种自由的是陈若曦，因为她穿越了不同文化造成的隔阂，深入到了不同心灵世界之间，自由穿梭，揭示了它们，创造了它们。

在《突围》中，陈若曦表现了一个艺术家最难得的艺术品格，就是并不满足于对人物行动表面的是非判断，而是从一个固定的支点去评价和刻画人物。也许这样做本身对陈若曦来说已经很困难了。因为她对两种生活、两种文化理解得愈深刻，对各自形成的独特的价值观念就愈难做出简单的判断，也就愈能对人类生活采取一种宽容的态度，允许各种各样的人生在自己的作品中尽情地表达自己。

这种理解、这种宽容更完满地表现在陈若曦的近作《二胡》之中。与《突围》相比，《二胡》所展现的生活空间更为开阔，美国与中国构成一个东西交错活动的立体画面，所描写的人物的命运也更加多样复杂，所隐含的人生思考也更加深沉，这一切都被挟裹在具体生动的写实氛围中，具有隽永的意韵。

这种意韵主要表现在两种生活、两种文化——美国与中国——互相交通和感应之中，而这种交通和感应在作品中是用人的具体生活，首先是人的心灵完成的。胡为恒和景汉是作品中举足轻重的人物，他们的心灵分别联结着两个不同的世界，不管他们愿意不愿意，他们都必须面对这两个不同的世界，心灵接受来自它们两方面的盘诘。在这个过程中，显然，胡为恒的思想显得更为"美国化"一些。当他回到自己生长的土地的时候，当他怀着一种负疚的心情站在自己前妻床前的时候，陌生感、异己感和不适感还一直环绕在他的心头。他似乎是回来"还债"的，也确实亲自来送走了一段难忘的历史，然而情思却并没有由此割断，作为一个中国人，他送走了旧的，却结识了新的，他从自己的后人孙子孙女身上，又重新意识到了中国和自己的血肉联系——虽然他并没有和景汉一样，最后下决心回到祖国。

在《二胡》中，我们感受最深刻的，也许正是陈若曦对自己祖国人民生活历史更深刻的理解。而且，这种理解不仅仅属于一种感情的需要，而是包含着一种理智的洞察。也就是说，当她愈来愈全面地理解了美国生活和文化，也就愈能帮助她建立一种整体的历史眼光，从而深刻理解中国的生活和文化。反之亦然，在《二胡》中，从胡为恒、景汉以及他们在大陆的妻子这一辈人之中，我们能够看到一个奇特的对比，历史使他们分离了，疏远了，并且获得了两种不同的面貌。胡为恒、景汉还老当益壮，而他们的妻子却已经奄奄一息或憔悴不堪。然而，这并不能切断他们在人类生活中的特殊联系，而正是后者在自己的生活中，承担了前者应该承担而未能承担的重负，用畸形的生命过程作为代价，使一部分人去争取自己完善的生活。

在此，我十分同意潘亚敦先生在评论《二胡》时所说的，他认为梅玖和绮华是作品中最感人的两个形象。我同时还认为，作者描述胡为恒和梅玖、绮华二次会面的段落，是作品中最感人的场面，它们是一组历史悠长的镜头，把个人和历史的悲剧喜剧都集中在一个荧光屏上，让它们冲突、跳跃、兴奋而后又是长长的寂寞和人物的沉思。从某种程度上来讲，梅玖和绮华的生活是可悲的、可怜的，甚至是带着浓厚的封建意味的，但是作者并没有由此抛弃她们，而是衬托了她们可敬可佩的生活精神，因为她们是属于真正支撑中国生活流程的人。为了让别人活得更好，为了后代，她们贡献了自己而毫无怨言。陈若曦通过自己的作品，在中国历史生活进程中留下了深情的一瞥。

因此，我总觉得，梅玖临终前对胡为恒所说的一句话"我不怨你"，具有丰富的潜台词，构成了整个作品余音绕梁的基调。这确实是中华民族感情中一种独特的音调。小而言之，它是人物的心声；进而言之，它也是作者的心声。在历史和现实生活中，可能有许多令人伤心和不快的事件，但是理解和宽容却能够跨越历史和现实的距离，把在生活中走向不同方向的人联结起来。"我不怨你"是一种情致，可以用来冲淡隔阂，沟通人心。人类生活也许就是这样，差异并不可怕，可怕的是没有理解和宽容。

写到这里，我们也许会想到《二胡》中另外一个人——老米——的悲剧命运。他从中国来到美国，久久地徘徊在两种文化的交界点上，却没有勇气去克服这种差异。最终因无法理解和宽容这种差异而自杀了。作者并没有过于去指责他，反而寄予他很深的同情，但是却为人们留下了一个意味深长的人生问题。

于是，我不知道人们会不会由此想到这样的问题，在当今的世界上，存在多种多样的文化和生活方式，也构成了多种多样的妨碍人彼此心灵相通的障碍。由此引起人们之间不应有的误会、仇视和蔑视，以至于互不相让而大动干戈。这就愈要求一种沟通，一种理解和宽容。显然，在这个过程中，一切文学家都在接受着一种更广泛的考验，文学作品的价值同样也是在这种考验中展现出来的。这里，我很想援引鲁迅先生的一段话："自然，人类最好是不隔膜，相关心。然而，最平正的道路，却只有用文艺来沟通，可惜走这条路的人又少得很。"陈若曦走的正是这条路，她的小说创作也正是面对这种考验产生的，因为她联结着两个不同的世界，不管她是否意识到了，她今后还要不要经受这种考验，她都将在这种考验中，带着自己独特的美学情致走向更广阔的世界。

我们期待着陈若曦的新的奇迹的出现。

（原载《小说评论》1987 年第 1 期）

一个世界性主题：种族的困惑

——兼从比较的角度评论白先勇的《纽约客》

从最单纯的意义上来讲，无疑，文学是生活的一面镜子，它不仅映照出了时代的变化和生活的变迁，而且记录着人心在各个历史关头所面临的考验，所感受到的犹豫、困惑以及痛苦的超越过程。在这个过程中，最使人感兴趣的是，文学的世界化趋势也造就着文学创作中的世界性主题。

这里，我们将注意到这样一种人类生活景象：自 19 世纪以来，世界各个民族各地区的交流和交往越来越频繁、越来越广泛，种族的迁移以及人口的流动成为世界生活中一个重要现象。不论这种迁移和流动是以什么方式进行的，都显示出一种共同的特征，就是由于生产力的发展，在过去很长一段时间内所能维持的各个民族和国家自给自足状态再也无法维持下去了，由此而来的是过去那种传统的种族的心态也面临着新的考验；由于世界各个民族和国家经济发展极不平衡，各个民族传统的自信心也面临着考验——出现了真正的种族的危机。由于各种各样动机的驱使，很多人离开了自己的民族群体，离开自己的国家，有的是永久性的，有的是间歇性的。面对一种新的陌生的现实，接受异己的文化，真正体验到了某种"无根"的生活，感受到了某种种族的困惑。就在这川流不息的迁移和流动之中，一个世界性的文学主题就随之出现了，换句话说，就在这不断迁移和流动的人群中，闪动着许多文学家的身影。他们的经历和创作都说明了他们是一群特殊的文学家，他们明显带着自己种族的印记，但同时又是离开自己种族或国家的流浪汉、飘零者或外来户，他们还背负着本民族的传统，但与本民族的生活已有相当的距离，与他国或他民族的生活有隔膜，但是又在不断适应着这种新的现实。他们内心的矛盾是深刻的，但是行动上却显得非常坚毅。

华人作家白先勇算是这群形形色色作家中的一个，而且是特殊的一个。他是国民党高级将领白崇禧之子，1937年生于大陆，但在大陆只度过了童年，就随家人经香港迁居台湾。在台湾大学毕业后（1963年）到美国深造并进行创作研究，之后一直待在美国。从时间上来说，他人生五十年，有一半以上时间是在异国度过的，而另外的近一半岁月则是造就他人格基本倾向和品格的重要时期，所以对他来说，生活的流离感是很难一下子完全消除的，他既是纽约客，又是一个中国人。他带着自己的民族传统到了美国，但美国的现实又使他重新审视自己民族的历史和传统，审视过去由来已久的价值观念，从而感到了一些新的困惑和乡愁。其短篇小说集《纽约客》就是在这种情景下写成的，在整个小说中，我们都能够看到一个时隐时现的身影——他蹿蹿在纽约街头，一时不知身在何处——这就是赴美留学的白先勇。

由香港文学书屋出版的《纽约客》，共收集了七篇短篇小说：《芝加哥之死》（1964）、《上摩天楼去》（1964）、《安乐乡的一日》（1964）、《火岛之行》（1965）、《谪仙记》（1965）、《谪仙怨》（1967）、《冬夜》（1970），除了《冬夜》立足于台北外，其他几篇都是写中国人在美国的生活情景。背景大多是美国大都市的场景，摩天大楼、霓虹灯、高速公路和购物中心等，一个或一群在国内长大的中国人在生活上、心理上接受着各种各样的考验，他们或者茫然绝望，最终无法适应高度发达的美国生活的人情世态；或者强迫自己去接受新的价值观念。但是他们无论采取一种什么样的生活态度，都无法从根本上摆脱这种心灵处境：做一个中国人是痛苦的，但不做一个中国人同样是痛苦的；背负着中国传统文化赋予的种种道义的责任是痛苦的，但是要真正解除这些心灵上的重负，同样是痛苦的。这种矛盾冲突之中，他们每一个人都有一种双重被隔绝的感觉，犹如被异化的"边缘人"，在生活中孤立无援，飘忽无依。

《芝加哥之死》所描述的就是这种矛盾冲突无法解决所酿成的一场悲剧。作品中的主人公吴汉魂来到美国六年，念了两年硕士、四年博士，但是当他经过奋斗最后赢得博士学位的第二天，却投湖自杀了，扮演了一个客死异地的悲剧角色。吴汉魂为什么学业成功之时去自杀，这似乎是一件难以理解的事，但是只要我们深究一下他六年来的精神生活，就会深有感触。他到美国六年，一直住在一个空气潮湿、光线阴暗的地下室里，紧紧张张地打工，紧紧张张地学习；境况稍许好点，省下几十块钱，就寄给台北的老母亲。在他准备博士资格考试时，突然收到电报得知母亲逝世，但他"狠心"丢开电报，继续念面前艾略特的《荒原》，直到考试结束才真正感到了前所未有的悲哀，冲出地下室想到大街上寻求一下解脱……显然，这个举动本身来自长期压抑的心灵世界，在这个世界中，不仅隐藏着这种"清教徒"式的、无法宣泄的、本能的和情感的要求，而且还有他自己无法接受的、在传统的道义责任方面被剥夺的失落感，这些情绪也许在他拼命为获得博士学位攻读之时被抑制着，但一旦紧张过后，它们就不可避免地爆发出来，最后把主人公推向自杀的深渊。应该说，吴汉魂的悲剧首先并不来自紧张艰苦的客观现实生活，而是来自悲剧的心灵。关键是吴汉魂是一个中国人，正如作者给他起的名字所显示的，他是带着一个中国人的灵魂到美国留学的。其精神世界和美国的现实生活几乎是格格不入的，无法产生认同感。因此他的生活方式、他的价值观念都成为一种痛苦的源泉。他过着几乎与世隔绝的生活，闭门读书，没有任何交际活动，更没有异性朋友。当这种压抑达到无以复加程度之时就转变为一种下意识的寻求补偿心理，促使他走进酒吧间，跟随一个素不相识的美国女人到她家里……而这一切更加剧了他心灵上的失落感，没有比这种情景更为悲哀的了，一方面遭到来自外部现实的剥夺和压迫，而另一方面又遭到内心世界的自我磨折和压抑。这是一种双重的丧失。

显然，像吴汉魂那样客寄他国他乡，拼命奋斗的并不限于中国人，吴汉魂只是流落在芝加哥、纽约或者世界其他一些地方形形色色人群的一个。尽管这个人群中的人可能来自不同的种族和民族，但是在他们中间找到一种比较类似的情感倾向是不难的。例如浪迹世界的犹太人对于自己种族或民族的迁移和命运就有着异常的敏感性，因此我们也不难发现美国的犹太文学中有着和华文文学中类似的主题。众所周知，犹太人是一个颠沛流离的民族，它在历史上所遭受到的磨难、挫折和浩劫是举世罕见的。从 17 世纪欧洲契米尔尼基对犹太人的大屠杀，到 1881—1914 年期间犹太人的大迁移，直到在第二次世界大战中犹太人所遭受到的大屠杀，一个灾难接着一个灾难，犹太人是一个真正的流亡民族。他们中的很多人是作为移民、流亡者、避难者或者双重国籍者在美国生活的。正因为如此，在犹太文学中，表现一个流亡民族的困惑和失落感并克服它，成为最鲜明的主题。在很多犹太作家那里，例如伯纳德·马拉默德（Bernard Malamud，1914—1986）、索尔·贝娄（Saul Bellow，1915—2005）、诺曼·梅勒（Norman Mailer，1923—2007）等，"犹太人"成为人类普遍被隔绝的倒霉、贫困、孤独无援、飘忽无依的形象，人与环境的认同往往也成为他们作品中所关注的焦点。显然，这些犹太作家和白先勇那样的华人作家，有着有过之而无不及的心灵处境，他们虽然还背负着一种种族或民族的丧失感，甚至灭绝之感，但是他们已经成了名副其实的失去传统的孤儿，正像他们小说中出现的大量的孤儿和没有来历的改名换姓者一样。

于是我们不难在犹太文学中发现相类似的甚至更为深刻的种族情感的困境，一方面他们已经无法和过去历史的路线连接起来，另一方面却和美国社会格格不入，不愿全盘接受美国文化。一位作家也曾这样感叹过："我所写到的这类当代知识分子，做犹太人难，不做犹太人也难。由于他的社会与他的传统，他的地位与他的愿望互相发生冲突，他陷入紧张状态。他作为一个人、一个知识分子和一个犹太人而受难。"① 其实，这种悲

---

① 丹尼尔·霍夫曼主编：《美国当代文学（下）》，中国文艺联合出版公司，1984 年，第 45 页。

叹我们已不会感到过于陌生了，因为我们能够在流离他国他乡的很多作家作品的字里行间都能感觉到。

显然，把白先勇的《纽约客》和犹太文学中一些作家作品进行比较，是一件饶有趣味的事情。在这里，我们起码能够发现在生活发展中人们必然遇到和共同关注的问题，通过文学作品去感受和理解各个不同种族和民族在相互交往、交流和交融中出现和可能出现的种种思想和感情。这些寄寓异国异地的人，他们在想什么，他们丧失了什么又得到了什么？我们应该怎样对待他们的选择，并且怎样由此决定我们的选择？这不仅是很多艺术家所思考的问题，也是我们每一个人所应该考虑的问题。因为可以设想，随着世界生活的发展，种族和国家将不再会成为人类自由流动的物质和精神桎梏。正像很多外国人会很乐意成为中国公民一样，很多中国人生活在海外他国也并非一件很不可思议的事情，重要的是如何理解这一世界性现象。

但是，无论对于一个艺术家还是一般普通人来说，这种理解往往意味着要走过漫长的心灵路程，而这种路程由于人所具有的文化背景和文化传统的差异而显得很不相同。比如白先勇就同一般犹太作家有着很大的不同，他有他自己对生活独特的感受和理解，也有着自己独特的内心痛苦、犹豫、彷徨和信念。

这种差异也许在很大程度上取决于白先勇与中国传统文化的联系。显而易见，犹太人虽然曾经具有自己独立的久远的文化传统，并依靠传统和共同的命运感联系在一起，但对大多数犹太作家来说，流离生活已使他们与过去所依附的历史传统中断了，逐渐失去了他们本民族的文化。第二次世界大战的浩劫又把他们在欧洲的痕迹也一扫而光，隔断了他们与历史的联系，因此这些作家只有在记忆中追寻自己的传统，尽管1948年以色列建立，也无法真正把这种中断的历史线索联结起来，而他们对于地域的现实观念则更倾向于"世界主义"的观念。白先勇完全不同于此，他和中国传统文化的联系完全是现实的、活着的，无法摆脱的。他不仅对国内生活有切身的感受和体验，而且一直保持着联系。他对中国历史和文化传统的理解不光是建立在书本上的，而是建立在实际生活中的。也许正因为如此，在白先勇笔下出现的中国人，永远不像有些犹太作家作品中的人物一样会失去自己家族的姓氏，而是带着自己鲜明的民族和历史文化标志，在这些人物的意识深处永远建构着一个大写的"中国"——尽管这种建构有时给他们的痛苦远远超过欢乐。

《谪仙记》中的李彤就是如此。从表面上看，李彤似乎完全美国化了，她爱赌钱、会狂舞、抽烟、喝酒，处处显露出自己的个性锋芒，她不想结婚，她和外国男人旅行兜风，但是内心深处从来没有真正地"开心"过。她狂舞、狂欢、狂赌，大大方方地抽出十元美金扔给为她开门的黑人侍者，当众奚落追求她的男人以及一切所作所为，在还存在着种族差异隔离和歧视的美国社会里，就带着一种反抗的意义，显示着她倔强不驯的性格。只有当她离开了人群，意识完全松弛下来的时候，她才显露出孤独无助、疲惫不堪的真实心灵状态。当作品中的"我"看到李彤坐在藤椅上独自睡着时，心里也不由一阵波动："我从来没有看到李彤这样疲惫过，无论在什么场合，她给我的印象总是那么佻挞，那么不驯，好像永远不肯睡倒下去似的。"

但是，李彤终于自行永远"睡倒下去"了，因为她实在太疲倦了，这种"强者"的扮演本身不仅是一种负担，而且也是一种痛苦。从作品中我们可以看到，白先勇每时每刻都在暗示隐藏在李彤内心中的这种巨大的痛苦：李彤离开祖国时是一个中国人，最后自杀离开这个世界时仍是一个中国人。她的自杀不过意味着一种最后的解脱，永远不再受内心痛苦的煎熬罢了。值得我们回味的是，李彤的死讯传到她朋友中间后，她在纽约的朋友们第一次像李彤那样"开心"起来，她们在赌桌上肆无忌惮地下大注，不断叫喊，直到第二天天亮。可是他们在各自回家的路上，就连心性高强的慧芬也无法忍住自己的泪水，陷入一种深沉而又空洞的悲哀之中。这种悲哀，这份眼泪，不只是为了已成为孤魂野鬼的李彤，而且也是为了他们自己——依然活着的纽约客。

尽管有差别，李彤和吴汉魂几乎是同一类型的人，他们走上自杀的道路，只是因为他们的民族天性太敏感了、太认真了；当自己做人的尊严受到侵害的时候，如果不能真正地保卫自己和肯定自己，那么最终就会产生厌弃自己的感觉，并且无法原谅和宽容自己。为此，同样是纽约客的白先勇为他们的死感到了切肤之痛，并把这种切肤之痛真切地传达给人们。虽然，无论是吴汉魂、李彤，还是白先勇自己，当他们远离自己的祖国，置身于异质的文化环境中时，比一般人更为深刻地感到人的价值的危机感，孤独、无助、失去了最基本的安全感以及现代人面临的一切困惑，这些都加倍地缠绕在他们的心灵中，使他们不能摆脱也无从摆脱。因此，所谓种族的困惑，是人处于现代物欲横流的社会中，当一切受金钱支配的肤浅、市侩的习气损害到人的尊严的时候，对怎样才能超越国家和种族的界限和利害关系，超越各个国家和民族在经济发展中极不平衡状态，从整体上真正肯定人、挽救人的心灵的思考和追寻。

无疑，在这方面，白先勇在和一种人的普遍的悲剧相对垒，或者说，在和一种现在还未能最后消除的社会罪恶在拼杀。因为种族是与生俱来的天然标志，是任何人在任何情况下都无法改变也不需要改变的，而需要改变的应该是社会环境。于是，我们也许会很自然地联想到美国黑人的命运以及黑人文学中的种族问题。在还存在着种族压迫的国家里，黑人知识分子首先必须承担一份种族的失落和困惑感，以及由此而来的无法摆脱的痛苦。美国黑人作家詹姆斯·鲍德温（James Baldwin，1924—1987）曾在《一个土著儿子的笔记》（*Notes of a Native Son*）写道："做一个黑人实际上就是做一个别人不屑一顾的人，其命运完全取决于别人对黑皮肤的反应。"也许正因为如此，很多黑人作家虽然身在本土，却有一种身处异邦之感，他们在作品中真实反映了这种种族的失落和困惑感。

就此来说，白先勇笔下的纽约客也许并不孤独，他们在心理感受方面与黑人文学作品中所描写的有许多相似之处。不过，由于各种条件的限制，白先勇对那个社会的抗议要柔弱得多。这也许是由于白先勇毕竟是真正的纽约客，他并不是生活在自己的本土上。而黑人作家虽时有身处异邦之感，但毕竟在自己的本土上，属于主人中的成员。因此，在黑人文学中，种族的困惑很容易导致对整个美国社会的愤怒控诉和反抗，采取积极的态度来改变黑人的处境，他们的怨恨、愤懑、焦虑也就比较容易找到直接宣泄的客观对象，不需要积郁在主观世界之内。而像白先勇这样的流离作家却很难这样痛快。

这也许和白先勇所依托和代表的独特的文化传统和民族性格以及他自己所处的独特处境有关，有自己难言的苦衷和思索，但是通过对白先勇作品的分析可以看出，在主观思想上白先勇尚未在美国社会和中国传统之间、在作为一个中国人和作为一个人（世界公民）之间，找到一个真正坚实的立足点，找到它们之间能够相通、互相理解的一致性。因此他时常陷入情感和理智、传统与现代、现实与理想、爱与不爱的激烈冲突之中，甚至不由自主卷入了一场不可解脱的"活与不活"的内在困境之中。我们也许会看到，如果这种困境不解决，那么这位作家最终的结果不是消沉自弃，就是自杀。

《谪仙怨》就会使我们感受到这一点。作者在这作品前面引用了陈子昂的《登幽州台歌》："前不见古人，后不见来者，念天地之悠悠，独怆然而涕下。"足见其心情的怅然若失。但"前不见古人"并不可怕，"后不见来者"却会使这位作者陷入思想的困境之中。这篇作品前一部分是留美学生、目前已当了妓女的黄凤仪给母亲的一封信；后半部分则描述了她在纽约真实的生活情景。很明显，这是心灵与现实、传统与现代、正面与反面截然不同、强烈对比的两幅图画。在给母亲的信中，黄凤仪一再表示自己在美国生活得非常习惯，非常开心。但是在实际情况下却是另外一种情景，在大雪纷飞的夜晚，黄凤仪急急忙忙赶到她工作的酒吧，还受到管事人的埋怨，然后强装笑脸来应付泄欲的客人。这一切她是不会给自己国内亲人说的，也是不能说的。因为她还是一个中国人，而且是一个在国内（台北）无法完全摆脱自己穷苦处境的中国人。现在她不仅要对自己的母亲说"我现在在纽约过得很开心"，而且把自己赚到的钱寄回去，要自己母亲"花得痛痛快快的，不要心疼我赚的钱，舍不得花在自己身上"。

很难完全责怪黄凤仪，但是这两幅图画对比得太强烈了，强烈得令读者无法忍受。但是，这两幅图画之间，到底应该抛弃哪一幅，却是一件值得沉思的事。应该说，就作品的艺术感染力来说，白先勇一部分美学目的已经达到了，他怆然地看到一部分留美学生的这种生活情景，并把自己的感情成功地传达给了人们。可是就作品的情感归宿来说，白先勇还远远没有获得一个平衡的支点，他无法把自己从一种矛盾或对抗的情绪中解放出来，找到这种两幅图画可以"对接"的地方。

也许这正是悲剧产生的地方。可以设想，也许较之《谪仙记》中的李彤、《芝加哥之死》中的吴汉魂，黄凤仪的处境更悲惨、下贱，但是如果李彤和吴汉魂给自己国内的亲人写信，也会同样"报喜不报忧"，也会尽量拣一些平安、快乐、舒服的话来说，而把真正的生活情景，包括不可言喻的精神痛苦、委屈埋在心里，独自承担。其实在白先勇笔下，所有的"纽约客"都在承担着这种精神磨难。从他们步入自己感到陌生的、充满竞争、崇尚个性的社会的第一天起，就必须强打起精神来应付生活。他们在表面上必须永远是快乐的、自信的、有力的，而把内心的虚弱和痛苦隐藏起来。

显然，《纽约客》之所以是一部有价值的作品，是因为作者有意识地使用严峻的笔触描述了一部分在美生活的中国人的困境，突出了由于与不同文化冲突而带来的种族困惑。而这种困境，在很大程度上是表现在心灵方面的。但是，我们又能看到，当作者在具体生活中重新体验和揭示这种困境和困惑的时候，同样被卷入了一种不可调和的矛盾之中，并没有完全从困境中走出来。

无疑，在中国现代文学中，意识到并揭示这种种族困惑的，白先勇并不是第一人。他的小说使我们想起了20世纪以来中国新文学中一个鲜明的主题，就是中国人在"睁开眼睛看世界"之后，所深刻体验的一种民族危机感、屈辱感和忧愤感。从这个角度来说，白先勇所面临的、所意识到的，所表现的是中国人民在走向世界过程中发自本能的一种情感，它是与中国人民所处的政治经济地位，与中国传统文化的历史精神血肉相连的。

其实，从写吴汉魂的"芝加哥之死"，我们就会很自然地想到郁达夫的《沉沦》。而且，这两篇小说在情节上也有相似之处。后者的情景发生在日本的土地。二十一岁的留学生"我"无法忍受在一种种族歧视环境下"无爱"的生活，在心灵受到极度压抑之中，走进了妓院，尔后又感到极度地厌弃自己，投海自杀了。他留下来的最后的话语是："祖国呀祖国！我的死是你害我的！你快富起来，强起来吧！你还有许多儿女在那里受苦呢！"无疑，在这里悲剧的直接导演者之一，就是无法解脱的种族的困惑感。

在新文学创作中，这种种族的困惑感和屈辱感何尝只有郁达夫一个感受到。鲁迅、郭沫若、老舍、闻一多等几乎所有出国留学的作家对此都有基本相同的情感经历，这种体验不仅构成了他们创作的基本主题之一，而且也成为推动他们创作的基本动因之一。鲁迅的创作就十分明显，他一直十分清楚地记得一次在日本看幻灯片的情形——参观枪毙中国人并喝彩的，也是一群中国人——由此鲁迅深切感受到了如果中国不变革，中国人民不觉悟，就会有被"开除球籍"的危险。

可以说，正是这种种族的困惑以及由此产生的拯救中华民族的强烈欲望，造就了中华现代文学中两个重要内容，一方面激发了中华民族古老、高贵的自尊心，对于资本主义世界产生了敌视、仇视、隔绝的感情，要打倒资本主义这个"毒龙"，拒斥资本主义的文化；另一方面则催促了对本民族文化传统和民族心理的深刻反省，从自身精神思想上寻找"病根"。而这两方面，显然，都是和中华民族心理中一种深层的本能的要求有关，都在一定程度上反映了中国人民必然要选择的历史道路。虽然不同作家可能有不同的关注方向，但从总体上来说这两方面是很难完全分开的。种族的困惑感产生于国家与民族的危机之中，也产生于作家与中国传统文化血肉相连，同时也清楚地意识到必须"叛逆"的矛盾冲突之中。

然而，距郁达夫写《沉沦》约四十年后，白先勇《芝加哥之死》中吴汉魂第一次，也是最后一次和一个布满皱纹的美国女人过夜之后，如同《沉沦》中的主人公一样，已经失去了最后面对现实的勇气。作者告诉我们，在投湖的最后时候，吴汉魂又看到了他母亲的形象，并似乎听到了他母亲的声音在呼唤——"你一定要回来,你一定要回来"——这是何等的痛楚难忍的时刻。

但是吴汉魂仍然厌世而去了。也许是因为他母亲早已不在人世了,或者是因为他真的太疲倦了,要找一个隐秘的所在,永远沉沉地睡下去;也许也正如作品说的,他已无真正的立身之地,因为"他不要回台北,台北没有二十层楼的大厦,可是他更不要回到他克拉克街廿层公寓的地下室去,他不能忍受那股潮湿霉气"。但是,即便是这样,在这生死相依的关头,人们仍有理由向吴汉魂,还有像吴汉魂那样继续活着的"纽约客"发问:作为一个中国人,你们感受得到如此大的痛苦,但是你们为什么不回去?为什么不?!难道就是因为纽约有高耸入云的美国大厦吗?

很明显,这并非一个能够用概念和简单观念可以解释的问题。但是,白先勇自己在作品中"制造"着这个问题。当他愈是有意识地强调"纽约客"们在异地他乡的痛苦生活以及不能忍受的心情时,那么在无意中也就愈来愈深地陷入自己为自己制造的圈套之中不能自拔。在作品中,作者在把人物推上了绝望的峭壁时,自己也面临着死亡的深渊。对此他必须自己为自己寻求答案。

关于这一点,虽然在《纽约客》中我们还不能找到比较完满的答案,但是收入这个集子的《冬夜》告诉了我们一点。在《冬夜》这部作品中,余钦磊教授和吴柱国教授在五四运动中曾是冲锋陷阵的战友,但余教授这样的知识分子根本不受重视,除了少数人当了官僚之外,大多数人穷困潦倒,一事无成。有的为生存苦苦奋斗,死后却连安葬费也无法凑齐;有的则被迫害致死。而就余教授自己来说,一直得不到施展自己的机会,默默无闻,并且在经济的窘迫下想方设法出国,他接老朋友的时候,撑着一把破了一个大洞的油伞,穿着又厚又重的旧棉袍,住的是日伪时代留下的残破不堪的旧房,一副穷酸相,人们怎能不理解他想出国的心情。

在这里,《冬夜》里的两幅画面与《谪仙怨》相比,已有很大的不同,作者起码把人们引向了更深沉、更现实的思考。在美国"纽约客"的痛苦并非一回国就能解决的,在国内自有其痛苦的地方,且凄凉和悲惨的遭遇亦是"纽约客"不能忍受的。在这种情况下，要把"纽约客"从困惑、孤独、失落以及自我冲突的困境中解脱出来，就必须寻求新的心灵支撑，使倾斜的心态恢复平衡。

从新文学纵向联系来看，白先勇虽然从本质上仍然承继了鲁迅、郁达夫等作家体现的历史精神，但毕竟面临着某种已经改变的现实。这种现实的一个重要内容是，一部分华人已经在美国成家立业，与美国社会产生了不可分割的联系，而新的一代人是在美国文化背景下成长的，对祖国的感情已经开始淡漠了。这种情况一方面引起作者某种更深层的种族困惑感，另一方面则导致了人们更冷静且现实的深入思考。

《安乐乡的一日》就把这种难堪的现实直接摆在了人们面前。伟成和依萍在美国成家立业，在纽约近郊一个小城镇里过着优裕的生活，但是由于夫妇俩所受教育及来美时间不同，对于美国生活方式和教育孩子就产生了很大的差异。伟成在美国久了，"一切的习俗都采取了美国方式"，包括对女儿宝莉的教育也是如此。他认为，"既在美国生活，就应该适应这里的生活"，而依萍却不这样认为。然而，最使依萍感到震怒的是，有一次宝莉竟然不承认自己是中国人，尽管依萍耐着性子告诉女儿，"你生在美国，是美国公民，但是爸爸和我都是中国人，所以生下你也是中国人"，"你看看，我们的头发和皮肤的颜色都和美国人不同，爸爸、你、我——我们都是中国人"，但是宝莉依然大叫："我不是中国人！"这时，依萍已无法控制自己了，作品中写道：

……依萍倏地立起来，抢先一步走到宝莉跟前捉住宝莉双手，把宝莉从椅子上提起来。

"不行，我现在就要教导她。我要宝莉永远牢记住她是一个中国人。宝莉，听着，你跟着我说：'我是一个中国人。'"

"不！我不是中国人！"宝莉双足一面踢蹬，身体扭曲着拼命挣扎，依萍苍白着脸，用颤抖的声音厉声喝道：

"我一定要你跟着我说：我——是——一——个——中——国

——人——"

"我不是中国人!"宝莉倔强地尖叫起来,依萍松了一只手在宝莉脸上重重地打了下耳光。

从心理冲突意义上说,这或许是《纽约客》中最惊心动魄的场面。依萍这时心情是完全可以理解的,对她来说,宝莉的行为不仅是伤害了她的自尊心,而且体现了一种对于种族观念公开的、根本的挑战,而这种挑战竟然来自自己民族的后代!这是依萍感情上无法容忍的。但是,从现实出发设身处地地思考一番,依萍的做法也未必可取,起码来说未必见得有利于孩子将来的命运,也许正是出于这种现实的思考,作者才通过伟成之口说出了以下心平气和的话来:

> 孩子是要教的,但不是这般教法,宝莉才八岁,她哪里懂得中国人美国人的分别呢?学校里她的同学都是美国人,她当然以为她应该是美国人了。Rose,说老实话,其实宝莉生在美国,长在美国,大了以后,一切的生活习惯都美国化了。如果她愈能适应环境,她就愈快乐。你怕孩子变成美国人,因为你自己不愿变成美国人,这是你自己有心病,把你的这种心病传给孩子是不公平的,你总愿意宝莉长大成为一个心理健全能适应环境的人,对吗!

这里,也许很难用一种简单的理论来判断谁是谁非了,伟成和依萍在对待孩子方面的分歧反映了一种新的事实以及由此带来的新的困惑,同时也表现了白先勇在这方面新的开拓,所展现出来的新内容——尽管白先勇在作品中也未必完满地解决这个问题,他依然也处于困惑之中。

无疑,在《纽约客》中,白先勇不仅表现了"种族的困惑"这一世界性文学主题,而且扩展和丰富了这个主题,如果把这种困惑看作是一种世界性的"心病"的话,白先勇已不再单单从外部寻找它的根源,而且开始从人的心灵的内部构建中寻求答案。虽然,从世界范围来说,种族的心态正在接受从未有过的考验，这不仅表现在世界性的人口流动和迁徙越来越普遍，而且深刻表现在不同种族之间的婚配现象的普遍化，因此，白先勇在《纽约客》中所表现的面对现实的勇气，使他的创作具有了世界性的意义。

（原载《当代作家评论》1988 年第 6 期）

《桃源梦》：一种传统文化理想终结的证明

——兼通过比较分析现代寓言小说的艺术特征

一

在新时期文学创作中，小说艺术创作的多样化是非常引人注目的。小说家一方面借鉴外来的文学经验，另一方面则深入挖掘本民族历史文化遗产，创造了多种多样的小说艺术样式和形态。其中寓言小说就是很突出的一种类型。当然，在各种艺术手法和类型互相融合渗透的小说时代，对寓言小说作一个明确的界定是很困难的。在现代文学中，很多小说都带着明显的寓言性质，比如卡夫卡的《城堡》，马尔克斯的《巨翅老人》《百年孤独》，毛姆的《人性的枷锁》，艾里斯·默多克的《沙堡》，海勒的《第二十二条军规》等，从泛化的意义上讲，它们都可以称为寓言小说。在中国新时期文学创作中，这类小说也非常普遍，比如王蒙的《活动变人形》、王安忆的《小鲍庄》、郑义的《老井》、张炜的《古船》等，小说家们把对历史和现实的深刻思考，浓缩在某种具体故事的描述之中，由此表现出一种比较深远的艺术意味。

但是，这里我们所着重谈的却是莫应丰的《桃源梦》，虽然这部小说自出世以来似乎并没有引起评论界的关注（这稍稍引起了我的惊异），但是它作为一种寓言小说艺术的类型有自己独特的美学意义。如果说这就是出于一种偏爱，那么其中一点就是因为这部小说更接近于寓言小说的范式，创造了一种理解和表现历史生活的艺术模型。照我看来，寓言小说的突出特征就是创造一个由小见大、由具象达到抽象的艺术"模型"。这个模型是建立于作者对于历史和现实宏观性认识的基础之上，并通过作者独具匠心的故事结构来确立的，对于作者所面对的宏观社会和历史事实来说，它是一个自给自足的完整的故事系统；而对于作品所描述的具体对象来说，又包含着对整个宏观社会和历史的一种隐喻和象征。

从《桃源梦》所表现的生活内容来说，其完全可以被看作是一个传奇性的历史故事。若干年前，在一个叫天外天的神秘高山绝地，有一段已被埋没的令人震撼的历史生活：一群被逼上绝路的人们上了天外天，过着与世隔绝的生活，他们起初为了安居乐业，和睦相处，设立了独特的禁忌，创造了自己崇尚的信仰、礼仪道德、风俗、哲学和文化传统，但是这些既定的观念和传统并没有一劳永逸地解决问题。随着生活的发展和不断涌现的新问题，坚持这些观念和传统成为一件很困难的事情。这个与世隔绝的社会受到两方面的威胁，一是外来因素的影响，动摇了过去的清规戒律；二是社会内部叛逆者的出现，他们逐渐发现了旧信条的矛盾和虚伪，身心不愿再受到欺骗和压抑。这两方面最后酿成了这个小社会内部的冲突，导致了这一长期处于封闭状态的文明系统的毁灭。作品全然用写实的笔调来描述这种文明状态的产生、发展和终结。

显然，这个离奇的故事纯属虚构。这并非说在生活中没有任何事实的根据，而是说作品的整个构思已纳入了作者对于历史文化的思考之中，故事的轴心实际上已发生了转移，并非在描摹和渲染一件已经发生的事实，而是设想着一种特定的社会文明可能的发展过程和悲剧结局。从某种意义上来说，这种设想一时还无法在现实社会和现成文化材料中得到证实，甚至难以兑现，作者只能把它付诸一种幻想，用一系列合乎生活逻辑和具有真实性的故事组合来证明其可能性和现实性。换句话来说，作者在作品中并非在证实一种传奇性的生活故事，而是用一种艺术虚幻的现实化，来获得一种社会历史文明发展的可能性的证明。这是一种美学的求证过程，借用符号学的术语来说，这种作品的"指示义"（denotation）和"内涵义"（connotation）已经发生了位移，故事作为作品"指示义"的系统，表面上来说是一种已经发生过的事实存在，是真实的，非虚幻的。但是它所负载的那个"内涵义"，即作者对某种封闭状态的社会文明可能发生的产生、发展和终结过程的设想，却并非真实可靠的，只是一种猜测和设想。反过来，这种并非真实可靠的"内涵义"才是作品"指示义"的故事系统的真实内核，故事本身的事实存在只充当一个"假定"的角色。

因此，对于《桃源梦》来说，题材只是一个引子，要进入作品世界的腹地，必须寻找一条能够把作品的故事表达和作者思想表达统一起来的路径。这里还要提及的是，在中国新时期文学创作中，与《桃源梦》题材方面相类似的小说作品并不少，但是处理方式却不尽相同。比如张笑天的中篇小说《桃花源》、冬立的中篇小说《太阳村，野杂种》（见《天山》1988年第3期），所表现的都是一种与世隔绝的封闭性生活形态。前者写的是在"文化大革命"时期，一些走投无路的人，如土改时的逃亡分子，"镇反"时漏网的反革命，"三反五反"时溜之大吉的大小"老虎"，"五七年"的右派分子，还有"文化大革命"时期受到迫害的人，其他地方的"盲流"，本地的逃婚者、私奔者等，纷纷逃进东北某深山密林，过着一种"鸡犬之声相闻，老死不相往来"的隐居生活，被政府称为"小台湾""白区"，最后派武装工作队进驻了该地。后者描述的是，在中国西部古尔班通古特大沙漠腹地，有一个与世隔绝的小村庄叫太阳村，村民们有自己的首领和迷信，不与外界人打交道，内部通婚，后来由于一个外国勘探队的进驻，村子里一个女人生了一个"野杂种"，引起全村人的恐慌和愤怒，逼迫"野杂种"离开了太阳村，而太阳村仍持续近亲繁衍，虽然保持了血统的纯正，但一代比一代孱弱，最后一场瘟疫断送了全村人的性命，太阳村的文明就由此终结了。

这三部作品非常显明地表现了一个共同意向，那就是对一种封闭性的生活和文化形态的否定。在这一点上，《太阳村，野杂种》和《桃源梦》都给自己描述的文明和文化形态安排了一个悲剧的结局：天外天文明以内部相互残杀而告终，太阳村以葬身沙海而毁灭，它们一南一西都已成为历史的遗迹。相对地，《桃花源》虽然显得很浅显，但是仍然流露出了批判意味，作者把位于东北地区"四不管"的小王国描述成一个"冷漠的世界"，多次写了"野女"对于外面世界的好奇心和向往。当作品中的"我"向她描述山外丰富多彩的"世界"时，她的眼里不仅闪着好奇的光，而且希望嫁给"我"做媳妇，充分显示了作者在这方面的主观倾向。

　　我认为，在深入分析这些小说寓意的时候，提出这种共同意向也许是非常重要的，因为它有可能帮助我们理解这些作品，提供一种比较宽泛的意识背景和氛围，在个别的作品背后摸索到一种并非个别的群体意识因素。这也许就为我们探讨和分析寓言小说的艺术特征，提供一条思路。从某种意义上可以说，寓言小说的一个重要特征，就是能够超越纯粹的具体故事描述，而与一种深厚的群体意识内容发生联系，并通过这种联系实现自己的艺术张力。它一方面并不依赖于作者的主观抒情和议论，因此作者必须紧紧"咬"住具体的故事，使之成为一个完整的艺术世界；另一方面又不仅仅拘泥于个别的故事，而是把审视和表现的对象与一种深厚的群体意识和历史意图联系起来，两者形成一个相叠合的故事结构。也许正是在这个意义上，《桃源梦》比《桃花源》《太阳村，野杂种》更明显地表现出自己作为一个寓言小说的特色。《桃花源》过于拘泥于写实，在整体构思上没有更广泛的、更深刻的历史文化思考，而《太阳村，野杂种》则彰显主观力量过于强烈，甚至直接冲击了作品的故事结构，这都从不同方面损害或者削弱了两部作品的艺术力量。

二

　　通过上面的比较分析，我们实际上已愈来愈接近《桃源梦》的内涵了，这个内涵，我们可以称之为作品的"深层结构"。无疑，当我们触及以上三部作品的一种共同"意向"之后，我们理性的指针立刻很自然地指向了中国传统的历史文化结构和社会文化形态，当然，确认这种共同"意向"也并非一种主观臆断，而来自对"文化大革命"以后思想文化变化实际状态的思考。可以说，新时期以来，知识界对于中国历史文化传统的反思已形成了一个潮流，越来越多的人把对现实的思考和对历史文化的反思结合起来，想通过对传统的批判清理来改变现实。在文学创作中，"寻根"文学、"文化小说"都和这种"文化热"的思潮联系在一起，所以作家对于一些与世隔绝的生活题材感兴趣并非一个偶然现象，而作家把这种封闭生活形态与中国长期以来封闭的历史生活联系起来，并加以思考、引申和创造，也是顺理成章的事情。

就《桃源梦》来说，最突出的特点是浓重的中国文化特色。桃源梦，作为作品题名，本身就浸透着传统文化的含义。作为一种文化信仰，它无疑来自一千多年前的陶渊明，他所写的《桃花源记》寄寓了一种乌托邦式的生活理想，陶诗中有"相命肆农耕，日入从所憩""秋熟靡王税""童孺纵行歌，斑白欢游诣"的句子提倡与俗世、乱世隔绝的生活。一千多年来，这种生活理想代代相传，已深入人心。（当然，对于陶渊明的生活理想，从历史文化角度还可以追溯得更远，一直到老子的小国寡民思想。）莫应丰的《桃源梦》与陶渊明的《桃花源记》有两点是相同的，一是避乱，桃花源中的人是避秦时乱，"率妻子邑人来此绝境，不复出焉"；天外天的居民是被逼上天外天的。二是两者都过着与世隔绝的封闭生活，桃花源中人"乃不知有汉，无论魏晋"，自得其乐；天外天的居民更是过着小国寡民不与外界交往的日子。从某种意义上来说，陶渊明的《桃花源记》本身也是一种寓言（尽管对它的写作尚存各种看法）。

但是，如果把《桃源梦》和《桃花源记》皆看作是一种"现实的虚幻"的话，两者的文化态度是截然不同的。陶渊明表现了一个幻想的喜剧，对桃花源式的生活充满着信心和向往；而莫应丰则表现了一种幻想的悲剧，对于桃花源式的生活充满着批判态度。可是，另一方面，如果进一步把时空的因素考虑进去，《桃花源记》所描述的是一种可望而不可即的空想，表现的是主观心理期待；而《桃源梦》则是着重对一种既定的文化形态和历史传统的剖析和批判，宣告了一种传统人生理想和信念的幻灭。

就此而言，《桃源梦》设计了一种具体的文化历史的模式，在"假定"的基础上，即《桃花源记》中的生活已成为现实，并进一步延伸虚构，突出了其悲剧结局的必然性。在作品中，"天外天"王国中一系列信仰、规则、禁忌的建立，无疑都带着浓厚的传统中国文化色彩，比如"以善为本"的信仰、不吃肉的禁忌、行功善礼的习俗，都是一种特定的文化语境和历史的产物。值得注意的是，对于这些传统的遗留，作者显示了比较充分的心理准备，表现了一种历史性的批判态度，而且对它们的产生和存在并不单单是否定，还包含着一种理解。一方面通过艺术的虚构表现它们产生和存在的合理性，另一方面又通过一种循序渐进的历史过程来证实它们的谬误。比如对于"天外天"居民有福共享、有祸共当的原始共产主义式的生活方式，他们淳朴善良的生活态度，作者一方面表示了理解甚至赞赏，另一方面进行了讽刺和批判。就前者来说，这是出于一种生活的需要，对于一群被逼上绝境的人来说，需要一种心理上的凝聚力。在与世隔绝的情况下，人们对群体的依赖超过对个别的依赖。所以好人三喊虽到了外面，仍怀念自己那个小社会，他把"天外天"描绘成一个仙境——那里人不杀人，不打人，不讲假话，不自私；那里没有土匪，没有军队，没有地主，没有穷人，有吃的大家吃，有困难大家担，人都主动地把好东西让给别人；人与人之间不怀疑，不忌妒，不学乖巧，诚恳，坦率——有一说一，有二说二，使生活在现实社会中的珍珠也动了心，开始迷恋起那个高远的、虚无缥缈的完美世界。

显然，在这里作者同样用了虚构的方式，但是绝不是为了肯定这个虚无缥缈的完美世界的存在，而是为了表现一种传统理想的虚幻，而这种虚幻正是作者所描述中国文化传统中的一个重要因素。在这里，虚幻已构成了真实，而真实已不再属于现实，天外天的理想世界在现实生活中只是一种虚幻的真实，而人们千百年来为向往和维护这种虚幻理想却付出了巨大的代价，作者最后通过"天外天"文明的悲剧结局，打破了这种传统的神话。在作品中，珍珠后来随三喊嫁到"天外天"也开始真正尝到了这种完美社会的滋味，最后成了这个社会的牺牲品。作者不惜用美好的青春和生命作为代价，来证明这文明理想的幻灭。

但是，这种证明依然带着沉重的意味。在《桃源梦》中，尽管作者对于天外天那种与世隔绝的文明是持坚决的否定态度的，但是仍然掩饰不住自己某种流连忘返的情绪，这很明显表现在，在"天外天"文明走向不可避免的解体和毁灭过程中，同时也伴随着一些美好的东西的毁灭，比如与人为善、互助友爱等淳朴的民风，这不仅是对传统理想的迷恋，也是对现实存在的一种讽刺。这种讽刺对作者来说，也许并不是有意识的，但来自作者的心灵深处。所以当三喊下山后，其善心善行处处受到人们的嘲弄和利用，甚至连珍珠的父母认为三喊好是好，就是太傻了（实际上是太老实了），在社会上会吃亏，会混不下去的。显然，在作品中，山下的世界是与天外天世界相对而存在的，在很多情况下作者是把它作为进步、开放、更符合人性发展的社会来描绘的，"天外天"文明最后毁灭的重要原因之一也是山下社会文明的侵入和吸引，但是这个山下世界并非能够真正保存和发展人心中一些真诚和善良的东西，相反，这些东西在这里显得不合时宜。

在这里，我们可以明显地看到作者对于传统文化的双重态度。从作品意向和理性方面来分析，《桃源梦》无疑是一部反传统甚至"反文化"性质的小说，它试图证明的是，一种在与世隔绝状态中建立起来的文明文化信仰、规则、禁忌、观念等，也许最初有它的合理性，保护和维持了人性的存在。但久而久之，它作为一种规则和习俗，必然成为人性的枷锁，被历史的发展所淘汰，所毁灭。天外天建立起来的传统的老规矩、老习俗，基本上是以"灭人欲"为核心的，所以它的存在是以人性、人情、人欲的牺牲为代价的，作品中的瓜青、珍珠、早啼、阿通，甚至连活祖宗龙居正，都是这种传统的牺牲品，不过后者则情愿用一种自虐、自我折磨的方式来完成这种牺牲，比如龙居正为了统一大家的意志，亲自去受最大的罪，吃最大的苦，住在最简陋、最狭小、最招风的石屋里，过最清苦的生活。难怪浪子瓜青去看他时，一方面对这位苍老不堪的独臂老人的意志表示钦佩，另一方面又产生深深的疑问：他为什么要这样生活呢？这是福气吗？人不为过得舒服又为什么呢？

这个疑问浪子瓜青不能回答，因为这本身也是一种文化之谜。作者莫应丰也常常陷入这个迷阵之中，仔细分析一下《桃源梦》的内容构成就会发现，作者对于传统的态度并不那么单纯，而是时常纠缠在一种矛盾冲突之中，例如对于以善为本的信仰建立，对于它的功能，作者并没有完全否定；对于节制私欲，作者也不是一味反对。为了建立善道，龙居正失去了一个臂，而张果树上山后就争抢土地显然是不义的，同时天外天实行善化以来，确实出现了平等、和睦、博爱、礼让的好风气，这一切都增加了作品寓意的复杂性。这种复杂性不仅表现在作者的情感需求与理性思考、形象与意向等方面，而且扩展到了文化和人性、传统与现实等一系列重要关系之中。在这里，如果我们把《桃源梦》放在一个更广阔的范围内，与一些外国现代寓言小说进行比较，会发现更多的东西。

三

这里我们主要选择的是英国作家威廉·戈尔丁（William Golding，1911—1993）的寓言小说《蝇王》（*Lord of the Flies*）。把《桃源梦》和《蝇王》进行比较，不仅因为这两部小说在形式方面有共同之处，而且它们共同涉及了有关人性和文化的重大问题。

如果从世界文学范围来看《桃源梦》及其他寓言小说，那么就不能不承认中国在新时期的寓言小说创作有其独特的渊源，它一方面受到了西方文学创作的影响，另一方面则继承了中国传统文学的一些因素。中国古老文化中有寓言的丰富遗产，《庄子》中所谓"寓言十九，重言十七"几乎人人皆知；诸子百家之中也几乎家家使用寓言。寓，寄也，《文心雕龙》

中有"比类寓意,又覃及细物矣"的说法,和英语中的"allegory"的原意相近。据说后者是从希腊语中来的,意思是"换一种方式来说话"或者"用另一种方式来说明某一件事情"。认真分析一下庄子的寓言就能看出,中国的寓言在意义上可能与一般寓言(fable)有所区别,它在很多情况下是把一种抽象的、神秘的概念和经验通过具体形象、事件直接表现出来,或者作为神秘的心理体验的表达方式,把不可能直接表达出来的感受用比喻和象征进行表达。这样来说,中国形成了比较特殊的寓言传统,它给文学创作也带来了深远的影响,比如像《镜花缘》《红楼梦》及《世说新语》《聊斋志异》等都有一种寓言的性质。在这些作品中,寓言当然也有说教的内容,但更多的是表现某种神秘而未知的内容,不是在阐述某种理性的观念,而是表现某种直觉和顿悟的东西。

西方文学中的寓言传统主要来自《伊索寓言》,从狭义方面来说寓言(fable)恐怕比讽喻(allegory)要宽泛一些,没有那么直接的理性说教色彩。往往是用一个故事(最多的是用动物做主人公)来描写一个众所周知的道理,或者用一种不科学的方式来解释自然界的一个事实。从现代寓言小说意义上讲,戈尔丁可能属于有独特功绩的一位作家,因为他是一位自觉的寓言体小说家,在创作中有意识地用小说形式来写寓言(to use the novel for as fable),从象征的空间、时间概念出发,通过相对简单的人物经历描写,提出对人类具有普遍意义的问题,并用寓言象征的手法表现严肃的主题。

《蝇王》(1954)就是戈尔丁的一部含义深刻的寓言体小说,这部小说大意是这样的:在一次大战中,一架运载疏散儿童的英国飞机坠毁,一群孩子流落到一座无人烟的孤岛上,开始过一种与世隔绝,脱离社会文明的生活。他们大的不过十一二岁,小的才五岁,开始还能自己管理自己,按文明社会的准则办事,烧起火堆等待救援,但后来以杰克为首的一群孩子开始以猎野猪为乐,迷恋暴力,最后发展到了摧残自己的同类,变成了一群醉心于"宰野兽!割咽喉!放鲜血!",蓬头垢面,不成人样的野蛮人。作者通过这个故事表明了自己对于人性的看法,"人是一种堕落的生物,人受原罪的制约，人的本性是有罪的，人的处境是危险的"。①

从西方文化传统背景来看，戈尔丁的《蝇王》带着明显的"正题反作"的意味，在对人的看法上一反过去的乐观主义态度，打破了过去对人本性比较流行的乐观的看法。这种看法在西方文学可以被称为一种"荒岛神话"（the desert island myth）。自文艺复兴以来，人们对于人类的理性就充满了信心，相信它能够经受各种各样的挑战和考验。笛福在《鲁滨孙漂流记》中就创造了这样一个"荒岛神话"，在远离社会文明的孤岛上，一个孤单的人不仅能够保持人性中一些美德，而且能够用自己的聪明智慧继续征服和改造自然，创造一种人化的环境。据称，《蝇王》创作取材的那个原型故事，是美国 19 世纪作家罗伯特·迈克尔·巴伦坦的一部小说《珊瑚岛》，写的是三个小孩因翻船流落到一座荒岛上的故事，他们三人过着田园牧歌式的生活，心里没有邪念。威廉·戈尔丁谈及此事时引用了别人的一段评价："由此可见，巴伦坦对人的看法是乐观主义的，正如他对英国男孩抱有勇敢、机智的看法一样，这些本领成功地制服了热带的岛屿，就像英国把帝国统治和宗教成功地强加在没有法律约束的其他人种头上一样。"②

显然，正像《桃源梦》摧毁了中国传统的《桃花源记》的幻想一样，戈尔丁的《蝇王》彻底打破了当时西方流行的这种"荒岛神话"。其中的缘由也许要从历史和时代生活发展中去寻找。正如戈尔丁自己所说的"巴伦坦笔下的荒岛是英国小男孩居住的 19 世纪的小岛，而我的小岛却是 20世纪美国小男孩居住的荒岛"。③ 两个荒岛处于不同的世界生活背景之中，与不同的时代精神相联系，也就表现了不同的人性内容。戈尔丁荒岛的不幸也许就在于，第二次世界大战的阴霾已经动摇和摧毁人类对自身及其前

① 威廉·戈尔丁：《寓言在文学作品中的作用》，王宁、顾明栋编《诺贝尔文学奖获奖作家谈创作》，北京大学出版社，1987 年，第 531 页。

② 威廉·戈尔丁：《寓言在文学作品中的作用》，王宁、顾明栋编《诺贝尔文学奖获奖作家谈创作》，北京大学出版社，1987 年，第 548 页。

③ 威廉·戈尔丁：《寓言在文学作品中的作用》，王宁、顾明栋编《诺贝尔文学奖获奖作家谈创作》，北京大学出版社，1987 年，第 548 页。

途命运的自信心，人性的弱点在互相残杀中被空前地暴露出来，商业和科技的发展除了贩卖战争和制造了更强大的杀人武器之外，还带来人类私欲的膨胀，极力追求和沉溺于感官和享受之中——这一切都只能把戈尔丁的荒岛推到一个人性坠落、互相残杀的火海之中。戈尔丁就是清醒地意识到这种人性的危机，并为拯救这种人性危机而写作的。他曾说过："我总的用意说来很简单。第二次世界大战前，我相信社会的人能够达到完善的境地，一种恰当的社会结构会产生亲善的感情，因此人们可以通过重新组织社会的方法消除一切社会弊端，很可能我今天又一次相信了与此相似的见解。然而在第二次世界大战后，我却不抱这种信念了，因为我无法怀有这种信念。……我决定采用小男孩流落到荒岛上这个常见的文学形式，但又把他们写成有血有肉的活人，而不是缺乏生气的剪纸人儿；并力图表现他们发展起来的社会形式如何受到病态的天性、堕落的天性所创造制约的情况。"①

由此把《蝇王》和《桃源梦》加以比较，能够发现相类似的历史意向，这也是它们各自寓意的核心内容，这就是出于现实背景的不同，对于一些传统的理想、观念和精神提出了怀疑，并由此对过去的历史观念提供了反证。《蝇王》是对西方文艺复兴以来确定的一种对人的乐观看法提供了反证，而《桃源梦》则打破中国历史文化中"小国寡民"的传统理想。两部小说都凝结着比较深厚的历史内容，与各自的人文传统发生着密切的关联。具有历史感，凝聚于意识思考的积淀——这也许是现代寓言小说的魅力来源之一。

当然，这种相类似只是一种外壳——它只是来源于20世纪一种对传统普遍的怀疑精神。如果我们深入于各个作品不同的文化传统之中，就会发现很多奇妙的差异。从艺术意义上来说，寓言小说往往离不开一种具体历史文化的界定，并由此在故事和某种社会形态之间保持一种联系。按照戈尔丁的看法，寓言作为一种艺术手法取决于两件事，一是作家对题材有一前后一致的看法；其次看待寓言至多只能像看待比喻那样。这种平行的比

---

① 威廉·戈尔丁：《寓言在文学作品中的作用》，王宁、顾明栋编《诺贝尔文学奖获奖作家谈创作》，北京大学出版社，1987年，第538页。

较是准确的，而且寓言和作为基础的生活之间的这些平行比较不能无限延伸。所以他认为，寓言之为寓言，其作用只有在严格的限制范围内才是十分成功的。

按照这种观念来分析寓言小说，就必须着重考察小说所依据的不同历史生活和传统文化背景，尽管它们作为一种"模型"不可能在任何细节上准确无误，但是寓意正是在作者所观照的历史生活基础上确定的，正是在这个意义上，《桃源梦》和《蝇王》在寓意的指向、人物设计、故事结构方面都是显示了巨大的差异。这种差异不仅可以作为艺术创作上的不同风格来研究，而且可以作为不同历史文化和传统意识上的思想类型来进行考察。在这里我们只先在比较中提出一些疑问并进行一些分析。

首先是对悲剧根源的揭示，《桃源梦》和《蝇王》选择了不同的重心。这两部小说都以人性的悲剧作为结局，人与人最后都陷入了互相残杀之中，但是在"谁之恶"这个问题上，前者把它归结于一种封闭的"灭人欲"文化的必然结果，而后者则归结于人的本性是恶的、残忍的。就中国人来看，后一种看法显然过于简单了。戈尔丁的看法颇有些像中国古代的荀子，戈尔丁认为人们的贪婪本性、内心的残忍和自私隐藏在一条政治的裤子里，而荀子认为是被一种"礼"的文化所掩盖着的。但是就中国几千年历史文化的发展来说，中国人往往感触最深的是个性被摧残，个人欲望被压抑，而不是人性的畸形膨胀。就此来说，中国人目前似乎对于人欲的发泄并不感到恐惧，而梦寐以求的是消除传统文化对人性的禁锢，创造一个人性得以自由发展的天地。

这种态度也表现在对文化的态度上面。我们发现，在《桃源梦》中，人性与文化（当然是有限定的）处于互相对立之中。作者把人性的堕落放在一个由规则、礼仪、禁忌、仪式等密集而成的文化环境中加以表现，显然和《蝇王》的作者大不相同，因为在《蝇王》中，人性的堕落恰恰是由于脱离了人类文明文化的某种规范，是在"无文化"状态中生成的。这表明，《桃源梦》和《蝇王》虽然在对传统理想观念的怀疑上有相同的地方，但是对传统文化的态度不同。前者是以文化为主来考察人性，而后者则以人性为主来思考文化；前者是过多地依赖于历史文化，认为传统文化制约了人，所以情愿把一切罪过归罪于传统文化；而后者则始终立足于人，人创造了环境和文化，所以并不把文化本身看得太重太死。

这两种不同的态度实际上反映了对于历史、对于人不同的思维方式。《桃源梦》在整个构思上都显得很沉重，作者重于历史，重于群体意识，重于周围的环境。在作品中，天外天的一山一水、一草一木都制造着群体的禁忌，与居民的命运息息相关；每一个人物的历史都是一种传统文化的象征；这些因素环环相扣，造成了一个铺天盖地的网络，谁也别想从这个网中逃脱出去。《蝇王》的构思则不同，它重现实，重个体，重个性之间的冲突。在作品中，事情和发展取决于个人的选择，而这种选择更多地取决于这些孩子的天性，而不是荒岛的环境，所以人依然处于主动（尽管是造恶）的地位，人们可以设想，如果荒岛上的孩子们选择的是另外一种方式，比如尊重拉尔夫的领导，岛上的情况可能是另外一种情形。决定性的因素仍是人的选择。人选择了历史和文化，而不是历史和文化选择了人。我以为，要想比较完满地解释这种差异，恐怕是很不容易的一件工作，其中不仅系结于不同的文化传统和历史背景，而且还包含着不同的现实态度和心理期待。

但是，这种差异并不能表明作品的水平的高下，只是增加我们比较分析工作的复杂性。照我看来，对于莫应丰来说，比较深重的历史感，以及对于传统文化比较复杂的看法使他陷入一种情感的纠葛之中，这给《桃源梦》带来了复杂和深厚的美学内涵。而相比之下，《蝇王》就显得非常单纯（意向方面）且单薄（内容方面）。所以，无论从文化历史或者艺术特征方面来说，作为寓言小说的《桃源梦》也许更值得我们去关注和研究它。

这就是我推崇这部作品，并把它与一些中外寓言小说加以比较的原因。

（原载《文学评论》1989 年第 4 期）

错落的情致 深潜的意蕴

——评也斯小说集《岛和大陆》

经常听到有人抱怨：现代小说创作越来越趋向"两极分化"的困境，一方面是单纯追求趣味和感官刺激的通俗小说，内容和格调浅显而又轻薄；另一方面是追求创新和高雅的"纯文学"，其意蕴高深莫测，读起来费神费心，几无乐趣可言。有人甚至认为，这种情景正好表现了现代都市生活的两极：物质生活的富足奢侈与精神生活的贫乏枯萎形影相随。

然而，最近阅读也斯出版的小说集《岛和大陆》，有一种新的艺术体验。这种体验恰恰来自通常极容易被对立起来的两种境界，一种是令人玩味的来自现代生活的趣味和兴致，另一种则是发人深省的现代生活意义的开掘和探索。就前者来说，作者是现代生活中的一个兴致勃勃的欣赏者、浏览者，繁华的街市、流动的人生、飘忽的梦幻，在他眼中都有一种特殊的情趣在里面；而就后者来说，作者又是一个寻求人生意义的人，他并不满足于对生活浮光掠影的欣赏，而是想把深藏于生活现象背后和人心深处的一种"存在"表达出来。

一个从小在都市成长起来的作家，实际上有其幸运的一面，也有其不幸的一面。现代都市生活信息密集，交通发达，能够使作家的视野更为开阔，看到多种层面的生活；而同时又能疲劳和麻木作家的思想感情，使作家蜷缩于物质的围困之中，失去对于生活敏锐、新鲜的感应能力。然而《岛和大陆》的作者似乎要人们相信，一个都市作家能够充分发挥前者的优势而避免后者的悲剧。

在这方面，我们确实是在和一个对生活满怀新鲜感和新奇感的作家交流，他面对喧闹和千篇一律，面对荒诞和苍白，却能够处处发现生活中"新"的感觉。例如《第一天》就表现出一种发现生活的敏感和情趣。第一天当侍者的阿发，总是觉得自己不自在并与其他侍者不同，所以在他的眼中，从老板骂人到同伴们的偷闲、偷食和吸毒，也都显得很新鲜且具有刺激性。显然，就小说的构思来说，这里的"第一天"对主人公阿发，或者对于作者，都是至关重要的，它包含着一种发现、一种新奇变化。主人公阿发和作者在这里共享着一种新的人生体验。

从某种程度可以说，也斯在捕捉和表现生活的时候，经常是处于"第一天"的状态之中，即便是最普通的日常生活，如果流注于他的笔端之下，也会体现出一种新的感觉或新的体验。这就使得他的小说充满着情致。而这种情致往往又不拘于一种情形，而是联结着不同的生活层面，是在一种广阔、复杂、多样的生活背景中表现出来的。

情致往往是从错落中得到的，这也许是也斯小说艺术的一大特色。不同的生活情调的交错，不同人物画面的重叠，不同思想观念的碰撞，使他的小说表现出一种特殊的意蕴。我们从这部小说集中就能看出，作者对于多样化文化生活的存在，表现出一种特殊的兴趣；这种情趣又使其小说所表现的内容远远超越了某一类型生活的疆界。在创作中，也斯十分注意在变化中、在不同生活格调的对比中采集人生。有时，他的小说就像一个用不同文化色调拼接起来的万花筒，不同光泽的交相辉映正是其引人注目之处。例如《革命大道路旁的牙医》《和茜撒莉一道吃中饭》《使头发变黑的汤》等小说，就突显了这种特点。单从内容上看，这些小说所表现的都不过只是一些生活琐事，但是其中所贯串的艺术情致却是多重的。就拿《革命大道路旁的牙医》来说，主线是描写一位中国大陆留学生微微的生活。不过，真正的情致表现在多种文化意识互相交汇和对比的氛围中。就主人公的生活状态来说，作者最感兴趣的就是这种多元文化对比的情形，而他自己也正是在小说中营造了这样一个多种文化色泽并存的艺术空间。由于这个空间的存在，微微那平凡的留学生生活，才显得那么富有情调和趣味。在这篇有特色的小说中，作者实际上完成了一次令人兴奋的精神文化旅行。在主人公意识的牵引下，无论是那一辆辆色彩缤纷的驴车、满臂手镯和项链的异国女子等异国风情，还是大陆、台湾地区的留美学生一起包饺子，以及在中国所见的陕西的绣花布袋、深圳的豪华酒店的深刻记忆，都会唤起读者充满情感的反应：它们作为不同的文化因素汇聚在一起，又构成了一种生气勃勃的艺术张力，扩展了作品表现人类体验的范围。

由此说来，在《岛和大陆》中，错落的情致来自对多样化生活的体验和表现。作者是在多样中发现情致的，他喜欢穿梭在不同的文化生活之间，从对比和交流中寻求意蕴。也许正因为如此，也斯小说的故事，很多都发生在一个"交叉"的地点和时间。例如，在《革命大道路旁的牙医》中，故事一开始就是美国和墨西哥的交界处，人物出现在一个多色人种、多种文化的交汇处；在《和茜撒莉一道吃午饭》中，人物一开始就"站在密逊大道和嘉纳路的交界处，四方的汽车往来不绝"；而在《李大婶的袋表》中，故事的关键就在于"上班"和"下班"时间的交接处，等等。这种"交叉"或许是一种暗示，更重要的内容表现在精神意识方面，也斯借助时空的交叉、思想意识、文化价值、感情和感觉，互相交叉，交相辉映，构成了一个独特的艺术世界。

显然，这种错落的生活画面、错落的艺术情致，不仅拓宽了也斯小说的空间，而且大大增强了其艺术创作的自由度。尤其对于人物的描绘来说，由于视野的开阔，各种文化生活交错出现，以某种单一的文化标准来评估人物的"偏见"和"隔阂"自然而然地消解了，从而使人物的个性和思想面貌更自由、更丰富地展现在读者面前。就此来说，也斯是一个从流动和变幻中获得创作灵感的作家。对他来说，生活的世界就像由各种各色橱窗排列的一条繁华大街，他随着流动的人群，随着飞驰的电车或者火车，观赏着它们，然后停下来互相对比，细细品味，思索，最后取其精华，把它们重新安排在一种有意义的艺术秩序之中——这就是他的小说的诞生。

由此我们能够在也斯的小说中发现一种深潜的意蕴。这种意蕴并不是通过表面的生活描述直接显露出来的，而是隐藏在错落的艺术画面之中。对也斯来说，这种意蕴来自一种对多样化人生的体验，是从千变万化、飘忽不定的现代人生活中感悟出来的。也许对一个现代作家来说，寻求意蕴是比寻求情致更为深远和艰难的一条道路。因为情致有可能从生活的浮光掠影中获得，但是意蕴则必须从生活的更深处，特别是人心的深处挖掘。在这个过程中，很多作家正是被现代生活表面的繁杂所累，满足于表面的五光十色，以至于创作停留在一个浅薄或庸俗的层次上。也斯显然不同于此。他不愿意放弃情致，更不愿放弃对作品意蕴的追寻，而想把二者统一在自己的艺术创作之中。

我最感兴趣的正是在这里。例如，在阅读《李大婶的袋表》时，我充分感受到一种生动而又深刻的艺术情愫。所谓生动，是说作品中显示出的一种幽默，一种虚构的快乐；所谓深刻，则是对于现代人生存处境的一种深刻体认——人被投入到了某种"人造"的"身不由己"的环境中。在这篇小说中，作者所表现的是一种"人造"的、强硬的时间，用来和过去那种自然的、与人亲近的时间相对立。人生活在双重时空之中，而被迫服从前者——来源于一个"没有人知道她在这里工作多久"的李大婶和她所拥有的一只永不离身的古老袋表的"时间"——的支配。显然，这里面具有多重的交叉，自然的时间与"人造"时间的交叉，真实的生活处境与虚构的艺术意象的交叉，现实与非现实的交叉，而作品的意蕴正是在这种交叉中实现的。

如果说，从生活的情致上升到一种美学的意蕴，是在一种艺术的重建中实现的，那么，艺术形式和技巧的运用就成为一个关键的环节。就此来说，也斯堪称是一个"多样主义"作家，其"多样"不仅指对于多样化生活的采集，更重要的是对多样艺术手法的运用。对于这一点，只要进入

《岛和大陆》的世界就能充分感受到。作为一种小说精选集，《岛和大陆》展现了一个多样的艺术世界，其中有早年的佳构，也有最近的力作，其艺术表现手法也并无一定之规，有写实的、魔幻的、抒情的、象征的等，作者似乎在追逐人生的过程中开拓着一种多元的艺术时空，并在其玩味和思索中乐此不疲。

这使我们对《岛和大陆》的分析进入了更高的美学层次。显然，也斯创作的情致和意蕴不仅是从生活现象本原中索取的，更重要的，是从他创作的艺术建构和美学形式中实现的。《李大婶的袋表》《玉杯》《持伞的》《修理匠》《找房子的人》等，皆属于此类。构思的新奇，想象的怪诞，编排的超现实，其本身就是一种深层感觉的具体化过程。在这些作品中，作者对于生活长久的体验，其中所悟到的某种难以言传的"道"，通过一种幻化的、超现实的景象体现出来，读者能够从中领悟到某种意味深长的含义。例如《玉杯》，虽然所写的是历史上周穆王的故事，其情节编排充满荒诞性，但透露出作者对人的存在和命运的深沉感慨。这种感慨并不受时空的局限，伸展到了永恒和无限。作为一个君王，周穆王拥有俗世中的一切，至高无上的权力，无穷尽的财富和美女，包括那么美好的延寿露水，但是他终究不能战胜自己的孤寂，把自己从俗世中解脱出来。他成了一个被自己所追求的东西所累、所囚禁的人。作品的最后一段写得十分富有情趣：

> 现在，在这个微寒的早晨，他捧着玉杯，缓缓踱回室内。这里面没有人，也没有窗子。原来是有窗子的，他在早几个月叫人封起来。室内摆满贵重的贡品，巨大的鹿角竖起，怪兽的长牙和皮毛放满墙角，还有深海捞来的巨大的贝壳，没有生命，只是放在这里装饰，点缀他悠长的一生。
>
> 这里有金器和银器，冷冷地闪着冰光。也有很多玉器：玉马、玉人、玉车与玉殿。那些玉像的容貌有点模糊，像蜡像，但它们驯服地站在那儿，不会反叛，不会自己移动过来。穆王往往整天坐在这儿，

不理会外面那瞬息万变的世界，只以调动这些碧玉的兵卒为乐。他发号施令，而且自己执行命令，把那些玉车驱前，把玉马移往另一边，把玉质的宫殿改变位置。它们都驯服，听从摆弄，带着玉的沉默。每日，他什么也不做，只是在这里搬动它们。他把报告朝政的大臣关在门外，对带食物来的仆人大声咆哮，掷东西把他们赶出去。他只是喜欢玉像，对着它们，跟它们说话。有时命令它们跪下来，把它们推倒，便有点像跪下了；命令它们说话，它们仿佛也真会说出话来。有时某些玉像沉默了，他疑心它们在背叛他，在心里说不恭敬的话，便会拿出割玉刀，割下它们一条腿或一双臂膀，过后，他又仿佛听见它们痛哭流涕，向他忏悔，他便又原谅了它们。

现在，他倚着墙角，坐在两个玉像之间，他坐下来，还比它们站着高了一截。但它们都是空洞地瞪着前面，颜色都是苍白的。就这样看来，他的脸孔跟玉像的也有几分相似。他呷一口杯中的甘露，那使他打寒噤。这么美好的延命的露水，只使他感到刺骨的冰冷。

显然，这里所写的不仅是君王的悲哀，而且融入了作者对于现代生活的一种深层感受。物与人处于彼此消耗和剥夺的关系中，在这种情况下，人生被扭曲了，成了作茧自缚的牺牲品。

当然，这种感觉对现代人来说也许很普遍，而对一个艺术家来说，关键是寻找到一种特殊的艺术形式把它表达出来。也斯显然在这方面是一个不甘于示弱的艺术家。拿他在序中所暗示的来说，他必须找到一棵"古怪的大榕树"，让老人在这里说故事，好让人知道这是一个虚构而无时间性的故事，以表达自己复杂的感受。

这棵"古怪的大榕树"，大概就是也斯所梦寐以求的艺术形式，它不是用辨析的语言、确定不移的写实所构成，而是用虚拟的形态、不稳定的语象所呈现，企求在不确定的、虚构的意象之中，产生一种艺术的张力，由此来克服具体的生活故事和确定的语言对艺术意蕴的束缚。这样，走出"写实"则成为作者艺术创新的一种必然，而营造一种虚拟的"存在"则成为满足其表现欲望的美学途径。

我很喜欢《修理匠》这篇小说，因为它用一个短小的虚拟的故事，揭示了被日常生活所隐瞒的一种真实，一种人的秘密。一个普通的修理匠来到一幢豪华别墅的主人家修理厕所，疏通被堵塞的管道，先是掏出头发、烟蒂、香烟盒、毛衣、泳衣、眼镜等杂物；又吸出从飞机和大洋船上偷回来的罗盘、救生圈、电话等，接着又吸出了赌博的筹码、雪柜、洗衣机、成套上季流行的服装，甚至还有一辆汽车、各种家具、各种文件，最后是各种各样的人：有主人们的父母，他们未诞生的儿子，他们的外室和情人……作品通过荒诞的意象揭示了被表面的平静所掩盖的都市生活的"隐私"。密封的厕所下水道，成了藏匿都市生活隐秘的一个密室，也斯用一种现代艺术技巧打制的钥匙打开了它，并且用自己心灵的艺术之光使它们昭然于世。

也许是由于也斯也是个诗人的缘故，对于诗情的追求，成为他小说创作的一大特色。这属于他有意而为之的结果。他在序中说："我自己对中外抒情小说的尝试十分向往，觉得适量地吸收诗的长处，未尝不可以对叙事有所补充，可以用意象或烘染，代替临摹以求写意的效果；甚至有选择地吸收散文的方法，也可以令小说有更自由灵活的开合，包容更广阔的范围。"

在《岛和大陆》中，作者经常会把我们带入一种诗化的小说境界，这特别表现在《白鸟》《船上》《鲨鱼》《波光》《岛和大陆》等小说中。在这些作品中，诗意实际上构成了一种人与人、人与自然、人与其自我存在互相交接的一层朦胧的轻纱或者薄雾，起到一种只可感悟，只可意会，而不可言说，不可解释的作用；它把读者和现实隔开，形成了一个幻化的审美世界。《岛和大陆》是一个很好的例子。作品所表现的人生，是一种飘忽的、难以确定的、在现实与回忆之间游荡的人生，主人公之于他的历史，之于他的存在，之于他追求的理想，始终就如同岛和大陆一样既似牵连，又似时刻变化飘游，其间隐含着眷恋、回盼、失望、痛悔等种种复杂的感情。这些感情形成了一种诗意的氛围，笼罩着各种支离破碎的人生画面，使它们彼此结合在一起，构成一个统一的艺术世界。

也斯之所以注重多样化，注重运用新的艺术技巧，在于他对生活和艺术的发展十分敏感，清楚意识到了旧的艺术框架的局限性，正如他所说的，过去的小说追求戏剧性的冲突，但日常生活的戏剧却是琐碎而平凡的，往往内化为心境的矛盾；过去的人物描写，可以详细地写人一生的功业，现在我们对这不感兴趣了，现在我们的问题是怎样可以写出一个人自己所有的精神，以及他在这世界的位置；过去了解这个世界、了解人的方法显得有所不足了，肯定认识世界的方法破碎了也就产生了寓言，对叙事和言语的自觉产生了种种探索。

这种清醒的认识也就构成了也斯一种自觉的艺术追求。可以说，这种自觉是一种现代艺术家的自觉，生活和创作于如今这个时代，若没有这种自觉，很难真正跻身于优秀作家之列。也斯的小说创作实际上就显示着这种现代艺术意识的自觉。

1990 年 3 月 19 日于暨南园

（原载《小说评论》1990 年第 4 期）

现代文学中嘲讽模式的不同类型

——《围城》和《城堡》的比较分析

一

只要注意一下20世纪以来文学发生的巨大变化，就不难发现"嘲讽"是如此普遍地表现在各种文学创作中。在传统的"英雄主义"遭到彻底怀疑的情况下，很多文学家对于现实生活及其以往的现实观念，怀抱着一种有距离的嘲讽态度。我们看到，在很多文学作品中都表现出一种虚无荒谬的气氛，人物大多是一些被命运摆布作弄的对象，他们如同被逐者、流浪者或者局外人，生活单调乏味，孤独无助，在现实中陷入哭笑不得、无所作为的境地。与此相关的是，在现代作家的笔下，生活不再是可以把握的实体，而仿佛是一堵灰色的墙（萨特、尤奈斯库），一个地洞或者地下室（卡夫卡、贝克特），一座地狱或者一个围城（加缪、钱锺书）。总体而言，在这些作家的笔下，客观现实的力量是强大的，压迫人的；人生的一些努力是可悲甚至可笑的，要么随波逐流、百无聊赖地活着，要么无可奈何地与命运对抗，就像但丁笔下地狱里山坡上滚下的巨石一样。

　　也许正因为如此，有人把 20 世纪以来的文学创作称为"嘲讽"（ironic）模式，由此来区别于 18 世纪以前的史诗、神话和悲剧的高级模拟体，以及 18 世纪和 19 世纪写实主义的低级模拟体。前者所表现的人物拥有异于常人的力量，能够战胜一切困难到达理想的境界，而后者所表现的人物虽然和常人无异，但是仍然能够战胜困难，坚信人能够驾驭生活，确定自己的航向。相比之下，20 世纪以来文学的主角无疑显得软弱和渺小得多了。不管这种概括在多大程度上适合历史实际，显然提出了现代文学中一种普遍的文学现象。"嘲讽"是 20 世纪以来很多作家面对现实的一种态度，并且也是文学创作中一个独特的主题。

　　这个主题在我们所面对的两部作品——中国作家钱锺书的《围城》和奥地利作家卡夫卡的《城堡》——中都有独特的表现。

　　无疑，《围城》和《城堡》是两部极不相同的小说，两位作家不同的生活环境和修养志趣更是使人难以把他们相提并论。钱锺书出生于中国的一个书香之家，生活环境中少不了古香古色的文化气氛，而出国留洋的时间相对来说是很短暂的，对于欧美文学只能说是博识，不能说是能完全投入。弗朗茨·卡夫卡一生虽平淡无奇，但并不像钱锺书那样一直生活在书斋里。他学过文学、医学和法律，并且一度在一家保险公司和半官方的工人保险所工作过；根据本人目前所得到的资料，除了知道卡夫卡写过一个名为《中国长城》的作品外，看不出他对中国文化和现实生活有多深的了解。可以说，钱锺书和卡夫卡是两种类型的人，在他们的身世和禀性之中很难找到什么共同之处。

　　但是奇怪的是，当他们面对人的生存状态，并有意识地加以讽喻的时候，都对"城堡"或类似的比喻感兴趣。钱锺书笔下的"围城"之城出自法语"Forteresse"，和英语中的"castle"、德语中的"schloss"有相近的意思。如果我们追寻一下钱锺书和卡夫卡对人生的一些看法，又会发现更多的东西。在《围城》中，"围城"是通过作品中一位苏文纨小姐之口说出来的，意思是说明人生一种难堪的状态，即所谓"城外的人想冲进去，城里的人想逃出来"。在苏小姐这番话之前，作者通过另一位人物之口还引用了一句英国古语，表达了相类似的意思，说"……结婚仿佛金漆的鸟笼，笼子外面的鸟想住进去，笼内的鸟想飞出来"。显然，这里所说的鸟笼也好、围城也好，都不仅仅是指"结婚"而言的；作为全书的某种主旨，也是对人生的一种譬喻。作品中的人物都是生活在这种"围城"中的芸芸众生而已。

相比较而言，卡夫卡对于"城堡"并没有特别的说明，其来龙去脉也没有什么交代。不过就对人生的某种感受来说，卡夫卡有时在其他地方会流露出和钱锺书"围城"相类似的意思。例如在《他：一九二〇年札记》中就有这么一段话："他可以把自己弄进监狱做一名囚犯及至老耄——那可以算是一种终身职业。但事实上，他所住的乃是一个槛笼，然而他连一个囚犯都不如。"①虽然不能说卡夫卡和钱锺书完全想到一块儿去了，但是从某种意义上来说，卡夫卡这里所说的"槛笼"，也是一座人生的"围城"，人待在里面不舒服，出来也未必舒服。"槛笼"对人来说，是一种囚禁，也是一种恩惠和财富，认为其痛苦而又不能摆脱它。

卡夫卡式的痛苦大约就来自这种不能摆脱的悲剧境况。读一下卡夫卡另一篇小说《地洞》显然也会加深这种印象。你瞧，一个动物为了保存它得来的食物，也是为了自己的生存，千方百计地营造地洞，精心设计、患得患失、小心翼翼，它的幸福取决于这个地洞，而它的悲剧也正是表现在这个地洞上。这个动物的"地洞"也正像人所制造的城堡一样，显示着人生存的一种困境。卡夫卡在自己的寓言中也多次显示过这种意象，有时它是以"窟穴"形式出现的，"我们"蜷缩在这个洞穴里互相靠近，获得一种安全感；有时它是以"城邑"形式出现的，人们为了生存修筑了城邑，而城邑引起了新的嫉恨和新的冲突；有时则像是"庄园"，只因为我们叩响了它的门就会陷入囚笼等，都表现了作者对人生和命运的一种困惑。

由此来说，不论是卡夫卡的"城堡"还是钱锺书的"围城"都代表了一种人的困境，而且体现着一种对人的"诱惑"，由于这种"诱惑"和人

---

① 卡夫卡：《卡夫卡寓言与格言》，张伯权译，黑龙江人民出版社，1987年，第65—66页。

不由自主地接受了这种"诱惑",才造就了囚禁人自己的"城堡"和"围城"。也许正因为这一点,《围城》和《城堡》的艺术风貌不同于传统的讽喻小说,而是超越了一般的现实生活,达到了新的思想高度。在这两部作品里,我们能够发现相类似的悲剧意向,这就是作品的主人公都在拼命摆脱悲剧的命运,而他们的行动本身,恰恰是在制造着悲剧。这种自相矛盾的情景制造了作品的讽喻效果。《围城》中的方鸿渐不断地掩饰自己,装扮自己,实际上是不断落入自己给自己编织的圈套里。从他想法捞取一份假冒的博士文凭,一直到与孙柔嘉恋爱结婚,"围城"几乎是自己一砖一瓦砌起来的。《城堡》中的 K 也不例外,他千方百计地想进"城堡"里,"城堡"才对他行使着一种莫可名状的支配力量。他一进村子就以"伯爵大人正在等待着的那位土地测量员"而自誉并深信不疑自己能够进入城堡,才一次一次上当受骗,被纠缠在城堡阴影中不能自拔。在这个过程中,传统讽喻小说中那种教诲的意味荡然无存,留下的只有作者对现实人生那种冷漠和超然的姿态。

显然,这两部作品都带着某种寓言意味,他们各自的嘲讽意向都是建立在某一个"借喻基点"(allegory)上的。"围城"和"城堡"就分别是钱锺书和卡夫卡创作中所依据的"借喻基点",它们分别构成了《围城》和《城堡》假设意向的出发点和构思的基础。从这个借喻基点出发,钱锺书和卡夫卡获得了一个解释和表现人生的独特角度,并由此把从各种生活中得来的种种经验集合起来,创作出一种新的形象体系。而借喻基点的异同往往是嘲讽模式中最引人注目的因素,决定着整个作品的主导意义。

不仅如此,这个借喻基点所体现的更重要的美学作用在于,作家有可能超越一人一事具体描述的意义,获得表现整体社会和生活的可能性。这样作品嘲讽意义的有效性就不再局限于某一具体事物和人物,而有可能扩大到整个人生中,形成对人生某种生存状态和命运的隐喻。《围城》和《城堡》显然都具有这种艺术意义。他们所表现的是像方鸿渐、K 这样人的生活悲剧,也是人们所共同面临的某种困境;它们一方面是虚幻的,另一方面又真实地摆在人们面前,过去、现在以至将来都缠绕着我们。

二

　　显然，在谈到《围城》和《城堡》相类似之点时，就不可能忽视这两部作品不同的特点。相反在我们捕捉的每一个交叉点上，它们的各自的特点都在强有力地提示我们，万不可忽视它们各自无法互相替代的本来面目。实际上上面我们所津津乐道的只是有关20世纪嘲讽文学共同性的一些看法，还只停留在作品的表面认识上，并没有深入"城堡"里面去，而一旦进去了，也许会看到两个截然不同的艺术世界，发现嘲讽模式中两种不同的类型。

　　也许这正是我们真正神往的地方。应该说，在20世纪以来的文学创作中最令人惊奇的是它的多样化和多元化。作为文学创作的嘲讽模式也具有多种多样的类型，各有各的特色和风采。比较分析不同类型之间的差异，不仅能够发现各种民族文化、审美习惯的独特性，而且能够帮助人们整体上把握文学的发展。但是，虽然这是一项有趣味的工作，至今人们在这方面的研究仍然较少，对于文学创作中的嘲讽模式，也许人们更容易看到它们的一般特点，而分析它们不同的类型则是一件麻烦的事情。因为类型本身也并非互相绝缘和既定的，从不同的角度出发会发现不同的相同点和不同点。而在这里，我们尤其感兴趣的是小说的形态构成。

　　凡是读过《围城》的人就不难发现，钱锺书无意创造一部意象小说。"围城"作为一个解释和表现人生的借喻基点，并没有成为一个贯穿全书的意象，而只是在书中昙花一现，对揭示全书的内容起到了画龙点睛的作用。作者对于人生的嘲讽，完全是通过精细写实的手法表现出来的。在这个过程中，作者并没有把自己也带进这个"围城"中去，而是用一种超然世外的冷静的姿态看待着人生，让这个围城中的芸芸众生尽情地表现自己。唯有超然事外，钱锺书对于人生才看得那么透彻，能够点化人物；唯有冷静，才能对人生的内内外外看得那么仔细，能够写得淋漓剔透。显然，《围城》是侧重于写人的，通过写人来揭示人物悲剧的，这一点不同于卡夫卡的《城堡》。钱锺书在《〈围城〉序》中说得很清楚："在这本书里，我想写现代中国某一部分社会、某一类人物。"既然如此，钱锺书必然对某一部分具体生活和人物能够确切地展现出来，而读者就可以通过活生生的人物来体验人生。"围城"的意义是建立在人物的生活基础上的。从这个意义上来说，《围城》的嘲讽模式是写实类型的。作者对人生的某种嘲讽是由生活具体事实出面进行的，让作者隐蔽在生活背后不动声色。在《围城》中，人物本身大多是无法挑剔的，他们智力健全，学识不低，甚至都知道"围城"出自何处，是什么意思，但是无论在兵荒马乱的年代，还是在歌舞升平的世界，都免不了露乖出丑。

细细分析起来，《围城》的嘲讽锋芒所向是双重的，一方面是笔下的人物，另一方面是当时的社会。这二者是互相连在一起的，但是也是有距离的，在整个艺术作品中构成一种微妙的情形，使讽刺之中带有同情的幽默。于是，我们在《围城》中可以看到许多"误会"的场面，人物在生活重重叠叠的"误会"之中，不由自主地成了被捉弄、被奚落的对象；他们的愿望和行动总是适得其反，只好被动地去接受现实。比如书中的方鸿渐就一直处于哭笑不得的状况：他在船上相信了鲍小姐，真心爱慕唐小姐，结果遭到了愚弄和讥笑；他对苏小姐有口无心，结果险些弄假成真，搞得狼狈不堪；他和孙柔嘉小姐的关系从恋爱、结婚到一起出走，也都充满着事与愿违的时运，最后的结果往往是他们无法控制的。就拿方鸿渐和孙柔嘉最后一次"闹翻"来说，在五小时以前，双方都想获得和解；但是五小时之后已不欢而散。所以当方鸿渐最后面对从容自在的老钟之时，作者也不能不落下这样一笔："这个时间落伍的计时机无意中包含对人生的讽刺和感伤，深于一切语言，一切啼笑。"

也许《围城》最后出现的那只"祖传的老钟"以及从容不迫的计时响声，使我们想起福克纳《喧嚣与骚动》中老康普生传给儿子昆丁的那只手表，它们的意义有所不同，但是都体现出一种无法逃避的、无穷尽的悲剧存在。不过，至于《围城》中这种悲剧产生的过程，则最容易使我们联想到卡夫卡所写的一则寓言——《一种常见的困惑》，所说的是 A 必须到 H 地去与 B 会面，但由于错过了时间，A 赶到 H 地时，B 等不及已动身到 A 那里去了；A 又急急忙忙赶回家，但实际上 A 出门时就知道 B 已到了自己家，但是当 A 这次兴奋地上楼去见 B 时，绊了一跤扭伤了筋腱，这时 B 已勃然大怒地离去，永远地消失了。

这个寓言对人生表达了抽象化的意味，作者所关注的不是人生悲剧的某种具体内容，而是它比较普遍的形式。这也许是卡夫卡分外喜欢寓言和格言的原因所在。《城堡》就带有明显的寓言意味，它的故事非常简单甚至荒诞不经——一个叫 K 的土地测量员要到城堡但又始终无法进去，极其深刻地表现了人生存的困境。

显然和《围城》相比，《城堡》是另一类型的嘲讽小说。如果说《围城》所注重表达的是一部分社会和人物的具体生活情景，那么《城堡》则着重表达的是作者对于人生的某种整体性的感受。前者是对客观经验的梳理、分析，并由此组成一个生动具体的小说世界，后者则是把自己极为主观的内在经验及隐于心灵深处的某种呕心事实，外化为一种独特的意象世界，把人们引进一个介于现实与非现实的意识领域中。《城堡》属于一部意绪化的小说类型，其中找不到一块客观描写的空地。

这种意绪化给《城堡》带来了一种虚幻朦胧的色彩，人物、景物和事件都笼罩在一种不确定的氛围之中。主人公无名无姓，来历不明，故事发生在什么时间和什么地点也是模糊不清的，和《围城》细致实在的语象形态截然不同。在作品中，"城堡"作为卡夫卡解释和表现人生的"借喻基点"，一开始就显露出虚幻性质，当 K 到村子的时候，已经是后半夜了，"城堡所在的那个山冈在雾霭和夜色里看不见了，连一星儿显示出有一座城堡屹立在那儿的亮光也看不见"，K 只能站在一座从大路通向村子的木桥上，凝视"那头上那一片空洞虚无的幻境"。实际上 K 自始至终也没有真正看见过城堡。城堡到底存在不存在，是个什么样子始终是一个永远说不清楚的问题。当然这对整个小说的艺术构成并不重要。只要这个"城堡"存在于 K 以及作者和读者的心目中，就已经足够了。它也许只能在梦境里存在，无法把握也无法完全清楚地表现出来和解释清楚，但是却实实在在地缠绕着人们，使人无法摆脱。这本身就显示了《城堡》的魅力，它和《围城》完全不同，甚至采取了完全不同的嘲讽方式，但是表达出内心深处的悲剧感。

三

通过以上比较分析可以看出，在现代小说中，作品不同的艺术风貌不只是表现在主题、题材和思想方面，更突出地表现在作品的语象形态方面。同时，作品在主题、题材和思想方面的差异易于辨认，甚至可以三言两语说个清楚，但是在语象形态方面就很难辨认，很难说清楚。因为前者大多属于意识表层，可以用理性概括的东西，而后者之中往往掺杂着许多意识深层的、非理性的因素，它们有时候只能感觉，但难以言传。

对于《围城》和《城堡》，我们就面临这样的难题。从表面上看，它们在主题思想方面有不少共同点，三言两语也能说个大概，但是归结到意象方面、作家的嘲讽意味方面，常常会感到语言是无能为力的。这两部作品各有各的风采，谁也替代不了谁，作为对人生的某种嘲讽，它们分别显示了"卡夫卡式"和"钱锺书式"的类型和方式，在东西方文学创作中是比较典型的。

在《围城》中，作者所展现出的超脱姿态也许是最引人瞩目的，而这种超脱是一种东方式智者的超脱，以至于读《围城》的人都会得到一种智慧和机警的快乐。在《围城》里出现的角色都是聪明人，他们会掩饰自己，会拐弯抹角地表现自己，会施展计谋，但是作者的智慧正是面对这些聪明人才露出锋芒的。读《围城》会使人很自然地想起中国古典小说《儒林外史》，作者的智慧和技巧主要体现在细节方面，他善于从人物的言谈举止之中找出破绽，鞭辟入里，犹如庖丁解牛，以神遇而不以目视，入刀甚微，游刃有余；常常就像一个懂行的魔术师，看着一些拙劣的魔术师玩魔术，竟然也能恭恭敬敬地看着，但背后的机关早就一清二楚了，偶尔一露真容，也如空谷足音。

毋庸置疑，钱锺书写出了一部分知识分子的种种境况，但是他真正感兴趣的是人的状态，他们的生存状态和心灵状态。由此作者为自己的智慧找到了广阔的施展天地。这部小说虽然处处是在写人写事，但是作者一直没有放过表现自己才情的任何机会，其中的奥妙之一就表现在其叙述方式之中。《围城》一直贯穿着一种嘲讽和揶揄的口吻，使作者的自我一直活跃在作品的字里行间，把写实（表现生活和人物）和写意（表现自我审美情趣）聚合成一个有机整体。在作品的很多场景中都能发现，作者似乎是在写人写事，俨然是一个"局外人"的超脱姿态，但画龙点睛之笔往往来自写意的叙述之中，使简单的生活细节顿生异彩。例如写方鸿渐与苏小姐接吻的尴尬场面，实中有虚，虚中见实，情趣就表现在虚实相因之间。从这虚实相因的描述中就可以看出，作品的情趣并不仅在于写实，写实只是一个引子，关键在于写意之中，作者把自己巧妙地包裹在了比喻之中，悄悄挑开了人物的具体生活情景，它在作者与人物之间设立了一个情感上的"缓冲地带"，使两者能够互相映照但是又绝不混淆。

由此说来，如果把《围城》简单地看成一个写实小说，那就会失去作品的大部分意义。实际上，隐藏在作者叙述口吻和方式中的意蕴，远比作品所表现的故事深远、有趣得多，因为前者才真正调动起了作者全部生活经验和艺术修养，作者把自己的才、识、情、趣熔为一炉，创造了独特的"钱锺书式"小说文体。对此有人认为，钱锺书在《围城》中有"才胜于情"的不足，我却不这样看。在我看来，在《围城》中，作者的才和情是融合在一起的，很难区别开来。在作品中，"才"不仅表现了作者的感情，而且保护了作者一部分感情，因为作者毕竟和自己笔下的人物太熟悉了，太亲近了，感情稍微放纵一些，就会放弃和人物应有的距离，这样《围城》就完全不是现在这个面目了，也不可能把那种令人忍俊不禁的喜剧效果和无可奈何的悲剧意蕴这样完美地统一起来。相反，作者的智慧和才华还没有足够地发挥出来，这是因为他常常只能因人因事而异，不能不受到具体人物性格的牵制和局限。这也许正是钱锺书在创作中智慧的痛苦和欢乐之所在吧。

显然，如果我们在这里重提《城堡》的话，卡夫卡也许能不受钱锺书《围城》式的那份局限，但是也没有那份智慧和机警。在《城堡》中，卡夫卡写的 K 分明是"城堡"的局外人，但是作者自己却一直不能像钱锺书那样获得一种"冷眼向洋看世界"式的超然事外的姿态，作者的自我仿佛一直纠缠在意象之中，在梦魇和现实之间，在感情和理性之间交战。我们可以看出《城堡》与《围城》的显著区别在于：前者的意象主要不是来自客观的生活经验，而是来自作者的心灵深处，在那里有长期积存下来的一些模糊的意象，感情的怪云，朦胧的认识状态，作者只能沉浸其中，才能触摸到它们。正因为如此，卡夫卡所表现的"城堡"是存在于神秘世界之中的，属于可望而不可即的一种存在，作者只能站在理性与非理性交界处朦朦胧胧地看着它，而且最多也只能如此。如果退回理性的世界，意象就会立刻消失；如果再向非理性跨进一步，作者的自我社会立即被吞没。

因此正像《城堡》中的 K 永远进不了城堡一样，这部作品不可能有结尾，如果可能的话，卡夫卡也只能按照这个状态一直写下去，直到在神秘世界的门槛上死亡为止。卡夫卡通过自己的作品，不仅在试图解释和呈示人生的某种困境，而且也在制造一个人生之"迷"——一个神秘的未知世界，并且不遗余力地去追寻它的秘密。

"卡夫卡式"嘲讽的秘密大概也表现在这里。《城堡》首先产生于一种内在长期积累的困惑和感受，并且要求在外在世界中得以沟通和实现的欲望。作者在创作中打通了客观世界和主观世界、理性和非理性世界的界限，其艺术的快乐产生于对神秘的未知世界的苦苦追寻之中。在这个过程中卡夫卡和钱锺书全然不同，卡夫卡千方百计避免自己的智慧加入叙述之中，扰乱意象原始混沌的面貌。卡夫卡不想获得一种智慧和理性的超越，而想获得一种原生的、感性的超越，进入黑格尔所说的那种"超感官"的世界。显然，他们都各得其所。

以上我们简单分析比较了一下《围城》和《城堡》艺术风貌的异同，

显然这种分析比较只是尝试性的、浅显的。但是即便如此,我们也能清楚地看到,尽管 20 世纪以来,东西方的艺术家都面临着一些人类的共同问题,并且也可能产生一些相类似的人生感受,但是他们所采取的艺术态度和方式以及作品所表现的意味是有很大不同的。用单一的美学标准来衡量和评价这一时代的作品,不仅不能解释和说明这一时代,而且会失掉很多珍贵的东西。

(原载《比较文学与比较美学——广东省首届比较文学研讨会暨粤港闽比较文学研讨会论文集》,暨南大学出版社 1990 年出版)

历史的追寻 记忆的重建

——评美籍华人作家谭恩美的小说创作①

无论从哪种意义上来说，谭恩美的小说在美国文坛上引起轰动，都是一种值得研究和注意的文学现象。显然，这不仅在于她是一位华裔美国作家，或者因为她的小说销路极佳，具有市场魅力，而且还在于她的创作包含和显示了一种独特的美学和历史意义，体现了一种世界文化现象。

一、关于"失忆的一代"

从某种意义上来说，谭恩美的创作属于"失忆的一代"的文学。应该说，"失忆的一代"是 20 世纪世界历史发生巨变的产物，也是当今人们关

---

① 谭恩美（Amy Tan）是最近在美国文坛上崛起的美籍华人作家。她 1952 年生于美国加利福尼亚的奥克兰（Oakland），当时她父母移民美国才两年半时间。父母曾期望她成为一个外科医生或者钢琴家，但是她却先成为一个辅导伤残儿童的社会工作者，而后又成为一个自由作家。她曾在圣约瑟州立大学获语言学硕士学位。1989 年出版第一部小说《喜福会》，先后获得美国国家图书奖、国家图书批评循环奖和 1991 年最佳小说奖。1991 年出版的《灶神之妻》，成为美国当时最畅销小说之一。1987 年她曾第一次访问中国，现和丈夫住在美国旧金山。

注的最重要的文化现象之一。20 世纪以来，世界经济的发展和科技的进步，推动了全球范围内的文化大流动和人口大流动。越来越多的人离开了故土，脱离了原来的历史文化环境，投入新的环境之中。现代化潮流如洪水巨兽，冲毁了人与传统的地理人文密切相关的联系，中断了人们精心记载了几百年甚至上千年的家谱，也丢失了保持同样长时间的祖宗画像和遗训。正是在这种情况下，人类产生了一代新的族类，他们不再有自己的"家谱"，也不再保持自己祖上家传的纪念物，他们甚至不知道自己的父母出生在什么地方，不懂得上一代人的语言和文字，不明白自己祖先的传说和神话意味着什么。他们属于"失忆的一代"，他们整个身心都已被现代化的文化所征服，只知道市场上股票的价格、流行的服装样式和发型，只想着怎么挣钱和怎么享受，他们只相信和按照一个理由来进行思考和行动，这就是："我要！"

这就是"失忆的一代"。他们可能来自世界的四面八方，并且不断走向四面八方，从苏格兰的小农庄到非洲的热带雨林，从撒哈拉沙漠边缘到中国的黄河领域；他们可能肤色不同，口音不同，但是有一个共同特征，这就是已经失去历史的记忆，丧失了原来固有的传统文化标记，对自己的历史文化一无所知或者所知甚少。

谭恩美就属于这"失忆的一代"中的一员。她生在美国，从小接受的是美国教育，只知道自己是"美国人"。她不仅对自己家族的历史所知甚少，而且也不会用中文来进行交流。可以说，直到她 1987 年第一次踏上中国的土地，她从来没有真正意识到中国的一切对她意味着什么。

在这里，我们或许会想起白先勇小说中的一个镜头：一对移民到美国的中国夫妇，面对着自己不承认自己是中国人的小孩，妈妈非得要孩子说"我是中国人"，而孩子却坚决不说，结果这位妈妈忍无可忍，伤心至极，一巴掌打在孩子的脸上，结果是母女一起痛哭流涕。

若干年后，这个小女孩长大成人，也许就是谭恩美。但是有一天，有人向她谈起了她从来没有见过的中国亲人，问起了她一无所知的中国文化，问起了她的母亲，她从哪里来，等等，只有到了这个时候，她才真正感到了一种失去记忆的困惑和不自在。关于这一点，《喜福会》（*The Joy Luck Club*）开始时就写到了：

> ……我现在哭了，一边啜泣一边笑，因为我并不真正了解我的妈妈。……我将说些什么呢？我能告诉一些有关我妈妈的什么事情呢？我不知道任何事，虽然她曾是我妈妈。
>
> 阿姨们惊奇地看着我，仿佛我在她们眼前已经疯了。
>
> "不知道你自己的妈妈？"安梅阿姨不相信地叫了起来。"你怎么能这么说呢？你的妈妈就在你的骨子里！"①

显然，这里不仅表现了谭恩美创作的一种心理动因，而且包含了一种深刻的历史失落感。我相信这是一个打动人心的开始，特别对于美国的读者来说，很多人都会被这样一句话所打动所刺痛："一个不知道自己母亲的女儿！"因为这是一个移民国家，这里有千千万万"不知道自己母亲"的儿女，而且每天都产生着千千万万个人属于"失去记忆的一代"。

谭恩美创作的意义和其魅力也正在于此，因为现在她挺身而出说出了许多人想说而没有说出的话："我将告诉我的后代所有的事情，我将回忆起我母亲的一切的一切"——所以，一本关于中国母亲的书一下子打动了千百万美国人的心，短时间就行销几百万册。

二、关于自我历史的"寻根"

我相信很多人读到谭恩美的小说都会想到自己：我从哪里来？我的父母从哪里来？我将怎样面对自己孩子的提问？等等。当然，有些人还会提出更严肃的问题：人类将来会不会都丧失历史、丧失记忆，成为一群没有

---

① 译自 Amy Tan, *The Joy Luck Club*, New York: G. P. Putnam's Sons, 1989。后文引用同一小说内容均根据此版本翻译，不一一注明。

来历、没有身份、没有历史和传统的高级动物？人类会不会将来在一个纯粹的高科技时代变成文化上的白痴，丧失自我人格的历史感？

谭恩美的小说就深深触及了这一类困惑。对她来说，失去历史记忆，就意味着失去了自我存在的基础，人就不可能真正解释自我和确定自我，整个人格心理就可能失去平衡，陷入紊乱和误解。所以，追寻失去的记忆，也就是为了寻找真正的自己。关于这一点，谭恩美的灵感和自我觉醒可能来源于其语言学研究。因为在语言世界里，任何一个词的意义都有来源，都有词根。当然，一个词并不需要每个人了解其来源，也照样能够被使用。但是对一个人来说，却并不那么简单。人毕竟不是语言中的词，人具有自我意识，其本身就是一种历史的产物，他必须知道自己的历史来源，否则，人就不能称其为人，他只能是一个人人可以使用的符号。

其实，从《喜福会》中就可以看到，一个人真正的"失忆"正是从语言开始的。在两代人之间——例如母亲和女儿——失去互相沟通的共同语言，问非所答，答非所问，正是"丧失记忆"的开始。例如在《喜福会》中，吴景梅（Jing-Mei Woo）把母亲和她的亲身经历一直当作一种"童话传说"来对待的，她也并不理解母亲把玉石项链送给自己的意义，反而觉得它"太大，太绿，太过于装饰和太华丽"。再例如龚文丽（Waverly Jong）和其母亲的关系也是如此，言谈中的南辕北辙往往表现其历史意识的"代沟"：

　　我母亲好像没听到我的话。"这是实话，我们总是战无不胜的。现在你知道你与生俱来的好东西了吧，它们都是从太原带来的好东西。"她说。

　　"是啊，我们现在不正在玩具和电器市场上取胜吗？"我说。

　　"你怎么知道？"我妈很急切地问。

　　"你不看在一切货品上都写着：台湾制造！"

　　"哎呀！"我母亲大叫起来，"我不是台湾人！"

　　你瞧，我们好不容易建立起来的谈话一下子就断裂了。我很沮丧。

"我生在中国太原，不是台湾！"我母亲感到很窝火。

"真是，我以为你说的是台湾呢，因为这两个词好像差不多。"对于母亲为如此无意中犯错而恼火，我感到有点生气。

但是母亲气冲冲地继续说："听起来完全不同，而且也是完全不同的地方。人们梦想的是中国，只要你是个中国人，你就永远不会忘记中国。"

由此看来，寻找自我并不是那么轻而易举的事，断层一旦形成，历史和现实社会就会产生错位和碰撞，找不到对应的线索。这时候，失去的记忆其实就代表了失去的自我，要重新找到自我就非得重新恢复历史的记忆。

但是，对于谭恩美来说，历史的记忆本来就不存在，所以也就不可能再找回来，不过，作为一个渴望了解自己的人，她可以在现实基础上进行记忆重建。所谓"记忆的重建"（Rebuilding of the Memory），就是在追寻历史生活的过程中，把失落的历史环节联结起来，使一个没有来历、没有传统、没有记忆的人，成为一个有来历、有传统和有历史感的人。正因为如此，谭恩美并非一个单纯的"母女关系作家"，而是一个追求历史感的作家，她所表现的是一种现代人失去历史的困惑，所追寻的是历史记忆的重建。

毫无疑问，无论是《喜福会》还是《灶神之妻》（The Kitchen God's Wife）都可以称为记忆小说，因为它们所写的主要是记忆中的东西，而作者所追寻的一切，也都藏在这记忆之中。

也许从另外一个角度看，对于谭恩美来说，用记忆的方式来写小说是一种最合适的选择。其一是来自记忆本身的性质，它本来就是似是而非、模糊不清的；其二来自作者的主体条件，因为作者和中国的历史已隔了一层，对于过去的一切并没有直接的和确切的经验和记忆，所以记忆的方式就成了作者联结自我与历史的桥梁。记忆保存了历史，但是历史由此拥有伸展和收缩的余地，它可以在记忆中自己证明自己——"我记得是这样的"。

正因为如此，记忆的主观性给历史蒙上了一层面纱，使历史成为动人的小说。在此之中，一切往事都带上了一种说不清楚的诗意，具有某种神秘朦胧的色彩。这种梦幻性的记忆，尤其表现在一些遥远的历史情节中，作者不能真正接触到它们，只能凭自己的深层意识去神思。这种情形在描述母亲对母亲的回忆中最为明显。例如在《喜福会》中，兰莹映（Ying-Ying St. Clair）向月亮娘娘乞求的一幕就给人留下深刻的印象：在十五的月光下，一个走丢了的小女孩，满怀着恐惧和希望的心情，向演戏中的月亮娘娘走去，但是当她正要吐露自己心声的时候，眼前的月亮娘娘突然变成了一个男人！这种犹如梦境的记忆，不仅和特定情景中人物的心情相合，更重要的是表现作者自我潜意识中的一种感觉和期待：一个小女孩找不到自己的家和母亲，她的家人也找不到她，她只有期待着月亮娘娘给予自己机会，可惜这个月亮娘娘也是虚幻的、不真实的。

这类记忆已不仅仅是记忆，而是一种人生的隐喻，是作者创造出来的一种"神话"。从另外一个角度来讲，作者由此获得了一种满足自我潜意识中欲望的形式，表达了一种幻想的满足。

三、关于重建的记忆

由此看来，在小说创作中，记忆的重建是一种复杂的创造活动，而重建的记忆也是丰富多彩的。就谭恩美的小说而言，其记忆也可分为三种不同的类型：梦幻的记忆、想象的记忆和现实的记忆，这三者有时互相交叉，有时互相融合，形成一种独特的小说结构。

除了梦幻的记忆之外，想象的记忆是介乎梦幻与现实之间的一种形态。在谭恩美的小说中，关于母亲的历史，母亲对女儿的期待与忍受，以及母亲的心理活动，多半是通过想象建构起来的，其中最吸引人的一部分是母亲对自己女儿想表达而没有或未能表达出来的那部分内容，它们最后构成了作者想象的意象和意绪。正是在这个过程中，作者创造了母亲和女儿进行"对话"的可能性。例如在《喜福会》里，不管女儿怎样看待自己的母亲，所有的母亲都把女儿看成是自己生命的一部分，"她曾是我身体的一部分，她的一部分思想也是我的，当她像一条鱼似的跳出我的身体，游向远方，我就从另一个岸边一直看着她"；所以，"我知道什么事在她身上会发生"。同时，所有的母亲也都知道女儿已和自己不同，不再可能和她们一样是真正的中国人，这一点正像其中一位母亲对自己女儿的评价一样："仅仅她的皮肤和头发是中国人的，而内部的——都是美国制造。"这当然并不是母亲的期待。母亲的期待是"美国背景和中国品质的结合"，她们希望自己的女儿能有美国精神，不认命，不认输，相信经过奋斗就能美梦成真，但是同时又能像中国人一样，听父母的话，懂得怎样隐藏自己的思想和感情，这样才能稳操胜券；懂得便宜没好货，时刻看重自己，千万不要像便宜的假耳环一样自轻自贱；等等。

正是在这种重建的记忆中，作者逐渐打开了历史之门，让女儿越过鸿沟去理解和接近母亲。这时候，母亲不再是过去心目中的"传统母亲"，难以接受的妈妈了，而成为一个不露声色但明察秋毫的妈妈，她比谁都更理解自己的女儿。例如在《喜福会》中，有一段"两副面孔"的描述非常精彩，讲的是女儿有一天邀请母亲去剪发，母亲对于女儿的用心一目了然。她懂得怎样把自己的"中国面孔"隐藏起来，用"美国面孔"来应付场面；她也懂得这两种面孔对于她们母女意味着什么。这一章最后一段写母亲的想法很有意思：

　　　　我在想我的两副面孔。哪一个是美国式的？哪一个是中国式的？而哪一个比较好些呢？问题是你表现了这一个，就必须牺牲另一个。

　　　　这就像我去年回中国一样，我离开那里差不多四十年了。我去掉了首饰，穿当地一般的衣服，说当地的语言，使用人民币，但是尽管如此，他们还是知道，我的面孔不是百分之百的中国面孔，他们还是要我付外国人的高价。

所以我总是想，我到底失落了什么呢？我又获得了什么回报呢？我看来得问问女儿是怎么想的。

女儿有女儿的失落，母亲也有母亲的失落，而且上一代的失落也是下一代的失落，她们彼此失落了对方，只有通过与对方的沟通才能获得回报。作者通过想象创造了互相应答的机会。

显然，在这三种类型的回忆中，现实的记忆最有刺激性，因为它们来自作者的亲身体验，直接表现了母女二代人之间的冲突，它们像刀一样锋利，在人心灵上留下很深的伤痕。例如，像这样的记忆也许是母亲和女儿都永远不能忘怀的：

"哼，你想让我成为我不想成为的人，我永远不会成为你想要的女儿！"我气昏了，大声说。

"只有两种女儿，"母亲用中文大声说，"一种是听话的，一种是不听话的，只有一种女儿可以生活在这屋子里，就是听话的女儿！"

"那么我希望我不是你的女儿，你也不是我的母亲。"我也大声说，但是我说这话时一方面感到有点害怕，好像有一些小爬虫从我胸中爬出来，同时又感到一种快意，至少觉得想说的终于说出来了。

"改变它太晚了！"母亲气得发抖。

我知道母亲已气愤至极，但我还觉得不够，我要看她最后不可忍受的样子。这时我想起母亲在中国丢失的一对双生子，这是最能刺痛母亲心的事，我们从不谈论她们，但是此时我开始大叫："那么，我希望我没有生下来！或者像她们一样早死掉算了，像她们一样！"

就像听了咒语一样，母亲的脸一下子变黑了……

在这里所表现的不仅是两代人的冲突，而且还有历史的怨恨和悲哀。母亲的失落和女儿毕竟不同，母亲是被迫背井离乡的，是在万不得已的情况下骨肉分离的，而如今的女儿却是那么决绝和自动地走向失落，走向了"失忆的一代"。

不过，正是这种现实的记忆唤醒了历史意识，不论对女儿或是母亲，它都是一种提示和刺激，使她们从这里开始寻找失去的记忆，重建历史和现实的关系。

四、关于记忆的变形和历史的解构

于是，记忆之门在痛苦的刺激下终于打开了。但是，就在这记忆之门开启之时，我们同时看到了失忆之门，继而又看到记忆的变形。因为谭恩美毕竟是在美国出生长大的，中国的历史对她来说，只是一个影子，一种幻象和猜测。这种情景就像《灶神之妻》中梅妮对自己母亲的记忆一样："我爱她，思念她，一直保留着她留给我的头发，我想她总有一天会回来的。她即使死了，我总有一天也会找到她的尸体的……但是，其他的呢？我对她什么也不记得了……"

因此，记忆的变形成了谭恩美小说的一个明显特色，特别是在《灶神之妻》中，我们从小说所叙述的故事情节透见到作者对于记忆反思和重建过程。在《灶神之妻》中有一章"千头万绪"（"Ten Thousand Things"），也许是最值得分析的。其中有三段描述母亲画像的，非常具有象征意义：

> 有一天，也许是在我10岁那年——我妈已走了好几年了，我再次注视着我妈的画像。我发现在她苍白的脸上有个小小的污点。我拿了一块布，沾了点水，想给她洗干净，没想到她的脸越洗越黑，而我越是想把它洗干净。结果我发觉自己干了一件蠢事：我把她半个脸擦掉了！我哭了起来，好像我杀了自己的妈妈。从此之后，我总是带着一种非常悲伤的感情看着这张画像。你看，我甚至再也没有称之为妈妈

的画像了。

　　过了好些年，我试图记起她的脸，她说过的话，我和她干过的事，但是我有一万种不同的记忆。一万——这是中国人经常说的，是一个巨大的数字，代表着"数不清"。但是，我想我妈妈差不多近七十年了，至少有几万种不同了，而我妈妈至少也变化了几万次了，我每次回忆起她都有所不同，我对她的记忆不可能准确了。

　　太悲哀了！这不仅在于你失去了自己最亲爱的人，而更在于人是在不断变化着。以后你会感到困惑，这是我失去的那个人吗？不管你失掉了多少东西，但是从你的记忆中或者想象中涌现的千万种不同的景象，使你不知道什么是什么，什么是真的，什么是假的。①

　　这就是记忆的悲哀，也是记忆变形的开始，记忆比画像更为模糊，而画像已经不再是真实。在这里，我们能感受到一种深深的失落感，它来自历史本身，隐藏在人记忆的长河中，时间的流逝和人世的变迁，必定使历史充满变形、错觉和不真实感。这是不可避免的。人们再也不可能真正找到它们。即使找到了，它们也永远不再是原来的它们。

　　在这里，我们也许会再想到《喜福会》中的那个走丢的小姑娘，她被戏台上的月亮娘娘迷住了，她后来被家人找到，但作品中有一句话却意味深长："我永远不相信我们家找回了原来的女儿。"

　　这不仅是一种记忆的变形，而且也是一种历史的解构，人在创造新的历史的同时，也在不断使旧的历史土崩瓦解，最后人所能获得的只是一种虚构，一种片段的、被剥离的、模糊不清的历史碎片。但是，谭恩美并非这个过程的逆来顺受者，她想通过小说把历史的碎片联结起来，构成一个完整的历史。也许谭恩美的整个创作过程，就是在历史的泥沼中挣扎，寻找出路的过程。

---

　　① 译自 Amy Tan, *The Kitchen God's Wife* , New York：G. P. Putnam's Sons , 1989。

所以，寻求历史也就成了承担罪恶的过程，反过来说，承担罪恶成了重建记忆中不可缺少的一部分。在谭恩美的小说中，罪恶和历史几乎是同源的，它像"原罪"一样不可摆脱。这一点就像《灶神之妻》中的女主人公珍珠的亲生父亲是文福（Wenfu）———一个名副其实的恶棍和虐待狂——一样，已是既定的历史事实，它可以成为忘却的记忆，但是不可能成为消失的历史。血浓于水，历史已溶解到了下一代的血液之中，成为他们身心的一部分，在他们内心中起作用。正因为如此，要想让历史不变形是不可能的，要想完全"忘记"历史也是虚妄的。珍珠的母亲曾想完全忘掉自己的过去，忘掉自己的母亲，但是没想到自己会在飞机轰炸的生死关头大叫"妈妈"；而珍珠自己认为自己已美国化了，但是没想到还有一个活生生的中国父亲。

由此说来，重建的记忆虽然已经变形——它不可能完全符合历史真实的原貌，但是作者对历史的追寻是真实的，她不仅真诚地追寻过了，而且确实找到了属于自己的历史——尽管它仅仅属于她个人。这就如同《灶神之妻》中母亲最后送给女儿的神像一样，虽然它没有确切的名字，但是它仍然是中国的神像，其中包含着中国和母亲的秘密。

五、关于母亲的意义

如果说记忆是变形的，历史是虚构的，那么在谭恩美的小说中有一点却是真实与无疑的，那就是母亲的意义。

可以说，谭恩美所重建的记忆是以母亲为中心的记忆，母亲是她联结真实与虚构、过去和将来的历史桥梁。在小说中，母亲、历史和记忆实际上是不可分离的。

母亲在中国历史文化意识中有特殊的意义。作为一种血亲的来源，诗人经常用它比喻或象征一切养育自己的事物，例如大自然、土地、故乡、河流、文化、历史和传统等。在中国人伦价值观念中，养育之恩是高于一切的。所以，西方的家庭观念是把爱人摆在第一位，而中国则一向把母亲放在第一位。当然，谭恩美未必能接受这种中国传统的伦理观念。但是，当她追寻自己的历史时，当她想获得自我存在的全部答案时，自然而然地想到了自己的母亲。确切地说，母亲就是其自我最直接的来源，就是其历史最实在的记忆，也是其一切人生秘密的答案。

这一点在《喜福会》中已经有了明确的体现。有一次，许安梅的女儿心理有问题，要去看心理医生，作为母亲的许安梅就告诉女儿："母亲是最了解你的，我知道你心里面的东西，心理医生只能使你感到糊里糊涂，黑蒙蒙。"后来女儿不得不承认母亲说得对，只有母亲最了解自己的女儿。而另外一个当女儿的吴景梅也是如此，当她母亲活着的时候，两人经常有冲突，直到母亲去世之后，她才真正懂得了母亲的意义，"母亲是我唯一可以询问的人，也是唯一能在生活中给我指点迷津，并帮助我承担悲哀的人"；对于母亲留给她的纪念物，她也意识到其中包含着独特的"我们甚至不知道我们属于什么的秘密"。

从这一点来说，《灶神之妻》其实就是《喜福会》创作上的延伸。这种延伸不仅是故事的延伸，也是寻根的延伸，探索和追悔的延伸。

很有意思的是，《灶神之妻》是从葬礼开始的，而且死亡的阴影笼罩在很多人的心头。比如，珍珠（Pearl）患有多种难以预料的硬化症，海伦（Helen）疑心自己得了脑癌等。而就在葬礼上，珍珠不但一再感觉到母亲梅妮的孤独，而且再一次回想起了自己死去了的美国父亲。与此同时，作为死者杜奶奶最后遗物的灶神牌位，勾起了梅妮内心深深的波动——灶神之妻的故事就是从这里展开的，母亲从古老的传说中看到了自己的命运。

无疑，母亲是这部小说真正的中心，她是女儿全部人生秘密的保持者，只有她知道关于女儿母亲的母亲，关于女儿的亲生父亲，关于女儿的病源的一切。这一切，梅妮曾下决心把它们全部忘掉，忘不掉也想永远不再打开记忆的大门，但是始终不可能做到。因为死亡唤醒了它们，这正如梅妮的生死之交海伦所说的："难道让我带着这些秘密走进坟墓吗？"

无疑，母亲做出这种选择是艰难的，因为母亲不仅是历史秘密的保持者，更是历史苦难的承担者。记忆对她来说，不仅是一种负担，而且是一种屈辱和罪恶，她一生都想逃避这种历史的纠缠而不可能，因此不愿意让自己的女儿再去承担它们，因为她太爱自己在屈辱中怀孕生下的女儿了，虽然她的父亲是一个恶棍式的人物。

因此，母亲成了一种历史的中介、记忆的中介，历史通过她得以延伸，记忆通过她得以重建。不仅如此，母亲还意味着一种传统的复活和历史感的复活，作者通过她理解和接受了人性的苦难和屈辱。在这里，谭恩美小说中母亲的意象和白先勇小说中父亲的意象，有着异曲同工之妙，都联结着苦难、屈辱和漂泊游离，都是中国人心理历史的象征。每一个中国人在走向世界的时候，都必须承担这种历史的馈赠：在反叛中接受历史，在追寻中理解反叛。

1992 年 10 月 1 日于纽约

（原载《暨南学报（哲学社会科学）》1993 年第 4 期）

上海人与纽约客

——双城记中的文人生态与心态

如今，从金茂大厦望下去，浦江两岸的风景绝不亚于纽约的曼哈顿，很多人都不由发出赞叹。由此，不少人开始对上海与纽约——这跨太平洋的两座现代都市——进行比较，从中获得历史的启迪。这种比较是全方位的，体现了一种全球化的眼光。在这里，文人作家的生态和心态虽然只是一个小小的角落，但是其中所反映的文化内涵和特征不仅十分有趣，而且值得我们深思。

一、"纽约客"的启示

在上海旅游逛街是一件惬意的事，但是当一个上海作家却并不容易，因为上海毕竟是中国首屈一指的大都市，更是中国现代文化重镇，作为一个上海作家不仅要维护和发扬这一份光荣，更要为建设新上海锦上添花——这可不是一件轻松的事。由此我想起了在另一个都市纽约的一种特殊的心理体验——纽约客。*The New Yorker* 原本是一本文学杂志，由美国著名的编辑怪才哈罗德·罗斯（Harold Ross，1892—1951）于 1925 年 2 月在纽约创办，起先以丰富多变的都市幽默为主，但是随着不断有优秀作者加盟，内容涉及了生活的各个方面，一度成为纽约文化的象征，在全世界产生了广泛的影响。而值得注意的是，按词义来说，这个 New Yorker 也可以理解为纽约人，翻译成"纽约人"也未尝不可，但是不知为什么被翻译成了"纽约客"，似乎比"纽约人"更得当传神，因此很快成为一种共识，在社会生活中广泛流传。

我想这并不是偶然的。因为纽约作为美国最大的城市，确实是由一个大客栈发展起来的，土著的印第安人原本是这块土地上的真正主人。他们真心款待了来自欧洲的客人，并且轻信了他们，结果客人就不走了，并且把纽约变成了一个大客栈，四面八方的人都来淘金发财，从而也使纽约成了一个人来人往的国际大都市。尤其是在传统社会发生裂变，工业革命和新兴产业浪潮风起云涌背景下，时代造就了无数身怀绝技但无处施展，心存梦想但走投无路，标新立异但为世道打压的人，他们唯一的出路就是到一块新的土地上去冒险。纽约就提供了这样一个环境。所以，"纽约客"确实比"纽约人"更恰当，因为它真实反映了当时大多数生活在这里的人的生态和心态，他们从不同国家和地区来到这里，感受到了不同的文化、习俗和语言，寻找着各自不同的梦想，却共同分享着纽约这只"大苹果"的赠与。因此，"纽约客"也是聚集在纽约的、来自世界各地艺术家的一种共识，其从一开始就赋予了这份杂志特殊的现代品格：它不可能是一种狭隘的地域认同，也必定会突破单一的民族或地域文化的限制，接纳来自不同肤色、语言和地域文化的精英，为他们的艺术创作提供广阔的平台和空间。

所以，《纽约客》越来越出名，成为 20 世纪文学的一份标志性杂志，因为它是很多漂流到纽约的艺术家的精神家园，他们在这里展示自己的才华、实现自己的梦想。这也昭示了一种新型的现代文化形态，使都市成为文化发展的枢纽，文化创新的梦工厂，文化人才的聚集地。在一段相当长的岁月里，《纽约客》就扮演着这样一个角色，总有一大批艺术家作家聚集在旗下，他们在一些并不高档的酒吧相逢相聚，在某个有钱人的客厅里高谈阔论，相互吹捧也相互指责，成员聚了又散，散了又聚，老面孔换成新面孔，新议题淘汰旧话题；但是，有一点似乎一直未改：他们总是先用夹杂着各种口音的英语大声抱怨一通纽约的罪恶与不幸，最后再一起为自己，也为"纽约客"干杯。

二、大上海的魅力

正因为如此，《纽约客》声名越来越大，但是把其创作归成一个流派却颇令研究者头疼。理由很简单，在这个杂志发表作品的作家风格各异，关注点也不同。而且，这些文人墨客从来没有刻意为《纽约客》写作，或者严格遵循《纽约客》的出版宗旨。他们只按自己的想法写作，并不会因为杂志的缘故改变自己；而《纽约客》也从不分彼此来出版他们的作品。比如，著名作家雷蒙德·卡佛（Raymond Carver）不属于《纽约客》的作家，照样由这里出版自己的作品。《纽约客》按期推出的小说集，所收集的作家创作并不限于杂志的撰稿人所写。至于与《纽约客》有关的海明威（Hemingway）、菲茨杰拉德（Fitzgerald）等作家，更是天马行空，经常居住在世界各地，他们的创作与形迹远远超越了一个杂志的范围。

由此，我又想起了上海以及上海作为文化艺术之都的魅力。同纽约有相似相通之处，所谓海纳百川、兼容并蓄、中西交融正是这个崛起的东方大都会的特点。与纽约一样，近代以来，上海的崛起并没有什么奥秘可言，也不是经典刻意规划的结果，而是在开放过程中自然形成的。优越的地理方位，以及开放的都市氛围，使上海成为一个实现梦想的集聚点，源源不断的移民带来了不同的文化，形成了一个特殊的"文化大熔炉"，造就了独具一格的"海派文化"。

这是一个很有意思的过程。对于传统中国来说，上海从一开始就是一个"异数"，它是叛逆者的庇护所，是创新者的滋生地，更是通向新世纪、新世界的窗口、舞台和通道。正因为如此，无数文化人20世纪初特别是

30 年代上下——那个文学创作的黄金时代奠定了上海作为现代中国文化之都的地位——聚集这里。就此而言，上海与北京等其他中国都市的区别就是这时候形成的，上海的文化人不仅来自四面八方，而且都以"客居"的身份与心态聚集于此：这里是一个文化人的码头、大市场，不断有人进进出出。例如，鲁迅、郁达夫、徐志摩、戴望舒、施蛰存、巴金、茅盾等都曾在这里建功立业、扬帆启航，但是就他们的身份和心境而言，似乎很少有"上海人"当家做主的派头和感觉，多半也都是亭子间的"客"而已。当然，也有一到上海就拉帮结派，准备当家做主的人，但是就艺术创作而言，似乎没有多少建树，反而造就了一种不好的传统——在一艘航行的船上划界为牢，搞起了"土围子"的把戏。

也许这就是一代艺术家与一个都市的缘分。它是自然的、历史的，甚至超乎形迹之外的，并不是那么刻意渲染的、人为制造的，一定要有认同感、归属感，甚至把纽约或上海一定要看作"我的小山村"，一定是那个月亮和那条狗——因为它们是航行中的巨轮，可以把你带到任何港口，但是不能保证一定能见到同样的月亮和你熟悉的小狗。

显然，有了大上海，就有了上海人，这是自然的过程；但是，当我们为"上海人"进行文化定位的时候，却颇需要一番周折和思量。其实，"上海人"是在最近六十多年才确立的概念，在此以前很长的一段时间里，居住在这里的人更喜欢用"宁波人"或"无锡人"称呼自己，直到严格的户籍制度建立之后，性命攸关的"上海人"身份才如此明确地确定下来。严格的计划经济体制以及多次行政命令性的人口迁移，不仅使"上海人"固定化，而且物质化了，因为离开了这个身份，就意味着失去了一切，包括票子、房子、子女入学等享受这个都市基本生活元素的所有权利，特别是经过多次"下放""下乡"的悲剧体验，"上海人"本身就成了生活的命根子。因此，说上海人排外，实在太冤枉上海人了；但是，说上海人对于自己所拥有的那份权利和利益过分敏感，看得死紧，确实是前所未有的，这包括从公共厨房的边角旮旯，到学术研究中的分门别类，皆有超级敏感的忌讳。如果不碰这些或者让上海人相信你无意如此，那么上海人不仅是顶文明、顶开放、最多才多艺的，而且是顶慷慨好客的"最可爱的人"。

可见，都市与都市人并不是一回事，都市的形成与都市人的文化身份也有错位的时候。放牛娃可以在上海发迹成家，冒险家的后代可能变成守财奴。这对于上海的作家文人也是如此。相比较而言，如今在上海的文人作家不仅比起纽约客，而且比起自己的前辈也幸运了许多，这里没有种族歧视，没有警察的盘问，没有漂泊无家的感觉，甚至没有亭子间的狭窄，房东的逼债，吃了上顿无下顿的困顿；但是，由此也少了很多曲折精彩的故事和曲折的传奇，同时少了人生的冒险和艺术的创新。

三、比较："纽约客"与上海人

我不喜欢纽约，却爱上了"纽约客"——确切地说，爱上了"纽约客"的那种情怀与心态。因为对于所有纽约客来说，纽约只是一艘巨轮，并不是自己的目的地，更不是自己的来处和目的；人们之所以上了这条巨轮，只是希望把自己送到自己梦想的港口。就此来说，纽约不属于任何人，但是它又属于任何人；而任何人都可以搭乘这艘巨轮，但是任何人都不要妄想在这里当家做主。

当然，这是一种不幸也是大幸。尤其对于艺术家来说，这不仅意味着你远离了自己的本土文化，在异乡异地忍受文化上的孤独感和隔离感，还意味着你失去了自己原有的文化根基与生活根基，时时处处遭受不欣赏、不理解甚至歧视的眼神——在这里，应该提一句，这种眼神很大一部分来自跟自己同样处境与身份的人。白先勇的《纽约客》就为我们留下了这方面的典型文本，在作品中，那种严酷的"纽约客"的心理体验能够把人逼上自杀的境地。所以，"纽约客"虽然身在纽约，不断为这座城市干杯，但是却常常突发奇想，对于纽约以及背后强大的国家机器发出挑战，发出不同的声音，从战争罪恶，例如约翰·汉斯（John Hersey）对于 1945 年日本广岛遭原子弹轰炸、无数平民遭殃的专题报道；种族歧视，例如黑人作家詹姆斯·鲍德温在《纽约客》所发表的揭示黑人在充满种族歧视社会中悲剧收场的小说；环境保护，例如拉切尔·卡森在《纽约客》上揭露滥用杀虫剂所造成巨大危害的《寂静的春天》；到最近关于美军在伊拉克"虐俘事件"的报道等，都产生了巨大的影响，成为这个世界历史的"目击者"。就此来说，纽约客体现了一种多元文化的观念和身份，与纽约作为世界大都会的文化形象与内涵相得益彰。

此乃是纽约的大幸，因为正是各种各样的"纽约客"创造了这个都市，赋予了其超越地域的想象与价值。纽约客们的那种神奇的艺术创造力，用各种各样的想象与艺术样式，为纽约增添了魅力和魔力，使其成为名副其实的世界艺术之都。

因为既然是"客"，就有一种客居的心态，就能守得住自己的亭子间和画室；也会有一种超越的心态，不去建圈子，拉帮派，争地盘，当权威，去享受"当家做主"的威望，而是专注于自己的艺术创作，用自己的艺术作品说话。正是这种心态和心境，他们和纽约产生了一种良性的互动：纽约为他们提供了平台和窗口，使他们的艺术创作走向世界；而他们用自己的生命与心血奠定了纽约作为世界艺术之都的地位，使这个城市具有五彩缤纷的艺术魅力。

也许这就是"纽约客"的魅力，也是新型的文化都市魅力的来源。记得施宾格勒曾经说过，"人类所有伟大的文化都是由城市发生的"，这恐怕更适应于20世纪以来形成的都市文化的评价。对此，恩格斯当年对于法国巴黎的评价仍然得体："在这个城市里，欧洲的文明达到了登峰造极的地步，在这里汇聚了整个欧洲历史的神经纤维，每隔一定的时间，从这里发出震动世界的电击。"

显然，我更喜欢上海，却很难做好一个"上海人"。尽管人生就是矛盾的，但是仍不免时时有所困惑。比如，我发现"纽约客"或者在纽约生活过的人，总是对于异国异端文化抱有极大的兴趣，尤其对于自己故土的文化念念不忘，很多人日后都回归为爱国主义者或者本土文化维护者。但是，很多新上海人却不是这样，他们似乎羞于承认自己来自外乡，总是用刚学会的上海话遮遮掩掩，生怕别人说他是"乡下人"。也许这种现象并不奇怪，奇怪的倒是，"客人"往往比"主人"更有创造力，而上海恰恰就是一个流动的都市。

我爱上海，因为这是一块风水宝地，更是一艘驶向每个人心中梦想的航船。但是，我不敢去做，甚至不敢说自己是一个上海人——因为我心里明白自己只是一个"客"；今生有幸能搭乘上这艘船，是我的运气和荣幸。即使自己不能对这座都市有所报答和贡献，但至少没有任何"占有"的心态，去觊觎和谋求他人的权利与空间。由此，我最欣赏徐志摩的诗句："悄悄地我走了，正如我悄悄地来；我挥一挥衣袖，不带走一片云彩。"——这不仅对于一个都市是如此，对于地球上所有美丽的地方，甚至对于这个世界，也是如此。

纽约客和上海人其实并不遥远，有时只是一念之差而已。

（原载《上海文化》2005 年第 3 期）

文学"双城记"：关于沪港文学姻缘

  说到香港与内地的文学姻缘，最耐人寻味的莫过于香港与上海的关系了。20世纪以来，这两座都被称为"东方明珠"的现代城市，在现代文学发展中演出了一出精彩的"双城记"，很多作家随时代变迁流动往来于两个城市之间，很多报纸杂志亦随着社会变换而更新换代，在黄浦江畔或维多利亚港湾之间辗转反侧，互传信息，构成了一座文学交流与互动的空中桥梁，而历史的变迁也获得了新景旧梦、绝处逢生的神奇演绎，上海与香港也成了20世纪文学发展中一对连珠合璧。

  时代和传统造就了上海与香港相近的审美气味，它们一起分享着一个民族蜕变的精神馈赠。但是，由于地域与时运的不同，它们又各自成就了自己的传奇与佳话。从历史上看，上海与香港同是近代以来才兴起的国际名城与文化重镇，最早享受洋化的便利，也就先感受到了民族的屈辱，由此造就了文学艺术创造中跨文化风景以及难以言表的现代心结。而时代的变迁，又使这两座充满中西文化冲突的城市，经历了不同的颠簸历程。在20世纪的中国，上海曾是"东方巴黎"，在前半世纪独领风骚；而偏居南海之滨的香港，却在后半世纪迅速崛起，成为举世瞩目的"亚洲美人"，风采气度丝毫不让东海之滨的海派文化，尤其在流行文化与大众娱乐领域，"香港风"早已成为引领东南亚及海外华人社会文学创作的时尚标杆。所以，上海与香港的这段世纪文学姻缘也有前五十年、后五十年和再五十年之分。

前五十年是海派文化崛起的时期，上海作为中国最早开放的城市之一，是受西方文化影响最深、商业气息最浓的地方，自然也给文学艺术的发展提供了自由发展的空间。特别是"五四"新文学运动兴起之后，北方城市虽然文化底蕴丰厚，传统根深，但是地域相对封闭，旧习根深蒂固，缺乏发展机遇与自由空间，致使很多文化人向南方转移，在上海寻求生存与发展之地，这就使得上海逐渐成为现代文学的策源地与中心城市。相对而言，香港虽然有天时地利之便，但是一直处于现代城市的初创时期，文化基础和人才储备皆薄弱，难以形成气候。而值得注意的是，香港当时就自身文化实力而言，虽然只能算一个文化驿站，但是借助自己的相对自由的气氛，以及南来北往的文化交流的影响，逐渐展露了一种独特的文化都市的姿态。在这方面，上海文坛的影响最为引人注目。事实上，由于时局变迁的影响，香港成了上海在中国唯一一个能够在气味上、格调上相通的城市，由此也成了上海文人甚至文化的唯一的"避难所"与"后花园"，是上海的一个"影子城市"。几十年来，不断有文人往来于香港与上海之间，为香港文学的发展奠定了基础。所以，上海文人及其文学创作在香港受到较多的尊重与欢迎，香港文人与文化多受到上海的影响，是不争的事实。

这种密切关系曾在 20 世纪 40 年代达到了一种极致。抗日战争爆发，上海与香港的文学交流经历了一次高峰，大批文人作家涌入香港，和香港结下了文学之缘，留下了很多历史佳话。例如，女作家萧红，从东北到上海，再从上海到香港，流亡万里，最后葬在香港岛上。张爱玲是另一种传奇，她的人生穿梭在这两座城市之间，她的创作灵感同样来自这两座城市的流动与对比。可以说，正是这种时空的穿越，使张爱玲摆脱了上海"弄堂文化"的偏狭与小气，开始从更宽广的视野和角度来理解人生，尤其是爱情和婚姻的意味和命运，并由此与时代风云相互映衬。她的一些名作，诸如《倾城之恋》等，都来自这个时期的感悟。而在漫长的抗日战争时期，上海与香港更是结成了一条文人穿梭、游走和相互唱和的"文化走廊"，使不同地域、党派和颜色的文学有了相互交接、交流和渗透的空间与可能性，造就了无数奇特的文学和文人传奇，例如当时的香港成了中国抗战"流亡文学"的重要驿站，不仅是很多文人从上海辗转到重庆、延安及内地其他地方的必经之地，而且也是中国与东南亚各国甚至西方世界进行文化交流的重要枢纽，很多文人从这里散布到了南洋群岛，为日后海外华文文学的发展奠定了基础。

香港文学的意义正是在这种相互交流中逐渐显露出来的，它从一个"文化驿站"逐渐成了一个"文化枢纽"；而在这个过程中，其与上海始终保持着密切的、或明或暗的文化联系。1949 年之后，上海文化开始了一轮新的变异时期。

从此，中国文学史上的"双城记"又掀开了新的篇章。

萧红与香港文学

很多现代中国文学名家都在香港留下过足迹，例如鲁迅、茅盾、夏衍、戴望舒、黄谷柳等，其中有的作家还在香港写下了自己的名篇，例如戴望舒在香港被捕入狱，写下了著名的《狱中题壁》；黄谷柳完成了长篇小说《虾球传》等，但是最令人感怀难忘的是女作家萧红与香港的生死之缘。

萧红，1911 年生于我国黑龙江省呼兰河畔的一个小县城里，1934 年她带着自己心血灌注的《生死场》走进上海，受到鲁迅的指导与鼓励。这部小说所体现的那种求生的坚强，那种在死亡面前显示出的"力透纸背的力量"，深深感染了鲁迅，震撼了当时的文坛。而当时的萧红也一直挣扎在生与死之间，在爱与不爱的峭壁上艰难前行，无法预知自己最后魂归何处。她 1936 年在日本短暂停留，尔后经历了在武汉与萧军的婚变，在西安的正式离婚，经历了与端木蕻良的情感交织和重庆的日机轰炸，最后于 1940 年 2 月与端木蕻良一起到了香港，开始参与香港的文艺活动，给报纸杂志投稿。

这也许是萧红命中注定的一种归宿，后来曾引起很多香港文学研究家的扼腕叹息。据说萧红在香港曾过了一段比较安逸的生活，暂时摆脱长期以来的漂泊不定和贫病交加。1941 年美国女作家 A. 史沫特莱访问延安后回国，路经香港时受到过香港文艺界的热烈欢迎，曾在一家思豪酒家举行过欢迎会，就由萧红任主席。然而好景不长，1941 年 9 月 1 日萧红在香港《时代文学》1 卷 4 期上发表了《给流亡异地的东北同胞书》一文，其中表达了"我们就要回老家"的心声，但是连她自己也不会想到，她就要走到自己生命的尽头了。也许在她的作品中，从生到死从来就只有一步之遥，甚至来不及回望，来不及思索。到港一年多后，也就是 1942 年 1 月 22 日，萧红在香港"红十字会"临时设立的一家医院里去世，身边没有她所爱的人和爱过她的人，她的遗体火化后葬在香港的浅水湾畔，后迁到广州沙河公墓。

浅水湾是香港最秀美的地方。一位香港文论家曾用"红颜命薄"来悼念这位生于东北的奇女子，因为萧红的作品和生命经历实在太感人了，尤其是她生命的最后几年，留下了许多可歌可泣可叹的人生诗篇。如果说 30 年代的《生死场》只是强烈体现了萧红那种追求生命的坚强力量，显示女性生命本身的那种罕见的坚忍和刚强的话，那么她后期的《呼兰河传》《小城三月》以及为纪念鲁迅而写的那些感人至深的文字，是多么贴切地反映了一个女性生命的温柔多情和缠绵精致啊！那些被时代的风沙遮掩和封存在心灵深处的女性之性情，一旦有机会复苏并见之于文字，又是多么令人惊叹啊！

萧红在香港的时间并不长，但留下了一些珍贵的文学作品，其中长篇小说《马伯乐》就是在香港写作并开始发表的，可惜并没有最后完成。香港的《时代批评》杂志 1941 年 11 月 1 日出版了第 82 期，上面刊载了《马伯乐》的第 9 章，这时候萧红已经病危，不能继续写作了。而此时作品中的马伯乐还没有从灰色无聊的人生中逃离出来，又再一次面临着武汉的大撤退，准备从武汉逃往重庆。

按情节推断，马伯乐从武汉逃往重庆恐怕还不算结束，他还将从重庆逃到香港——这才是真正的结局。

（原载《太原日报》2003 年 5 月 7 日）

比较文学的出路：更彻底地回到文学本身

随着人们不断研究和探讨，比较文学的理论和实践也显得愈来愈丰富和多样化。这种迹象突出地表现在两方面：一方面是比较文学研究领域和范围不断扩大，开始涉及文学的各个方面，诸如思想、主题、类型、结构心理、形式、技巧、中介等；另一方面则是比较文学研究方法不断趋向多样化。就后者来说，比较文学研究实际上是在不断吸收着其他领域的思想成果，使自己的思路不断扩大，不断有新的发现。

然而，这并不等于说比较文学已完全克服了自己的危机。相反，由此比较文学在理论和实践方面都开始接触到了一些整体的深层次问题，有关自己学科的独立性问题也更加明显地表现出来，期待人们给予更具体的解答。比较文学研究领域和范围的迅速扩大，一方面固然促进了这一学科内容的丰富性，但是另一方面却正在使自己成为一种最平常、最一般的理论方法，甚至成为一种简易的思维和分析工具，能够为各种各样的人、各种各样的理论观念服务。在这种情况下，比较文学研究往往容易沦落为一种排列和展览几种不同文学现象的"游戏"，或者只是为某种理论上的陈词滥调提供一种旁征博引的机会。这种情况往往使人对比较文学真正有效的理论价值表示怀疑。

事实上，最应该进行认真反省的正是这门学科的理论基础。本来，作为一种当今世界文学研究中新兴的、进展迅速的学科，在理论上需要不断自我完善是非常自然的，但是由此并不会给人带来任何轻松之感。应该说，比较文学——作为一种文学研究理论和方法——首先以自己更为广阔的视野而先声夺人，这也许首先得感谢我们的时代已进入了一个文化大交流的时期。

从这个角度来说，比较文学只是当今时代文化思维大树枝头上所结的一枚硕果而已，并没有太多的令人惊奇之处。令人惊奇的反而是，这门学科的理论建设至今还纠缠在几个并无多少实质内容的概念上。

例如对于什么是"比较文学"这一概念的各种不同的解释，只要稍加对比分析就可看出，除了理解上的一些细微差别之外，并不能构成某种独特的理论价值观念。然而不幸的是，这些大同小异的概念解释往往被渲染为不同种理论的标志和基础。这本意也许是为了说明这门学科在理论方面的科学性和丰富性，但实际上却给人一种"概念游戏"的感觉。与此同时，某些在理论上虚张声势的做法也使人难以接受。根据一些蛛丝马迹，借用一些其他学科的理论名词，就构建某种令人眼花缭乱的理论系统，势必会显得浮华而庞杂。

理论上的渲染诱使人们停留在学科研究的表层而回避了与现实文学实践更深刻的接触，致使在这一领域至今还缺乏对整个文学发展富有建树的成果。"在这一领域"我指的是：通过具体的比较文学研究获得的对文学发展本身更精辟、更深刻的见解。

由此我认为，比较文学研究应该更彻底地回到文学创作本身中，关注现实的文学创作状态，由此直接面对和接触文学理论以及创作中的一些基本问题。就目前比较文学发展状况而言，最吸引人的，最富有生气的部分仍是对具体文学现象所进行的探讨。而不是有关概念和定义方面的争执和演绎。从这个角度甚至可以说，比较文学研究突出的魅力就表现在其研究实践之中。如果舍弃了它的实践性而过多在概念中转圈子，其结果就会变得苍白无力。提倡研究更彻底地回到文学本身中来，并不是要理论概括，而是要从对文学一些最基本现象的探讨中发现理论，从中挖掘有关文学现象的新含义。

在这方面，具体的文学创作诸如小说、诗歌、散文、报告文学等具体的文学理论问题，始终应该是比较文学研究最值得关注的对象，否则，形形色色的理论就会变成灰色的、没有活力的理论。

其次最值得提及的是，比较文学应该更强烈地表现出自己的创造性，而不只是一种搜集、排列、对比分析的工作；它的意义不应该只表现对文学现象进行一种新的分析，更重要的是通过这种分析发现新的文学含义，发现和建立新的文学理论观念。

显然任何一门学科的生命力都来自它的创新能力，而文学研究和批评理应是一项创造性的精神活动，而不是一种纯粹学院式的旁征博引。然而，比较文学很容易陷入后者的境地之中——由于从事它需要了解和阅读更多种的文学著作，需要更多的互相印证来确定自己的理论。

这种创造性首先来自对原有的各种不同文学范式的突破，而不是通过依赖。这种突破在比较文学研究中非常难得，因为比较文学研究往往依赖于某种范式作为中介和桥梁，这样势必就会受到这些范式的制约，于是理解和解释这些范式的含义往往成了第一位的工作，反而会忽视对于现实文学现象本身的探讨。因此，要充分调动比较文学研究中的创造性，就得打破一些既定理论范式的束缚，提倡一种更充分的个性探讨。

（原载《澳门日报》1990 年 11 月 29 日）

中国比较文学的特点与前景

    在中国大陆，比较文学是在 1979 年之后逐渐兴起的一门学科。1985年全国比较文学学会成立，标志着这一学科在学术研究世界正式赢得了自己的讲台。这个讲台面对着拥有近十二亿人口的广阔国土。在这之前，中国的比较文学虽已有成果，但只局限于在台湾地区、香港地区等个别地区的交流和发展，无疑，就今天大陆的情况来说，比较文学已取得了令人瞩目的成就，正在对中国的文学批评界和创作界，以及对中国文化建设的各个方面产生越来越大的影响。值得注意的是，这些成绩及其所产生的学术影响，是在一种特殊的氛围中，以一种特殊的方式显现出来的，很难用一种通用的标准来衡量。换句话说，当代中国比较文学的成就及其影响力是与其本身形成的特点密切相关的。所以今天在这里，我并不想列举和介绍近年比较文学方面所取得的一些成果，而只想就中国大陆比较文学研究的一些特点谈谈自己的看法。我认为，只有认识了中国比较文学研究的特点，才能进而看到它所取得的成就及其发展前景。

    显然，比起西方一些国家，中国大陆比较文学的真正起步是较晚的（虽然 1979 年以前也有人从事过，但基本上是零星状态），在理论和资料方面都有明显的不足，但是它一开始受到学术界各方面的重视和响应却是异常强烈的，其强度很可能是局外人很难想象的。实际上这种情景使我们不能不注意到 70 年代末至 80 年代中国思想界的时代背景，中国经过长期的思想禁锢和文化封闭之后，对外开放的思想潮流、文学研究和文学批评都在寻找自己走向世界的多样化道路。正是在这种潮流中，比较文学以自己开放性的特点赢得了中国学者们的青睐。对很多学者来说比较文学首先并不是研究范围和领域，而是提供了一座桥梁，一种出路；通过这座桥梁他们可以从过去封闭的思想、研究状态和思路中摆脱出来，踏上与世界文化交流的道路。

因此我认为中国比较文学从其起步就与其他一些国家和地区不同。在其他地方，它可能学究气很浓，有一种纯学术的味道，但是在中国不同。它从80年代开始兴起，就带着一种"潜任务"，就是体现一种冲破禁锢走向世界的思想，由此在研究思路和方法方面也普遍存在着"泛政治化""泛文化"的特点，往往并不注意详细的资料和严密的学术性，只愿追寻最终的思想目标，其成果的意义也更突出表现在"学术之外"的思想意义。正是从这个意义上来说，我认为并不能用纯学术的观点来看中国比较文学的成就及其意义，应该顾及它的时代精神含义。

从更深一步来讲，中国比较文学研究中的另一个突出特点，就是具有一种浓厚的批判意识和拯救意识，这两种意识是互相联系的，而且都根植于对中国传统文化的重新反省和认识。这在中青年学者中尤为突出。先说批判意识，一方面是通过比较研究推翻和批判既定的一些流行的看法；另一方面则是对以往对西方文学批评态度的再批判。所以国内成果多半都有一种"翻案文章"的意味，只不过有明暗、深浅之分罢了。比如一些学者把鲁迅和一些国外作家相比较的研究就明显地表现了这一点。其次是拯救意识，这也是非常明显的，这就是通过比较研究来肯定中国传统文学更具有传统文化的价值。之所以说拯救，是因为这种情景是以意识到危机为前提的，而这种危机意识又无不和中国长期自我封闭的文化情况有关。在这种情景下，比较本身就是一种拯救，因为这意味着把中国的东西和外国的东西平等地放在一起。在这里，两种情况都可能是有利于民族文化自尊心的，若其同，则完成了一种与世界文化的认同；若其异，则发现了中国文化的独特价值。这种拯救意识最突出表现在对中国传统文学理论和审美意识的研究中。比如我现在正进行的一项有关中国古典文艺心理学的研究就是一例。所以很多中国学者最喜欢的一句话就是，当今世界是东方在走向西方，西方也在走向东方，因为这样就扯平了。

在对中国大陆比较文学状况的观察中，我们发现国内比较文学理论方面是相当薄弱的，现有的成果多半也是引进外国的，相反在具体作家、作品和流派的比较研究方面，国内学者却有很多成果。实际上，很多学者对于具体文学现象的比较研究的兴趣远胜于对其理论的关注，而且存在着一种普遍的倾向，即把比较作为一种分析和阐释文学现象的方法和途径，而不在乎其本身的理论目的。这也就导致了比较文学在中国更突出地体现为一种具体的批评实践，着重通过比较去获得阅读、欣赏的新经验、新解释，而不是寻找某种共同的理论。在这里，我们可能会看到，比较文学在中国思辨和抽象色彩上很淡漠，在理论研究方法上并没有区别的限定，而比较本身也常常非常灵活甚至更任意，具有"冷化"的特点。这固然使中国的比较文学更接近于具体生活的文学对象，并且在研究中保持相当的自由度，但是往往没有坚实的理论依据，立论也很容易流于表面化。这一特点的形成当然与中国比较文学起步晚有关，另一方面也与中国学者一向喜欢做学问的方法有关。

在这里，当谈论中国比较文学研究特点时，就很容易勾起有关"中国学派"问题。很多学者热衷于这一点。香港中文大学李达三先生为此专门写了专著。我不敢提这一口号，但是中国学派如果能成立的话，就目前而言，我觉得其最显著的一个特点就是多样化的研究方法、研究流派的并存。中国的比较文学研究就是一个很大的试验场，外国的各种理论方法都被引进来，和中国学者的思想发生了交流，形成一个又一个不同类型的比较文学研究"试验场"，最后得出各种不同的结果。尽管这种状态多半是由目前文化环境所造成，但是我们仍然觉得这是中国比较文学一个很大的优点。我想中国比较文学需要在全面吸收世界各个学派的思想成果过程中向前发展。在这方面，不要限定自己是最重要的。

以上我概括地谈了中国比较文学的几个特点。这些特点意在说明它的特殊性，意在提醒我们不能用某种单一的学院派的标准来看中国比较文学及其成就和意义。很明显，这些特点有利的一方，也有弊的一方，而且二者有时是很难分开的。就拿第一点来说，中国学者急于用比较方法大开眼界，破除禁锢，就难免忽视比较文学研究本身的条件、功能和意义，而且急于求成，缺乏理论准备，在学术价值方面自然要大打折扣。

这也使我们展望中国比较文学时有更充分的思想准备。我觉得中国比较文学在 90 年代可能会有更大的发展。这种发展取决于三个有利条件，第一，两岸及港澳学者的交流交汇，互相取长补短，形成一种综合优势。我认为，台湾、香港、澳门在比较文学研究方面拥有大陆（内地）所没有的一些优势，正好能弥补国内学者的一些不足，在这方面的交流合作意义深广。第二，比较文学资料和信息网络的建成，一些重要课题的提出和完成。第三，更多有创造能力的学者投入这个领域。以上浅见，纯属个人想法，不当之处请各位先生指正，谢谢。

（1990 年 12 月在澳门首届比较文学研讨会上的演讲）

第二辑
穿越时空：打开新的思维空间

文化情结：世界文学与中国文学

一

自 19 世纪以来，中国的封闭状态被打破之后，越来越多的人自觉地把中国和世界联系起来。谈文学的人自然也不例外。由此，在文学批评、理论和文学史研究方面，世界文学与中国文学的关系成了一个引人注目的命题。

对于中国人来说，这或许是一个很深刻的话题。这里所谓深刻至少有两层意思：一是就中国和世界的关系而言，它触及中国人的一种很深亦很敏感的文化心理，牵涉到中国人几千年形成的世界观念以及近一个多世纪以来的新变化；二是就中国文学的当代性而言，仍然存在着走向世界和保持民族气派与风格的问题。显然，作为一对有关联的文学概念，中国文学和世界文学在中国拥有自己特殊的含义，它们既有相互矛盾的方面，又有相互一致的地方；既有互相联系和兼容的一面，又有差异和对抗的一面；既蕴含着历史意识的沉淀，又熔铸着现实生活的冲突。

就概念的内涵来说，中国文学与世界文学有许多必然的联系，其中难免有重叠的意思。应该说，中国文学是世界文学中的重要组成部分，本身并不是游离于世界文学之外的，而世界文学必然是包括中国文学的，否则世界文学本身就是残缺不全的。就此而言，把中国文学和世界文学单列出来进行比较探讨，本身就隐含着概念混淆的危险性：为何要把这两个概念分列出来使用？对于中国文学来说，世界文学到底意味着什么？

这是一个引人深思的问题。就中国谈世界或者就世界谈中国，这对中国人来说，具有某种特殊的意味。这种意味，也许只有对于中国的文化历史有了深刻了解和体验后才能有所认识。

对中国人来说，"世界"这个概念并不陌生。据《词源》解释，这个词出于佛家，"世"指时间的延续，"界"指空间的限定，合起来表示时空的总和。后来人们就用这个词来表示人类生活的所有地方的总和，其意义和英语中的"world"相似。然而，在中国漫长的与外界完全隔绝的时期内，"世界"这个概念并不如现在这般广泛使用。因为直到清朝乾隆年间，中国仍以"统驭万国"的"天朝上国"[1]自居，自认为是世界的中心，固守着"普天之下莫非王土，率土之滨莫非王臣"的观念。直到1840年鸦片战争之后，中国人对"世界"才有了新的认识。

但是，这种认识上的转变是很复杂的。由于中国封建王朝极力维持一种"野蛮的、闭关自守的、与文明世界隔绝的状态"，[2]人们思想上形成了一种奇怪的观念，即认为中国就是整个世界文明；而当国门一旦打开，看到了远超过去国人想象和形容的另一个世界，就必然会破坏观念形态上的平衡。在人们的意识中，"世界"仿佛是一个突然降临的"天外来客"，故意来和"天朝"作对的；这个世界又仿佛不是过去就有的，而好像是从"天朝"的中国分裂出去的。在这里，"中国"和"世界"的概念内涵不仅在变化，而且牵涉到了整个中国人文化心态的变化。"中国"的意义在由大变小，由过去"统驭万国"之"天朝"逐渐变化为世界的一部分，而"世界"亦不再以中国为中心，而成为另外一种独立的存在。中国人在逐

---

① 钟叔河：《从东方到西方》，上海人民出版社，1989年，第30页。
② 马克思、恩格斯：《马克思恩格斯文集》（第2卷），人民出版社，2009年，第608页。

渐接受、认同和理解"世界"这一概念过程中，在思想意识上经历了许多曲折、许多冲突。比如在 1876 年，作为清政府驻使欧洲第一人的郭嵩焘，因为在自己日记中如实记录了西方的一些实际情况，说明西方已先进于中国，就在国内激起了轩然大波。梁启超曾谈到过这件事：

> 光绪二年，有位出使英国大臣郭嵩焘，做了一部游记。里面有一段，大概说：现在的夷狄和从前不同，他们也有二千年的文明。哎哟，可了不得。这部书传到北京，把满朝士大夫的公愤都激动起来，人人唾骂……闹到奉旨毁版，才算全事。①

郭嵩焘的见解之所以引起公愤，究其原因，无疑和当时这些人对世界的认识与心态有关。第一，不愿承认有一个比中国更先进的世界存在，因为这就意味着所谓"天朝上国"的神话的破产；第二，不愿放弃旧的体制、旧的观念，对不同于自己的世界有敌对情绪；第三，长期隔绝，无法接受和理解有这样一个新世界存在的可能性。这个新世界对他们来说，确实是太陌生，太难以把握，而且太具有威胁性了。

就此看来，"世界"这个概念在现代中国人的意识中很特别。其含义是在中国人重新睁开眼看世界和看自己过程中形成的。由于闭关锁国状态被打破，中国过去传统的自豪、完满的自我意识粉碎了，分裂出一个与自己不同甚至对立的世界，由此就形成了中国与世界的一种特定的分野。于是一种奇特的观念逐渐形成：中国人往往十分强调中国是世界重要的一部分，但是同时又时常感到自己并不在世界之中，是被排除在世界之外的一部分，所以要不断走向世界，面向世界。

因此，我们完全可以这么说，自 19 世纪中叶以来，中国与世界的关系，实际上构成了中国文化意识中最为复杂的一个"情结"，对此我们常常表现出一种极为敏感也极为矛盾的态度。因为"世界"本身在中国人的

---

① 钟叔河：《从东方到西方》，上海人民出版社，1989 年，第 182—183 页。

意识中具有双重意味：一方面，它不仅毁灭了中国昔日的光荣感，而且也对今日的中国构成潜在的威胁，弄得不好，这个世界会把中国征服，或者把中国"开除球籍"；而另一方面，世界又成了中国的希望所在，中国唯有走向世界才能得救，中国人迫切希望在世界舞台露脸。所以，"世界"与"中国"在国人的意识中有相互对立、分庭抗礼的一面，也有难解难分的一面。偏向哪个极端，只是因时因地而异。而就后者来说，国人最容易接受的一句话便是："越是民族的就越是世界的，越是世界的就越是民族的。"——在这里，中国和世界完全可以看成是一个概念。这一切表面上看是矛盾的，但是在中国当代文学意识中又是那么紧密地联系在一起，形成了自己的思维逻辑。

二

显然，这种复杂而又微妙的关系同样存在于中国文学与世界文学之中。国人对于"诺贝尔奖"的态度就是一个可供分析的例子。因为这里面有一个中国文学与世界文学的关系问题。在很多情况下，人们可以把"诺贝尔文学奖"说得很"轻"，似乎并不稀罕，并不在意，但是认真分析一下就会看出，这"轻"中又有"重"的因素，否则就不会时常挂在心上。如果说获得"诺贝尔文学奖"意味着世界对中国文学的某种认可，那么这种矛盾的心态是不难理解的。所以尽管人们并不认为凡是得此项奖的作家水平一定高，但是对中国作家得不到却又非常介意，因为这里不仅仅是一个单纯的水准问题，而且，也许是最重要的，隐含着一个中国标准与世界标准的问题，一个中国文学走向世界的问题。

这个问题对于中国文学来说，不仅是一个感情问题，而且也是一个理论问题。实际上，只要一走出中国文学的圈子，"世界文学"就像一团迷雾缠绕着我们。我们得从各个层面入手，小心翼翼地接近它，才能搞清楚它对中国文学所蕴含的特殊意义。

从字面上来理解，世界文学应该是指地球上各个国家和各个民族文学的总和，其中包括各种不同性质的文学现象。但是，对中国文学现状进行一番考察就会发现，上面这个一般的含义对中国文学来说，显得不确切也不具体，在一般的文学理论和研究中也不经常使用。相反，在具体的文学研究和理论中，人们对世界文学概念，至少有三种特殊的理解。第一，把"世界文学"看作一种打破国界和民族界限后形成的统一的文学。学术界一般都认为，这一概念最早是由歌德1827年在评论其剧作《塔索》的法文改编本时提出来的。他在同年1月31日与爱克曼谈话时也曾提到这一概念，他说："……如果我们德国人不把眼光转出环绕我们的狭小圈子之外，我们就太容易沦为冒充博学而又自高自大的人了。所以，我总喜欢向外国看看，我劝每个人都这样做。民族文学在今天毋宁说是一个没有意义的名词；世界文学的时代已不远了，每个人应当努力促进它的来到。"[①] 歌德所提出的"世界文学"概念显然不同于一般所有文学总和的意义，而是具有一种文学上"世界主义"的倾向，他所说的世界文学是指各国和民族文学相互交流和融合后的成果，强调文学所具有的共同特征和魅力。关于这种世界主义倾向，有些人还会提到马克思、恩格斯《共产党宣言》中的一段话："资产阶级通过世界市场的榨取，使一切国家生产与消费都成了世界性的了。……在物质的生产上是这样，在精神上的生产也是这样。各个民族的精神的产物，成了公共的财产。民族的片面性和局限性越来越不可能有了，从许多民族的与地方的文献中形成了一种世界的文献。"[②]

这种"世界文学"的概念对中国文学是非常有吸引力的。它是一个真正的文学平等的时代，在这个文学时代，各国和各民族文学融为一体，人们可以各抒己见，自由创造和享受文学。这时候，文学民族性、区域性的特点和界限会越来越模糊，而文学自身的多样化，譬如风格、技巧、个性等因素的特殊性或差异性则会越来越引人注目。

第二，世界文学即指中国以外的文学，或者是外国文学的同义词。这

① 伍蠡甫主编：《西方文论选》（上卷），人民文学出版社，1979年，第469页。
② 马克思、恩格斯：《共产党宣言》，成仿吾译，人民出版社，1978年，第28—29页。

种含义在文学研究和理论中也相当流行。至今，我们大学中的某些"世界文学"学科，实际上就是外国文学，至于我们在图书馆、书店随处可见的《世界文学史》《世界短篇小说选》《世界电影小说选》《世界名著选读》《世界民间故事选》等，其中绝大部分都是叙述或选编外国文学的，中国的文学并不包括在内。显然这里的"世界文学"和中国文学有一条明显的界线。中国在世界之外，或者说世界在中国之外。

很少有人认真解释过这个问题。而且把世界文学看作是外国文学的同义词已经差不多成了一种约定俗成的说法，似乎已经用不着解释。但是，如果从文化——心理深层来看，这也许是一个值得认真分析的问题。中国是一个大国，中国具有深厚丰富的文学——这是国人经常强调的话题，但是又何以总是把自己的文学与世界文学分割开呢？这里面也许包含着一种"自我丧失"的心理意味：第一，由于和外部世界隔绝久了，已经意识到了自己与世界有相当的差距，或者说已经意识到丧失了自己在世界上应有的地位，所以自觉不自觉也就把世界文学看成了中国文学以外的世界；第二，由于隔绝久了，因此把中国文学和世界文学完全看成两码事，两种不同的体系。所以凡谈到世界，中国必定应该另当别论。在这里仍然潜伏着一种"丧失"心理，即中国文学并不拥有世界的公认。由于这种"丧失"，所以在理论和研究中就产生一种特殊心态：反正我们自己讲自己的成就和优点，外面或世界上承认不承认是另外一回事。

实际上，只要漫步文坛就会发现，很多古古怪怪的观念都与这个意义上的"世界文学"有关。很多作家特别看重把作品介绍到外国去，因为在很多人眼里，介绍到外国也就等于"走向世界"，似乎也就有了"世界声誉"。在另一方面，则有一些作家拼命强调作品是给中国人看的，世界和他关系不大。显然，把世界文学看作是外国文学的同义词，从某种程度上表现了一种主体意识的欠缺，即，在主体意识方面还没有自觉到自己是世界文学中的一员，所以在理论和创作中还没有形成完整的世界文学意识。

其实，就在这里，当我们不断提到"走向世界"这一问题时，"世界文学"已经拥有了新的特殊的内涵，即"世界文学"这一概念所表达的主要是欧美文学，或称西方文学。

也许很多人会忌讳、回避或者反对这个说法，但是我们只要从各方面认真分析一下就会发现，把世界文学和西方文学等同一体，是一种根深蒂固的看法，只是因为种种原因不便直说而已。在这里还应该指出，"世界文学"对中国文学之所以具有一种挑战性，其实也根源于此。因为"世界文学"不是一个笼统的概念，而是一个拥有诱惑性和压迫性的概念，它常常与现代的、伟大的、优秀的人类文学创作连在一起——而这，正是中国文学所梦寐以求的境界。

这已经成了一个不容忽视的事实。在大多数情况下，当人们把中国文学和世界文学联系在一起时，其实都指的是西方文学。"世界文学"实际上成了一个特指名称。西方文学也就自然而然地成了世界文学的代表。这种情形在学术界表现得非常普遍。一种值得深思的现象是，在我们周围的大多数文学研究者、文学评论家极可能对西方文学知道得很多，但是对东方，对第三世界文学状况往往会一无所知或知之甚少；似乎中国文学与后者没有什么关系。实际上这是一种极大的错觉。

关于这种情形，有些人也许会指出是受"欧洲中心论"的影响。显然，这并非毫无关联，尤其是对一些西方学者来说，陶醉于西方的文学成就之中，往往就会忽视东方文学的价值。然而，就中国情况而言，我以为受这一因素的影响很少。因为几千年来，中国就有"中国中心论"的思想，其根深蒂固程度完全不亚于欧洲中心论的思想，所以让中国人完全接受欧洲中心论思想，就深层意识方面来说，是不可能的，而情形可能恰恰相反，中国人之所以把西方看作是整个世界的代表，正因为还没有也不可能完全放弃"中国中心论"的观念。由此，中国与世界，成了两个"中心"（一个是"明中心"，一个是"潜中心"）的对抗和变换，而处于两个"中心"之间的广大国家文学都被明显地忽略了。

无疑，这种忽略首先是由一种价值取向所决定的。就文学意识来说，中国文学对于东方和第三世界文学的忽略几乎表现在各个方面。例如，人们常常把东西方文学的冲突与中西文学的冲突相提并论，其潜在的因素就在于往往自觉或不自觉地把中国等同于东方，或者把中国看作是东方无可置疑的代表。也许正因为如此，不包括中国在内的东方文学和第三世界文学的研究和传播在中国一直是一个薄弱环节，而文学理论和创作对它们的反应也很淡漠。

由此也可以看出，在很多情况下，我们所接受和认同的"世界文学"概念是残缺不全的。我们所拥抱和走向的并不是整个世界，而是心里所幻想的那一部分。在这里，我们也许看到，尽管世界文学就展现在人们面前，但是，如果缺乏一种阔大的、平等的胸怀，就很难真正获得一个多样的、丰富多彩的文学世界。

三

通过上述分析，再来看中国文学与世界文学的关系，就会发现一个复杂的"文化意识情结"（cultural complex）。从表面上看，中国文学与世界文学是一个一般性的话题，但是深入分析起来，却有许多一时说不清楚或难以说清楚的问题。一方面，世界文学本身在发展，其概念和含义也在不断变化。历史上的世界文学和今天的世界文学以及我们将面临的世界文学，在格局上、趋向上、特点上都有很大的不同，我们很难选择一个固定模式和价值标准来比较。另一方面，中国文学也在变，这种变化在其本身的特点和格局，也在于它对外国文学的接受和认同的程度及方向。例如，很多年之前，中国文学受邻近民族和国度的影响极深，印度佛教的传入曾一下子把中国文学带入一个新的境界，但是如今，中国文学中充满着来自遥远的西方世界的文学信息。在这种情况下，如果忽视过去与今天的差异，就很容易被一些流行的概念所迷惑，自以为是地虚构文学历史的"共同性"和"差异性"。而我们所追求的又往往是一种历史的悖论：当世界处于相互隔绝状态时，文学研究和理论在追寻文学的共同性，当历史趋向大统一之时，又在千方百计地强调差异性和独立性。

在这里，我们面临着各种文化心理上的障碍。这些障碍会使人们拘泥于概念，拘泥于各种各样约定俗成的模式和标准，而无法涉及一些文学本原的问题。

譬如，用西方一些流行的概念和模式来概括、总结和划分中国文学的发展和类型，自 20 世纪以来已成为一种常见的现象。当然，这种情景在有些情况下是有合理成分的，但是我们也很难排除其中的某些片面的、笼统的倾向。也正是由于这个原因，这些概念本身亦有被神化、被曲解、被改头换面的情况。而这种情况反过来又妨碍了我们对中国文学的认识。这些概念和模式又像是一个个固定的套子，削足适履，套住了中国文学中的某些类似现象，却失去了中国文学某些本原的特点和魅力。

显然，这不仅是一个文学模式问题，而且隐含着中国文学与世界文学之间的矛盾冲突。在这里，任何一种模式都不仅是表达一种文学方法或标准，而且是一座沟通中国文学与世界文学之间的桥梁。人们利用这些概念或模式，来完成中国文学与世界文学之间的意识联结。在这种联结中，名与实的矛盾将是一个长期存在的问题。用西方文学的一些概念或模式来描述中国文学，并用中国古老的造词法来说，存在着一个"假借"过程，其本原的意义已经有所丧失，而同时又要求所描述的对象（中国文学）在形态表现方面有所迁就。在这里，我们将面临着两方面的危险性：一方面可能是为了维护这些概念或模式在西方文学中本原的意义，从而不可避免地"牺牲"中国文学的实际状况，丧失或部分地丧失中国文学的一些固有的，不能用这些概念来表达的特点；另一方面，如果坚持中国文学的一些固有的特点，就不得不修正甚至改变这些概念原来的意义，因此就出现了所谓中国的现实主义、浪漫主义或其他主义的问题。例如，我们能够轻而易举地把中国的"兴观群怨"说和现实主义观念联系在一起，但是如果把这两者混为一谈就会冒很大的风险，因为这两种观念既不能相提并论，也不可能完全地互相包容。

在这种情况下，对这些"假借"的概念或模式进行"反叛"的常常是文学现象本身。有时候情形可能很滑稽，对于同一种文学现象往往有着截然不同的看法，而截然不同的看法又往往能举出许多明显的理由来证明自己并非信口开河。这种概念的交叉和矛盾，实际上反映了中国文学与世界文学在意识上某种"错位"和"不对称"现象。所谓"错位"，指的是中国文学的发展和西方一般文学发展过程不同，因此西方一般的文学概念或模式并不一定适用于中国，在理论上讲得通的，在文学实际中并非能一致；在形式上相类似的，在精神意蕴上并非能吻合。所谓"不对称"，是指同样名目的创作观念、思潮和文学运动，在中国和在西方可能属于不同的意识范畴，在表达和意义方面有不同的偏重，因此，西方的一些概念或范畴在中国文学中并不一定能找到相对称和对应的概念或范畴，反之亦然。

然而，这种概念和模式上的"假借"对于中国文学与世界文学的横向联系方面仍然具有很重要的意义。尤其就目前阶段（这一阶段也许很长）来说，中国文学需要更多地吸收外国文学的营养以更新、丰富和发展自己。这种"假借"本身就是一种"拿来主义"（鲁迅语）的实践活动。对于文学理论和研究来说，这些新的概念和模式，实际上构成了中国文学与世界文学联结的意识背景，借此我们能够比较明显地看到中国文学与世界文学的联系，审视中国文学在世界文学格局中的地位和意义。在这个过程中，很多西方的文学概念和术语经过若干年的洗礼后，可能就会真正成为中国文学中的一部分，并且带着中国风格和气派再融入世界文学中去。

也许，我们谁也无法阻挡这一进程，但是，这一进程并非意味着就是一个用西方概念和模式来重新解释、概括和总结中国文学的过程。相反，在这一进程中，重要的是在比较中发现和揭示这些概念和模式与中国文学的某种"错位"和"不对称"现象。在这里，中国文学和世界文学并非一种简单的对应关系——用某一种流行的世界文学概念或模式来解释中国文学，或者把中国文学纳入某种概念或模式之中，而是一种互相补足和修正对方的关系。对此，我们也许需要一种相当宽容的态度：中国文学和世界文学是紧密相连的，但是它们并不一定需要有共同遵守的文学走向与“规律”，当我们感到兴奋和惊异之时，也许所发现的正是在规律之外。

（原载《上海文学》1991 年第 11 期）

在心理学美学的天平上

——谈西方现代主义文学兴起的社会根源

西方现代主义文学是一种国际性的复杂综合体，包括五花八门的文学流派。但它表现在理论和创作上的最显著特点，就是"表现自我"。

有一种意见认为，文学研究人的灵魂，就其最深刻的意义来说，是一种心理学，是灵魂的历史。尽管不加限制地这样讲，可能在理论上走向偏颇，但如果把"灵魂"理解为对社会存在的反映，把心理主要理解为社会心理，则这种说法还是有助于揭示文学的特质和社会功能的。在研究西方现代主义文学的时候，假如能够从辩证唯物主义和历史唯物主义出发，对"表现自我"这一文学现象作一番心理学美学的考察，绝对不会是多余的。

一

"表现自我"作为西方现代主义文学中的一种普遍现象，早已引起广泛的注意。因为它不仅直接表现在西方资产阶级文学的一切领域，而且有向传统文学扩展的企图。过去，由于传统文学的顽强抵抗，也由于西方现代主义文学特定内容的限制，对文学中"表现自我"的褒贬几乎都处于尖锐的对立之中，往往同社会政治（资本主义和社会主义）、阶级（资产阶级和无产阶级）和世界观（唯心主义和唯物主义）方面的论争相提并论，而较少从文学自身的发展和人们对文学需要的角度去寻找原因。近年来，这种批评方法开始出现了突破。

当然，从心理学美学的观点来解释文学现象，完全不能脱离马克思主义的基本原理。社会存在决定社会意识，物质第一性，精神第二性，是基本的出发点。所不同的是，我们不是直接从生活引申向文学，而是通过由生活决定的、特定条件下的社会心理的折光，来考察文学。

当工业革命在欧洲兴起时，人们注视着生活中的日新月异，而忽略人自身心理上的巨大变化。人们欢呼工业和科学为人类开辟了广阔的自由天地，却没有察觉个人的自由活动受到较多局限。作为整体人类的自由扩大了，作为单个人的自由反而缩小了，这是人类历史发展的一个逆反应过程。随着劳动分工的日趋细密，个人生产在单一化的条件下，周期被无限制地缩短，节奏却无限制地加快。人们心理活动随之也发生了巨大的变化，小生产中那种心理上缓慢的、恬静的自然感觉被打破，感受到了紧张（周期缩短）、麻木（频率加快）和沉重的负荷。在资本主义发展过程中，真正可悲的是，人们并非自然地、自愿地来适应这个变化，而是在强制的手段下被迫遵从，因而对自己所从事的一切产生很大的反感，形成了对劳动的本能的厌恶。个人的存在同自己赖以存在的基础之间产生了尖锐的矛盾，正像里尔克在诗中所说的，"啊，朋友们，这并不是新鲜，机械排挤掉我们的手腕"。[①]

当然，在资本主义社会，可怕的还不止于机械排斥人，而是作为人的存在成了问题。在庞大的物质生产关系中，人的地位正如一架机器上可以随时掉换的螺丝帽一样微不足道，社会承认的只是他的产品，而不是他这个人。马克思曾对人的异化问题作过精彩的表述，他指出，劳动者越是创造出更多的商品来，他反而越加变成廉价的商品。物品的世界越是变成价

---

① 里尔克：《啊，朋友们，这并不是新鲜》，臧棣编《里尔克诗选》，中国文学出版社，1996年，第68页。

值，人类的世界则越是在正比关系中失掉价值。劳动不仅生产着商品，还把劳动者本身当作商品来生产，而且还按照它生产商品的同一比例把劳动本身和劳动者当作商品来生产。因此，人们一旦发现自己这个悲剧地位，就对人类的前途产生了疑虑。关于人的价值问题，在西方现代成了一切哲学流派格外重视的一个问题——人的个性发展——以各种形式不断地被强调着，反映了社会对人的存在和消失所抱有的普遍恐惧。

资本主义的发展本身在人的心目中不仅否定人的物质成果，而且否定了自己的理想。从人的解放、肯定人的存在开始，得到的却是人的囚禁、否定人的存在的归宿。原来期望资本主义制度能给人类制造一条项链，而一觉醒来，竟是一副绞架。人越发感到自己是那个无法控制的无名的社会力量的玩物，在强加于人的各种规范、法律、道德的约束下，逐渐成为丧失行动和思维自由的"被捉弄"的生物。在这种情况下，人们的自尊心和自信心下降到了最低点，失望的心理与日俱增。

社会心理如此重大的变化，文学绝不会熟视无睹。稍微注意一下十九世纪现实主义文学中对人的描写，就可以看到人们是怎样顽强地与这种心理上的异化抗争的。金钱腐蚀人的灵魂，撕破人与人关系上一切温情的面纱，这在巴尔扎克的《人间喜剧》里得到了深刻的揭露。可以说，19世纪的现实主义文学真实地反映了资本主义社会心理畸形变态的结果，揭示了形成人的悲剧的社会原因。但是，它并没有直接地描摹出这种心理变态的细致感受。

黑格尔曾说过："……而人作为心灵却复现他自己，因为他首先作为自然物而存在，其次他还为自己而存在，观照自己，认识自己，思考自己，只有通过这种自为的存在，人才是心灵。"[1] 在资本主义社会中，人们第一次感到"复现他自己"的极端困难。个人的行动并不是心灵的要求，而是某种外在意志的表现。现代社会的一切文明礼节，仅仅在人的心灵上涂上防护剂，致使个人的心理既不能为人所理解，也不能理解他人，人与

---

[1]　黑格尔：《美学》（第1卷），朱光潜译，人民文学出版社，1958年，第36页。

人在感情上的联系走向了崩溃。马克思说过："让我们设想人之为人，他同世界的关系是一种人的关系。于是，恋爱只能和恋爱交换，信任和信任交换等。"（德文版《马克思恩格斯全集补编》第1卷第567页）当人们之间的关系只能是虚伪和虚伪交换的时候，人只好求诸自我与自我的交换了。尤奈斯库在谈到这种痛苦时说道："一道帷幕——一堵不可逾越的墙，横在我和世界之间，物质充塞每个角落，占据一切空间，它的势力扼杀一切自由；地平线包抄过来，人间变成一个令人窒息的地牢。"① 而艾略特在诗中只能为自己解嘲："我只是个侍从爵士，能逢场作戏……无非是顺手的工具……"②

因此，"我感到孤独"——这是荒诞派戏剧《等待戈多》中弗拉季米尔的一句台词，反映了现代资本主义世界的一种普遍心理。人陷入了由自己创造的陌生世界，理性也就失去依托。在人们心理上，不仅物质的世界丧失了原有的意义，主观世界也发生了被侵占的危机。加缪在《局外人》中就揭示了这种悲剧的心理。作品中的莫尔索在任何地方都找不到自身和他的世界的生存联系。世界对他已失去了现实性，无论是母亲去世，情人求爱，甚至被判处死刑，他全都无动于衷。因为他在失去世界的同时，也失去了自我存在的意义。怪不得有西方评论者说，这个人物被描写为一个完全受条件限制的心理学过程。在人的价值危若累卵的时代，也许人才需要格外表现自我，甚至不惜痛苦揭开心灵上的疮疤来显示、来提醒"自我"的存在。对于整个"异己"的社会对人心理的压迫，美国一位资产阶级哲学家是这样表述的："它环绕着我们，沉重地压在我们身上，把种种冷酷的限制加诸我们的存在。我们的确无法逃脱。为了获得可靠的生存，我被扔向自我。"③

"我被扔向自我"，这正是西方资产阶级文学中"表现自我"的哲学含

① 尤奈斯库：《起点》，《外国文艺》1979年第3期。
② 艾略特：《阿尔弗瑞德·普鲁弗洛克的情歌》，《英国现代诗选》，查良铮译，湖南人民出版社，1985年。
③ 中国社会科学院哲学研究所现代外国哲学组：《当代美国资产阶级哲学资料》（第2集），商务印书馆，1978年，第3页。

义。它意味着孤独的个人同"异己"的世界的一种自我挣扎，正像西方资产阶级学者所说的那样，是"在自我日益在其世界中消失的情况下，他们为人格的生存，为自我的自我肯定而进行斗争"。① "表现自我"，让"自我"从现实的樊笼挣脱到艺术的自由天地，从龌龊的现实回到纯洁的心灵，成为一种满足正常的合理平衡的需要。

又是黑格尔说的："艺术表现的普遍需要所以也是理性的需要，人要把内在世界和外在世界作为对象，提升到心灵的意识面前，以便从这些对象中认识他自己。"② 人需要理解，文学也需要理解。西方资产阶级文学中的"表现自我"就是直接从痛苦的自剖中完成对自己的认识和理解的。很难设想，假如没有这种普遍的心理需求，"表现自我"的文学竟能在现代西方形成那样大的势头，表现出如此旺盛的生命力。

二

西方现代主义文学对传统文学虽然表现出离经叛道的架势，但"表现自我"并不是现代主义文学特有的产儿，传统文学中早已有之。早在文艺复兴时期，随着人本主义思潮的形成，"自我"已经在文学中萌生了，而且很快地成长起来。但丁的《神曲》、莎士比亚的戏剧中有"自我"的声音，而在卢梭的《新爱洛绮丝》、夏多勃里昂的诗、歌德的《少年维特之烦恼》中，"自我"带着感伤的色彩，诉说他们所受到的压抑，在海涅、拜伦的诗中，"自我"往往充满激情。可以说，现代主义文学中的"表现自我"不过是继承和发展了传统文学中的一种因素罢了。

然而，这种继承和发展不是过程的延续，而是畸形、片面的发展，从心理学美学的结构来看，是打破了过去的物我关系和艺术表现形式的一种

---

① 蒂利希、保罗·约纳内斯：《勇气与个性》，中国社会科学院哲学研究所现代外国哲学组《当代美国资产阶级哲学资料》（第2集），商务印书馆，1978年版，第102页。

② 黑格尔：《美学》（第1卷），朱光潜译，人民文学出版社，1958年，第37页。

发展。在传统的文学中，"自我"往往以单纯的主体形式出现，在社会现实矛盾中，仍然是一个清醒的、完整的个体。歌德《浮士德》中的主人公自始至终都在体现作为一个人同客观现实的界限。他每时每刻都在同任何企图吞没他精神存在的现象作斗争，就是到了最后，还是一个同大自然作斗争的能动的人。这种情形也许在一些浪漫主义的感伤诗里，例如夏多勃里昂、华兹华斯的诗，表现得较为复杂一点，有时可以用"情景交融"来形容作品中的物我关系，但物我之间的关系毕竟是分明的。因为"自我"的声音尽管和大自然的燕啼虫鸣、风声雨声混杂在一起，但仍可以分辨出这两种不同的声音。

在现代主义文学中，"自我"已不能作为一个单独的主体而存在——日益同客观外界事物失去了界限。在被认为是现代主义文学先河的法国早期象征主义诗歌中，最先出现了这种转移。波德莱尔在他的诗歌和理论创作中贯串着这样的思想：物我的界限应该消失，"我"应该不断在物中得到印证。他的诗集《恶之花》就是这种创作思想之花。由于它显示了文学创作中潜在的发展趋势，尽管当时遭到非议，但进入20世纪后不断得到人们的青睐。

显然，物我关系的转移是资产阶级文学发展中一次巨大变革的开始，标志着西方传统文学向现代主义文学的转移。在文学中的"自我"由此也开始了新的命运："自我"不知不觉地失去了独立的、确定的地位，成为一个不确定的形象；"自我"被撕成了碎块，成为片段的、不完整的历史；"自我"不再是一个与外界区别的主体，而是游荡于物我之间的幽灵。

对于物我界限的消失在文学上所引起的眩目变化，可以不欣赏，但不能闭目塞听。在现代主义文学名目繁多、标新立异的流派的创作中，现实生活的表面结构瓦解了，构成日常生活的范畴失去了约束和规范的力量；物质的特质被否认了，意志可以把钢变成棉花，而色彩被诉诸听觉；一系列事物的出现可以毫无必然联系，无所谓前因或后果；四维的时间、空间被任意划分切割；人的心理进程被颠倒，竟然可以从未来走向过去；"自我"带着他的意识拥有支配这一切的权力。

　　确切地说，在西方现代主义文学中，完成的不是"自我表现"，而是"自我体验"。通过各种社会关系，通过个人的遭遇、与社会的矛盾来表现"自我"的感情、思想，这是传统文学中"自我"的完成过程，"自我"和环境几乎是鱼水关系一样，不可分割。而在现代主义文学中，"自我"在做什么，怎么做，似乎都无关宏旨，重要的是他在体验什么。描写的对象不是一系列动作的过程，而是一个心理学过程。在现代主义文学中，"自我"是作为被异化、被丧失的对象出现的，是在"丧失"中体现存在的，也就是说，首先把自己体验为物，体验自我的丧失，从而换取自我的意识。因此，卡夫卡在他的《变形记》中，能够设想主人公一朝起床体验自己变成了大甲虫。这显然在传统文学中是难以想象的。

　　在这个心理过程中，客观现实被自我感觉分解，失去了固有的完整性和具体性。如果说在传统的文学中，当个人受到社会的压迫，他还可以明显找到代表这种势力的具体对象，起码他还不是最悲惨的，因为还可以有目标地去进行报复，像基督山伯爵一样。而在现代主义文学中，"自我"已失去报复的条件了，他所面临的世界是一种不十分确定的、无可名状和难以捉摸的异己力量，而压迫几乎无处不在。卡夫卡的著名小说《审判》中的主人公莫名其妙地被逮捕，而他根本无法知道谁是审判他的法官，这个无形的法官却能够把他判处死刑。在约瑟夫·海勒的《第二十二条军规》中，第二十二条军规到底是什么、有没有，谁也不知道，但它作为一种制约人的无形的力量确实存在。假如仅仅从认识的（不是审美认识）意义讲，这种不确切的抽象描写确实比一般传统文学具有更大的概括性和深刻性，因为它对社会黑暗的揭露不限于局部，而直接面对作为整体的异己力量。不能设想，当个人失去了与客观现实确切的联系，离开了其赖以存在的整体社会，还能维护住自我整体的存在。

　　然而，当把客观现实分解成一个个直接感觉的综合体时，"自我"只能成为这些感觉的抽象集合体了，"自我"的具体性也就消失了。在现代主义文学中，"自我"不是以感情的面目而是以理智的化身出现的。在一些违反理性的、荒诞的描写中，往往体现着对生活的全面理解，"自我"

显然是带着自己深思熟虑的哲学观出现的。《等待戈多》从剧情上来看是荒诞的，但从抽象的意味来讲，又不失为对现代资本主义国家一种弥漫性失望心理的概括。因此，在西方现代主义文学中，所谓"自我"，不可能再是狭义的个人的生活和感情，而是驾驭在作品内容之上的对整个社会的作者主观认识。现代主义文学在抽象性文学意义上是反理性的，而在具体的文学中却走上了抽象性理性的道路，"自我"就在这矛盾的间隙中存身。

不难看出，在现代主义文学中，"自我表现"似乎有一个互相矛盾的发展过程：理性的发展和非理性的发展。一方面，"自我"愈向着抽象的方向发展，使之成为某种哲学观点的传声筒（这在"存在主义文学"中尤为特殊），"自我"更加远离人的具体性和确定性；另一方面，"自我"愈向着单纯的感觉、知觉方向发展，使描写更接近于人的自然心理活动。

很明显，任何一种文学，如果当它失去了具体性，当它的内容与其他学科的内容（比如心理学）失去了界限的时候，也就失去了自身的存在意义。西方现代主义文学日益在理智上的成熟和艺术上的抽象，使它蕴含的力量同它所表现的哲理形成不可克服的矛盾，现代主义文学日益同客观生活距离变远，日益形成自己愈来愈小的天地。于是，"表现自己"面临着危机：在认同自我到自我的自我封锁中，它会不会和西方现代主义文学一起衰落呢？

三

问题很难回答，我们对于"表现自我"在美学意义上并没有提供任何它继续存在甚至过去能够存在的根据和理由。还必须回答一个问题，"表现自我"在文学中具有什么美学意义。文学最重要的任务是表现人，因此高尔基把文学称为"人学"，他还说："对我来说，最伟大、最神奇的文艺作品——很简单……它的标题就是人。"（苏联出版《高尔基文献资料》）在丰富多彩、千变万化的文学发展中，也许只有这个命题能够囊括一切。

但是，"表现人"并不是一个抽象的命题：怎样表现，通过什么途径表现？这在文学发展中具有不同的内容，更具有无限的发展潜力。正是这个具体内容的不同，才如此丰富地规定了各个历史时期不同的文学。我们不妨谈点文学表现人的历史。

在人类幼年时期，表现人的文学就出现了。古代神话和史诗，古希腊的悲剧和喜剧，反映了人从自然中分离出来，成为改造自然的独立力量的过程。由于人类出于对自然和自身幼稚朦胧的认识，这时期的文学主要靠描写人的命运来表现人。既定的命运就是人物活动的基础。所以，《伊利亚特》中的赫克托耳一定要战死在特洛伊城下，而《俄狄浦斯王》中的俄狄浦斯无论如何也无法摆脱杀父娶母的悲剧。

在漫长的封建社会里，宗教行使着对人们无上的统治力量，但文学仍然获得了进步，命运开始被忽视，出身和品质成为表现人的主要依据，几乎在所有的骑士小说中，勇敢、对君王和朋友的忠诚、信义、对爱情的坚贞不渝，被强调到了至高无上的地步。直到西班牙的塞万提斯（1547—1616）写了著名的《唐·吉诃德》，人们才真正意识到这套公式的局限性。

文艺复兴时代被恩格斯称为是产生巨人的时代，更重要的是文艺复兴开辟了一个产生巨人的纪元。人类在向自然的一切广度和深度进军，而文学也随之向人所涉及的一切方面进军，汲取滋补自己的营养——在文艺复兴、启蒙运动、浪漫主义文学运动等一系列文学的跃进中，在表现人方面开辟了一个广阔的领域，而19世纪的批判现实主义文学就是它最辉煌的高峰。

19世纪的现实主义文学的最伟大的成就，无疑在于真实地、历史地表现了人。而人在文学中之所以获得从未有过的真实性和丰富性，在于他生活在社会关系之中，他的一切都由于同社会生活发生的各种复杂关系而存在。于是，人物同环境的关系成了表现人的准则。恩格斯对它的理解是："现实主义的意思是，除细节的真实外，还要真实地再现典型环境中的典型人物。"巴尔扎克、托尔斯泰、莫泊桑、契诃夫等现实主义大师就是站在这个坚实的石阶上为人们创造了一系列血肉丰满的艺术形象。那个时代，只要把人物放到变化莫测的政治风云之中，放到上流社会一日多变的人情世故中，放到交易所捉摸不定的价格里，放到彼得堡开往莫斯科的火车的飞驰中，就已经够了，生活本身就能够说明人物内心的一切，人物外在的行动和内在的思想能够达到惊人的统一。

但是，现在我们试图提出这样一个问题：在现代社会中，用人的社会关系来表现人的内心世界是否遇到了障碍了呢？

如果先看现代生活本身，显然情况已经改变了。当科学技术高度发展的时候，个人内心世界的扩大和外在世界（所接触的生活范围）的缩小日益形成尖锐的矛盾。一方面由于科学教育的发展，人的视野扩大了，日益发展的电视、广播等工具给人们传送的各种信息的速度之快、数量之多是前所未有的，在人的内心世界出现了前所未有的丰富性和多种需要；另一方面，由于分工愈加精细，人们所实际从事的工作范围日益缩小，内容日益单调和机械，以至于在生活中出现这样的事实：通过差别很小的工作环境，很难判定人不同的思想状况；用服饰来区别人，只能发生在遥远的封建社会。

这必然给文学表现人带来一定的困难，假如我们描写一个公务员的生活，如果仅仅局限于他同外在环境的真实描写上，那就太局限了；上班，和单调的公文做伴，跟有限的几个人谈话等，完全不能反映出他内在世界的丰富内容。而人物一旦失去了内在世界，也就失去了整个人。

其实，文学并没有停止不前。为了确切地表现出人的内心世界，现实主义文学也在不断地进步。看看契诃夫的小说，你就会惊奇地看到，现实主义在描写人的精神状态方面获得怎样巨大的进步，和果戈理的小说相比，人物环境对于人物性格是失去了怎样重要的作用。但是现实主义文学如何表现人的问题并没有完全解决。

高尔基 1923 年 11 月给罗曼·罗兰的信中谈到，因为客观地描写使他变成了“一个说故事的人，而不是人的灵魂的秘密和生活真谛的研究者”。他说：“在对待人的态度方面，我是人类中心主义者。在描写自然方面，我是主张拟人化的。但我还不善于以足够的力量并令人信服地表达我的真正的'我'，即充满我头脑的个人印象重荷的真实感。"（苏联出版《高尔基文献资料》）而罗曼·罗兰在给高尔基的回信中坦率地说："无疑，您已经写出来的作品不如您酝酿在心中的内在作品。"如果我们不把高尔基的话当作是客套的自谦的话，那就是反映了一种创作的苦恼：表现人的外在世界和内在世界的统一发生了困难，尤其是"以足够的力量并令人信服地表达我的真正的'我'，即充满我头脑的个人印象重荷的真实感"。传统的现实主义在表现人"做什么"和"怎么做"的时候是无与伦比的，而在表现人"为什么这样做"的时候并没有将丰富、细致的感受传达出来。

在人的外在世界与内在世界距离逐渐拉大的时候，"表现自我"的文学开始获得了自己的美学意义。但现实主义仍然有着广阔的前景，特别是在我们的社会主义国家，当然它也要不断地自我更新。

（原载《外国文学研究》1983 年第 3 期）

关于西方文学中的龙

——一种不同的传说

按照美国著名人类学家约瑟·卡贝尔（Joseph Campbell）的看法，东西方精神文化的根本差异，来自不同的神话和传说。但是，另一方面也值得注意，那就是东西方文化在交流和沟通过程中，神话传说本身所扮演的角色和演变过程。

龙是一个很好的例子。这个想象中的动物并非中国神话传说中独有的，而是在许多国家和民族神话中出现过。最早，它在有些地区是和蛇联系在一起的，是一种拥有神力的怪物，例如印度、古埃及、墨西哥等。关于龙的神话故事在西方也有很多，多半是蛇与鳄鱼混合的怪物，它拥有翅膀，口里能喷火，所扮演的角色也多是看守宝藏或者掠抢公主的恶魔，最后被勇敢的勇士所杀死。这类传说多出现在 17 世纪。例如圣约翰的龙（St. George's Dragon）就是典型的例子。圣约翰是一个勇敢的骑士，最终杀了恶龙，救出了心爱的姑娘。

当然，这并不是中国神话传说中的龙，看不出和中国文化有什么直接联系。但是，随着文化交流的日益广泛，西方的民间故事中也出现了与中国相关的龙；它们有的是从中国移植过去的，有的是经过加工的。

例如《公主的泥饼》（"Pies of a Princess"，from *Shen of the Sea*，by

Arthur B. Chrisman, copyright 1922），就是一则奇特的龙的故事。它很可能来源于中国明代的民间传说，说的是中国有一个皇帝（King Yang Lang）拥有很多的金银财宝，他有个心爱的女儿叫酒窝（Chin Vor）。这位小公主尽管有很多用金银制成的玩具，但是偏偏喜欢在河边用白泥做面饼，这令皇帝大为不解和不快。这时候，在附近高山上有一条恶龙，非常贪婪，特别在吃的方面，从兔子到大象，无论大小，从乌龟到章鱼，不管软硬，都是它口中美餐。这条龙还要建自己的王国，让人家给它贡献大量的财宝。为此它吃掉了许多百姓和士兵。这件事大大激怒了皇帝，他决定带领军队教训这条恶龙，他们带了锣鼓鞭炮，还有一些火器，搞得这条龙心惊肉跳。这条龙更加愤怒了，为了赶走这军队和惩罚皇帝，它在一天深夜来拜访皇宫。

但是，它无法进去，因为皇宫大大小小的门上都贴了咒符，上面写着金字"吃"（chi），它只好转回去。就在这时，它发现公主的玩具车挡了路，就一口火喷了出来，那车上的金银全化了，但公主做的泥饼却更硬了，成了砖头。第二天，人们得知恶龙闯进大院的消息都惊慌失措，唯独小公主不慌不忙，希望这龙再来为她烤面饼。为此，她继续做面饼，做了很多很多，把它放在窗台上。第二天夜里，恶龙又来了，它还是进不去。但是，转来转去，它发现小公主房间的窗户上竟没有咒符，就想从这里钻进去，于是就撞倒了那些泥饼，结果惊醒了守卫，他们敲鼓、打锣、呐喊，恶龙落荒而逃。从此，这位皇帝便认为恶龙最怕泥饼，就让自己的军队都做泥饼，并烧得硬硬的。结果皇宫到处放的是"小公主的面饼"，连皇帝的饭桌上也是如此。

这个故事有几个特别令人感兴趣的地方。第一，故事结尾处说："我们今天之所以把盘子、杯叫'china'，是因为它近似这位小公主的名字Chin Vor 的发音，而我们的餐盘也是模仿这位公主的泥饼而来的。"第二，这个故事中的龙、小公主或者驱魔的咒符虽然代表着不同方面，但是都贯穿着一个特点"吃"，龙的性格是好吃，它什么都吃，小公主的泥饼也是吃的东西，而家家门上贴的咒语"chi"，汉语的发音也是"吃"。看来在西方人意识中，龙文化总是和"吃"连在一起的，怪不得中国在外国最有名最普遍的就是"chinese food"（中国餐）。第三，故事中还说，窗户是明代一位名叫"Wing Dow"的人发明的，他把它称为"透墙眼"（look-through-the-wall），如此英语中的窗户"window"的发音就从此而来。看来，还没有人考察过这个问题。

显然，寻找这个故事的渊源是很有趣的，它从何而来，在什么时间形成，本身就是文化交流的历史轨迹。就从故事来说，在中国有关龙的传说中不难找到类似的细节，例如公主做泥饼，但是在这里经过作者的想象和加工，出现了新的变化。

至于龙本身，也有别于一般西方传说中的怪物，它虽然残暴好吃，但是很聪明很谨慎，它进皇宫时小心翼翼，决不贸然行事，直到它确实有机可乘。在我看到的另一则《龙与它的奶奶》（"The Dragon and His Grand-mother", from *Yellow Fairy Book*, by Andrew Lang , copyright 1929）中，龙也相当聪明，他救了三个逃跑的士兵，并满足他们的一切欲望，但是说好七年后如果他们猜不出谜语，一切都将归龙所拥有。如果猜对了，就会得到自由——结果自然是龙稳操胜券。但是其中一个士兵在龙的祖母处获得了三个谜语的答案，逃过一劫。这显然是一个运用智慧的力量来征服恶魔的故事。在这里，东方的龙和西方的龙也许会有相互影响和渗透的痕迹。

（原载于广州《现代人报》1994 年 4 月 13 日）

话说龙的起源

——从中外神话传说的比较研究出发

对于龙图腾及其崇拜现象的渊源，中国人一向是从文化融合角度去认定的，认为这是一个综合的意象。这当然是毋庸置疑的。但是这也忽视了从历史生物学和动物学方面的考证和研究，从而掩盖或者减弱了对这一文化现象和科学意义的考察。与此同时，大多数中国人一向把龙看作是中华文化独有的意象，却很少从人类文化的大背景，尤其是中外文化的比较和交流中认识它，这就在其身份认定（Identify）方面具有了很大的模糊性和不确定性。在这里，如果我们引进一些外国文化中的"龙"并加以分析和研究，将拓宽自己的视野，从更广的历史意识中去认识和理解龙的起源及其文化意蕴。

一

显然，随着中西文化交流的展开和科学思维的增强，中国人对龙的起源也有了新的认识，开始注意其原始的生物源流。中央电视台专门制作了一部反映苗族生活中"龙崇拜"现象的系列片，把1957年在贵州顶效地区发现的贵州龙化石和民间流传的龙崇拜传统交叉评说，似乎给人传达这样一个信息：贵州苗家的"龙崇拜"起源于贵州龙的存在，至少与这一古生物现象有关。显然，这是一种意识的交接，而在事实上尚缺乏可信性。确实，贵州苗家的"龙崇拜"现象源远流长，而且与汉族传统也有所不同。其中最明显的是龙意象的泛化现象，它可以以各种动物的化身出现，例如力气大的象龙，辟邪的蜈蚣龙，吐丝的蚕龙，还有牛龙、猪龙、鸡头龙等。① 而名为"胡氏贵州龙"（为纪念其发现者胡承志先生而命名）的古生物则是生活在远古三叠纪，绝灭于7000多万年前，比侏罗纪的恐龙还早。所以，尽管贵州龙化石的发现极大丰富了我们对生物进化的认识，激发了我们对龙意象产生的想象，但是却无法断定贵州苗家的"龙崇拜"现象与此有什么实际联系。

但是，我们得承认，想象就是文化，起码是文化的种子，它一旦落到文化传统的沃土里就会发芽，说不定就会长成参天大树。其实，中国的龙文化传统就是在中国人的想象和创造中成长和丰富的。从古代中国人祈雨求福的自然神祇到皇天帝王的化身，龙在中国文化中经历了复杂、长期的演变，逐渐成为一种被绝大多数人接受与认同的文化象征和传统特征。所以，无论从何说起，如今世界上没有一个民族像汉族那样对龙持有如此强烈的崇拜之情，他们把龙看作是自己民族的象征，自己以"龙的传人"自豪。文人墨客动不动就以龙为题，画龙吟龙，节日庆典每每都少不了龙的表演和祭祀。虽然还称不上对"龙崇拜"现象有足够的研究，但是有关的书籍画册在任何一个图书馆都能看到。

这当然不是偶然的，从历史渊源上讲，龙和发源于黄土高原的汉族文化关系紧密，很早在典籍中就有所记载。至于从一些出土文物来看，龙作为一种神物崇拜的观念也由来已久了。尽管我们还不能完全断定它作为一种神物

---

① 这种现象是否和民间传说中的"龙性好淫"有关还有待于研究。据传此龙好淫，可与天下万物交，与猪交则生象，与牛交则生麟，与马交则生龙马，与人交则生龙子龙孙，比如传说尧帝就是人与龙所生。这种说法在现今贵州少数民族中还相当流行。

崇拜的来源，但是它被黄河流域的汉族所认定是有其缘由的。最直接的说法是，龙总是和水连在一起的，无论是《尚书》中的"龙马衔甲……自河而出"，还是荀子所说的"积水成渊，蛟龙生焉"，都离不开一个水字。显然，正如我们所强调的，水和很早就进入种植时代的汉族人民生活息息相关。就是在今天，你如果置身于汉族文化的发祥地黄土高原，面对那裸露着的干枯的土地，恐怕你第一声的呼喊仍然是："水啊，生命之源！"——就此来说，追求一种呼风唤雨的、超自然神灵的帮助，对古人来说是理所当然的。①

但就此而言，我们首先会联想到印度神话传说中的因陀罗和弗栗多的故事。这个故事早在公元前 1200 年前被记载下来之前，已经在印度流传了好几个世纪。因陀罗和弗栗多是两条海龙，也是自然之神，专门掌管世界上的雨水，因为水非常珍贵，所以它们的权力很大。据说很久很久之前，世界还没有开垦，因陀罗（Indra）是大神，掌管着天下的雨水，但是有一天，一条名叫弗栗多（Vritra）的强龙爬过山峰，把所有天国里的水都吞进了肚。为了避免弗栗多用水淹没地球，因陀罗必须摧毁弗栗多。于是，因陀罗准备和弗栗多大战一场。他用太阳做自己的战车，雷霆做自己的箭石，去向敌人挑战。但是弗栗多是一条厉害的恶龙，它一看见因陀罗就首先发起了攻击。恶斗了一阵之后，恶龙越战越勇，因陀罗感到有点喘不过气来，眼看就顶不住了。但是就在这时，恶龙稍不留神，露出了一个破绽，而因陀罗见缝插针，闪电般地点燃一个雷霆，直射恶龙的心脏，杀死了弗栗多。恶龙垂死之际，从山坡上翻滚下来，断成了好几节，把天堂里的水都释放出来了，于是河流产生了，河水滚滚流向大海。这时，因陀罗的太阳战车升上了天空，世界迎来了第一个新的黎明。

没有任何资料表明这则印度神话与中国龙文化有关系，但是从时间来

---

① 这里也许会遇到挑战，因为史前黄土高原的自然环境可能是另一种样子，但是据历史记载的年代推断，相信变化并不大。而另一个问题似乎更值得探讨，这就是何种原因促使汉族先民居住在黄土高原，并很早就进入了农耕社会。一种假设是，他们受到了北方更强大的民族的挤压，失去了森林和草原，不得不放弃原来的生产方式，用一种新的方式来生存。

看，它的历史似乎更久远一些；从内容上看，也与水有非常密切的联系，世界的开端就是水源的形成，而龙的身体就是河流的起源，这多少与中国人的观念类似。至今中国人还把黄河、长江看作是两条巨龙。而中国古代，至少在商周时期，黄河领域的中国人已经形成了以祈雨为目的的宗教仪式，龙就作为既定的祭祀对象受到崇拜。人们怀着一种崇敬、恐惧、乞求的心情向龙献上各种供品，顶礼膜拜，并以虔诚的舞蹈方式来讨龙神的欢心，希望得到它的恩惠和保佑。后来，尽管随着时代的变迁，龙的象征意义不断变化和更新，但是这一基本意义依然保存着。况且，中国作为一个历史久长的农业国，"靠天吃饭"几千年，中国人在心理深处无法摆脱龙崇拜的意识，以至于把它和政治结合起来，为帝王独特的"天人合一"身份提供了文化氛围。

而龙作为帝王身份和权力的象征，似乎经过了更复杂的过程，它与中国传统"天人合一"观念的世俗化过程密切相关。汉代王朝是形成这种意识的关键时期。后来司马迁在《史记》中就体现了这种意识，说高祖"父曰太公，母曰刘媪，其先刘媪常息大泽之陂，梦与神遇，是时雷电晦冥，太公往视，则见蛟龙于其上，已而有孕，遂产高祖"。后来有关帝王身世的记述中，多有类似的情景出现。帝王往往就是龙种，尤其是一些出身贫贱的皇帝，为了使自己的权威具有文化意识上的合法性，创造一些龙种的传说，借助于龙的神威，也就司空见惯了①，不少人借此来使老百姓相信自己就是真命天子。

显然，如果把贵州龙看作是中国"龙崇拜"意识的起源就难免过于简单了，不过，我们如果顺着贵州龙当年生存的环境路线追溯，在外国文化传说中看龙的起源，却是一条新的路径。因为据考证，在贵州龙生存的年代，贵州当地有一片海水，与欧洲大陆一水相连。所以，对龙意象及其崇

---

① 类似的情景一直延续到 20 世纪，例如袁世凯称帝也使用了同样的方法制造舆论。传说袁世凯有午睡的习惯，醒来时总要喝一碗参汤提神。据说一天用人送参汤时不小心打碎了一只极为珍贵的玉杯，一时吓得不知如何是好，就听了个师爷的主意，说他进来时看见一条龙伏在老爷身上，一时吓得失了手，所以就传出了袁世凯是真命天子的说法。后来袁世凯果然称帝，可惜并不长久。

拜现象渊源的探索，也会逐渐顺水延伸到更广阔的文化空间。再说，中国古代神话传说中的灵物也并不仅仅只有龙，例如中国早就有"麟龙凤龟"的四大灵物之说，龙只是其中之一。它们都是人们想象中的神物，具有超凡的自然神力，能够呼风唤雨，变幻莫测，可以驱鬼辟邪，保佑人类福祉。尽管可供置疑的问题很多：不能说龙的神话传说是中国独有的，也不能说龙是中国唯一的神物崇拜对象；应该说，龙的崇拜及其意象是一种世界性现象。但是，最早的龙的神话是否起源于中国，或者说中国龙的产生及其定型是否受到外国或外民族神话传说的影响，仍然是一个值得探讨的问题。

二

也许从龙说至狼，在西方神话传说的演变中，在形态上有很大的区别。龙基本上是一个想象中的怪物，它不同于任何一种动物的形状，并且具有其他任何一种动物都不可能具备的力量和权威，比如能够喷火，能够飞翔等；而狼则是一种非常具体的动物，它和人非常接近。这说明文化在自己的进化中已经经历了一次大的转折。就此而言，至少从龙形态的想象层面上说，西方和中国有相同之处，只不过对所综合动物的指认有所不同。据卡莫贝尔的看法，龙应该是天上的鹰和地上的蛇的综合，象征着人的身体与心灵两个方面；而中国的想象似乎复杂得多，据说画家画龙有一个口诀："一画鹿角二虾目，三画狗鼻四牛嘴，五画狮鬃六画鳞，七画蛇身八火炎，九画鸡脚更周全。"可见龙是一个多种动物的集合体。由此我联想到了印第安人的图腾柱，往往集合着多种动物形象，包括鹰、狼、虎、蛇等，只不过都处于自己原本的自然形态，它们依次串联在一起，共同成为人们崇拜的对象，还没有像龙一样成为一个综合形象体。而这是否意味着人类曾有一个特殊的文化阶段，从集合的自然动物崇拜到综合一体的神圣象征文化时代，还有待于进行深入考察和研究。

所以人们经常用所谓思维的综合性来解释中国龙意象的特殊意味，其实也难免片面，因为综合意象在西方文化传统中也不少见。例如在《圣经》中就记载了很多奇异的综合意象。比如《但以理书》第七章中记载的但以理梦中所见的四兽异象：

> 我夜里见异象，看见天的四风突起，刮在大海之上。有四个大兽从海中上来，形状各不相同。头一个像狮子，有鹰的翅膀；我正观看的时候，兽的翅膀被拔去，兽从地上立起来，用两脚站立，像人一样，又得了人心。又有一兽如熊，就是第二兽，旁跨而坐，口齿内衔着三根肋骨。有吩咐这兽的说："起来吞吃多肉。"此后我观看，又有一兽如豹，背上有鸟的四个翅膀；这兽有四个头，又得了权柄。其后我在夜间的异象中观看，见第四兽甚是可怕，极其强壮，大有力量，有大铁牙，吞吃嚼碎，所剩下的用脚践踏。这兽与前三兽大不相同，头有十角。我正观看这些角，见其中又长起一个小角；先前的角中，有三角在这角前，连根被他拔出来。这角有眼，像人的眼，有口说夸大的话。

所谓异象，就是能够给人们带来某种预兆、传达某种旨意的神奇动物景象，中国古代也有类似的信仰。例如《易经》中就有很多以龙为征兆的卦象，比如"见龙在田，利见大人""飞龙在天，利见大人"等，把龙看作是一种奇异的征象，但是令人至今感到迷惑的是，这个"龙"到底是怎样的一种动物，它时而在天上飞（飞龙在天），时而在地上行（见龙在田），时而又能潜藏在地下水中（潜龙勿用），可以说是能够以各种方式存在。但是它到底是什么样子还是一个谜。而我以为，这里并不能排除梦境的解释，所谓卦象，一部分是大自然中难以解释的现象，而另一部分则指的是梦境。

值得探讨的是，在中国人心目中非常尊贵的龙，在西方人的意识中并非如此。这自然和西方的神话传说有直接关系。一般说来，在西方神话传说中，龙是一种可怕和可恶的怪物，面目狰狞，脾性残暴，常常盘踞在某一个神秘的海岛上，占据着很多金银财宝，并且作恶多端，最后被人类的英雄所杀。西方的龙一般与农业观念无关，值得注意的是它们也经常生活在水边；而它们总是会遇到勇敢的英雄或武士，用自己的毁灭来显示英雄的功绩。

例如，卡德穆斯与金龙的传说就是如此。据说这个故事在古希腊时期就很流行，因为它与古希腊名城底比斯（Thebes）① 的建立密切相关；而卡德穆斯就是当时家喻户晓的古希腊英雄。

相传很久以前，古老的佛尼斯国国王的女儿失踪了，国王就派自己的儿子卡德穆斯去寻找。卡德穆斯历经千辛万苦没有找到，只好去德尔斐（Delphi）② 向最著名的预言家奥克勒（Oracle）求救。但是奥克勒的建议使他感到困惑。她叫他忘掉自己的妹妹，因为他再也见不到她；同时让他追随一只神圣的乌鸦，因为它能够把他带到一个神殿面前。于是卡德穆斯照办了，紧随着那只乌鸦直到它落下来休息，他在那里建立一座城市。然后，他又继续追随着乌鸦，翻山越岭，乌鸦最后落到了一片树荫中间。这时，卡德穆斯及其他的同伴们都又累又渴，突然听到附近有清泉潺潺流水声，就马上派几个人去取水。但是，他们却左等不来，右等不来，最后只好去找他们，结果到泉边一看，几个取水的人都死了，而且其状甚惨。正在惊愕之时，只见有血从天上滴下来，卡德穆斯抬头一看，一条巨大的金龙，张着三排利齿的巨口，已经向他扑来。卡德穆斯立即挥起长矛，扎进这怪物的身体。但可怕的是，这巨龙竟然不死，它伸直身体，鼻孔喷火，利齿闪着金光，继续向他猛扑过来，卡德穆斯倒在地上。就在这十分危险和绝望之时，卡德穆斯再举利矛，向巨龙口中投去，利矛飞过三排利齿，扎进龙的肚子里；那巨龙顿时口吐鲜血，痛得在地上打滚；等到它还想反攻的时候，卡德穆斯又举起一块巨石，向怪龙头上砸去。巨龙死了。这时卡德穆斯听到天上一个声音："把这巨龙的牙齿种在地上。"于是他拔下龙

---

① 底比斯，希腊东部的一座古城。在埃及南部也有一同名古城。
② 又译特耳非，古希腊的一座都城。

牙，挖开地面，种下龙牙。没想到不一会儿，大地开始活动起来，一下子出现了一大片武士。惊恐之下，卡德穆斯就向不同方向投掷石头，引得他们互相残杀。这场战斗很残酷，最后只剩下五个战士。其中一个说："罢手吧，否则我们就死光了。不如结束这场愚蠢的战斗，重新选择我们的命运。"于是他们放下武器，拥戴卡德穆斯当他们的首领。之后，遵照神的旨意，他们就在那里建造了一座新城——这就是底比斯城，而由卡德穆斯统治了很多年。

这当然是一个很有趣的传说。有人也许没想到西方文化传统的两大源流希腊和罗马文化都与我们的议题有关，希腊的底比斯城与龙相关，是杀龙的英雄建造的，而建造罗马城的则是母狼的后裔。就西方的这条龙来说，占据着水源是能够引起东方人联想到它或许与东方的龙也有某种亲缘，而人与龙为了水源而战，与印度神话中的龙也有相通之处；虽然并没有资料表明西方的龙和东方的龙在神话中彼此相连，但是正如中国贵州龙的存在所告诉我们的，海水在亿万年之前确实是连成一片的。无论人们以后如何解释这种文化现象，都不能否认其在人们心灵上留下的文化印记。

但是，在海里兴妖作怪的龙却很难和农耕文化有关系，除非它上天改了行，天神让它当"水利部长"。不仅西方的海龙是这样，就连中国《西游记》中的海龙王也不管农事。

例如，在西方古典传说中的赫拉克勒斯和怪龙海卓的故事中，龙就是一个凶残的怪物，只有像赫拉克勒斯那样的英雄才能将它制服。赫拉克勒斯是希腊神话中的英雄。他原本是天神宙斯的儿子，从小力大无穷。婴孩时期，就有些恶魔想把他扼死在摇篮里，结果反而被他勒死；稍大一些，他又杀死了在睡觉时袭击他们家的雄狮。长大成人后他结了婚，当了父亲。但是有一天他突然发了疯，杀死了自己所有的孩子。事后他非常后怕，就逃到了一个叫阿笱里斯的地方。当地的统治者欧律斯透斯非常残暴，逼迫他完成12件几乎难以做到的事情来赎罪，其中之一就是杀死海里的九头怪龙海卓。海卓好生厉害，它每天出来猎吃动物和毁坏庄稼，但是每次去杀它的人都失败了，因为它的头砍掉一个立刻就长出一个，而且它还口吐毒气，人吸进去就必死无疑。

赫拉克勒斯和他的朋友伊奥拉斯一起去找怪龙算账。一天他们到了一个清泉旁边，那水非常清凉。赫拉克勒斯感觉到九头龙就藏在这里，就向天空发射了几支火药箭，引诱它出来。九头怪龙向他盘旋逼近，眼睛在九个头上闪动着，赫拉克勒斯屏住呼吸，举起自己的大棒，一下子就敲掉了其中一个头。怪龙愤怒地咆哮着，而赫拉克勒斯紧接着不断抡起大棒，接二连三地击落其他的头，但是可怕的是怪龙的头又在不断生出来。看来，赫拉克勒斯很难取胜了，这时他问自己的朋友伊奥拉斯怎么办。伊奥拉斯非常聪明，他点燃一个火把给了自己朋友，告诉他："每次敲下一个头，就用火把去烫它的伤口。"赫拉克勒斯重振精神，又投入了战斗。他打掉了一个头，就立即用火把吱吱地烫那伤口，把它的血液烧焦为止。怪龙的头一个个被敲掉了，而且再也长不出来了。最后九头怪龙终于被击败了。但是这龙的最后一个头是不死的，所以赫拉克勒斯把它埋在了一块巨石下面，使它不能再出来害人。他还用龙的毒血涂抹了自己的箭头，以备在将来的冒险之中用。

可以说，后来的西方龙故事几乎都是由此引发出来的。也有一些人就西方龙的形象提出过疑问，认为它们与中国的龙并不是一回事，但是不可否认，它们基本确定了西方人对龙的态度，并且今天的有关龙的观念也基本是由此引发和延续下来的。特别是随着世界文化交流的不断扩大和深入，中国人对龙的起源的看法也有了很大的变化，不再仅仅局限于本土文化传统的认识和探讨。例如，最近就有人认为希腊神话中的斯芬克斯之谜①就与中国的老龙形象有关②。而据最近西安出土的古代中国的龙形饰

---

① 斯芬克斯（Sphinx）之谜，说的是一个谜语："今有一物，先有四足，后有二足，后有三足。问此是何物？"谁猜不到就吃掉谁。据说谜底是人，因为人小孩时爬行，长大后两足行走，老年时依靠拐杖而行。

② 高成鸢：《从狮身人面兽说到老龙——〈中华尊老文化研究〉引言》，《中华读书报》1999年10月27日第4版。文中指出："中华文化的特质，如果压缩到一个字，可说正是'老'字。'老'这个象形字，在甲骨文出土后被认定像一个人拄着拐杖。这根拐杖不正是斯芬克斯之谜中的关键吗？"

物来看，龙的形状和古埃及女王的蛇形手杖图形极为相似，尽管我们还无法确认它们是否具有某种联系，但是这事实本身足以使我们产生新的联想。

三

值得注意的是，龙再次引起西方人们的兴趣，一方面与日益频繁的中西文化交流活动有关，另一方面则与近年来的"恐龙热"相连。所以这种对龙的兴趣一方面出于对不同文化传统和历史观念的敏感，另一方面则表现为一种科学的热情。事实上，差不多四百年前，人们就开始用科学方法对自然界的动植物进行分类和鉴定，但是一直把龙看作是一种根本不曾存在过的动物。这种看法虽然偶然受到过怀疑——例如，据说13世纪马可·波罗（Marco Polo）首次考察远东，曾见过类似龙的大鳄鱼——但是几乎没有动摇过。而近一个世纪以来，随着恐龙化石的发现愈来愈多，人们开始想象龙可能属于某种早已灭绝的史前动物。也就是说，龙的观念不再仅仅是出于一种神话和想象，而是一种真实的存在。所以，在西方有关蜥蜴、蛇、鳄鱼等爬行动物的知识介绍中，龙的神话传说开始被列为相关的资料范围。由此而产生的一种大胆的假设是：就人类自然基因的密码遗传来说，人类所有的神话传说以及想象与梦境的内容，都不可能是完全虚构的；从某种程度上来说，它们都是一种自然历史记忆的出现，无时无刻不在破译着基因密码的秘密，用一种幻象的形式显示着早已在地球上灭绝的形象和事件。所以，在人们的潜意识中，在人们的梦境中，不仅潜藏着人们欲望的秘密，而且潜藏着自然历史早已遗失的生命和文化环节的秘密。

在这种情况下，人们对于有关龙的神话传说及其源流的考察，就包含着多方面的意义了。例如，英格兰的大卫·帕森斯（David Passes）曾走遍世界各地，收集了各种各样的龙的神话传说，还由威恩·安德逊（Wayne Anderson）作画，出版了 *Dragons：Truth，Myth，and Legend* 一书，对我们了解龙的起源有很大的启发作用。

有一则龙的传说《马度克和泰马特》，竟然出自四千多年前的巴比伦（Babylon）城的泥刻碑文，或许属于最早的龙的创世界神话之一：

> 世界最早起源于虚无——没有大地，没有天空，没有神，没有人，只有阿布苏和泰马特。阿布苏是男性，代表淡水和虚无，泰马特是女性，是盐水和混沌的精灵，是一条龙。他们俩一起控制着所有的生命的种子。他们的孩子都是神，其中一个叫爱，拥有知道未来的能力，神力超过了自己的父亲，所以阿布苏决定除掉这个孩子。当爱知道这个计划后，为了救自己，就首先把父亲杀了。母亲泰马特知道后非常愤怒，下决心杀掉爱。爱得知这个消息后，就召集一些神来商量对策，最后决定请马度克来帮忙，因为马度克是当时最厉害的神，只有他有可能打败泰马特。马度克答应了他们的请求，但是提出一个条件：如果他取胜了，就承认他是宇宙之王。

> 马度克和泰马特都为这场决斗做了准备。马度克带了魔网、魔棍和能燃烧的神箭，他乘着四匹带着四种神风的马拉车，而泰马特带着许多可怕的恶魔、猛狮、毒蝎，还有十一条闪光的蛟龙来助战。决战一开始，马度克就用他的神网来捕捉泰马特，而泰马特早已张开巨口准备吞掉对方。马度克看准时机，把一股神风吹入龙嘴，摧毁了泰马特的喉咙和牙床，又用神箭从龙嘴射入，一下子射穿了泰马特的心脏。最后，他又用神网捕获了泰马特所有的助战者，把它们放在战车上凯旋。作为胜利者，马度克把泰马特的身体一分为二，一半做了天空，一半做了大地；同时，他又用那些助战者的血肉制造了人，把他们放在大地上来供奉神祇。从此混乱的宇宙有了秩序，世界由此形成了。

这个传说很古老，也很有意思。单从情节上说，它很符合弗洛伊德"弑父"逻辑，儿子采取了暴力形式取代父亲的地位，不同的是母亲的意象——也就是龙——所表现的意味，她一方面是替自己丈夫复仇的行动者，同时又是这个世界的创造者；她是一个战斗中的失败者和牺牲者，同时又是一个世界成功的创造者。在这个过程中，她丧失了自己，贡献出了自己，但是最后成全了这个世界，成为万事万物的母体。

在这里，龙的死亡显示了一种原始的进化概念——死亡意味着新生。龙的创世意义源于她的死亡，否则就没有后来的世界。龙之死，又可以理解为混乱和混沌之死（the End of the Chaos），这又暗合了中国古代"混沌之死"的神话，因为混沌死后，世界才有了具体面目。从这个意义上来说，龙是人类世界之母，恐怕是当之无愧的，它的血液——作为一种文化基因——不仅流淌在中国人的血管中，同时也潜藏在世界各国人民的心灵深处。

当然，这里带着某种猜测的意思。泰马特所代表的盐水和混沌的母性（the spirite of salt water and chaos），不一定适合用中国传统的文化观来解释。英语中"chaos"一词，经常被理解为纷乱、混乱、完全无秩序的意思，并不一定和中国的"混沌"一词词义相合。但是从故事所表达的整体氛围而言，确实与中国古代神话中的创世观念有相通之处。因为在这则神话中，世界最初的状态是没有形状和差别的，除了虚无和混乱之外，别无他物。而这个虚无和混乱世界的结束，同样就是一个有形世界的开始。

但是，据我所知，中国并没有或还没有发现结束世界混沌状态的龙的神话。在中国，混沌的观念由来已久，但是这种观念与最早的自然或图腾崇拜的关系，至今还是一个没有解开的谜。所以，我们还不能排除这一观念的产生与其他民族的神话传说之间存在某种关系的可能性。而这种关系很有可能早已经超越了现今的民族和国家的文化界限，在早期的人类意识中是一种共通的存在。

纽约读"龙"记

一、街头遇龙

纽约读龙，出自一次偶然相遇。

那是 20 世纪 90 年代，我在美国逗留期间。当时正值美国大选之际，非常热闹。有一天我从一堆废弃的报刊边走过，一本杂志封面引起了我的注意，捡起来一看，正是当时民主党总统竞选者克林顿———副西方古代武士装扮，正在奋力斩杀一条毒龙。

这幅画吸引了我，这使我开始思考中西方文化之间的异同。于是，我把这封面保存了下来，并小心翼翼地拍了照。可惜，由于左下角破损，画面已经不完整了。而更遗憾的是，由于自己疏忽，我并没有留意这本杂志的名字，竟使得这封面的来源也说不清楚了。

很难说这幅画的全部含义，尤其是克林顿所面对的恶龙，出现在当时的文化语境中，到底暗示和象征着什么，对于任何一个初来乍到的华人来说，也并不是一下子就能明了的问题，况且，你一转身，或许就能看到唐人街华人餐厅招牌上龙的形象，那似乎早已经成为一种文化标记，在招揽着全世界的食客。

　　早就有人质疑，把中国的龙与西方的"龙"（dragon 或 serpent）等同起来并不恰当，这不仅可以从词源方面找到差异，而且就意象方面来说也不难看到不同。但是，由此把它们完全割裂开来，无视它们之间的类似之处，显然是不明智的，因为文化和语言的认同从来就是一种同中有异、异中有同的现象，只有在不断交流和沟通之间形成某种约定俗成的意识，造就某种共通的类型和符号。就此来说，即便在特定的文化与语言内部，意象和词语的含义也是不断变化着，不仅不断有所增添和删减，而且可能脱颖而出全新的语象。

　　所以，从"dragon"到中国的"龙"不仅是一种充满想象和建构的语际翻译和转移过程，而且还是一次充满生动、精彩和惊险情节的、跨文化的探秘之旅。

　　而就此而言，中国的龙当然不会溜过西方学者的眼帘，他们甚至比中国学者更具好奇心，从来没有懈怠过对于东方之龙的探求。

　　于是，很多龙的故事也就应运而生，它们往往来源于东方的神话传说，加上西方的联想、渲染和理解，然后出现在现代文化的橱窗里。

　　不过，作为一种文化想象和探索的产物，东方对于西方人来说，最初是一种神秘的存在，是一种等待揭开神秘面纱的对象，而更何况是连中国人也觉得"见首不见尾"的龙。所谓"中国龙"的想象以及西方词语的确定，肯定经历过更复杂的演变和变形，跟西方古老的"dragon"自然存在着遥远的距离。

　　就此来说，尽管龙是一种跨文化意象，但是西方最早的龙意象，似乎并不一定与中国有关。

　　倒是印度神话传说中的龙，很早就引起西方的注意。其中最著名的就是因陀罗和弗栗多的故事。

　　据说，这个故事早在公元前 1200 年前左右就被记载下来了，相信之前已经在印度流传好几个世纪了。传说中的因陀罗和弗栗多是两条海龙，也是自然之神，专门掌管世界上的雨水，因为水非常珍贵，所以它们的权力很大。在世界还没有开垦之前，因陀罗是大神，掌管着天下的雨水，但是弗栗多爬过山峰，把所有天国里的水吞进了肚，想用水淹没地球，为此因陀罗必须摧毁弗栗多。经过一场大战，因陀罗战胜了弗栗多。恶龙垂死之际，从山坡上翻滚下来，断成了好几节，把天堂里的水都释放出来了，于是河流产生了，河水滚滚流向大海。这时，因陀罗的太阳战车升上了天空，世界迎来了第一个新的黎明。

没有资料确定印度神话中的因陀罗和弗栗多与中国的龙意象是否有某种亲缘关系。文化和语言的隔绝已经把它们分离了，赋予了太多的差异和误读。但是，不能否认的是，全球化的文化传译如今又把它们连接到了一起，已经进入儿童读物之中，成为新的约定俗成的符号和意象。

不过，水可能是把这则印度神话与中国龙文化联系起来的元素。世界的开端就是水源的形成，而龙的身体就是河流的起源，这多少与中国人的观念类似。至今中国人还把黄河和长江看作是两条巨龙。而中国古代，至少在商周时期，黄河领域的中国人已经形成了以祈雨为目的的宗教仪式，龙就作为既定的祭祀对象受到膜拜。人们怀着一种崇敬、恐惧、乞求的心情向龙献上各种供品，顶礼膜拜，并以虔诚的舞蹈方式来讨龙神的欢心，希望得到它的恩惠和保佑。后来，尽管随着时代的变迁，龙的象征意义不断变化和更新，但是这一基本意义依然保存着。

所以，西方文化中原生的龙，到底何时何地产生，最初是怎样一副模样，或许已经很难说清楚了。换句话说，除了来自印度的龙，西方是否有自己原生的龙意象呢？其原型又从何而来呢？

二、寻找"龙种"

从英语词源字典上查到，"dragon"一词的来源也颇含混，一种说法认为其源自古希腊，指一种海怪，类似于大蛇，所以常常与 serpent，great sea-monster 相提并论；还有一种说法认为其来自外地外族的词语，很可能是从中东或其他地方传入的词语，最早在古日耳曼或法语中都有使用。

这个答案当然不能令人满意。

不过，这并不影响西方的龙进入中国文化。尽管大多数人并不在乎中西文化的区别，但是很多人还是记住了海涅的一句名言："我播下的是龙种，收获的却是跳蚤。"① ——这里的"龙种"不是中国龙的蛋，而是西方文化中龙的产物。

使人感到欣慰的是，这里所提到的"龙种"是一种正面的指认，突破了西方传统文化中一般对于龙的负面想象。这一定程度上也反映了马克思主义对于西方传统文化观念的某种叛逆精神，也表明马克思对于西方古典文化，尤其是希腊神话传说的一种新的评价和汲取。

这句话实际上出自恩格斯 1890 年 8 月 27 日写给保·拉法格的信中，其借用了马克思的口吻对于当时德国一些"伪马克思主义者"进行了讽刺："关于这种马克思主义者，马克思曾经说过：'我只知道我自己不是马克思主义者。'马克思大概会把海涅对自己的模仿者说的话转送给这些先生们：'我播下的是龙种，而收获的却是跳蚤。'"

海涅的原文，我一时没有查到。但是，这句话提醒我们注意西方神话传说中的文化资源和传说。不论如何猜想和解释，"龙"（dragon）在西方文化中都不是一种陌生的动物，西方人在接触到中国龙之前似乎早已经对其有所认识。

根据书面记载，龙种的故事来源于希腊神话，记述了底比斯城创建的经过，这个名为"卡德摩斯与金龙"（Cadmus and the Golden Dragon）的传说在西方几乎家喻户晓。

据说这个故事在希腊时期就很流行，因为它与希腊名城底比斯（Thebes）② 的建立密切相关；而卡德摩斯就是当时家喻户晓的古希腊英雄。

相传很久很久以前，古老的菲尼斯国国王的女儿失踪了，国王就派自

---

① 马克思、恩格斯：《马克思恩格斯选集》（第 4 卷），人民出版社，2012 年，第 603 页。

② 底比斯，希腊东部的一座古城。在埃及南部也有一同名古城。

己的儿子卡德摩斯去寻找。卡德摩斯在预言家奥克勒的指引下，追随一只神圣的牛，最后来到一片树荫中间。这时，卡德摩斯和同伴们都又累又渴，就派几个人去山涧取水，结果发现他们都被守护泉水的一条金龙杀死了。于是，卡德摩斯与这条巨大的金龙展开大战，最后杀死了巨龙。而就在这时候，卡德摩斯听到天上传来一个声音："把这巨龙的牙齿种在地上。"于是他拔下龙牙，挖开地面，种下龙牙。没想到不一会儿，大地开始活动起来，一下子出现了一大片武士。惊恐之下，卡德摩斯就向不同方向投掷石头，引得他们互相残杀。这场战斗很残酷，最后只剩下五个战士。其中一个说："罢手吧，否则我们就死光了。不如结束这场愚蠢的战斗，重新选择我们的命运。"于是他们放下武器，拥戴卡德摩斯当他们的首领。之后，遵照神的旨意，他们就在那里建造了一座新城——底比斯城。

这或许是龙在西方最早的文化记述，尽管在流传过程中出现了不同版本，在细节上也有诸多不同，但是卡德摩斯杀死金龙的主线基本不变。根据希腊历史学家希罗多德（Herodotus，约公元前 485 年—公元前 425 年）考察，卡德摩斯的传说是发生在特洛伊战争之前的神话，显示了爱琴海文明（Aegean Bronze Age）时期腓尼基文化与希腊文化的碰撞与交融，并由此为西方文明带来了最早的文字——腓尼基字母（Phoenician Alphabet）。这一时期或许还可以称为西方文明的"前希腊时期"（Pre Greek Period）。而还有学者称，日后卡德摩斯和哈耳摩尼亚的婚姻正是东西方文化交接的象征。

所以，在西方文化史上，卡德摩斯（在古希腊语中是 Κάδμοξ）一直被视为文明奠基者和英雄——这一点不仅可以在希腊底比斯最早的太阳神庙铭文上得到证据，而且也能从如今竖立在美国国会图书馆门前的铜像上证明。还有一种不确定的说法，就词源学上来说，卡德摩斯又有"东方"和"光亮"之意，这或许也为西方文化中的"启蒙"（Enlighten）在观念上埋下了伏笔。

三、龙之镜像：中西文化的应和

那么，西方最早的龙到底从何而来？
倒是学者苏三语出惊人：

> 谁是卡德摩斯？Cadmus 在希腊语中就是"从东方来的人"，这清楚地表明了他们的根源在希腊以东的地方，或许在中东，或许应该是亚洲人。他们使用的语言是腓尼基语，而腓尼基（Phoenicia）的意思在希腊语中也可以是"凤凰（Phoenix）之地"，"太阳升起的地方"。尽管我们不能说腓尼基人来自中国，但是中国正在"东方"，"太阳升起的地方"，而且，中国自古就是"凤凰"的崇拜之地，龙凤是中国最重要的两个图腾，可以说中国是龙凤的故乡。尤其就这两个方面来说，中国人与腓尼基人高度一致：龙的传人，凤凰的崇拜者。我当然不会认为中国就是腓尼基的发源地，但我并不想绝对排除这个可能，目前可以肯定的是，3000 多年前的腓尼基文化肯定对中国有过影响。①

这里是有某种应同和巧合，但是据此就断定西方之龙来自中国，恐怕还不够令人信服。我倒是倾向于另外一种想象，不能完全排除中国龙与外来文化的关系，至少也有西方龙的影像，是一种文化交流的成果。

由此，我们似乎获得了一种新的视野和思维方式，"龙"之谜，并非在一种单一和封闭的文化语境中形成的，也不可能在这种文化视野中解开，这实际上是一个跨文化的课题。

如果说，西方之龙可能产生于东方之域，而且比较可信，那么，在封

---

① 苏三：《难以置信：殷商与腓尼基人》，花城出版社，2006 年，第 60 页。

闭的文化史观和框架内，必然会形成西方文化中一个心理情结，即对于自己本原和来历的困惑，促使他们不断追寻自己的文化之根，不断向东方张望和探索。

而从词源上追究，卡德摩斯所寻找的妹妹的名字欧罗巴（Europa）此后成了欧洲的符号，暗示了西方文明拓展的成果。还有很多令人称奇的细节值得回味，例如，卡德摩斯令自己同伴去取水的泉（Castalian Spring）即是"诗意或灵感之泉"，这使我们想到中国的《文心雕龙》；再例如，尽管卡德摩斯屠龙意味着叛教行为，因为这龙是战神阿瑞斯（Ares）的侍从，却从众神那里获得了自己的爱妻哈耳摩尼亚，也就是"和谐"的意思，自己最后也变形为一条龙。

就西方的这条金龙来说，占据着水源是能够引起东方人联想的特征，说明它或许与东方的龙也有某种亲缘，而人与龙为了水源而战，与印度神话中的龙也有相通之处；虽然并没有资料表明西方和东方的龙在神话中彼此相连，但是正如中国贵州龙的发现所告诉我们的，海水在若干亿万年之前确实是连成一片的。无论人们以后如何解释这种文化现象，都不能否认其在人们心灵上留下的文化印记。

（原载《中华读书报》2012 年 4 月 18 日"国际文化版"）

不同文化语境中的镜像之狼

——重新解析《中山狼传》

明代马中锡所作的《中山狼传》是一篇寓言故事，由于其视狼为仇敌，主题鲜明，在社会上流传甚广；近代以来，更经常被选入教科书，成为家喻户晓的文学名篇。而正因为如此，对于它的解读亦一直固守在约定俗成的传统思路之中，无法跳出既定的道德框架，这也阻碍了对这篇作品的文本细读和深入解析，隐藏了在这个寓言故事中深埋的历史线索和文化冲突。所以，当阅读一旦脱出单一的传统文化领域，进入一种跨文化的多元视角的话，隐藏在这个作品字里行间的种种歧义和冲突就鱼贯而出，形成了新的文化链接和语境，呈现出新的阐释空间和意蕴。

显然，这种阐释的突破首先要实现一种文化的穿越，把文本从既定的道德架构和价值评判的阅读视野中解脱出来，穿越已经形成的思维定式和文化间隔，在新的文化空间中重新考量文本的建构和立意。

一、"拟人化"还是"拟狼化"：
关于草原文明与农业文明的对峙

其实，在《中山狼传》中，狼已经是一个观念化的文化符码，而这种文化符码的形成则与中国文化的历史语境密切关联。

在人类文化遗存中，狼意象曾经扮演过特殊的文化角色，由此引起过学术界和文学创作领域的广泛兴趣；由此我曾经对于西方文化中的狼进行过一番研究，并出版过《西方狼》一书。但是，当我回到中国文化之中，在中国文化语境中研究狼的时候，就会遇到种种问题。

一是狼之意象并不如西方文化中那样突出。尽管在中国汉语典籍中涉及动物的神话传说不少，但是与西方文化相比，有关狼的，尤其是把狼作为正面形象的神话传说寥寥无几。二是狼之意象不如在西方文化中那样变化多端，不会在不同的历史时期有不同的历史形象。三是狼之意象不像在西方文化中那样充满争议，不会不断引起新的话题和新的观念冲突。

显然，这种种问题的背后，隐藏着中国历史文化变迁中的人类学、伦理学和符号学的奥秘，凝结着不同文化之间相互冲突、对峙和融合的记忆。所以，通过不同类型神话传说的比较，我们可以进一步思考以下若干问题：一是不同历史文化发展过程中可能遗失的意识环节，包括民族意识形态对历史文化有意的筛选；二是在比较研究中了解狼在人类早期文化中的特殊意义；三是确认狼的意象在不同的文化系统和不同历史发展阶段中的意义是不同的；四是探讨在跨文化的条件下，一种特殊文化原形的重现和变异过程，尤其是作为一种文化符码的心理内涵。

这当然是有深厚的历史文化缘由的。因为中国历史文化及神话传说与西方不同，而且体现了中国人文化心理的特点及其变化。当然，狼在中国神话传说中并非完全没有踪迹。应该说，汉族对狼并不陌生。就说明这一动物的文字来说，在甲骨文和金文中就已出现。《说文解字》释"狼"为："似犬，锐头白颊，高前广后，从犬，良声。"而从字源上可以查到，中国古代很早就有以狼为姓氏的，说明古人与狼并非全无缘分，如"周成王封嬴姓孟增于皋狼，其后以狼为氏。"据说直至春秋时期鲁国还有狼坛等，后来都不流传。例如，在《山海经》中，就提到了一种叫"驰狼"的动物，形状如狐，凡是它出现的地方就会有战乱，是一种十分不吉利的象征。这种解释在《淮南子》《九歌》《列子》《庄子》等较多记载神话传说的汉语典籍中都有。

　　这至少说明中国很早就进入了农业文明，而保存至今的重要汉语典籍也是以农业文明的文化成果为核心的。所以，尽管黄河流域不乏荒山深谷，具有狼的生存与繁衍自然条件，但是这里较早就进入了农耕社会，人们远离了狩猎和游牧文明，较少受到人与狼关系的影响和困扰，在心理上的反应也比较疏离和淡薄。而从文化的符号角度来考察，由于中国人较早摆脱了游牧或打猎生活，进入了农耕时代，所以在观念形态上也较早地摆脱了原始宗教及动物崇拜意识，强化了人在自然界和社会生活中的地位，因此为儒家创立以"仁"为中心的礼教文化传统提供了基础和氛围。所以，上面所提到的一些狼意象的蛛丝马迹，可以视为汉族前农业社会文化的遗物遗风，不久就被正在形成的综合的华夏文化体系淹没了。而生活在中国西北部和东北部的少数民族，继续保持着狩猎文化和草原文明的生活方式和精神理念，甚至继续以狼为自己民族的图腾和旗帜，就不得不与中原的农业文明与文化发生冲突，长期以来与汉族争夺生存发展空间，间或与汉民族处于冲突和交战状态，在人们心理上留下了深重的阴霾。

　　由于这是一篇主题鲜明的寓言故事，其中所描述的故事情节在历史典籍之中也无据可循，所以很少人注意文本中隐藏的文化冲突，更少有人对其历史来源进行探究。但是，从文本细节来看，《中山狼传》不可能是马中锡的纯粹虚构杜撰，而是带有明显的历史踪迹，所以当其出现在明代马中锡（1446—1512）笔下①之时，相信已经在民间流传了很长时间。

　　值得注意的是，从时间上看，故事内容发生在公元前的春秋时期，有着明确的历史线索，文本不仅展现了一场声势浩大的"猎狼"运动，并且直接讽刺了当时墨子的"兼爱"思想，包含着那个时代不同思想学派的意

①　马中锡的《东田文集》卷三收有《中山狼传》，今人所引多出于此。另外还有两种不同的说法。一说是宋朝谢良所作。明陆楫《古今说海》，清人编的《曲海总目提要》，清宋定国、谢星缠《国史经籍志补》等收录此文时，就如此认为。清钮琇之《觚剩续编》卷一也持同样的看法。二是认为唐姚合所作。姚合，唐代陕州陕石人，著有《姚少监诗集》。明末清初刻冰华居士辑《合刻三志·志寓类》收录此文，署唐姚合撰，程羽文校阅。另有详文可参见《寓言辞典》（明天出版社1987年版）。

识叠影和文化冲突。而由于赵简子的出现，又为故事发生的历史场所及背景提供了原生态的蛛丝马迹。无疑，这是一场人狼大战，而狼是被拟人化的，是被人追逐剿灭的对象。

二、"生态"还是"人伦"：关于叙述逻辑的悖论

《中山狼传》的成熟文本出现于明代，此时儒家学说正处于发展更新的又一个巅峰状态，也是宋明理学的成熟时期。

在这个寓言故事中，狼完全是一个忘恩负义的反面角色。而这种情形的产生无疑与我们涉及的文化渊源有关。根据马中锡《东田文集》卷三的文本分析，这个故事在很多方面凝结着历史意识中的矛盾情结。例如，作品一开始就充满战争气氛，本身就是一个以暴力场面开始（赵简子山中猎狼），并以暴力结束（丈人与东郭先生共同用刀杀了狼）的故事。赵简子虽是打猎，但情景和打仗差不多，"虞人导前，鹰犬罗后，捷禽鸷兽，应弦而倒者不可胜数"；再看追击受伤的狼的气势："惊尘蔽天，足音鸣雷，十步之外，不辨人马"，真是一片战争景象。

再比如从狼向东郭先生求救时陈述的理由来说，狼所说的理由和事例无不证明动物比人更善良，更通"人性"，更懂得知恩图报。一是中国古代传说"毛宝放龟而得渡"的故事，二是"隋侯救蛇而获珠"的传说。前者在《搜神记》中有记载，说的是有个叫毛宝的人，钓鱼时钓到一只毛龟，大发慈悲就放了它，后来毛宝战败投江，就有一只毛龟来相救，使他站在龟背上过了江。后者在《淮南子》高诱注说中可见，隋侯看见一条大蛇受伤，就为它医治、敷药，后来这条蛇以一颗大珍珠作为报答。

这与故事的主旨相对，形成了一种精神博弈和歧义结构，因为这两个故事都来自民间，而且都显示了一种原始的生态观念，狼虽然引用了这两个故事，但是它自己的行动却背信弃义，与龟和蛇截然不同。这说明在当时人们的心目中，狼与龟、蛇根本不同，它们已经被人划分为不同的类别。

但是，这似乎还不能为"人贵狼贱"提供完全合理的解释。从文本内容分析中可以看出，这个传说的主旨在于，一是说明忘恩负义者是狼而不是人；二是人和禽兽是截然不同的"有知"和"无知"的两个世界。就第一个焦点来说，故事确实表明了狼是忘恩负义者，但是这只是从故事层面而言的。如果我们超出这个故事的层面，从自然和人类起源角度来判断，那么事情就不那么简单了。再说，人类为什么要在这个问题上做文章，本身就是一个值得探讨的问题。从人类起源的神话传说资料来看，狼一度也是人类的崇拜对象，而人类则在自己逐渐壮大过程中抛弃了狼，所以真正自然意义上"忘恩负义"者应该是人类。至少从人与大自然的关系上讲，也许所有人都已经意识到了人类自己的罪孽：大自然养育了人类，是人类的母亲，但是曾几何时，人类却自大妄为起来，疯狂地掠夺、破坏和亵渎大自然；从这个意义上说，人类是真正的忘恩负义者。所以，我们完全可以如此分析，人们之所以要通过虚构的方式证明狼的忘恩负义，恰恰是为了掩饰自己潜意识中的罪恶感，企图在现实中永远摆脱历史文化的阴影。

从第二个方面来说，人类就更处于不利的地位了。实际上，从故事中就可以看出，人和自然分庭抗礼，已经构成两个不同的世界：狼并不孤独，它实际上和老杏树（植物）、老牛（动物）组成了一个世界，而赵简子（大规模杀害动物的武夫）、老丈（禽兽负恩论的代言人）、东郭先生则属于另一个世界；而前一个世界之所以站在一起，是因为皆身受人类之害。狼被人类的大规模猎杀逼得无路可逃姑且不论，就从老树和老牛的回答中就可以看出它们的共同态度。

这里不妨引下原文来具体分析：

逾时，道无行人。狼馋甚，望老木僵立路侧，谓先生曰："可问是老。"先生曰："草木无知，叩焉何益？"狼曰："第问之，彼当有言矣。"先生不得已，揖老木，具述始末。问曰："若然，狼当食我耶？"木中轰轰有声，谓先生曰："我杏也，往年老圃种我时，费一核耳。逾年，华，再逾年，实，三年拱把，十年合抱，至于今二十年矣。老圃食我，老圃之妻子食我，外至宾客，下至于仆，皆食我；又复鬻实于市以规利，我其有功于老圃甚巨。今老矣，不得敛华就实，贾老圃怒，伐我条枚，芟我枝叶，且将售我工师之肆取直焉。噫！樗朽之材，桑榆之景，求免于斧钺之诛而不可得。汝何德于狼，乃觊免乎？是固当食汝。"言下，狼复鼓吻奋爪以向先生。先生曰："狼爽盟矣！矢询三老，今值一杏，何遽见迫耶？"复与偕行。

狼愈急，望见老牸曝日败垣中，谓先生曰："可问是老。"先生曰："向者草木无知，谬言害事。今牛禽兽耳，更何问为？"狼曰："第问之。不问，将咥汝！"

先生不得已，揖老牸，再述始末以问。牛皱眉瞪目，舐鼻张口，向先生曰："老杏之言不谬矣。老牸茧栗少年时，筋力颇健。老农卖一刀以易我，使我贰群牛，事南亩。既壮，群牛日以老惫，凡事我都任之：彼特驰驱，我伏田车，择便途以急奔趋；彼将躬耕，我脱辐衡，走郊坰以辟榛荆。老农视我犹左右手。衣食仰我而给，婚姻仰我而毕，赋税仰我而输，仓庾仰我而实。我亦自谅，可得帷席之蔽如狗马也。往年家储无担石，今麦收多十斛矣；往年穷居无顾藉，今掉臂行村社矣；往年尘卮罂，涸唇吻，盛酒瓦盆半生未接，今酳黍稷，据尊罍，骄妻妾矣；往年衣短褐，侣木石，手不知揖，心不知学，今持兔园册，戴笠子，腰韦带，衣宽博矣。一丝一粟，皆我力也。顾欺我老，逐我郊野；酸风射眸，寒日吊影；瘦骨如山，老泪如雨；涎垂而不可收，足挛而不可举；皮毛具亡，疮痍未瘥。老农之妻妒且悍，朝夕进说曰：'牛之一身，无废物也：肉可脯，皮可鞫，骨角可切磋为器。'指大儿曰：'汝受业庖丁之门有年矣，胡不砺刃于硎以待？'迹是观之，是将不利于我，我不知死所矣！夫我有功，彼无情乃若是，行将蒙祸。汝何德于狼，觊幸免乎？"言下，狼又鼓吻奋爪以向先生，先生曰："毋欲速！"①

---

① 胡海涛编注：《中国历代文言小说精选读本》，中国国际广播出版社，2010 年，第 212—215 页。

从以往传统观念来看，这一切都是无稽之谈①，但是从自然生命的观念来看，这分明是来自另一个世界的血泪控诉！老杏树和老牛分别从植物和动物的角度生动具体地述说了人类对它们的压迫、压榨和忘恩负义。从某种意义上说，在这个故事中进行着一场审判的争夺战，人类和大自然各站一方，针锋相对，而面对老树和老牛这种有理有据的驳斥，东郭先生几乎无以应对，只能以"草木无知，更况禽兽"之类的观念来搪塞。

事实上，所谓"草木无知，更况禽兽"之类正是这篇传说寓意的观念基础，如果删掉了它，整个故事的道德理论基础就倒塌了。不过，只要认真思考一下，就会意识到，这只是人类的道德，并不是自然的道德，是人类为自己的利益而设定的。而正因为人类有如此的理念，所以才能够心安理得地忽视和贬低其他自然生命物种，才能如此肆无忌惮，在自然界称王称霸，奴役一切。

难道大自然的草木和动物真的就无知无情吗？即使这一点在科学上还可以讨论，但是完全忽视其他生命存在的意志和欲望，恐怕连人类自己也难以接受。这一点从故事本身就能找到证据。难道老树和老牛的亲身体验及其陈述，不就是它们有知有情的证明吗？而这里的问题不仅在于人类是否敢于承认所面对的事实，而且在于是否能够真正明白和理解它们的有知有情！显然，在这方面，作为人的东郭先生根本无法和狼相比。他一见到植物和动物就心存偏见，认为它们无知无情，根本找不到交流的方法，而中山狼截然不同，它明白和理解自然界生物的感受，并且知道如何和动物植物交谈。这也在某种程度上说明人类在自我发展中的失落和虚伪。所谓失落，是指人类为了给自己践踏自然、毫无羞耻感地掠夺自然的行为制造合理依据，竟然断然否认植物动物的有知有情。这一点正如东郭先生的表

---

① 这里引述一段有关书中《中山狼传》的题解作为参照："中山狼是一切反动势力的写照。东郭先生被所谓'仁慈''兼爱'的说教迷住了心窍，不分好坏，不知敌我；他听到濒临死亡的一只恶狼的几句好话，就信以为真，竟至不惜欺骗猎人，千方百计地加以救护，结果自己几乎被狼所害。从中我们可以得到这样的启示：对于恶狼那样的敌人，只能聚而歼之，战而胜之，而决不可以讲'仁慈'、施'兼爱'。对敌人的'仁慈'，就是对自己的残忍。"

现一样，刚刚说完"草木无知"，回头就又向老树作揖求情，期望得到无知草木的支持。

但是，从此中山狼却成了汉族文化意识中的一个特殊的"媒介"，专门传达人们对阴毒险恶人物的情感，在明人杂剧中就有康海《中山狼》、王九思《中山狼院本》，而最有名的就是曹雪芹《红楼梦》中"子系中山狼，得志便猖狂"的孙绍祖。孙家祖上是行伍出身，与宁荣两府原有世交之谊，孙绍祖虽为一个武夫，但是善于应酬权变，穷奢极欲，自从娶了贾家的迎春之后，更是变本加厉，劣性不改，沉溺酒色，把家中的丫鬟女仆几乎淫遍，极度挥霍家里的钱财，迎春被他百般虐待，最后致死。他已成为中国人人皆知的最无耻的人物原型。

三、"龙文化"与"狼文化"：不同的文化镜像

由此我们可以看到，由于人的特定文化价值观和情感的介入，动物世界开始分裂了，一部分成为善、吉祥的象征，而另一部分被判定为恶的、不友好的替身。不幸的是，狼很早就被归入了后一世界。就中国而言，这种敌我亲仇意识不仅来自反面的事实（中山狼的忘恩负义），而且来自正面的对比（龟与蛇的知恩图报）。对此，如果联系到汉族对龙的崇拜意识，我们会有更深的感触。龙基本上是一个综合性意象，具有很多动物的特征，比如蛇身、鱼鳞、鹿角、凤爪等，说明龙图腾在形成过程中融合多种动物图腾因素，组成了一个新动物图腾。但是，就是在这个过程中，狼被排除在吉祥动物之外，而且成为一种相悖于人性的意象。

这种冲突和竞争可以追溯到很古老的时代，比如神话中记载的黄帝和蚩尤的大战就是一例。从某种程度上来说，这是一种游牧文明和农业文明的冲突，但是在人们文化心理上形成不同反响，直接影响到他们对不同的文化象征物的认同和拒绝。不幸的是，正是在这个过程中，狼在汉民族的文化心理中成了不祥和战争的"替罪羊"，有关狼的意象和传说也自然加

入了人们特殊的感情色彩。例如在古汉语中，往往称入侵的敌军为"狼军"，称其首领为"狼主"，战争的征象被说成是"狼烟"等。所以在《国语·周语》中记载"穆王征犬戎得四白狼"，人们就解释为实际上捉了四个俘虏。

这样，狼在中国的神话传说中当不成英雄就顺理成章了。而"狼"被习惯地认为具有"残忍""野蛮""无文化""侵略"之义也并不奇怪。比如"狼子野心"一词就出现很早。《左传·宣公四年》就有记载：

> 初，楚司马子良生子越椒，子文曰："必杀之。是子也，熊虎之状而豺狼之声，弗杀，必灭若敖氏矣。谚曰：'狼子野心。'是乃狼也，其可畜乎。"

这说明在约两千两百年之前，这一成语在中原一带已经非常流行。再比如中国汉语中习惯用"狼藉"一词来形容乱糟糟的情况。显然，从"文字链"角度来考察这个问题会有更多的收获，例如与"狼"在字形和意义上有关联的"狠"，原本读"wan"（去声），《说文解字》释为："犬斗声，从犬，艮声。"但后来被假借为恶毒、残忍之义，比如狠心、狠毒等。尽管这并不能一概而论为中国汉字体系对狼这一意象特殊的演绎，① 但是已经充分显示了文化演绎的力量。因此"狼"进入了文化，就得承担文化所赋予它的一切。

---

① 这里应该指出的是，这些涉及汉语文字形意结构的现象，并不能完全反映汉民族对狼的复杂感情，也不能说明他们对狼只有敌意。就文字链来说，与狼发音相近的还有"娘"和"良"，其词义所传达的感情色彩就与"狼"截然不同。"娘"有指母亲、少女之意，而"良"则经常用来形容性善、骏马、精兵等，有时和"郎"同义，指丈夫。由此看来，在形和声两种基本关系中，与"狼"有关的可以引申出两种不同的意味。有一种语言理论认为，发声的相同或相近，完全是任意性的"约定俗成"的结果，本身并不代表什么意义。我不赞同这一说法，尤其对于汉语来说是如此。我认为"约定俗成"之中也隐藏着某种潜意识的动因。狼在中国人的文化心理中，亦存在着两种不同的意识倾向：当人们在表层意识中极力排斥它的时候，在潜意识中却隐藏着喜欢和向往的意向。对此，我虽然还没有形成完整的观点，但是相信这是一个值得讨论的问题。

从上面的分析可以看出，在一个民族的文化意识中，人与狼的关系主要取决于特定的历史状况和文化塑造。所以，"狼"成了文化想象和塑造的对象。在这个过程中，狼最初作为动物存在的意义逐渐减弱，而作为文化的引申、假借和象征的意味会不断增强，最终积淀为这个民族历史意识中的稳定因素。而与此相对的是，一些长期以放牧和狩猎为生的中国少数民族，自然比以农为本的汉族更接近自然和动物世界，因此也保留了更多更丰富的有关动物世界的神话传说。而狼在这些神话传说和民间故事中往往扮演着重要的角色，与人的欲望和生存状态有着密切的联系。所以，在中国的神话传说中，狼的传奇成了名副其实的"失落的环节"。

也许这里存在着一种狼的意象的"空间转移"（Transition of Space）问题。也就是说，当一种意象从一种文化空间转移到另一不同的文化空间的时候，其意象含义的变化取决于这两种文化的关系和异同，而人们对这种意象的体认往往受到外来文化关系的巨大影响。所以，中国汉族文化意识中所塑造的狼形象，从一开始就卷入到了文化和民族的冲突之中，而人与狼的关系也因为不同图腾信仰的部落族群之间的战争而明朗化，并随着生产力和生产关系的变革演化为一种文化意味的冲突。因为彼一"狼"不是此一"狼"也，狼已经成为一种文化或者是文化的象征物。

就此我们可以提出一个假设，那就是目前留存的中国汉语典籍只是农业文明产生后的产物，而由于种种历史文化原因，中国有关前农业文明的记载中断了，或者被大规模地删除和改造了，成为中国文化文明"失落的环节"。也许是由于中国黄河农业文明的过早成熟，历史因此付出了有关动物神话传说丧失的代价。这也就导致了中国文化历史某种不完整记载，有资料可查的只有近三千年的历史，而大量的前农业社会状况的见证，还有待于继续挖掘和发现。

不过，有一点值得注意，现存于中国神话传说中的动物与西方不同，多半表现为某种奇异的形态，不是很具体实在，有些是从异国他乡道听途说来的，一是充满着想象的色彩，二是不同动物组合而成的形象较多。这一方面反映了汉族在历史上与其他民族和国度文化交流的情况，另一方面则说明中国汉民族很早就难直接与野生动物打交道，已经逐渐忘却了自己与动物共处的生活情景。而就前者而言，汉族本身的繁衍和成长就是各种部落文化交融合并的结果，其文明的成熟主要就表现在各种图腾文化的综合融通方面。作为一种民族图腾的象征，龙的形象的演变形成过程就是一个最好的例子。

21 世纪：狼与龙是否可以握手言欢？

——关于跨文化语境中的动物美学研究

随着人们自然保护意识的增强，中国古老的"天人合一"的思想也越来越受到人们的重视。确实，从中国传统思想的源头讲起，中国人就很讲究与大自然保持良好的平衡关系，追求一种与自然和谐相处的生命境界。这种"合一"，除了表现在对山川河流崇拜的祭祀仪式上之外，在与动物的关系方面也有表现。① 但是，对于狼与龙关系的期待，却还面临着种种文化考验。

一、关于"人兽同体"的人类传说

无疑，不论是狼还是龙的神话传说，都牵扯到人与动物的关系问题。至少在人类的远古神话中，人和动物并非一开始就是对立和相互残杀的，相反，它们曾有过一段和睦相处的美好时光；而人和动物的界限也并非像今天如此分明。神话传说中的很多神人圣人都有兽形的特征。外国神

---

① 关于这方面的研究，华东师范大学詹鄞鑫教授有过很好的探索，他从古文字角度探讨了中国古代祭山仪式的起源与意义，对我们了解中国文化的意蕴很有帮助。

话传说中的许多人面兽身或兽面人身形象姑且不说，就中国来说就有很多类似的神话传说，例如，造人的始祖女娲具有蛇形，而治水英雄大禹则是一只熊。在中国古代典籍中，对于远古文明的看法也并不在意人与动物的区别。在《列子·黄帝第二》有如此描述：

> 有七尺之骸，手足之异，戴发含齿，倚而趣者，谓之人。而人未必无兽心。虽有兽心，以状而见亲矣。傅翼戴角，分牙布爪，仰飞伏走，谓之禽兽，禽兽未必无人心。虽有人心，以状而见疏矣。庖羲氏女娲氏神农氏夏后氏，蛇身人面，牛首虎鼻，此有非人之状，而有大圣之德。夏桀殷纣，鲁桓楚穆，状貌七窍，皆同于人，而有禽兽之心。而众人守一状以求至智，未可及也。黄帝与炎帝战于阪泉之野，帅熊罴狼豹，躯虎为前驱，雕鹖鹰鸢为旗帜。此以力使禽兽者也。尧使夔典乐，击石抚石，百兽率舞，箫韶九成，凤凰来仪。此以声致禽兽者也。然则禽兽之心奚为异人，形音与人异，而不知接之之道焉。圣人无所不知，无所不通，故得引而使之焉。①

这里是对远古文明状态的一种回望和评价，其中流露出了某种留恋的情绪。所谓"帅熊罴狼豹"作战的情景，在后来中国小说《封神榜》中有很多具体的描绘，在民间很流行此类的故事；至于"百兽率舞"的情景，则在《尚书》中就有表述，被认为是一种极高的音乐境界，后来在一些民间故事中经常出现——善良的主人公的一把竹笛、一声口哨，就能吸引来各种动物飞禽，闻声起舞。

二、关于共同的"黄金时代"的历史记忆

作为一种独特的人类记忆，尽管《山海经》中很少关于狼的神话传

---

① 杨伯峻：《列子集释》，中华书局，1979年，第83—85页。

说，但是充满着人与动物禽兽相互沟通、糅合一体的形象。也许今人可以从中找到许多古代人崇拜动物的蛛丝马迹，但是曾给《山海经》作注的晋文学家郭璞（276—324）却认为书中所记载的很多都有可信性，问题是"非天下之至通，难与言《山海》之义矣"①。

实际上，《列子》成书较晚，直接受到老庄思想的影响，当时中国早已经进入了"天生万物，唯人为贵"而且"男尊女卑，故以男为贵"的时代（见《列子·天瑞第一》），但是书中这种看法却体现了古代中国人对人与自然关系的深刻反省。他们已经觉察到了人在自身发展中有所迷失，这就是"状与我童者，近而爱之；状与我异者，疏而畏之"（见《黄帝第二》），仅仅以人的形状为标准来画线，因而在一定程度上隔绝了人与自然之间的交流和沟通，破坏了人与动物之间原有的和谐关系。

古人当然知道人与动物之间的区别，但是他们并不因此否定和拒绝与它们之间的相互认同。从《列子》中就可看出，古人在观念上更强调人和禽兽在很多方面的一致性和相通性。所以，接着上面的引文，《列子》中继续写道：

> 禽兽之智有自然与人童者，其齐欲摄生，亦不假智于人也。牝牡相偶，母子相亲，避平依险，畏寒就温；居则有群，行则有列，小者居内，壮者居外；饮则相携，食则鸣群。太古之时，则与人同处，与人并行。帝王之时，始惊骇散乱也。逮于末世，隐伏逃窜，以避患害。今东方介氏之国，其国人数数，解六畜之语者，盖偏知之所得。太古神圣之人，备知万物情态，悉解异类音声，会而聚之，训而受之，同于人民。故先会鬼神魑魅，次达八方人民，末聚禽兽虫蛾。②

---

① 北京大学哲学系美学教研室编：《中国美学史资料选编》（上），中华书局，1980年，第165页。
② 杨伯峻：《列子集释》，中华书局，1979年，第85页。

这样看来，能够解动物之语，通动物之情，与禽兽同乐，是一种理想的人生境界，可惜，这种状态后来被人类自己所破坏了。虽然《列子》中没有直接说这是人的罪过，但是从语气上可以看出这绝不是动物的过错。正因为人的强大，才导致了本来和人类和睦相处的禽兽们"始惊骇散乱矣，逮于末世，隐伏逃窜，以避患害"。

也许这是人类进化到新文明阶段的标志，但是同时又是人类另一种悲剧的开始。古代人是以一种矛盾的、战战兢兢的态度迎接这一巨大转变的。也许他们已经意识到，人类不会再有与自然以及动物界息息相关和沟通的机会了，他们甚至不再有这种能力了。文字、器具和工具的发明，让人类拥有了开发自然的越来越先进的工具，使他们与同类的交流越来越便利。但是久而久之，他们原本具有的那种与大自然进行沟通的潜在能力也开始退化和消失了。

三、期待：狼与龙是否可以握手言欢？

毋庸置疑，任何文化都有自己的优长和缺失，而"缺失"往往构成了这种文化向前伸展、向其他文化学习和求助的动力源。西方文化中关于上帝与撒旦之间的冲突，一方面造就了人性内部的张力，另一方面也形成了内部难以平衡和克制的紧张，非常容易趋向焦虑、极端与偏畸。这也就构成了很多西方思想家和艺术家趋向东方，并期望在东方文化中寻求难得的心灵宁静和平衡。尤其是到了 20 世纪，社会发展的失衡，人性内部的冲突，已经突破了文化可以承受的极限，导致了两次世界大战的惨剧和整个世界连续动荡的局面，使整个西方文化内部迅速滋生出一种寻找通向人类和平与世界平衡道路的倾向。不管这种努力在现实生活中遇到了多大阻力，是否真正取得了一些西方人所预期的结果，它都一直通过各种途径持续不断地进行着。

例如，在詹姆斯·罗宾森（James A. Robinson）所写的《尤金·奥尼尔和东方思想》之中，就探讨了这种求助的心路历程。奥尼尔之所以在自己创作中不断跨出西方基督教文化的界限，走向印度文化和佛陀境界，就是为了摆脱西方由来已久的心理二元论的冲突，寻求一种灵魂可以安歇和宁静的境界。特别是西方弗洛伊德、荣格等精神分析心理学产生之后，人们对于人类内心永恒的救赎几乎感到了绝望，似乎在极端的二元心理冲突中，西方人除了在欲望与诱惑面前苦苦挣扎并不断和内心中恶魔作战之外，注定不可能找到精神的乐园。这，也许就是晚年荣格如此沉醉于东方的禅学与《易经》的原因。

从尼采到德里达：不断破解与不断建构

——解读西方现代文艺美学的发展历程

在西方文艺美学发展中，一般公认弗洛伊德和尼采属于跨时代的人物，因为他们在西方文化的一些重要关节点上，冲破了传统的观念，取得了开拓性的成果，因而把西方文艺美学思想和研究推向了一个新的时代。概括地说，弗洛伊德从"身体"方面入手，重新解释了人类文明的起源，并为人类开启思想宝库、探索艺术奥秘提供了新的钥匙；而尼采则从"心灵"开始，打破了一切传统的世俗偏见，为人类理性向更高层次进发拓宽了思路。

但是，这并不意味着西方文艺美学达到或实现了某种终极的目标；相反，现代文艺美学之路似乎是一条比传统之路更加艰难、更加充满困惑的道路。因此，我们从尼采出发，在阅览人类思想创造的千姿百态之时，更能感受到思想与艺术追求的未有穷期，而其中显露出的更多的惶惑、艰难与危机，将促使我们在 21 世纪奋发向上、勇往直前，在文艺美学领域中吸纳百川，不断突破，不断创新。

一、从尼采到荣格：追求生气灌注的文艺理论

如何理解和把握一个文学理论家的价值和意义，这是一个很重要的问题。过去我们总是关注思想的层面——这当然是非常重要的，而忽视了他们对自己生命的理解和把握，尤其是忽视了他们把自己的理论追求贯通于生命活动中的过程和意义。很多理论家及其理论的价值和魅力就在于，他们不仅仅是在发明言辞和话语，也不仅仅是在理论观念上进行选择和判断，而是把理论创造和生命追求紧紧结合在一起，把自己对生命的感悟和体验融汇到了理论话语之中。

尼采的价值，在于他打破了人们对终极话语权力的迷信，为历史提供了一种有生命感的理论境界，使西方文化从思维形态上长期僵化的知识体系和庸俗状态中解脱出来，也让西方文化远离那种僵化的经院哲学和工具化的思维逻辑，再次获得生命活力。

尼采作为跨世纪的思想家，一开始就是以西方文化"叛徒"的身份出现，向西方传统的价值体系提出了全面质疑。传统的西方文化思想体系有两大支柱：对真理的追求和对上帝的信仰，由此也形成了西方文化延展的两大终极的源头和价值体系。而这两者时常矛盾和对抗，但是有时又会相互结合，使真理和上帝能够互相认同。人们可以通过理性的认知来认识"真理"，而所有对"真理"的认知又只有上帝才能解释。所以尼采的背叛是双重的，一方面是对西方理性主义价值观的怀疑，另一方面，则是对西方基督教神学体系的冲击。

同时，尼采对传统的背叛是和他生命的个人体验和追求紧紧相连的。尼采的理论都充满了感性力量，由此冲击了西方传统经院式的理论表达方式。他的文字很美，充满生命的感悟和冲动，能够打动人和感染人；他所追求的不是理论的完美性，而是生命本身的完美性；他通过追问理论来完成生命，通过对传统境界的质疑和突破来充实和丰满自己的生命状态。尼

采说过，他最爱看的书是用"鲜血"写成的。这里的"血"就是生命。一种有生命力的理论一定诞生于理论家的生命追求之中。所以，一些伟大的理论家并不仅仅是理性的追求者，也并不排除在追求真理道路上投入和付出感情。当然，对于理性的过度否定也是不明智的。因为理性是人生命和思维中的重要因素，但是它是一把双刃剑，当用来追求真理，追求人生完美和完整状态时非常宝贵，但是当它用来限制人的生命和思维的时候，就会制造和设计出许多障碍。

因此，尼采并不能用"超人"的演说来拯救人类及其艺术。他只是一个悲剧的预言家。尼采企图在灰暗的生活氛围中用自己的生命点燃火炬，让思想的火苗跳跃，驱散人类所面临的悲剧前景，但是他对一个平庸的世俗时代的来临无能为力。而他自己的生命和理论价值，也正是在灰暗和悲剧的背景中凸现出来的；他自己挣扎在理性的边缘，虽然不甘于做悲剧的牺牲品，但是却不能不走向疯狂。所以他是预言家，但不是胜利者。尽管尼采预言20世纪不再是一个"英雄主题"的文学时代，然而他自己却称得上是19世纪文学的最后一个英雄。

如果说，尼采的理论直奔生命理性的极致，那么弗洛伊德则在人的心理深处揭示了艺术创作的本源；他们共同开创了现代文艺美学的先河。而荣格对于精神分析学说的"修正"，则是这个过程中的重要一环。弗洛伊德被公认为现代文艺美学的创始人，其实他的影响远远不止于文艺学方面，而是渗透到了现代文化的各个领域。

但是，令人关注的是，弗洛伊德之所以产生如此深刻广泛的影响，不仅在于其理论本身具有真知灼见，而且在于后人对其不断的质疑、引申、修正和发展。荣格和弗洛伊德一样都是从病理学和心理学起家的。起初，荣格的主要研究对象是人的病态现象。在这方面，他受到了弗洛伊德的"潜意识"理论的影响。按照弗洛伊德的学说，人的欲望受到压抑而又无法得到某种方式的宣泄时，就会产生某种心理病态现象。这给荣格以启发，可能使他找到人病态心理的根源。但是，这种理论是很难得到验证的。因为在理性的范围内很难找到和确定"完整的人"。这本身就是对西方文化传统中一向尊崇的"理性的人"的一种挑战。他们的研究都发现，一个正常的人在日常生活中，表现的只是部分的自我而不是全部的自我；但是人的日常行为确实受到了那部分隐藏的自我的巨大影响甚至支配。有时，人无法了解自己的全部，就如同手臂和整个身体的关系；只看到了手在活动，却不知道或不能真正理解它如此活动的原因。弗洛伊德还发现，人的悲剧就在于，自己创造了自己的对立面，人的一生就是本能与意识不断搏斗的过程。而所谓本能或者潜意识的中心就是性，一切都根源于性的冲动，性受人类本身生命延续和传宗接代欲望的支配。荣格不赞成这种根据人的生物本能和生理机能作出的解释，当进入了人的社会化领域，认为"个人无意识"和"集体无意识"更能说明问题。前者是指个人曾经意识到而遗忘，但是始终留存的意识；后者则指个人无法了解的存在的意识。荣格试图用原型、象征、意象来揭示和掌握无意识，认为人的集体无意识是通过神话、传说、文学作品来突显自己的。

荣格是否完全把握了人类的集体无意识，这是另外一个问题，但是却为人们理解文学开拓了一个新境。荣格认为，文学创作的资源一方面来自个人生活，另一方面来自诗人的心理意识；而后者主要根源于人类的心理意识和历史感情。荣格强调文学对于人本身的意义，即人们通过文学把握自己和理解自己。弗洛伊德曾经主张通过梦来了解人，后来才找到了更好的途径——文学作品，因此文学作品有了新的意义，它不仅是认识世界的方式之一，也是人类认识自己，尤其是认识和探索自我潜意识的重要途径。确实我们每一个人——凡是接触过文学的——都不同程度地从中懂得了恐惧、喜悦和痛苦。

所以说，文学帮助了弗洛伊德，更开阔了荣格的眼界，他从中获得了当时哲学和心理学不能给予他的启发。他还认为，文学的真正意义在知识、日常生活和时代精神之外，在人的历史意识之中。文学永远不是知识，不能用知识的尺度来衡量——这就突破了过去理解文学的理性模式，为对文学的新理解开辟了天地。当然，荣格并不否认知识的意义和作用，文学从不拒绝知识，但是只有将它们视为心灵世界的表象才是有文学意义的。文学不拒绝知识和理性，但是那不是文学的根本，文学的根本是知识和理性之外的东西。在文学创作中，人的心理不仅是动力，而且是资源；要创造出好的文学作品，就要努力开发这种潜在的资源，包括理性的和非理性的、个人的和传统的。也就是说，文学要告诉人们的是理性之外的东西。

另外，荣格还注意到了文学的时代精神的意义，并采取了仔细分析的态度。他提醒人类要反思自己的文化现状和传统。在这个过程中，荣格还注意到了中国文化的重要意义，曾一度沉迷于中国文化，这在中西文化交流史上留下了一个值得探讨的话题。

二、从萨特到福柯：对知识话语的不断质疑与批判

作为一个作家，萨特的一生体现了一种行动和实践的力量，这也是他的文艺美学理论的最显著的特点和锋芒。他的存在主义在文学上就表现为一种实践的、不断探索和进取的美学观。他的一句名言是"存在先于本质"，就是强调人的自我认识的行动性和实践性。萨特从某种程度上说避开了"终极"的陷阱。方法或许很简单，他在过程（存在与选择）和终极（本质与命运）之间选择了前者。我以为这是一种合乎逻辑，同时具有独创性的发现，在理论上也是说得通的。

我们知道，包括尼采在内的许多西方思想家都对先验的终极"真理"观念有所解构和颠覆，但是如何给它们重新定位却依然是一个问题。而萨特则独辟蹊径，赋予它们新的含义。为此，他理所当然地把人的自由提到了一个很重要的层面。因为自由是人的创造力得以解放和发挥的先决条件；没有自由，就没有创造，而没有创造就没有人真正的存在与本质。但是在人们传统的观念中，自由是被禁锢和限定的一个观念，它不是自主的，而是被动的，受到种种条件和情景的限制。

所以它只是一种理想、想象和向往，永远不可能实现。为了冲破这种

意识的障碍，萨特不得不把自由从种种禁锢中解放出来，把它还给人本身，也就是说，自由才是人的本质存在。他有一句名言："自由就在人体之内。"人生性自由，但是并非人人都能意识到；而只有自由的人才是真正的人，才是有责任的人。在他看来，是自由赋予了人的责任感；而没有自由感的人不可能有真正的责任心。

这也许是人类一次新的觉醒和解放。从人类追求自由的自身发展历程来看，我以为已经历了四个大的阶段，一是从自然约束和恐惧中解放出来；二是从人身依附关系中解放出来；三是从经济短缺和压迫中解脱出来；四是从各种人为的文化和精神束缚中获得自由和解放，进入精神和思维的自由创造之境。我想，这也是当今人们关注语言和文化问题的原因之一，因为语言是构成人类理性和知识大厦的基础，对语言的探究实际上就是为了弄清楚人类精神存在的基本状况。

可是，福柯似乎不赞成萨特的某些观点。福柯认为社会与文化最本质的东西是意识形态中的权力因素，首先是政治，文学不过是人生歇息的一种方式，不必用它来介入社会。显然，福柯涉及了 20 世纪的一个重要问题，即对于人类所建立的知识体系的理解和批判，而且这显然不同于以往——仅仅把焦点放在对哲学体系的了解和批判上，而要涉及更深刻、更广泛的历史层面。福柯直接涉及了建立什么样的知识观问题，他对现代文化的质疑及其理论就是在这种特殊知识背景下产生的，有其顺应人类文化发展要求的一面。

认识这种背景非常必要。简单地说，人类对自然和自我的认识，总是在不断寻求最佳角度的，这也就构成了人类思想文化不断演进的过程。比如，人类最初是从自然和神的角度认识世界的，慢慢扩展到了宗教、政治、经济、文化等各个方面的关系。而自文艺复兴以来，人们愈来愈意识到了知识系统的重要性。一个国家和民族的处境和地位最终取决于其所达到的知识层次和文化水平。这也就为我们观察和了解世界提供了一个新的角度和起点，同时也是要我们考察和研究其所拥有的知识系统以及人们对知识的态度。现代社会正在创造一个"知识万能"的神话，知识不仅是权力和财富的源泉和基础，而且支配着人们对世界的态度。正因为知识有如此重要的意义，所以它在社会意识形态中的地位也愈来愈高，人们把它转化成为某种标准和规律，用来支配一切。但正是在这个过程中，人们忽略了一个问题，这就是对知识本身的追问，即知识本身到底意味着什么？于是，伪知识出现了，用权力制造的"知识"出现了，非人性化的知识出现了，而紧接着，在"知识"和"文化"旗号下的人类悲剧出现了。如果没有福柯，人们也许至今还没有意识到问题的症结所在。

其实，正如福柯所意识到的，人类的任何知识都是人为创造出来的，它们是经过人们一系列观察、定性、检验、认证、描述和阐释过程而形成的体系，所以真实现存的知识体系并不是绝对真理，而只是一种符合特定社会需要和平衡规则的、能够介入社会实践的话语体系。正因为如此，知识的存在并非一定与真理相关，而是依存于某种特殊的话语体系。

福柯实际上把知识和真理分离开来了，而显露出它们之间的一个非常复杂和广阔的地带——话语。话语和真理并不是一回事，而且决定一个社会话语体系的最根本的因素既不是上帝和诸神，也不是真理，而是决定人类社会状况的更强大、更实在的力量——权力。由此我们也可以如此理解，一个国家和社会的知识状态其实不是孤立的，它不仅取决于这个国家和当时社会的教育状态，更是由这个国家和当时社会的权力状态所决定的；知识状态和权力体系及其状态是密不可分的。例如，在专政统治下，其知识状态也必然受到极大的限制，不可能是真正意义上的现代知识状态。

所以，所谓"知识权力时代"的来临，实际上是人们对历史的一次重新检索和认识，表现在从根本意义上对知识本身的重新认定和反思。福柯意识到了这一点，他敏锐地感觉到了知识和权力结盟所可能产生的结果，而人类正面临一个权力知识化和知识权力化的局面。

在很多情况下，权力正在成为知识的腐蚀剂，使社会的知识殿堂成为权力的附庸，并制造出体系化的、为权力者所用的所谓"知识"；而知识和教育也愈来愈成为支撑权力合理性的工具。所以，要建设一个合乎人性发展的社会，我们的当务之急就是重新检讨我们的知识结构、体系、框架和观念。

毫无疑问，知识和权力的联姻早就是一种事实，只不过人们没有充分给予注意罢了。也许在这里一直隐藏着某种历史的"禁忌"，权力掌握者总是把自己的权力说成是天经地义的，不容许别人怀疑或揭穿其所依赖的那套知识和话语体系。所以就制造了各种不容改变和置疑的"从来如此"的观念和理论。而福柯对人类知识系统的质疑正是从这一点开始的。他看到了在人为的创造知识过程中，权力以及意识形态因素的介入和作用，所以他把知识放在了一个历史文化各种因素交互作用的情景中进行考察，深刻揭示了知识体系形成的"官僚化""权力化""意识形态化"特征。

于是，我们不得不面对一个问题：在崇尚知识和科学的今天，是否需要进一步使知识纯洁化，使知识不至于过分权力化、官僚化和意识形态化？我相信，在今天知识和科学竞争的时代，发展不再仅仅取决于对知识和科学的态度（因为意识到知识和科学的巨大作用已成为共识），而在于其知识状态的纯洁性。

所以，我们有必要对知识进行重新审视和定位。所谓知识或许有两种意味：一种是经过人类实践的某种检验和认定、被人们现实的思想状态和文化心理所认可的知识状态；而另一种则是对于人类理想状态的终极追求和认定。而这两者之间经常出现矛盾和冲突，新的知识和话语系统总是试图挑战和取代旧的系统，并且动摇这个社会既定的价值体系和标准。所以知识始终处在人类自己的考察和质疑之中，而只有这种知识状态才是人类正常的有活力的状态。尤其在今天，世界处于"知识爆炸"时代，几乎所有的欲望、话语和理念都以知识的面目出现，人们更有必要对知识进行检索和辨别，看它们是否是真正意义上的知识，是否真正有利于人性的健康生存和发展。所以建立健康的知识观和知识状态是非常重要的。

三、德里达的意义——破解"白色神话"

也许正是在这个意义上，"话语"（discourse）显示出了其独特意义——尽管它还是一个颇多歧义的概念，但是就福柯来说，他所强调的是观念产生的实践性及其文化意义，他是从人类文化生存、发展的整个过程来认定它的意义的。话语实际上是介于知识和权力之间的一种文化存在，它一方面需要必要的知识体系支撑和说明，另一方面则必须合乎某种社会权力和意识形态的制约和要求，所以它不是纯粹的知识产物，而是一种颇具文化和时代意味的存在，具有社会的可操作性。因此，在福柯看来，人类的自由发展就是不断从既定话语系统的奴役中解脱出来，这是一个不断突破话语权力所规定"禁区"和"领地"的过程。

在文艺理论及批评领域，同样存在着不断突破旧话语系统的过程。这不仅是一个文学问题，也是一个文化和意识形态问题，需要我们对其所依赖的整个知识理念和系统进行检索和重新认定，进行一次思维方式的解脱和解放。德里达无疑在这方面把问题推向了极致。他所解构的是西方传统的"白色神话"（文字记载下来的理论神话），从古希腊哲学的逻各斯中心主义到黑格尔的绝对理念，从文字的意义到语言的神话。

但是，这一切是否就意味着无意义呢？对德里达来说，这也许是自己思维欲望的一种实现；他通过证明理论意义的"无"，显示自己理论价值的"有"。为此，他不惜毁坏所有语言和逻辑的圈套，从所有"有"的束缚中摆脱出来。在《文字与差异》中，德里达首先就对追求历史规则的结构主义提出了质疑。

德里达之所以要突破结构主义圈套，就是为了追求一种精神自由漫游的境界。这种漫游如同庄子所说的进入一种神与物游，以应无穷的境界，不受任何权力意志和意识形态的制约和束缚，"大象无形，大音希声"；这是一种无中心的状态，同时又是一种"处处是中心，人人是中心"的状态，每个人都是追求真理过程中的一个环节，而每一个认定的"真理"都不过是这个过程延续的印记。这也许是人类文化发展至今又一次敲响的自我解放的晨钟。人类必须再一次清卸传统的历史重负，以及长期养成的对既定中心意识和权力意识的依赖和迷恋。也许这就是德里达的意义所在。

其实，在德里达之前，人们已经发现了既定的语言及思维方式对人及人性状态的制约，人们的精神困惑往往来自以语言系统为基准的种种清规戒律，人性及其创造能力就像困在笼子里的雄狮一样，只能辗转反侧、痛苦呻吟。但是，这种情景是如何形成的？语言又是如何代表了现实（什么样的现实）？同时又如何囚禁了我们（它是如何囚禁的）？这一系列的问题并没有得到真正认真的思考和解答。而德里达是试图打开这个人类有史以来自己为自己所编织的文化迷宫的思想家，他显然不同于博尔赫斯那样走进十字交叉的迷宫不能自拔，而是小心翼翼地找到历史最初的线索，一路追索下来。从那里人们逐渐发现，语言和人类自我意识的存在是互相粘连的，口语与文字的差别不仅在于它们的应用范围和价值，更在于其所包含的人类自我认定的意义，而后者的决定意义就在于它是经过人类意识认定的，已经形成了固定的规范和知识系统的合法性，所以人类日后不得不以这种规范和知识系统来确定自己的存在和言语。由此，作为口语的言语已经成为"不合法"的存在，人们只能存活在语言先于言语的世界中——因为现存的语言不仅仅是文字，而且也是这一整套书写规则、语法系统和思维方式，以及在此基础上建立的国家法规和社会价值标准。显然，当文化边缘的自由言语被排除在知识系统之外时，人类就不得不囚禁在自己所创造和编织的文化和语言之中。

由此，我们或许会意识到人类生存状态的另一重悲剧：人类期望活在一种自然和自由发挥状态的可能性之中，但这种可能性不仅不存在，而且早就是一种欺人的幻想，因为人类一旦进入文明时代（以文字出现为标志），就得首先接受一种文化系统的格式化和规范化过程，而语言则是人类自我规范和格式化的不可或缺的一套程序。尤其是人类进入科学和知识的时代之后，这种情景就更具有了压抑和压迫人的力量，迫使人们面对它和摆脱它。在很久以前，索绪尔就发现了语言和言语的区别，并且指出了人类语言关系中的转换关系。

实际上，人类的文化存在取决于一种整体结构中的转换和交换，而这种转换和交换同时又是一种文化意识的限制和囚禁。因为交流只能在意义的转换中进行，而转换就需要有一定的规则和程序。但是，只要有规则和程序，就会产生由谁来制定它们的问题。于是权力意识及对权力的争夺很早就出现了，不过人们一直未从文化层面上追究这个问题。德里达的敏感就在于此。他打破了人为的结构和逻辑，发现人自以为把握了世界的虚妄；因为除了获得意义的踪迹以及自由创造这种踪迹之外，人们似乎经常不由自主地被自己认定的"真理"和"规律"所束缚。这确实是一个人类精神存在的重大问题。如果说德里达理论的核心就是解构和颠覆，那么它最终就不能不导向对所谓真理和规律客观存在问题的质疑：认识论意义上的真理和规律是否就是客观意义上的真理和规律？是否人们就有权有理由宣布自己掌握了它们？

我记得王元化先生曾对"以论代史"提出过批评，所以很多人难以摆脱这种思维方式，主要就在于他自以为"论"就是一种真理和规律，可以"放之四海而皆准"。而德里达则是从更深的历史文化层面上揭示了其中的秘密。人们所能认定的只是一种知识，而不是真理；人们之所以经常陷入自己所臆造的"真理"和"规律"的圈套之中，除了人们依赖的本能之外，主要来自一种把握真理的欲望。所以，这种欲望不仅可能左右人们的日常意识，而且还可能左右人们的理论思维，使人们陷入某种绝对真理的迷幻之中。从这个意义上说，德里达所完成的是一种残酷的推论，告诉了人们某种文化的真相。当然，他揭示的主要是一种有形文化（由文字和语言为本体的）的秘密。它是由人类自己创造的，但是它反过来囚禁人类自己，人类必须冲出这个囚牢，进一步解放人类的身心。

（原载《河北科技大学学报（社会科学版）》2001年第3期）

中西文学理论渊源比较

——对"形象"的不同认识

在古今中外的文学理论中,"形象"——作为一种认识范畴——一直受到重视。这也不甚奇怪。因为"形象"是人们创造和感知艺术产品的最直接、最首要的因素,这从最古老的原始雕刻和绘画艺术中就能得到证明。所以,认识和阐释艺术活动的文艺理论,自然也不会忽略"形象"这一环节。至今,把"形象性"看作是艺术的基本特征的看法,已成为一种为一般人所普遍认同的观念。

由此,从"形象"出发,我们可以找到一个中西文学理论的交叉点。令人特别感兴趣的是,这种交叉近代以来已成为理论中的一个"热点",表现出中西文艺理论"异途同归"的迹象。在这方面,最引人注目的是"形象思维"概念的出现。一般认为,这个概念首先来自俄国别林斯基对诗创作的论述,他认为诗应该用形象思维。这个说法后来扩展到了对一般艺术创作特质的阐释。别林斯基认为,诗人是用形象来思维的,呈现于诗人心中的是形象,不是观念,[1] 因此他在其著名的《一八四七年俄国文学一瞥》一文中大胆地把"形象"界定为科学和艺术思维的根本差异:人们

---

[1] 别林斯基:《别林斯基选集》(第二卷),满涛译,上海文艺出版社,1979年,第96—97页。

看到，艺术和科学不是同一件东西，却没有看到，它们之间的差别根本不在于内容，而在于处理特定内容时所用的方法。哲学家以三段论法说话，诗人则以形象和图画说话，然而他们说的都是同一件事。

别林斯基的文艺理论源于西方古典文艺理论，但对于中国现代文艺理论发展产生了深远的影响。1978 年，中国文学理论界展开了一场关于"形象思维"问题的大讨论。这次讨论有点"借题发挥"的情形，涉及很多文艺理论和批评中的重要问题。从钱锺书等人编选的《外国理论家作家论形象思维》① 一书就可看出，对艺术创作中的"形象"问题，西方从古代到现代的一些重要理论家和批评家都有论述，他们从不同角度来看待这一问题，使"形象"在理论上具有自己丰富而又独特的意蕴。

这里所说的"丰富"指的是，从古到今西方文论家从各个不同的角度和层次接触"形象"问题，说法并不统一，尺度也不一致，但都离不开艺术形象性的特征；这里所说的"独特"则指的是由于文化渊源和思维方式不同所形成的特殊观念和表达方式。就中国来说，这些观念和表达方式并不一定能够得到比较完整的理解和接受，相反，它们与中国人意识中的"形象"意义极有可能发生差异。

实际上，中西文艺理论就"形象"进行比较和对话，双方都依据着不同的文化渊源和思想体系，其逻辑出发点和思想方式都不相同，在意蕴上形成差异是自然的。而进行这种比较和对话对今人来说，也必然需要探索它们各自不同的理论渊源，从中找到它们之间沟通和衔接的历史契机。

正如别林斯基所说的："在每一个幼年民族中都可以看到一种强烈的倾向，愿意用可见的、可感觉的形象，从象征起，到诗意形象为止，来表现他们的认识的范围。"② 因此，我们今天所能看到的最原始的艺术品，无不以直观的方式展现在人们面前。所以最早产生的文艺理论也离不开直观

---

① 此书 1979 年 1 月由社会科学出版社出版，不仅收了西欧古典理论批评家、作家，以及俄国古典理论批评家和作家的有关言论，而且也选录了一些西欧及美国现代理论，例如弗洛伊德、萨特等人的论述，这在当时实属难得。
② 别林斯基：《艺术的观念》（1841），外国文学研究资料丛刊编委会编《外国理论家、作家论形象思维》，中国社会科学出版社，1979 年，第 62 页。

的形式和形象。

西方文化的文艺观念基本渊源于柏拉图的思想。在西方思想史上，柏拉图是一位集大成者。他的著作不仅记录了当时希腊社会中的各种思想观念，而且提出了自己独特的看法，把思想认识和创造提升到一个新的层次。这在文艺理论上也不例外。

从柏拉图的《文艺对话集》中就可发现，在古希腊流行着一个普遍的观念，即把"技艺"看作是艺术，认为作诗如同做鞋子一样，艺术家就是精巧的艺人，所以当时"艺术"和"技艺"通常用一个词来表示。① 显然，这是一种低级的艺术观念。这一方面反映了艺术在其初级阶段的特点，即艺术生产尚没有完全从一般生产活动中分离出来，分工并不明显；另一方面也表现艺术创造最早被理解为一种美的"形体"创造。而这主要取决于"技艺"的高低。由此可以说，古希腊人最早对形象的认识是从形体开始的。

在柏拉图的著作中也是如此。柏拉图并不赞同当时流行的重技艺的艺术观念，也不同意把艺术仅仅看作是一种"技艺"，他认为应该把艺术创造提高到心灵的层次来理解，重视灵感的作用。就此来说，柏拉图的文学理论确实体现了一种艺术的自觉意识，在观念上把艺术从初级混沌状态中解脱了出来，赋予了特殊的性质。然而，这并不意味着柏拉图脱离了"形体"来认识艺术，相反，在这方面，柏拉图表现了自己特殊的关注，始终把"形体"看作是艺术创作的一个重要因素。

例如，柏拉图谈论"美"的时候，总是首先从"形体"出发的，所以在《理想国》（卷十）中他首先把画家看作是一种"制造外形者"。② 在

---

① 参见朱光潜所译的柏拉图的《文艺对话集》（人民文学出版社 1983 年版）。对此朱光潜有如此解释："Tekhne 一字通译为'艺术'，指文学音乐图画之类，它的原义却较广，凡是'人为'的不是'自然'或'天生'的都是 Tekhne。医药、耕种、骑射、木作、畜牧之类凡是可凭专门知识来学会的工作都叫作 Tekhne。在柏拉图的著作里，就其为 Tekhne 来说，做诗与做桌子做鞋是同属一类。所以这字译为'技艺'较合当时的用法。近代把'艺术'和'技艺'分开，强分尊卑，是一个不很健康的看法。"

② 柏拉图：《文艺对话集》，朱光潜译，人民文学出版社，1983 年，第 69 页。

《大希庇阿斯篇——论美》中，他把美看作是由视觉和听觉得到的快感，并且在讨论中列举了下面几种具体例子：（1）一位漂亮的小姐；（2）一匹漂亮的母马；（3）一个美的竖琴；（4）一个美的汤罐；（5）黄金；（6）象牙。显然，这些也都首先是从形体着眼的。在这里，形体也就是"形象"的一种代名词。柏拉图认为，只有通过这些具体形象或形体，人才能最后把握美的本质。下面所引的一段话就表达了这个意思：

> 凡是想依正路达到这深密境界的人应从幼年起，就倾心向往美的形体。①
>
> 如果他依向导引入正路，他第一步应从只爱某一个美形体开始，凭这一个美形体孕育美妙的道理。第二步他就应学会了解此一形体或彼一形体的美与一切其他形体的美是贯通的，这就是要在许多个别美形体中见出形体美的形式。
>
> 先从人世间个别的美的事物开始，逐渐提升到最高境界的美，好像升梯，逐步上进，从一个美形体到两个美形体，从两个美形体到全体的美形体；再从美的形体到美的行为制度，从美的行为制度到美的学问知识，最后再从各种美的学问知识一直到以美本身为对象的那种学问，彻悟美的本体。②

由此可见，在柏拉图对形象的认识中，形体是一个重要的内容，它主要指的是一种物体客观的具象，重在外表的形貌和样式，但是还没有进入主观心灵的层次。

进入主观心灵的层次，柏拉图从形体出发，认为艺术所表现的只是"仿本或影像"，而不是生活实体。"影像"一词在柏拉图论艺术中多次出

---

① 据朱光潜注，这里的"形体"原文也有"身体"的意思。这大概与古希腊注重人体美有关，人体所显示的形体美进一步会涉及"心灵的美"。这将涉及另一个重要的美学问题，这里不做深入讨论。

② 柏拉图：《文艺对话集》，朱光潜译，人民文学出版社，1983年，第271页、第273页。

现过，所指的就是艺术创作中的形象。有的学者，例如本杰明·乔伊特（Benjamin Jowett），将其翻译成英语"shadows or reflections"，意指不实在的阴影或被反射和反映的映像。按照柏拉图的说法，艺术作品所表现的具体形象，只是美的"影子的影子"，是对具体形体的模仿。

细致分析起来，柏拉图所说的"影像"有两个重要特点。一是它源于艺术创作上的"模仿说"。柏拉图虽然在自己著作中鼓吹艺术创作的灵感说，但是涉及形象问题的时候，采取的仍是当时流行的模仿说，把客观事物看作是艺术的蓝本，艺术创作是仿本。二是"影像"与形体密切相关，主要指的是事物的外形，所以柏拉图认为"图画只是外形的模仿"，[①] 诗人是"借文字的帮助，绘出各种技艺的颜色"；[②]"影像的制造者，就是我们所说的模仿者，只知道外形，并不知道实体。"[③]

很明显，柏拉图对艺术创作中"形象"的认识，也存在着一些相互矛盾的看法。例如，他一方面认为"真正的快感来自所谓美的颜色、美的形式，它们之中有很大一部分来自气味和声音"，非常注重"形体"的美；另一方面又不满足或不信任艺术作品中的仿本或影像，否定把快感作为衡量美丑的标准。这就形成了艺术表现中形体与心灵、表象与真理（理式）、个别美与美的本质的矛盾。为了解决这种矛盾，柏拉图一方面强调美的最高境界是"心灵的优美和身体的优美谐和一致"；另一方面则是把模仿从形体推及人物的性格和心灵，扩展了他有关形象学说的含义。

显然，柏拉图对形象的有关认识，在很大程度上奠定了西方艺术形象理论的认识基础，极大地影响了后人的思路。继柏拉图之后，亚里士多德就在模仿说的基础上进一步论及了艺术中的性格、情节、语言等因素。值得注意的是，在亚里士多德提出的悲剧艺术六大重要因素中，"形象"（其他五个是性格、情节、言语、歌曲与思想）被看作是最不重要的一个因素。然而，"形象"这一因素在英语中有时翻译成"Spectacle"，意思是

---

① 柏拉图：《文艺对话集》，朱光潜译，人民文学出版社，1983年，第72页。
② 柏拉图：《文艺对话集》，朱光潜译，人民文学出版社，1983年，第76—77页。
③ 柏拉图：《文艺对话集》，朱光潜译，人民文学出版社，1983年，第295页。

"场面"或"场景"，与我们所说的"形象"的含义有很大差异。这种语言翻译上的歧义也从另一角度表现了中西在形象理论上的某种常见的"误解"。

要弄清楚中国文艺形象理论的发展脉络和特征，最早必然要追溯到《周易》。《周易》是产生于中国上古先秦时期最早的一部典籍，也是一部把天象地理人事融为一体进行认识的书。因为在《周易》中世界的全部奥秘都寄寓在卦爻的图画之中，所以卦象本身是一种形象的载体。《周易·系辞下》对此做了这样一种解释："是故易者，象也；象也者，像也。"——这可以被看作是中国文艺形象理论的萌芽。①

然而，要真正把握《周易》中"象"的含义并非易事。因为即便在《周易》中，"象"的含义也是很复杂的，在不同情况下有不同的意味。先看下面几种说法：

A. 圣人有以见天下之赜而拟诸其形容，象其物宜，是故谓之象。（《系辞传上·第六章》）

B. 圣人立象以尽意。（《系辞传上·第十一章》）

C. 八卦成列，象在其中矣。（《系辞传上·第十一章》）

D. 是故易者，象也；象也者，像也。（《系辞传下》）

显然，上面几句中的"象"，基本上都是指《易经》中的卦象，即用"—"（阳爻）和"--"（阴爻）构成的不同图形。这里的"象"其实也就是寄寓一定意义的图画或符号的载体。至于"象"的另一种意义，则是指卦象的来源。《周易》有下面的说法：

古者包牺氏之王天下也，仰则观象于天，俯则观法于地，观鸟兽之文，与地之宜，近取诸身，远取诸物，于是始作八卦，以通神明之

---

① 卓支中：《立象尽意以小见大——〈周易〉中形象与典型思想试探》，《暨南学报》1982 年第 3 期，第 56—62 页。

德，以类万物之情。（《系辞传下》）

这里的"象"并非指图画或符号意义上的象，而是指自然客观的景象。很明显，在《周易》中，作为图画和符号的卦象和宇宙自然物的象是相通的。前者是寄寓和象征后者的符号载体，而后者则是前者的本原。正如《说卦序》中所说的，"观变于阴阳而立卦，发挥于刚柔而生爻"，古人是把对自然宇宙的观察和认识作为卦象依据的。那么，关于世界本原的"象"是从何而来呢？对此我们不得不进一步研究古人对世界本原和起源的看法，否则就不可能把握《周易》中卦象的含义。

在对《周易》的研究中，庞朴先生已注意到这一点。他在《八卦卦象与中国远古万物本原说》① 一文中就探讨了这个问题。他认为八卦所象征的八种元素，即天、地、山、泽、雷、风、水、火，归并起来只有四种，即气、水、火、土；古人把这四种元素看作是"万物之产生、构成、最后又复归而去的东西，即认为它们是世界的本原"。然而，田金辉先生在这四种元素中似乎对"气"特别注重，他引用了《庄子·齐物论》中"大块噫气，其名为风"的说法来解释天与风本为一物："这个'大块'，有说是天，有说是地，有说自然或无的，不管是哪一种解释，风本是气，总能说得过去。"

根据《周易》中"法象莫大于天地，变通莫大天四时"的说法，对卦象的理解也应该是对天地宇宙运行规律的理解。至于《周易》中世界本原"象"的来源，《周易》中已有自己的解释，请看：

A. 是故阖户谓之坤，辟户谓之乾，一阖一辟谓之变，往来不穷谓之通，见乃谓之象，形乃谓之器，制而用之谓之法。（《系辞传上》）

B. 天尊地卑，乾坤定矣，卑高以陈，贵贱位矣；动静有常，刚柔断矣，方以类聚，物以群分，吉凶生矣；在天成象，在地成形，变化

---

① 黄寿祺、张善文编：《周易研究论文集》（第一辑），北京师范大学出版社，1987年，第104—107页。

见矣。（《系辞传上》）

C. 精气为物，游魂为变，是故知鬼神之情状，与天地相似，故不违。（《系辞传上》）

根据上述说法可以确定，作为世界本原的"象"，指的是可见可感的事物形态（"见乃谓之象"，"变化见矣"），它们是由宇宙中的精气流动和聚集而成的。由此说来，《周易》中所说的"象"包括天、地、泽、雷、风、水、火的各种形状，最初都来自"气"。

这种看法明显表现了中国古人的一种原始的自然起源观，即把"气"看作是世界的本原，它先于天地和万事万物而存在，后来阴阳化合，遂生万物。这一看法在先秦典籍中是非常普遍的，比如《左传》中谈"天有六气"，老庄讲"道"讲"混沌"，《管子》谈"精气"，《吕氏春秋》谈"太一"，皆是把"气"看作是世界万物之源的。就这一点来说，《周易》中的"象"与《老子》中的"象"是相通的，《老子》中说：

有物混成，先天地生，寂兮寥兮，独立而不改，周行而不殆，可以为天下母。吾不知其名，字之曰道，强为之名曰大。（《第二十五章》）

道之为物，惟恍惟惚，惚兮恍兮，其中有象；恍兮惚兮，其中有物。（《第二十一章》）

可见，老子所说的"道"就是作为世界本原的混沌世界，一切事物和形象都是从这里生成的，所以，老子所谓"道生万物""有生于无"的说法可理解为"气生万物""有生于气"；其"大象无形"亦可以看作是"气象无形"，所说的就是听不到看不见的"无物之象"，是世界的本原状态，所以晋朝王弼把其解释为："大象，天象之母也"。

在这里，我们还可以发现，《周易》中的"象"与"大""意""太""气"有一种特殊的关联，它们之间的含义有时是互相交叉的。《周易》中有"大哉乾元，万物资始"。又有"乾，元亨利贞"。有人把"元"解释为"大"，我认为此处"元"拟"太"，有"太一""太极气""元气"的意思，是卦象的渊源。也许正因为如此，对《周易》中"乾知大始，坤作成物"，孔颖达解释为："以乾是天阳之气，万物皆始于气，故云知其大始也"。

如果说"象"本身属于形于外者，由精气聚集而成，那么《周易》中作为具有符号和象征意味的"象"本身就隐含着某种美学意味。从词源意义上来分析，"象"与"美"，距离并不远，而是在某种程度上有亲缘关系。例如《说文》注"美"："美，甘也，从羊大。"所以对美的解释，向来就有"羊大为美"的说法。其实，就"大"字来说，古代亦隐含美的意思，在老庄思想中，就已形成"以大为美"的观念，所谓"大象""大音"，皆是在说明一种美的极致或极致的美的景象，可以理解为"最美的形象"和"最美的音乐"。

这说明"美"与"大"在古代中国有相通的含义。所以《说文》中注"大"曰："大，天大，地大，人亦大，故大象人形。"而在《庄子》中则言"天地有大美而不言"，这二者都是从对世界本原认识的角度出发的。

"象"从《说文》中看，为象形字，但用于指事状物，最早亦有"美"与"大"的意思。《尔雅·释地》释"象"曰"南方之美者，有梁山之犀象焉"，这一方面说明中国古代曾把大象看作是一种美的象征，另一方面也表明中国古代不仅认为"羊大为美"，而且亦有"象大亦为美"的观念。如果说在古代羊和象皆属于具体的美的事物，而美的观念则是一种抽象，那么古人总是先从认识具体的、个别的美开始，然后上升为一种抽象美的观念的。而"象"在《周易》中作为一种符号系统的出现，无疑也经历了这样一种由实物到符号，由具体到抽象的语义转换过程。至于在中国古代羊和象之所以都被看作是美的，我初步猜想是由南北地缘环境不同造成的。当时北方多羊，食用和祭祀礼经常用羊，因此以"羊大为美"；而南方有象，于是产生了"美者大象"的观念。

在上面的分析中，我们从太、气、元、大、美、象、羊等词语中，可以发现一个很有意义的"语义链"，这些词语在含义上是相互扣连的，有时甚至会互相交叉。此种情形从某种程度上确定了中国古代文论中形象的观念和含义。这也在一定程度上说明，在中国古代文艺理论渊源中，中国人对"形象"的认识具有自己独特的思路，这也使得其理论形态与西方文艺理论有很大的不同，对以后中国文艺理论体系的形成有深远影响。

综合上述分析，我以为中国最早的文艺形象观念有自己独有的思路，在理论形态上也初步形成了自己的独特性。由此和西方文艺理论中有关思想进行比较，自然会显得更为突出。

一是，中国最早对形象的认识具有神秘性的特点。这种神秘性可以从两个层面上进行理解。其一，对"象"产生的认识具有神秘性。世界万事万物的"象"皆产生于一个以"气"为主的混沌世界，其本原称为"太一"也好，"道"也好，都是不可看、不可听、不可明确阐释的。其二，从形象的形态特征来看，也充满着神秘性，比如《周易》中的卦象本身就包含着很多奥妙，具有"说不清"的特点，而以中国古人看来，艺术形象的魅力就在于这种神秘性。所以老庄所推崇的是"大象无形""大音希声"，使美、极致成为一种无物之象、无状之物的形态，人只可意会而不可言传。可见，这种神秘性一方面来自古人对世界本原的认识，另一方面也与古人的创作主体意识有关。

与中国最早的形象学说相比，西方的观念就显得比较清晰可辨。在西方古典文论家看来，形象源于对形体的模仿，它的主要构成因素就是图画、线条、声音等，所以一个形象是否成功，首要之点就是对具体艺术对象真实、具体、精确的描绘。因此，柏拉图认为艺术"最严重的毛病"就是"把神和英雄的性格描写得不正确，像画家把所想画的东西完全画得不像"。① 亚里士多德和贺拉斯在讨论艺术形象的时候，也都十分重视描绘得是否真实、恰当和合理。

① 柏拉图：《文艺对话集》，朱光潜译，人民文学出版社，1983年，第23页。

　　由此来说，中西方对"形象思维"的理解有很大差异。可以看到，别林斯基所提出的"形象思维"（Мышление в картинках）一说，主要侧重于具体直观的"形象和画面"，这一点仍然渊源于西方古典文艺理论。картинках 一词在俄语中原意指的是样式、形态、形状，主要是对事物直观外貌的感知。就这来说，用"Мышление в картинках"来表现艺术创作思维，恐怕是过于单纯了一些，所以别林斯基在使用这一说法时，后来还经常强调激情和想象的作用。显然，用别林斯基这一说法来对应中国古人对形象创造的思考，并不见得非常恰当。在中国古代文论中，形象的创造并不单单只注重事物的样式和形状，而首先十分注重与天地事物合一的主体意识状态，所以在中国古代有关形象思维的理论中，就少不了"神遇""神韵""身与物化"等观念。而且这些观念的内涵大多很模糊，表现着某种神秘的境界。

　　二是，中国古典文艺理论重视对形象的整体性的感悟。就从《周易》来说，天地宇宙之"象"与艺术创造的"象"是一个整体，所以《系辞传》中说："是故易有太极，是生两仪，两仪生四象，四象生八卦。"而八卦的"象"又是用来"以通神之德，以类万物之情"的。

　　所以，在《周易》对形象的有关阐述中，天地、人、形象总是不可分离的，物我之间的界限并不分明。这在老庄的思想中表现得更为明显。老子认为气产生于"惚兮恍兮"之中，因为这时人们精神已与宇宙自然混为一体，从而对形象能够有一种整体的感受。继老子之后，庄子对此有更生动的阐述，他讲"神遇""坐忘""心斋""身与物化""以天合天"，皆强调艺术家在创造形象过程中的全身心投入和整体性把握。例如在《达生》篇中，庄子讲了一个"梓庆削木为镰"的故事，重点并不是讲梓庆如何制镰，而是如何在动手前"胸有成镰"。梓庆能够在动手前经过"齐以静心"，"辄然忘吾"，最后在心中已有一个完整的镰的形象，才投入制作，所以制成的镰才能精美无比。

　　这种对形象的整体性感悟和把握有两个突出的特点。首先是强调创作主体与对象的契合，达到物我一体的境界，就像庄周梦蝶一样，不知是庄周梦蝴蝶还是蝴蝶梦庄周。其次是用全身心去感受和把握形象，尤其注重一种内在感悟和把握。这种内在的感悟和把握常常是难以言传的，它并不过分注重于外在的惟妙惟肖，而是重视内在精神的把握。

显然，就此来说，西方文艺理论在阐述对形象的把握和创造时，首先是强调外在形体的模仿，而且总是强调物我应保持一定的距离。当然，西方一些理论家也强调形象的整体性，但是着眼点大多在于具体形象各部分之间的和谐、恰当的配置。

三是，中国古典文艺理论注重形象的象征性。这一点，在《周易》中表现得非常突出。作为一种符号系统，《周易》中的卦象主要是用象征和暗喻方式来表达意义的，它全然不同于西方对于形体或者影像的描绘。对此，《周易》也解释得很清楚："圣人立象以尽意。"（《系辞传上》）这说明《周易》中的卦象并非对事物具体摹写，而是一种寓意的载体，它用象征的方式"以通神明之德，以类万物之情"。

显然，在这里形象的象征性已经融入了主体创造的目的性之中，形象由此就不再是对事物的再现，而成为一种主体表情达意的艺术形式，形象因而也具有了内容与形式的多种含义。《周易·系辞下》中所说的"八卦以象告"，乃是对象中有意、象外有象的一种提示，不能用就事论事方式来理解。

就此来看，中西文艺理论家对于形象的论述从一开始就表现出了不同思路。中国讲究形象的象征性，用形象来寄予自己对宇宙自然的认识，或者用来表情达意，因而也并不强调具体和个别形体的精确描绘。相反，西方文论家一开始就非常注重对个别事物的精确描绘，并希望通过表现个别去反映一般。这种不同的思路自然使中西的形象学说走向了不同的理论方向。有人认为，《周易》中所言"其称名也小，其取类也大"已表现出典型性的理论色彩，即通过个别表现一般，通过"小"去见"大"。①

我认为这一看法未免显得牵强。因为典型论所依据的是个别与一般、个性与共性的关系，其渊源为西方古典文论中对形象的看法，其理论也带着明显的哲学演绎特点。从西方文艺理论的发展来看，典型论在理论上比较完满地解决了个别美与美的本质、个性与共性之间相互矛盾的问题。而这一对矛盾从柏拉图开始就一直悬而未决，使得西方文论家经常面临着个性与共性、感性与理念互相矛盾的困境。

很明显，把典型论照搬过来解释《周易》中"其称名也小，其取类也大"之说并不合适。因为后者所依据的形象形态、所表现出的思路与前者大不相同。《周易》中用细小的事物来比喻吉凶大事，用简略的图像来象征宇宙天地，不同于用个别来表达一般的含义。典型论强调的"这一个"，是建立在对事物具体、真实、精确描写基础上，而中国的形象理论历来是通过变形、比喻、寓意方式来以小见大，其所追求的是"象外之象""象中有象"的境界，如果说《周易》中是通过"意象"来表现事物的，其中包含着某种隐喻和象征，具有抽象化的艺术意味，而典型论中的形象创造则是依据着具象的真实性原则。所以就今天看来，如果说西方文艺理论中典型论是对柏拉图以来的古典形象学说的一个总结，那么中国古典文化中有关形象的理论则与西方现代艺术创造中的一些观念不谋而合。这也许是一种历史的轮回。

----

① 见卓支中《立象尽意以小见大——〈周易〉中形象与典型思想试探》。王元化在《文心雕龙创作论》中也有相类似的看法。他曾指出："围绕着艺术形象问题这个中心，刘勰提出了一系列对立统一的范畴来阐明艺术的创作活动。《比兴篇》'称名也小，取类也大'，《物色篇》'以少总多，情貌无遗'，是两个互为补充的命题。刘勰通过'少'和'多'这一对既矛盾又联系的范畴，说明作家需要运用最精练、最集中、最节省的材料，去表现最复杂、最丰富、最深远的内容。……作家掌握'以少总多'的方法，就是为了突破这种限度和限制，通过个别去表现普遍，通过有限去表现无限，以扩大作品的容量。用刘勰的话来说，这就叫作'称名也小，取类也大'。'名'指的是'这一个'，'类'指的是'这些个'。尽管文学作品所表现的仍旧是某一瞬间的片段生活，但由于这通过'以少总多'的艺术，使某一现象成了无数这类现象的代表，因而构成一个自成起讫的完整世界，可以使读者从作品所提供的瞬间去追踪它的来龙去脉，从作品所提供的片段看出它的全貌或整体。刘勰这种看法，可以说蕴含了'典型性'这一艺术理论的胚胎。"

通过以上的分析，我们对中西文艺理论渊源中的形象学说有了一个粗略的认识，我的基本结论是：由于中西文化渊源不同的关系，中西文艺理论中对形象的论述一开始就表现出了很大差异，而这种差异深深地影响了以后各自理论的发展。其中特别是思路和范畴的问题，中西文艺理论直至近代以前，基本形成了各自独特的体系和系统，各有其理论的侧重点，轻易地互相等同，很容易产生错觉和误解。

如今，中西文艺理论已处于一个相互碰撞、交流融合的时代，理论的集大成需要我们首先接受和理解差异、互相补足，形成一个多角度、多层面的认识结构。就艺术中形象问题来说，追根探源的理论探讨和比较，正是为了形成这种新的理论综合。

（原载《文艺理论研究》1990 年第 4 期）

文学交流与大文化意识

——关于王国维的启示

20 世纪是人类文化进入一个大交流、大汇合的时代。而这个时代到来的前提一方面是物质和科学技术的发展,另一方面则是精神文化上的欲望和追求。这是一种对完整、对超越、对开放的欲望和追求,更是一种对残缺、对偏狭、对封闭的不满和对抗。因此,在这个时代,某一地域性或某一民族性文化传统的怀疑者或叛逆者有可能不再是完全形态的建设者。值得指出的是,这种情形不仅仅发生在经济文化上向外扩张和发展的西方发达国家,而且也发生在经济文化发展滞后的东方国家。从某种意义上讲,20 世纪人类文化处于一种转型期,它正在从一种分散的、隔绝的、各自自成系统的小文化形态,向一种综合的、沟通的、互相紧密相连的大文化形态转化。在这个过程中,人类不得不重估和重建一系列文化价值标准,在不同文化的碰撞和交流中寻找同源、同理的线索,在不同的文化体系之间拥有互相理解的桥梁,并创造一种更有包容性,也有凝聚力的精神文明。

一、从"小文化"到"大文化"

显然，只有到了 20 世纪，交流才成为一种自觉的历史意识。没有它，文明就不会诞生和发展，人类就不可能从野蛮状态中解脱出来。

文明如此，文化也是如此。若干年前，我曾提出大文化和小文化的概念，所谓大文化，就是指一种开放的，由多种文化交流融合而成的文化形态，这是一种具有包容和转换能力的、在现代社会中富有活力的文化，唯有这种文化在今天是有前途的，能够在新的文明阶段继续存在；而所谓小文化，是指一些自给自足的、在相对封闭状态中存在的文化形态，这种文化我们今天无论如何珍惜并试图加以保护，都不可避免地走向消失或名存实亡。

不过，虽然研究这种交流过程已成为当今学界的热点课题，但是对这种交流本身的理解仍有待于进一步完整和深化。有一种看法认为，由于经济发展水平的差异，20 世纪东西方文化交流主要是从西方到东方，即处于封闭和落后状态的东方文化在危机之中向西方文化求救，接受西方文化的影响；而西方文化是"输出者"和"征服者"，主要是向东方国家和民族输出文化，由此也就产生了"西方文化侵略论""殖民主义文化论"等立论和说法。如果不进行深层的文化探究，这种看法似乎很符合实际，很有说服力，但是从进一步分析就可以看出，这种说法除了把东方文化塑造成一种被虐待，甚至被强暴的形象之外，并不能给人们提供什么有益的东西。相反，一种对人类文化交流过程及其意义的质疑开始出现。人们害怕会在这种交流中失掉自己的传统文化，因而重新与外来文化进行对抗和搏斗。

这种搏斗已经持续了几千年。文化作为一个国家和民族的精神命脉，作为一种心灵图腾，曾经与某一种特定的经济形态、政治体制、思想权威，甚至宗教仪式、神话传说连在一起，共同构成一种合乎人们想象、合情合理、合乎日常生活逻辑的意识形态，不仅为个人思想行为规范提供依据，更为国家权力以及既定利益分配的"现实存在"提供难以动摇的思想基础。因此，文化的功利化、物质化和其神圣化、神秘化，在人类历史上是同一过程，都不约而同地寻求着共同的平衡。在这个过程中，人类在不同范围内形成了大大小小的文化圈，它们彼此竞争而又彼此隔绝，把必要的交流限制在可以控制的范围内，尽力维护自己生存状态的稳定性。

文化是不能被消灭的，它只能被溶解，变成不显形迹的人类深层意识，但不可能被完全清除和摧毁。因为文化和人类密不可分，文化的最终成果是人类，是人类的精神意识。只要人类存在，文化就存在，这正是很多迷信暴力征服者所难以想象的，也是很多柔弱文人能在残酷专制条件下逆来顺受、泰然自若的原因。当然，文化不能被消灭和清除，并不意味着某一种文化能永世长存，能一直保持固有的形态。文化会在历史发展中变化和转换，可以从一种形态转换到另一种形态，这也正是文化交流的意义。文化交流给这种变化和转换提供时机和必要的新因素，使某一种文化能够摆脱自身的贫困状态，获得新的生机。

20 世纪之所以与前不同，并不在于文化交流的前所未有的深度和广度，而在于人类对此有了自觉意识和自觉要求，能够从自身发展的根本意义上理解它和把握它。在这个过程中，优秀的思想家和文化人——不论他身在何处，在何种文化氛围中——都意识到了自身文化的局限性和偏狭性，开始对于原来文化传统的中心地位和完美性产生怀疑，并积极向外面的文化学习。这种情形不但发生在社会发展水平相对落后的东方国家和民族，而且也发生在先进的西方国家。因此，这是个双向交流的时代，东方和西方都感到自己文化的危机和匮乏，都意识到自己只是整个世界的一半，都需要用另一半来补充自己和完善自己。

在这个过程中，中国所扮演的角色更是与众不同，这个具有深厚文化传统的大国，过去对外界一直保持着精神上的自我完满、只出不进的姿态。中国人感到过物质上的贫乏和武力上的软弱，但是从未意识到过精神文化上的贫弱，因而也从未想到去探索其他文化的秘密，自觉吸收外界精神文化财富。这种情况与西方有所不同，文艺复兴之后，中国文化逐渐被西方世界所了解，很多西方文化人像发现新大陆一样兴奋不已，在西方世界掀起一次次"中国文化热"，从很多方面直接或间接吸取中国文化因素，并把它们融入自己的思想创造中，向世界贡献出许多跨文化、具有人类精神开创性的思想成果。

二、关于对文化交流的恐惧感

现在，我们还时时刻刻感受到人们对文化交流所持的那种奇怪的双重态度，即一方面非常推崇和向往，在很多场合赞美它，推动它，与此同时又心怀恐惧，在很多情形下限制它，拒绝它。这种情形也许会使我们联想到荣格的"影子原型"（shadow archetype），当人们向往并进行文化交流的时候，总有一个阴影相随，它总是站在对立面，不断告诫人们："小心呵，这是多么危险，最好立刻停止！"

这似乎有点不可思议，但是只要回顾一下历史上的种种痛苦记忆，很多人因此失去了自己的文化权利和精神家园，对此就不能不抱一种理解的态度，况且文化是人类灵魂安身立命的基础，任何一个人的自我意识都依赖于某种特定的文化传统而存在，一旦失去了这种基础，个人就不再有心理上的安全感，存在的自尊心就会受到挑战。如果他找不到一种新的精神家园的话，灵魂就永远得不到安宁与归宿。这样，文化本身不仅成了处在物质包裹中的"壳中之物"，失去了自然和自由存在发展的性质和空间，而且极其脆弱，很容易在政治经济体制变动中被肢解、被摧毁，人们常常把文化和一些既定的现实存在混为一谈，以为一旦触动和改变了后者，就会危害到前者，因此也使得一些浅薄的既得利益者有机会发表危言耸听的言论，扩大人们的恐惧情绪。

从某种意义上说，王国维和叔本华就是在这种时代文化氛围中相遇并一同进入我们精神视野的。一些学者已经指出，王国维的出现对于中国文艺理论乃至整个学术思想发展来说，具有划时代的意义。从某种意义上说，他不仅是中国传统文艺精神的真正继承者，而且是现代文艺理论乃至现代学术意识的开拓者和创建者。至少在中国文艺理论发展中，他是一个标志性人物，他的批评创见和理论建设标志着中国现代美学和文艺理论的开端，体现了中国文艺美学从传统向现代、从中西隔绝向中西融合的历史转变。

这种评价无疑是有见地的。但是如何理解这种转变及现代文艺美学精神，却并不能一言以蔽之，用某种含糊其词的方式搪塞，因为这不仅直接影响着我们对王国维的阅读和评价，而且决定着我们对整个20世纪文艺美学历史的把握。如果中国现代文艺美学的特殊性就在于批判地继承传统，并借鉴西方文艺理论来整理和重建中国文艺理论，那么中国20世纪文艺美学的现代性就显得过于简单和贫乏了，它至多不过是一次文化移植和嫁接的过程而已，其中并没有多少世界性意义。如果王国维的意义就仅在于他是"以西洋的文学原理来批评中国旧文学的""第一人"，在于他创造性地提出了文艺美学上"天才说""古雅说""游戏说""痛苦说"和"境界说"，那么他至多是一个成功的借鉴者或移植者。比起同时代的西方理论家来说，并没有什么过人之处。换句话说，他对于整个20世纪世界文艺美学发展并没有什么独到的贡献。假如是这样，我们也就不得不把发生在中国20世纪的这场理论变革理解为一次地域性的变革，而不是世界性的，它的意义也只能局限在中国文艺美学的发展变化之中。

这就牵扯到文艺美学发展的尺度问题。尽管这是一个极其敏感而又难以说清楚的问题，但是是我们必须面对、不容回避的。文艺美学的现代性不等于用西方文艺理论观念来说明一切，更不是把中国的民族文艺美学思想归入西方的体系之中，当然也绝不是相反，用中国民族化的标准来批判、筛选和选择西方乃至外来文化。如果是这样的话，我们依然无法摆脱"西方文化中心论"阴影的束缚，在文化心理上继续扮演一种"被征服"的角色。这种心态有时潜藏在人们心理深处，与另一种强烈渴望征服他人文化的心理同时存在并互为表里，以致对外来文化的选择表现得反复无常，时而表现出对中国传统文化全面否定，对西方文化全盘接受的倾向，时而又陷入对传统文化无限自恋的情绪中不能自拔，对西方文化拒之门外。在这里，我无意深入分析这种心态的历史形成过程，只想指出它的存在对于学术研究视野和方式有极其明显的限制，使其不能进入一种真正宽广清明的境界，与外部文化进行平等的对话。

从某种意义上说，我们是在考察和论述文化交流的过程，同时也在重新理解和确定交流的理念，我们是在建设和确立一种现代文艺美学观念，但又不得不从检讨我们的文化心态开始。事实上，学术和理论之本在于人心，没有健康完整的心态，就不可能有健康和卓越超群的理论创见。尤其对于现代中国来说，文化语境非常特别。我们拥有几千年优秀文化传统，它还在给我们历史的文化自尊心和自信心，我们心里深处有根深蒂固的文化自豪感甚至优越感；与此同时，我们近几百年来多次被外来势力征服，长期在经济和科技方面落后于他人，体验了从高贵自大的顶峰向卑贱弱小深渊降落的痛苦过程，自尊心和自信心都曾降落到最低点。对这种心态，鲁迅曾有过深刻的分析和描述。《阿 Q 正传》中所表现的阿 Q 式"精神胜利法"就是这一过程心理积淀的成果。这种阿 Q 心态不但表现在中国人一般日常生活中，也渗透到了思想方式和理论方法之中。在与外来文化的交流中，我们时常在自傲和自卑之间徘徊，这样不但会失去对西方完整的把握，而且也可能迷乱于传统文化的历史沼泽中。后者有时是骄傲的资本，有时是自卑的源泉，心理文化优势会在瞬间变成劣势。

王国维从一开始就表现出与众不同的文化态度，他沉迷于西方康德、叔本华、尼采等人的思想，并非舍弃中国文化，直取西方文化之意愿，而是敏锐感受到了中西文化之间的应和和相通之处。例如其《红楼梦评论》就是最明显的例子，这一篇历来被学者认为是首次运用西方文艺理论方法研究和评论中国文学名著的典范，却是以引用老子"人之大患，在我有身"和庄子"大块载我以形，劳我以生"之语开首的，继而论述人的欲望作为生活的本质，它不仅是人的思想行为的根本驱动力，而且也是造成人生痛苦的根源。观其全文可以看出，中国传统思想意识，特别是老庄思想占据着重要的地位，奠定了其基本思路，是王国维评论《红楼梦》理论方法的基本来源，它和叔本华的思想互相映照印证，决定了这篇论文的通达气势。所谓通达，是指它打通了东西方文艺美学思想，以中喻西，以西比中，中西合璧，互相引展，从而以世界性的美学眼光来研究《红楼梦》，揭示了其超越中西文艺观念界限的艺术意义。在这里，不仅东西方观念的隔阂被打破了，而且超越了以往对作品来源和意图进行追寻的思路。作品本身并不终极，而是一座艺术桥梁，它通向人类共同面临并寻求解脱的人生和艺术问题，也通向人类心灵深处。评论家的任务就是通过这座桥梁把这两者之间鲜为人知的秘密揭示出来，告诉人们。正因为如此，王国维认为《红楼梦》的精神价值就在于切中了人类共同为之烦恼的问题——欲望和解脱，而且是"非徒提出此问题，又解决之者也"。它的主题不仅最贴近艺术的根本任务——"美术之务，在描写人生之痛苦与其解脱之道，而使吾侪冯生之徒，于此桎梏之世界中，离此生活之欲之争斗，而得其暂时之平和，此一切美术之目的也"，① 而且实现了美学与伦理学价值的高度相合。

由是观之，过于强调或者仅仅看到王国维运用西方文艺理论方法评论中国文学名著这一方面并不全面，至少这种提法欠准确，而且容易引起误解。首先，王国维在这篇评论中不仅仅运用了西方文艺理论方法，正如上面所说，他也同样运用了中国传统思想方法。而更重要的是，此文的思路并不是用西方理论解析中国文学现象，或者用中国作品印证西方文学理论，因此无论在理论或者论述之中都无中西思想谁高谁低问题。在这里，失之毫厘的表述，都有可能形成差之千里的判断。我之所以强调这种细微之处的准确性，不仅是因为直接牵扯到对王国维学术精神的评价，而且还触及了对中西文化交流观念的深度理解。长期以来，人们似乎已经接受了这种观点，20 世纪中西文化交流就是"西学东渐"的过程，基本特点就是用西方理论来"指导"中国实践。因此，在理论批评界也形成了如此指导

---

① 王国维：《王国维文学美学论著集》，北岳文艺出版社，1987 年，第 9 页。

与被指导的关系，无论潮流和言辞如何变化，西方理论观念一直处于"先进"的主导地位，而中国文化只能是分析、综合和重建的对象。无疑，这里隐藏着一种微妙的文化心理上的不平等，"文化征服"的暗流一直潜伏于意识高涨的革命热情之下。我们不得不说，这是一种文化心理上的病变积累，它与后来发生的否定和仇恨文化的悲剧行为是有关联的。在这个过程中，人们也有选择，但只是对诸种西方理论中的一种进行选择。

三、思想贫困与交流贫乏

当然，学界近年来对这种情形已有稍许觉醒。

在这里，一个引起我们注意的重要问题已经提出，这就是中国文艺美学理论的觉醒，这也正是 20 世纪中西文艺理论交流中最多期盼，也最步履艰难的追索。几乎每一个理论家、批评家到了一定的阶段都会发问或者扪心自问："我的理论和批评方法是从何处而来？我们何时能有自己的理论？"

其实，中国唐宋以降，思想理论上的贫困现象就日益突出，和西方同时代恰巧形成鲜明的对比。中国文化以春秋战国时代最为辉煌，思想巨子辈出，孔孟老庄，诸子百家，奠定了深厚的基础。此后虽有两汉独尊儒术，但随后就有魏晋儒佛文化大交流，激活了中国精神文化创造力，为唐宋文学艺术创造高峰积聚了力量。但此后的岁月，精神文化创造力坠入低谷，特别是数次被外来暴力征服的惨痛体验，中国文化人在封建专制暴政压迫下辗转反侧，失去了思想的独立性，精神疲劳到了极点，除了用佛教哲学保身活命、用孔孟之道维护风化之外，真正卓越超群，划时代的思想文化创造几近空白。几百甚至上千年来，中国朝代频频更替，但时代文化精神代代如此。中国人靠"吃"传统文化为生，却未能为其贡献新的精神，再也没有出现像孔孟老庄那样的大思想家。而差不多就在这段历史时期，西方出现了一代又一代大思想家，从文艺复兴、启蒙时代、实证哲学、科学主义，到现实主义、现代主义，不断进行新的创造，积聚新的思想力量，激励人们把社会推向新的阶段。

　　思想僵化和精神文化的贫困，必然导致社会发展的滞缓。近现代中国社会发展之所以落后于西方，固然表现在科技和生产力方面，但是其根源之一应该在先前的文化机制和精神状态中去寻找。没有强大的精神力量和丰富的思想创造，就不可能启动和承担快速的经济发展。

　　王国维最早深刻意识到这一点。在他的时代，如何保存中国文化命脉，如何建造新的精神家园的问题已经提出，王国维之所以对此心领身受，也更有一种沉重的文化责任感，是因为他不仅意识到了精神之于物质的这种历史关系，而且深感近代中国精神上贫困之贻害无穷。因为无精神之慰藉，鸦片、缠足、腐败贪污等人心堕落、社会滑坡的状况，才成为必然。例如他在《文学与教育——〈教育杂感〉四则之四》一文中略述了近代西方思想界巨人辈出的现象后就如此感叹：

　　　　今之混混然输入于我中国者，非泰西物质的文明乎？政治家与教育家，坎然自知其不彼若，毅然法之。法之诚是也，然回顾我国民之精神界则奚若？试问我国之大文学家，有足以代表全国民之精神，如希腊之鄂谟尔，英之狭斯玉尔，德之格代者乎？吾人则不能答也。其所以答者，殆无其人欤？抑有之而吾人不能举其人以实之欤？二者必具一焉。由前之说，则我国之文学不如泰西；由后之说，则我国之重文学不如泰西。前说我所不知，至后说，则事实较然，无可违也。我国人对文学之趣味如此，则于何处得其精神之慰藉乎？求之于宗教欤？则我国无固有之宗教，印度之佛教亦久失其生气。求之于美术欤？美术之匮乏，亦未有如我中国者也。则夫蚩蚩之氓，除饮食男女之外，非鸦片赌博之归而奚归乎？故我国人之嗜鸦片也，有心理的必然性，与西人之细腰，中人之缠足有美学的必然性无以异。

　　有了这种意识，对于精神和理论创造的渴望自然非常强烈，王国维把它看作是国家民族永久利益之所在。因此，在学术研究中，他也时时在寻求一种理论上的突破。继续以《红楼梦评论》为例，王国维引古用今，中西参证，不只是在探索《红楼梦》的艺术价值，更是在探索一条理论之路——自始至终不忘对艺术之美和"美学上最终之目的"的阐述。这正是王国维评论《红楼梦》的与众不同之处。因为《红楼梦》作为一种感性的艺术现象早已存在，但是人们之所以对其精神与美学价值不能真正领会，就是由于缺乏对美学、对艺术及其本质的认识。丰富的艺术现象与同时存在的贫困的文艺美学观念并不吻合，相反，两者间存在着很大的矛盾和间隙，因此造成了阅读和评论中审美的缺失和贫乏。王国维是"为破其惑"而作的，《红楼梦评论》这个"惑"就是理论之惑、观念之惑，是中国近代在美学艺术理论上的贫困所致。

这也就是王国维非常强调哲学和美学作用的原因之一。他坚持要在大学设置哲学课程，并认为这是一个国家"最高之学术，是文明昌盛的基础"，"故无论古今东西，其国民之文化苟达一定之程度者，无不有一种之哲学。而所谓哲学家者，亦无不受国民之尊敬，而国民亦以是为轻重"。① 他还认为，自 19 世纪以来，西方强国以教育为本，致使教育学很发达，而"夫哲学，教育学之母也"，② 所以，要搞好教育，自然也离不开宏深的哲学思想基础。所有这些都表现了他对思想理论创造的高度重视。一个民族没有它，就没有主心骨和文化素质，就谈不上开拓和创造未来。王国维的这种思想实际上构成了后来五四新文学精神的基本内核，这就是用新思想、新观念启蒙人心，改造国民性，我们在鲁迅的《摩罗诗力说》中不难听到它的回声。

单单就文艺美学观点来看，王国维很容易给人一种空灵的感觉，尤其和梁启超、鲁迅等人相比。而他最后自杀身死之结局，又加深了这种印象。对文艺美学和哲学，王国维不仅讲超脱、讲游戏，而且推崇无用论。

---

① 王国维：《奏定经学科大学文学科大学章程书后》，王国维《王国维文学美学论著集》，北岳文艺出版社，1987 年，第 55 页。

② 王国维：《叔本华之哲学及其教育学说》，王国维《王国维文学美学论著集》，北岳文艺出版社，1987 年，第 76 页。

他那篇著名论文《论哲学家与美术家之天职》开首就是"天下有最神圣，最尊贵而无与于当世之用者，哲学与美学是也"。但是，只要稍微贴近一步就会发现，王国维并非脱尘隐逸之人，其深深的责任感和价值意识就在这"无用"之中，因为"无用"是有针对性的，是有具体内容的。它一方面针对世俗利益之追求，另一方面更是一反传统文学价值观，追求现代思想自由和艺术独立之价值。这一点，陈寅恪最为理解，他在为王国维身后写的铭文中字字见血，表达了 20 世纪中国文化人的任重道远和持久追求。

这一切都熔铸到了王国维的交流意识之中，和美国学者罗伯特·路威的思路相同——只不过时间更早些，他就认为思想理论的贫困来自交流的匮乏。基于这种思路，他对中国文艺美学理论的发展历史进行了新的反思："外界的势力之影响于学术，岂不大哉！自周之衰，文王、周公势力之瓦解也，国民之智力成熟于内，政治之纷乱乘之于外，上无统一之制度，下迫于社会之要求，于是诸子九流各创其学说，于道德政治文学上，灿然放万丈之光焰，此为中国思想之能动时代。自汉以后，天下太平，武帝复以孔子之说统一之，其时新遭秦火，儒家唯以抱残守缺为事，其为诸子之学者，亦但守其师说，无创作之思想，学界稍稍滞矣。佛教之东，适值吾国思想凋敝之后，当此之时，学者之见，如饥者之得食，渴者之得饮，担簦访道者，接武于葱岭之道，翻经译论者，云集于南北之都，自六朝至于唐室，而佛陀之教极千古之盛矣，此为吾国思想受动之时代。然当是时，吾国固有之思想与印度之思想互相并行而不相化合，至宋儒出而一调和之，此又受动之时代出而稍带能动之性质者也。自宋以后以至本朝，思想之停滞略同于两汉，至今日而第二之佛教又见告矣，西洋之思想是也。"①

这也许是首次把中外文化交流看成是文化进步的根本动力之一，王国维以此贯穿历史，为近现代中西交流第三次"能动时代"的到来提供了历史依据。这不仅是对历史的发现，而且是一种对理论的创造，它是从对以

---

① 王国维：《论近年之学术界》，王国维《王国维文学美学论著集》，北岳文艺出版社，1987 年，第 106 页。

往只重纵向继承、内部生成思维方式的否定，转向了对横向交流、内外交融的肯定和重视。中国文艺美学第三次能动时代就是中西文化交流的时代，而这个时代的理论无不与文艺美学交流有关，这种理论意识无疑是新的文学时代最明显的标记。

很难说清楚王国维这种理论意识的来源。在那样一种封闭的社会环境中，没落的传统文人多半沉浸在怀旧意识之中，而王国维（他自始至终都没有放弃过自己旧朝贵族文人的身份）竟然能有如此宽广的胸怀，提出如此超前的观念，不能不使我们重新思考传统与现代的历史联系。从个人文化身份来说，王国维虽然根植于华夏传统历史文化，但是一直认同于清朝旧朝体制，证明他内心深处已经接受满汉合一的文化观念。在他看来，清军入关，推翻汉人统治，并不意味着否定华夏文化；而华夏文化命脉在历史演进中已经与清朝存亡汇入一体。否则，他在当时的思想行为就显得不可理喻。这不仅表现了他当时和许多同时代文化人截然不同之处——后者依然以灭清扶汉为己任，同时决定了他对华夏文化历史生成过程的看法，至少他已经超越了单一的汉文化观念，选择了多文化融合的观念，而这一点对近现代文人的文化观念影响极大。香港作家金庸生活在中国最现代化的都市中，但是在他初期创作中，汉人王朝的正统观念还很浓厚，直到后期才有所改变，才把中华民族各族一视同仁的观念作为基调。他认为："那是我的历史观比较有了些进步之故。"①

可见这种观念之根深蒂固。从王国维到金庸，我们可以看到一种文化观念从单一向多元，从学界向民间转变的艰难而又漫长的过程。

1997 年春节于厦门

（原载《东方文化》1997 年第 3 期）

---

① 金庸：《金庸作品集"三联版"序》，金庸《连城诀》，生活·读书·新知三联书店，1994 年。

关于中西文明"结婚论"的产生

——探讨梁启超在中国文艺理论交流中的选择

在现代中国学术史上，当年清华园四位名教授梁启超（1873—1929）、王国维（1877—1927）、陈寅恪（1890—1969）、赵元任（1892—1982），不仅个个在学问上出类拔萃，负有盛名，而且在中西文化交流方面各具特色，做出了很大贡献。其中梁启超在文艺美学上敢于突破，采择独特，在中西交融语境中几度求变，留下了很多可供历史品味的东西。尤其值得探讨的是，梁启超首先是作为一个政治改革家和活动家进入文学领域的，他对于20世纪中西文化交流有其独特的看法和见解，因而在文艺理论方面的尝试与王国维、陈寅恪等人有很大不同，体现出历史和时代多元化的价值取向，深刻影响了现代中国文艺美学的发展。

一

世纪之交的文学理论选择首先得从译书说起。

无论从何种角度来评说梁启超，都不能否认他是一位世纪之交的风云人物。对他来说，"世纪之交"绝不仅仅是一个时间概念，更是一个时代转换的契机。这个契机不仅使他自己从一个传统中国的"乡人"变成了步向现代化的"世界人",也使他具有了通达中西文化的思路和胸怀。或许是时空的巧合,1899 年 12 月,梁启超正处在从东方向西方(由日本横滨到美国旧金山)的航行中,他在船上情不自禁,在《二十世纪太平洋歌》中写下了如此感受:

> 誓将适彼世界共同政体之祖国,问政求学观其光;乃于西历一千八百九十九年腊月晦日之夜半,扁舟横渡太平洋。其时人静月黑夜悄悄,怒波碎打寒星芒,海底蛟龙睡初起,欲嘘未嘘欲舞未舞深潜藏。其时彼士兀然坐,澄心摄虑游宵茫,正住华严法界第三观,帝网深处无数镜影涵其旁。蓦然忽想今夕何夕地何地,乃是新旧二世纪之界线,东西两半球之中央;不自我先不我后,置身世界第一关键之津梁。胸中万千块垒突兀起,斗酒倾尽荡气回中肠;独饮独语苦无赖,曼声浩歌歌我二十世纪太平洋。①

显然,梁启超所面对、所歌唱的"二十世纪太平洋",是一个新文化时代的象征;而对于置身"新旧二世纪之界线,东西两半球之中央"的他来说,如何跨越这个界线,如何贯通东西方文化,也绝不是一叶扁舟所能达到的。这里需要一座真正的文化和学术之桥,把新旧两个世纪和东西方文化连接起来。建设这座桥梁的第一步就是译书。

事实上,译书历来是中西文化交流的基本突破口。就此来说,西方世界显然比中国觉醒得早,梁启超对此深有感触。作为一种有意识引进和学习外部文化的途径,西方从 16 世纪就开始翻译东方文化典籍,据刘百闵先生研究所得,比利时传教士柏应理和意大利传教士殷铎泽等四人所翻译的《中国之哲人孔子》,是现存较早的中国儒学拉丁文译本,1687 年在巴黎问世。此后翻译东方及中国文化典籍的西方学人络绎不绝,19 世纪达到一个

---

① 梁启超:《新大陆游记》(一),湖南人民出版社,1981 年,第 600—601 页。

高潮。例如德国著名学者马克斯·缪勒（Friedrich Max Muller，1823—1900）早年潜心研究释译印度佛学，后来在其他一些学者合作下，完成了一部 50 卷的《东方圣书》（*Sacred Books of the East*）英译本，可谓是东西方文化交流中的一块基石。而在翻译中国文化典籍方面，最有贡献的是理雅各（James Legge，1815—1897），他 1840 年自愿到中国传教，先到马六甲，后到香港（1843 年）。此后他用了几乎半生时光翻译中国典籍。1861年，颇具规模的《中国经典》（*The Chinese Classics*）开始出版第一卷，直到 1886 年，共翻译出版 28 卷，把中国的四书五经全部译成英文。在此期间，理雅各得到了两位中国学者王韬和黄胜的有力协助。理雅各 1873 年离开香港，回到美国已 58 岁，后出任牛津大学第一任汉学教授，除开设汉学讲座外，还出版了《中国文学中的爱情故事与小说》《〈离骚〉及其作者》《中国的诗》《诗经》（英文押韵诗体译本）等著述译作，在欧洲享有很高声誉。显然，这些翻译工作不仅反映了东学西渐的过程，对西方文化及文艺美学思想的更新发展起到了不可低估的刺激、催化和启迪作用，而且也启发了西学东渐过程，促使东方文化交流意识的迅速觉醒。

　　文化交流本身就是双向的，只不过有时候某个方向是潜在的。最早来中国的西方传教士本来是来传播西方文化的，但很快意识到了解和学习中国文化的必要性，便成了向西方介绍中国文化的交流使者。例如马礼逊（Robert Morrison，1782—1834），1807 年到达中国，开始向中国翻译介绍《圣经》。1813 年译完并印行了《新约全书》，1819 年完成《旧约》（与另一位英国传教士米怜合作）翻译，1823 年取名《神天圣书》正式出版。在此期间，他开始编纂《华英字典》，1823 年出齐，共 6 大本 4595 页，可以说是中西文化交流的基础工程，为中国人更好地了解西方文化和西方人更顺当走进中国文化搭起了一座桥梁。有了这座桥，你能走过去，别人也能走过来。1824 年马礼逊回英国休假，除了向英王乔治四世献上他的汉译圣经《神天圣书》和一幅北京地图外，还带回英国一万余册汉文图书。

　　文化交流本质上是一种信息互通与共享过程。最早西方传教士来华传教不能不说多半带着某种商业或政治图谋，但是其文化传播活动却唤醒了中国人自强的意识，使中国文化从被动交流向自动交流、能动交流时代转变。

我以为，在洋务运动之前，中国的中西文化交流基本上处于被动交流阶段，其显著特点在于交流的主要推动力来自西方文化人和传教士。据有关研究，中国最早传播中西方文化的报刊，如《广州纪事报》（Canton Register，1827，英文），《中国丛报》（The Chinese Repository，1832 年广州创刊，英文），《东西洋考每月统记传》（1833 年广州创刊，汉文），《英国皇家亚洲学会华北分会会刊》（Journal of the North China Branch of the Royal Asiatic Society，1858 年上海，英文）等，都是由西方传教士或者在他们协助下创办的。由此马礼逊、裨治文（Elijah Coleman Bridgman，1801—1861）等人的名字将永远留在近现代中国文化史上。在这一时期，中国社会就整体而言还没有打破封闭和自我保守状态，对世界状态了解甚少，对西方文化基本上抱着轻蔑和抵触态度，还没有认识到进行文化交流和沟通的意义，西方传教士的一些文化传播活动不仅受到限制，而且带有"非法"性质。在这种情况下，文化交流必然有一方是主动和进取的，而且往往表现出某种"征服者"的姿态，例如 1834 年 11 月 29 日由广州外侨组成了"在华实用知识传播会"，其主要宗旨就是"出版能启迪中国人民智力的一类书籍，把西方的学艺和科学传播给他们"。① 该会的通报中还写道："我们现在做这个试验，是在把天朝带进与世界文明各国联盟的一切努力失败之后，天朝是否会在智力的炮弹前让步，给知识以胜利的棕榈枝。"学会由此开始了向中国传播西方文化的出版计划，先后出了 7 种书，其中有裨治文翻译的《美理哥合省国志略》（1838），后经增订改名为《亚墨理格合众国志略》（1844，香港）和《大美联邦志略》（1861，上海出版），曾给予魏源编写《海国图志》和徐继畲作《瀛环志略》以很大帮助。再例如郭实腊 1833 年 6 月 25 日在为《东西洋考每月统计传》（1833 年 7 月，广州）——此为西方传教士在中国境内创办的第一份中文期刊——所写

① "Proceedings Relative to the Formation of a Society for the Diffusion of Useful Knowledge in China", *Chinese Repository*, 1834, No. 8, pp. 378-384。

《创刊计划书》中说："当文明几乎在全球各处战胜愚昧和邪恶，并取得广泛进展之时……只有中国人还同过去千百年来一样停滞不前……出版这份月刊的目的，是让中国人了解我们的技艺、科学和准则之后，可以消除他高傲的排外思想。"①

显然，仅靠办几份杂志，出版几本书，并不足以消除中国人"高傲的排外思想"，但是它们毕竟带来了新生，开始为中西文化交流架桥铺路。这对于当时中国"万马齐喑"的文化氛围，对于当时挣扎于"避席畏闻文字狱，著书都为稻粱谋"② 状态中的一代文人来说，无疑在营造着一种新的话语和语境，激发了他们求新生开风气的内在渴望。在龚自珍、魏源的诗文之中已开始透露出新的文艺美学思想气息。

二

可以说，从鸦片战争开始，中西文化交流就中国而言，开始进入一个自动的阶段。所谓自动，是指一部分中国人已开始打破对西方文化完全排斥的态度，意识到不能不向西方学习一些东西，从而开始自动学习和吸收西方文化。如果把洋务运动看作是这一阶段开始的社会背景，那么1868年由曾国藩、李鸿章等在上海创办的江南制造局翻译馆则是一个新文化标志。这是近代中国首次自己打开文化之门，通过翻译引进西方文化来补充和服务自己的尝试。自此西方文化以科学技艺为先导，由中国自己认同并推行，逐步开始了与中国文化由物质到精神、由表层到深层的交流过程。毫无疑问，这种自动性还是非常有局限性的，中国人在心理上还没有真正消除对现代西方文化的恐惧感，在观念上也没有跳出中国封建正统观念的圈子，但是它毕竟意识到了交流的必要性，毕竟组织翻译西方书籍，并邀

① "Literary Notices", *Chinese Repository*, 1833, No. 4, pp. 181–187.
② 龚自珍:《己亥杂诗》，龚自珍《龚自珍全集》，上海人民出版社，1975年，第471页。

请了一些外国传教士直接参与这项工作。作为洋务派文化领袖的曾国藩、张之洞等人的思想行为也开始越出传统"夷夏"观念的鸿沟。无论是曾国藩如何强调儒家学说安身立命的正统文化地位，他都不能不意识到"文章与世变相因"，① 必须走"经济致用"的道路。尽管张之洞提出"中学为体，西学为用"，强调"中学为内学，西学为外学；中学治身心，西学应世事"，仍然想实现魏源所言"师夷长技以制夷"的主张，但在客观上却以"西学为用"架空了"中学为体"，使中国文化开始步入了中西交流和并存的不归路，因为中国文化不可能光有"体"没有"用"，只有"内"而没有"外"。

事实上，当时的中西交流还不可能突破"体用"和"内外"之分，因为译书的主要目的是权力需要，主要层面落在清政府急需的"紧要之书"上，把翻译直接与军工生产有关的书摆在首位，这就不得不引起新的文化不平衡现象。当时直接参与译馆工作的英国传教士傅兰雅（John Fryer，1839—1928）对此就深有感触。他之所以投身这项工作，是因为感到此举"可大有希望成为帮助这个可尊敬的古老国家向前进的一个有力手段"，"能够使这个国家跨上'向文明进军'的轨道"。② 由此他的眼光自然比当时清朝官僚文化人宽广，他原主张根据西方典籍分类，比较有系统地翻译西方科技文化知识，特别是想把《大英百科全书》全部翻成汉语，但是被否决了，只能按指令"特译紧要之书"。由此他深深感到了洋务运动的局限性，意识到仅仅靠输入科技开发智力是不足以拯救中国的。他在1896年，也就是他辞去江南制造局翻译馆职务并离开中国的那一年里著文写道：

简而言之，中国已从长期沉睡中苏醒过来，可是她发觉自己正被迅速地冲向一个大瀑布，除非用最大的努力，毫不迟疑地拯救她自

---

① 见舒芜等编选：《中国近代文论选》（上册），人民文学出版社，1959年，第61页。
② A. A. Bennett, *John Fryer: The Introductoin of Western Science and Technology into Nineteenth-century China*, Harvard University Press, 1968, p. 12.

己,否则就一定会不可避免地遭到灭顶之祸。……不难看出,中国最大的需要,是道德的或精神的复兴,智力的复兴次之。只有智力的开发而不伴随道德或精神的成就,决不能满足中国永久的需要,甚至也不能帮她从容地应付目前的危机。

——《1896 年教育展望》①

从 1861 年只身到中国,至此已有 35 个年头,傅兰雅为中西文化交流做出了非凡贡献,单独或与他人合译的西方书籍就达 129 种之多,而他以一种能"入其内"又能"出其外"的特殊文化身份和眼光,比一般文化人更早更深刻认识到了中国精神思想上的贫困,并深切期望中国能尽快开启内在的文化之门。

这个例子告诉我们,中西文化方面的交流是相互推动的。随着相互了解的加深,双方都会更深刻地理解彼此的文化需要,由此交流进一步推向深入。

傅兰雅是和中国文化一起步入 20 世纪的。尽管中国从被动开放到自动开放经历了漫长的斗争,但是中西文化以及文艺理论的交流不断出现新的转机。继曾国藩、张之洞、王韬、容闳等一批中国学人之后,又崛起了谭嗣同、康有为、严复、梁启超等又一批学人,他们在中西文化交流中走得更深更远。他们都曾从江南制造局翻译馆译书中吸吮过"狼奶",受益匪浅。其中谭嗣同 1893 年和傅兰雅面谈过,并参观过江南制造局,感触很深;康有为 1882 年路过上海时,就购买了江南制造局所有译书,带回广东研读,深受其影响,开始探索一条"合经学之奥言,探儒佛之微旨,参中西之新理,穷天人之颐变,搜合诸教,剖析古今,考察后来"的思维方式。

作为康有为的学生,梁启超就是由此起步的。在师从康有为的四年间,他充分感受到了西方新思想的威力和魅力,对于中西文化交流有了深

---

① 顾长声:《从马礼逊到司徒雷登——来华新教传教士评传》,上海人民出版社,1985年,第 235 页。

刻认识，他不仅办报、办刊、办学，传播西方文化，而且大力鼓励译书组织译书，把译书看作是改制维新的第一要义。1897年，就在傅兰雅去英国第二年，梁启超在上海创立了大同译书局，开始广译外国图书。他在《大同译书局叙例》中言："译书真今日之急图哉"，"故及今不速译书，则所谓变法者，尽成空言"。他还提到，过去三十年的官译书，如京师同文馆、天津水师学堂、上海制造局等所译成之书，不过百种，距离现实需要实在是"万不备一"，所以才有组织译书，以"洗空言之诮，增实学之用，助有司之不逮，救燃眉之急难"的举动。①

作为改革家的梁启超，所谓"燃眉之急"当然是指变法之需要，译书带有强烈的实用目的。这一点曾引起过王国维的不满。王国维辛辣讽刺过康有为、谭嗣同等以西洋思想为"政治上手段"的做法，说康有为"以元统天之说，大有泛神论之臭味，其崇拜孔子也颇模仿基督教，其以预言者自居，又居然抱穆罕默德之野心者也。其震人耳目之处，在脱数千年思想之束缚，而易之以西洋已失势力之迷信，此其学问上之事业不得不与其政治上之企图同归于失败者也"。这必然也涉及了梁启超为鼓吹变法而译书的动机，他批评《新民丛报》上所登的《汉德哲学》，"其纰缪十且八九"；他还讥笑当时一些欧美留学者贪图功利，介绍西学"或抱政治之野心，或怀实利之目的"，② 在思想建树上毫无价值而言。

三

不能否认王国维的看法具有脱尘超俗之处，尤其是对学术及文学中"工具论"和"手段论"的反戈，在整个20世纪中西文化交流中具有重要意义。但是，这并不意味着对梁启超中西交流思想的全盘否定。相反，有

① 梁启超：《饮冰室合集》（之一），中华书局，1989年，第57—58页。
② 王国维：《论近年之学术界》，王国维《王国维文学美学论著集》，北岳文艺出版社，1987年，第107页。

了王国维思想的对照，我们才能更清楚地了解梁启超如何从体制上的西学中用走向文学上西学中用的过程，从而更深刻地理解 20 世纪中西文化交流从物质层面向精神层面的转换。

从译书看，梁启超显然是从实用政治（变法）需要出发，但是他并非把西方文化分解开来，只取其政治法律而不及其余，而是期望能够全面整体地把握西方文化的精粹，获得真知；只不过由于现实需要的轻重缓急，他只好先译"各国变法之事，及将来变法之际一切情形之书，以备今日取法"。这一点在他的《论译书》一文中有清楚的表达。他认为"中国之效西法三十年"，之所以"效之愈久，而去之愈远"，就因为"其真知者，殆亦无几人也"。他指出：

> 西人致强之道，条理万端，迭相牵引，互为本原，历时千百年以讲求之，聚众千百辈以讨论之，著书千百种以发挥之，苟不读其书，而欲据其外见之粗迹，以臆度其短长，虽大贤不能也。①

因此他主张破除对西方典籍只言片语的"小知"，而能够深究其"迭相牵引，互为本原"者，达到"以得其立法之所自，通变之所由，而合之以吾中国古今政俗之异而会通之，以求其可行"的"真知"。②

正是出于这种思考，梁启超对洋务运动以来的译书深感不足，一是从数量上看，"今以西人每年每国新著之书，动数万卷，举吾所译之区区置于其间，其视一蚊一虻"；二是从质量上看，除了翻译水平外，过去只是"师其长技"，多译兵书及实用科技，谬误就在于"不师其所以强，而欲师其所强"，③ 有舍其本求其末的弊端。虽然这一切都还是就变法而言（而当时梁启超亦认为"政法者，立国之本也"），但是这种求"真知""求本"和"师其所以强"，已显示出他在中西文化交流中更深刻的探索愿望。

---

① 梁启超：《饮冰室合集》（之一），中华书局，1989 年，第 65 页。
② 梁启超：《饮冰室合集》（之一），中华书局，1989 年，第 67 页。
③ 梁启超：《饮冰室合集》（之一），中华书局，1989 年，第 68 页。

其次，梁启超对译书之重要性的认识是深层次的，带有整体性观念，他并非把它看作是一时一地的需求，而是从文化交流和人类进步关系的角度来考察，不仅认定必以译书为强国"第一义"，而且把它看成是推动社会进步"本原之本原"的因素。这不仅对应于中国历史发展而言，对于西方历史也是如此。梁启超在《论译书》中指出：

> 且论者亦知泰东西诸国，其盛强果何自邪？泰西格致性理之学，原于希腊；法律政治之学，原于罗马。欧洲诸国各以其国之今文，译希腊罗马之古籍。译成各书，立于学官，列于科目，举国习之，得以神明其法，而损益其制，故文明之效，极于今日。俄罗斯崎岖穷北，受辖蒙古。垂数百年，典章荡尽，大彼得躬游列国，尽收其书，译为俄文，以教其民，俄强至今。日本自彬田翼等，始以和文译荷兰书，洎尼虚曼子身逃美，归而大畅其旨，至今日本书会，凡西人致用之籍，靡不有译本。故其变法灼见本原，一发即中，遂成雄国。斯岂非其明效大验耶？彼族知其然也，故每成一书，辗转互译，英著朝脱稿，而法文之本夕陈于巴黎之市矣；法籍昨汗青，而德文之编今集于柏林之库矣。世之守旧者，徒以读人之书，师人之法为可耻。而宁知人之所以有今日者，未有不自读人之书，师人之法而来也。①

梁启超为学立论，常有惊人至极之处，说到译书自然也无例外。然而，他如此看重译书的重要性却绝非偶然，这与他对历史的深刻理解有内在联系，表现了一种宽广的"大文化"观念。例如就中国历史而言，他和王国维、陈寅恪一样，都十分重视中华文化多元化的聚合过程。他在《论变法必自平满汉之界始》中历数中国历史上多民族多文化并存相通现象后指出："支那之所以渐进于文明，成为优种人者，则以诸种种相合也，惟其相合，故能并存，就今日观之，谁能于支那四佰兆人中，而别其孰为秦

---

① 梁启超：《饮冰室合集》（之一），中华书局，1989年，第66—67页。

之戎孰为楚之蛮也，孰为巴之羌滇之夷也。"① 他还有一篇《〈春秋中国夷狄辨〉序》，对于自宋以后儒者所持"攘夷之论"进行了辨析和正本清源，指出了其封闭性的思维特征。

就整个人类历史进步而言，梁启超意识到了不同文明体系和文化之间相互碰撞和交流是一种根本动因。在《中国史叙论》中，他提出如此观点，在世界五大文明体系（小亚细亚文明、埃及文明、中国文明、印度文明、中亚美利亚文明）并存与发展中，"每两文明地相遇，则其文明力愈发现，今者左右世界之泰西文明，即融洽小亚细亚与埃及之文明而成者也，而自今以往，实为泰西文明与泰东文明（按中国文明）相会合之时代，而今日乃其初交点也。故中国文明力未必不可以左右世界，即中国史在世界史中，当占一强有力之位置也。虽然此乃将来所必至，而非过去所已经"。②

《论学术之势力左右世界》是体现梁启超文明观的一篇重要论文。这不仅在于他在此文中介绍了西方文化史上一些重要人物，例如哥白尼、培根、笛卡尔、孟德斯鸠、卢梭、富兰克林、瓦特、亚当·斯密、伯伦知理、达尔文等，体现了其宽广眼界；更在于他对于学术交流意义的追寻。一般认为，西方文明近代长足进步有两大先导原因，一是"十字军东征"，二是希腊古学复兴，而梁启超眼光独特之处却是从中看到了另一重历史含义：

夫十字军东征也，前后凡七役，亘二百年（1096—1270），卒无成功，乃其所获者，不在此而在彼。以此役之故，而欧人得与他种民族相接近，传习其学艺，增长其智识，盖数学，天文学，理化学，动物学，医学，地理学等，皆至是而始成立焉。而拉丁文学宗教裁判等，亦因之而起，此其远因也。中世纪末叶，罗马教皇之权日盛，哲学区域，为安士林 Anselm（罗马教之神甫也）派所垄断，及十字军罢役以后，西欧与希腊、亚剌伯诸邦来往日便，乃大从事于希腊语言文字

① 梁启超：《饮冰室合集》（之一），中华书局，1989 年，第 78 页。
② 梁启超：《饮冰室合集》（之七），中华书局，1989 年，第 2 页。

之学，不用翻译而能读亚里士多德诸贤之书，思想大开，一时学者不复为宗教迷信所束缚，卒有路得新教，全欧精神为之一变，此其近因也。①

他还特别赞赏法国的伏尔泰、日本的福泽谕吉等人，能够"以其诚恳之气，清高之思，美妙之文，能运他国文明新思想，移植于本国，以造福于同胞"。②

无疑，在这里我们看到，尽管梁启超与王国维等人在具体文艺美学问题上有分歧和差异，但是在文化交流史观方面却有惊人的一致。而他在改革活动中越来越意识到学术"左右世界之力"的作用，更使他不能不重视人的建设，重视文学的作用。例如，对于 20 世纪中国文化及文学发展趋势，梁启超就有如此的恢宏之见：

> 生理学之公例，凡两异性结合者，其所得结果必加良，此例殆推诸各种事物而皆同者也，大地文明祖国凡五，各辽远隔绝，不相沟通，惟埃及安息，借地中海之力，两文明相遇，遂产出欧洲之文明，光耀大地焉。其后阿拉伯之西渐，十字军之东征，欧亚文明，再交媾一度，乃成近世震天铄地之现象，皆此公例之明验也。我中华当战国之时，南北两文明初相接触，而古代之学术思想达于全盛，及隋唐与印度文明相接触，而中世之学术思想放大光明。今则全球若比邻矣，埃及安息印度墨西哥四祖国，其文明皆已灭，故虽与欧人交，而不能产新现象，盖大地今日只有两文明，一泰西文明，欧美是也；二泰东文明，中华是也。二十世纪，则两文明结婚之时代也。吾欲我同胞张灯置酒，迓轮俟门，三揖三让，以行亲迎之大典，彼西方美人，必能为我家育宁馨儿以亢我宗也。
>
> ——《论中国学术思想变迁之大势》③

---

① 梁启超：《饮冰室合集》（之七），中华书局，1989 年，第 111 页。
② 梁启超：《饮冰室合集》（之七），中华书局，1989 年，第 115 页。
③ 梁启超：《饮冰室合集》（之七），中华书局，1989 年，第 4 页。

　　无疑在对于中国学术历史发展阶段的看法上梁启超和王国维都十分重视两种文化交流的作用。更难能可贵的是，梁启超把它上升到了人类历史发展的"公例"层面上来理解，对中国 20 世纪文化发展产生了深远的影响。中西文明"结婚之时代"的意识，从此在文艺理论和批评中植下了根苗，并且产生了一代又一代的"宁馨儿"。其中闻一多的诗论就是明显一例，他在《〈女神〉之地方色彩》一文中就再次以新的观念阐释了它："我总认为新诗径直是新的，不但新于中国固有的诗，而且新于西方固有的诗，换言之，它不要做纯粹的本地诗，但还要保持本地的色彩。它不要做纯粹的外洋诗，但又尽量地吸收外洋诗的长处，它要做中西艺术结婚后产生的宁馨儿。"

（原载《华东师范大学学报（哲学社会科学版）》1997 年第 6 期）

宜于西并不戾于中

——关于克罗齐的中国化

在 20 世纪中西文艺理论交流中，古今之争一直和中西之争纠缠在一起，无论是学衡派执着于西方古典主义信条，还是"新青年"高扬文艺复兴的旗帜，都无法摆脱西方文艺思潮的影响，而且还得面对中国传统的挑战。但是，除了执着的感情上的要求和世俗上的功利思考之外，中国的文艺理论家和批评家一直很难找到，或者说一时顾不上寻找自己审视和取舍各种理论资源的立足点。这就造成了理论和批评上的浅薄、盲目以及生吞活剥现象。而且，理论和批评上的互相攻击和争论也多出自思想意识上的互相误解，甚至党派以及小圈子的意气并没有多大的理论建设意义。即使鲁迅，其理论和批评也基本出自个人生命对中国现实生存状态的深刻体验和感受，并没有在理论上建立自己的文化基地。而从学衡派到梁实秋的新古典主义，从胡适的文艺复兴文学主张，到新月派那种混杂着唯美主义、古典主义和颓废情绪的文学观念，一直都在为中国，或者为自己的文学活动寻找一种说法或者说一种理论根据，但是总是觉得力不从心，得不到理解反而遭到各个方面的攻击。

在这种情况下，人们开始意识到了某种历史文化深层的东西，无论是东方还是西方，理论的理解和接受不仅取决于一时的文学需要，同时还要求在学理上的深刻探究和综合比较，由此获得在意识文化层面上的互相转化和理解。

一

在 20 世纪 30 年代，梁实秋的新古典主义文艺观念曾在当时社会上产生过很大的影响，尤其是其中人性论的观念，在很多作家和评论家中引起了共鸣。这部分的原因是当时的文化气氛所致。由于马克思主义阶级斗争学说的广泛传播，特别是苏俄"拉普"无产阶级革命文学理论的影响，用文学来对抗专制体制，建立新国家的主张逐渐占了上风，文坛上也相应出现了有组织的文艺思想抗争。有些作家和批评家有意识地想回避这种严酷的政治化的斗争，有的打出了"第三种人"的中立旗号，有的则想用"人性"来作为文学创作的庇护地，前者的代表人物是上海的胡秋原、苏汶和戴望舒等人；后者则有当时身在北京的沈从文等人。而梁实秋则陷入了被围攻的、进退维谷的境地。一方面，他的理论被一些深受社会当局迫害的社会化作家理解为一种为当权者和有钱人说话的保守口实，鲁迅因此说他是"资本家的乏走狗"；与此同时，梁实秋在学理上继续用西方文艺理论来替自己辩护的企图，也遭到了另外一些学者型作家的反驳，其中林语堂和他的冲突就很有意思。因为这场冲突不但表现了不同的理论观念，而且反映了对西方文学不同观念的理论态度。

这场理论冲突是由对一位西方理论家克罗齐的评价引起的。

1930 年，就在梁实秋编辑出版《白璧德与人文主义》不久，林语堂在北新书局出版了《新的文评》一书，其中收入了他所翻译的斯宾加恩（Joel E. Spingarn）的《新的批评》，克罗齐（Benedetto Croce）的《美学：表现的科学》（*The Aesthetic As the Science of Expression and the Linguistic in General*）的 24 节，另外还有一篇序言。仅从表面上来看，似乎他们各自是在介绍自己所心仪的西方理论家，但是实际上是借西方理论家的声音来表达自己的观点，反驳和攻击对方的观点。1929 年 5 月 10 日，梁实秋在《新月》杂志上发表有关《白璧德与人文主义》一书的推介时就写道："倾向浪漫主义的人，读此书犹如当头棒喝，研究文学思想的人，读此书更常有所借镜。"而相隔只有 5 个月，即 1929 年 10 月 4 日，林语堂也作《新的文评》序言，就自己介绍克罗齐和斯宾加恩学说的目的谈道："听说新月书店将出版梁实秋先生所编吴宓诸友人所译白璧德教授的论文（书名叫作《白璧德与人文主义》），那么，中国读者，更容易看到双方派别立论的悬殊，及旨趣之迥别了；虽然所译的不一定是互相诘辩的几篇文字，但是两位作家总算工力悉敌，旗鼓相当了。可怜一百五十年前已死的浪漫主义的始祖卢梭，既遭白璧德教授由棺材里拖出来在哈佛讲堂上鞭尸示众，这位现代文学思想颓废的罪魁，不久又要来到远东，受第三次的刑戮了。"①

这就是林语堂对梁实秋"当头棒喝"的回答。正如刘炎生先生所指出的，林语堂在美国哈佛大学就读期间，就对白璧德的人文主义很反感，特别是对于反过激、反浪漫、提倡守纪律合法则的古典主义理论，感到非常难以接受；相反，他对于斯宾加恩崇尚的克罗齐的表现主义美学理论很感兴趣，认为它从十个方面革新了传统的文艺理论体系。所以，在白璧德与斯宾加恩展开论争时，林语堂是坚决站在克罗齐和斯宾加恩一边的。② 这次林语堂借出版《新的文评》之际，不仅表达了自己对西方这两大文艺理论思潮的意见，而且阐释了自己对文学的主要观念。

可见，由克罗齐引起的争论，并不仅仅是对一个西方理论家，或对一种文艺思潮的评价问题，而牵涉到了对世界文学整体认同和现实的文学选择，也表现了对传统与现代的进一步深入思考。梁实秋和林语堂都是中西兼备的学者，都企图超越中西方文化的界限来理解文学，使东西方文化价值观念交流会通，形成一种新的理论体系，但是他们却在有关克罗齐的评论上南辕北辙，表现出两种不同的思路。

---

① 刘志学主编：《林语堂散文》，河北人民出版社，1991 年，第 370 页。
② 刘炎生：《才子梁实秋》，百花洲文艺出版社，1995 年。

　　和梁实秋一样，林语堂是从整个世界文艺理论背景来进行评判的。他认为白璧德的人文主义和西方文艺复兴时代的人文主义不同，是一种古典派的人生观；他还特别指出了白璧德的古典观念与中国传统思想的相同之处，不但在反对自然主义方面"颇似宋朝的性理哲学"，而且白璧德佩服孔子也说明了这一点。实际上，林语堂之所以选择克罗齐和斯宾加恩，是因为他从中西文艺理论比对中发现了自我，感受到了超越中西文化界限的理论共鸣。由此，他不仅发现了西方美学的魅力，更觉察到了中国传统文艺理论资源的价值。

　　　　袁子才说得好："诗者，各人之性情耳，与唐宋无与也。若拘拘焉持唐宋相敌，是己之胸中，有己亡之国号，而无自得之性情，于诗之本旨失矣。"（《答施兰垞书》）若是袁子才再进一步说，任凭文人怎样刻意模仿，所做出来的作品，仍是你一人独身的表现，成功也是你一人的妙文，失败也是你一人的拙艺，与唐宋无与，便是一篇纯粹的 Croce 表现派的见解了。①

　　很显然，林语堂谈论克罗齐并欣赏其美学观念，是与自己一贯追求"性灵"的文学主张相合的。在林语堂看来，崇尚和表现性灵的要求，是和西方文艺复兴中的个性主义有同工异趣之妙。它们原本是互相沟通的、可以互译的。他还引用荣格的学说来解释个性的复杂性，继而指出：

　　　　在文学上主张发挥个性，向来称之为性灵，性灵即个性也。大抵主张自抒胸臆，发挥己见，有真喜，有真恶，有奇嗜，有奇忌，悉数出之，即使瑕瑜并见，亦所不顾，即使为世俗所笑，亦所不顾，即使触犯先哲，亦所不顾，惟断断不肯出卖灵魂，顺口接屁，依旁他人，抄袭补凑，有话便说无话便停。②

---

　　①　刘志学主编：《林语堂散文》，河北人民出版社，1991 年，第 372 页。
　　②　刘志学主编：《林语堂散文》，河北人民出版社，1991 年，第 382—383 页。

所以，言灵性不仅意味着打破桎梏，唾弃格律，而且意味着一种思想和文体的解放。因为这是个性得以解放并能满足张扬的需要。所以林语堂如此理解表现派："表现派所以能打破一切桎梏，推翻一切典型，因为表现派认为文章（即一切美术作品）不能脱离个性，只有个性自然不可抑制的表现，个性既然不能强同，千古不易的抽象典型，也就无从成立。"

二

尽管林语堂对中西方学说的相会之处的描述有点简单（这一点他自己也注意到了），但是他毕竟走出了中西理论相互争胜的误区，希望"两脚踏东西文化，一心评宇宙文章"，创造出富有个性色彩的文学理论。

应当说，现代中国文艺理论的成长，从未割断与传统文论的联系，也不可能完全割断这种联系。因为凡是在中国本土受过教育和文化熏陶的，就不可能不感受和体验到中国传统文学艺术的深厚魅力，并在心灵深处留下深刻的印迹。因此，很多理论家批评家从一开始就意识到了中国传统文学遗产的珍贵价值，不断试图从传统中寻找现代的路径，从历史中发现未来。从王国维、梁启超到鲁迅，从胡适到梅光迪、吴宓，都做过相应的努力。显然，问题并不在于是否承认传统的价值和意义，而在于如何理解传统文化的生命意蕴，以及如何把握自我和历史的关系。如果我们不能把现实的生命投入历史之中，赋予传统新的生命活力，历史和传统就不会回报我们，不会赋予我们的理论学说以历史价值。

在中西文艺理论交流中，中国传统文论的价值和意义实际上是不断变幻着的，呈现出一种成长的趋势。也就是说，传统不仅意味着一种意识的历史结构，如同人类的共同无意识一样让人无法摆脱；而且是一种可供人们选择的文化资源，人们可以以自我意志来挑选和演绎它。传统文化有时是一种无所不装和无所不有的"容器"（container），可以容纳各种各样的外国文艺美学思潮和观念，也可以解释各种各样西方文艺美学思想的由来和意义；有时会被用来作为一种战无不胜的武器，可以抵御各种各样的外国文艺思潮，同时批判和解构它们，使它们变得毫无意义甚至有害。这里面当然有文学理论和观念自身的问题，人们总是企图借助于一种根深蒂固的意识形态来证明自己的合法性，但是更多地受到自我生命意志的左右，其中最明显的因素是自我生存和发展的需求。这对一个民族是如此，对每一个单独的理论家批评家也是如此。

这也许是 20 世纪中西文艺理论交流的特殊性。从这个意义上说，我们无法仅仅从学术和学理的角度来理解现代中国对西方文艺思潮的态度，因为所谓纯粹的、不加任何民族和个人功利色彩的选择和阐释是不存在的；所谓完全的公正和整体把握往往是一种变相的策略和借口。所以到了 80 年代，黄子平先生提出的"深刻的片面"仍然赢得了批评界的广泛共鸣。而在 30 年代，梁实秋和林语堂——尽管他们在文艺美学上的取向完全不同——都面临着这方面的质疑。前者的"理性"和"纪律"及其古典主义的高雅倾向，被理解为换取政府津贴的"帮闲"；后者所鼓吹的"性灵"则被认为是为了逃避现实所采取的圆滑技巧。他们都受到了激进文学家和理论家的攻击，鲁迅是表现得最为激烈的一位。因为在他看来，西方的新潮和中国的传统都不能给任何文艺美学理论带来合法性，只有有助于对抗当时的政治黑暗，改造社会和国民性的文学才是唯一有价值的文学。林语堂显然不愿意成为鲁迅那样的文学斗士，但是他又不愿意向社会屈服，牺牲自己的文学个性，尤其不愿意放弃对自由和个性解放的追求。

正由于如此，林语堂选择了克罗齐和中国传统的性灵观念，并在他们的交叉中发现了自我个性的精神家园及其价值。而就在这个过程中，他在理论的创造和阐释上进入了一个新的范式和层次。克罗齐对于林语堂来说，不仅意味着对他文学信念的支撑和培育，而且唤醒了他的历史文化意识，让他能够以新的眼光去发现和理解传统文化和文学。

并没有多少资料表明，克罗齐这个在西方有影响的美学家和中国文化有所接触，但是在其思维方向和理论倾向上却有着向东方靠拢的迹象。当然，这也许是中国人一厢情愿的判断，仅仅出自在理论意识方面的共通感觉，但是谁也不能否定这种共通性感觉的重要意义，尤其在人类对于文学艺术的理解和阐释方面，无形迹的共通性是理论观念获得价值的基础和保证。在这方面，克罗齐之所以能得到林语堂的认同，不仅在于他的主要美学观念"直觉即表现"与中国传统的文艺美学观念有某种契合之处，而且更表现在他对于传统的西方美学思路的怀疑和变换。

克罗齐是在西方文化背景中创立自己学说的，所以要确定自己学说——尤其是一种创新的美学理论——的合法性和合理性，就必须面对西方传统思维方式的挑战和质疑。克罗齐清醒地意识到了这一点。所以在建立自己学说的时候，首先用了很大的气力来说明美学的特殊意蕴和独立的价值取向。尽管他还没有足够的力量把美学从传统的西方哲学体系中解脱出来，但是他却在尽量地摆脱西方不容置疑的理性和以逻辑为中心的思维方式，以确定自己理论的与众不同但又合情合理。这在他最初的美学著作中就有充分的表现。他首先就得确定其直觉在知识范围内的地位（直觉的知识），然后指出西方传统的理论学说在这方面的缺失：

> 直觉的知识在日常生活中虽然得到这样广泛的承认，在理论与哲学的区域中却没有得到同样应得的承认。理性的知识早就有一种科学去研究，这是世所公认而不容辩论的，这就是逻辑；但是研究直觉知识的科学却只有少数人在畏缩地辛苦维护。逻辑的知识占据了最大的份儿，如果逻辑没有完全把她的伙伴宰杀吞噬，也只是吝啬地让她处于侍婢或守门人的卑位。没有理性知识的光，直觉知识能算什么呢？那就只是没有主子的奴仆。主子固然得到奴仆的用处，奴仆却必须有主子才能过活，直觉是盲目的，理智借眼睛给她，她才能看。①

接着他就宣称：

---

① 克罗齐：《美学原理 美学纲要》，朱光潜译，外国文学出版社，1983 年，第 7—8 页。

现在我们所要切记的第一点就是：直觉知识并不需要主子，也不要依赖任何人；她无须从旁人借眼睛，她自己就有很好的眼睛。

应该说，克罗齐理论的所有创新意义都是从这里开始，并以此为基础的。因为这意味着向整个西方理论体系和方式都提出了新的挑战，包括从苏格拉底（Socrates，公元前470？—前399年）到康德（Immanuel Kant，1724—1804），从亚里士多德（Aristotle，公元前384—前322年）到黑格尔（Hegel，1770—1831）所创建和不断完善的美学理论体系。当他试图超越他们时，就得和一些既定的传统理论规范和观念作战，诸如理性、概念、逻辑、规律、典型、普遍性等，并重新确定一些自以为与艺术和美学更为亲近的术语，包括直觉、感受、联想、意象和表现等。

三

当然，克罗齐没有跳出西方的知识体系，也没有完全背离西方先哲们的思想方法，但是他已经意识到仅仅用理性分析的方法去接近和理解艺术和美，是不可能真正获得艺术和美的真谛的，因为，正如克罗齐美学的积极宣传者卡里特（Edgar F. Carritt，1876—1964）所说的，美不是梦，但是"美的经验既不是逻辑判断也不是对事实的直觉"。① 在克罗齐看来，文艺美学不应当是理智的科学（理智的精细分析只能使美的生命支离破碎），也不应该是概念的形而上学（这只能把文艺美学引向教条和僵化的境地），而只能用整个心灵去理解和融化艺术作品整体性或不可分割性的知识体系——在他看来，只有建立在直觉即表现基础上才有这种可能。

于是，他对于传统的思维方式展开了多方面的反驳，一方面他认为，"把艺术的普通要求与历史的特殊要求混淆起来产生的"合理原则是错误

---

① 埃德加·卡里德：《走向表现主义的美学》，苏晓离等译，光明日报出版社，1990年，第33页。

的；另一方面认为不能混淆"艺术的方法和科学的方法"，因为美学的任务不是阐明概念，更不是确定"共相"。为此，正如后来中国美学家朱光潜所注意到的，克罗齐特别注重艺术的整体性（unity）和独立自主性（autonomy），对西方传统的美学思考模式从三个角度进行了否定：第一，艺术不是哲学、科学和历史；第二，"艺术不是功利的活动，因为它的目的不在实益，或者说得更精确一点，它根本没有一个外在的目的，表现的目的就是它自身，就是表现"；① 第三，艺术不是道德的活动。

对林语堂来说，克罗齐的思想无疑开通了另一个思路，这不仅表现在个性意识方面的共鸣，例如林语堂就把他所推崇的中国 16 世纪末的"公安派"称为"一个自我表现的学派"；而且启发了他对东西方文化新的互补性思考。克罗齐不仅加强了他自己的文学见解，而且加深了他对自己文化创新的认同。换句话说，林语堂从克罗齐学说中，不仅看到和吸收了西方文艺美学的长处，而且意识到了它的短处；并由此不仅更加明白中国的艺术精神失落的现实原因，而且开始注意到中国传统文化中的艺术底蕴，以及它对整个人类精神发展的价值和意义。所以，从 30 年代起，林语堂的文学思考越来越倾向于东西方比较的方向，开始用一种东西方互补的眼光来看待文学，一方面用西方的理论来评价和研究中国文艺现象，另一方面，用中国传统文化中的某些思路来批判和补充西方文学观念的某些不足。这表现为面向中国讲西方文化，走到西方宣传中国传统。显然，林语堂的最终意图是想说明，拯救西方哲学，甚至人文精神的最佳资源，乃是东方的中国文化，因为西方如今所缺失的，正是中国文化中所拥有的。可惜，晚年的林语堂很少谈到克罗齐，似乎把这位早年心仪的意大利美学家忘却了。但是，他最终所选择的人生和艺术立足点仍然离不开直觉的美学。

只不过他所汲取的源泉变了，已不再是克罗齐的文艺美学思想，而是中国传统的文化资源；他所补充的对象也不再是中国的文学批评，而是西

① 朱光潜：《朱光潜全集》（第四卷），安徽教育出版社，1988 年，第 339—341 页。

方的既定的学术方法。就文艺美学思想来说，林语堂似乎并没有在深度上有所发现和创造，但是在广度上却有所开拓；他不是一个拥有时间意义的理论家，却是一个代表空间发展的批评家，他把中国的文艺美学思考带进了一个更广阔的文化背景之中。

这或许也就是克罗齐力图进入的境界，因为他在确立自己美学观念过程中所遇到的最大挑战，就是如何走出时间和历史。这不仅是关系到直觉是否具有自己独立意识的问题，而且还是一个有关艺术起源和艺术进步的原则问题。克罗齐在这里费了很大的力气。

为此，他认定人类的直觉决定了人类在审美方面是无所谓进步的，时间和文明程度并不决定它们的价值，因为"不仅是野蛮人的艺术，就其为艺术而言，并不比文明人的艺术逊色，只要它真正能表现野蛮人的印象而且每个人，乃至每个人的心灵生活中的每一顷刻，都各有它的艺术的世界；这些世界彼此不能在价值上做比较"。[1] 所以，"把人类艺术造作的历史看成沿一条前进和后退的单线发展"完全是错误的。除此之外，他只能借助"心灵的综合"来超越历史和时间的约束，寻求更广阔的空间支撑。

（原载《中国比较文学》2000 年第 2 期）

---

[1] 克罗齐：《美学原理 美学纲要》，朱光潜译，北京外国文学出版社，1983 年，第 148 页。

西方文论与现代中国文艺美学的发生

如今我们生活在与两百年以前完全不同的时代，现今的中国人无论在物质生活和精神状态上都与一百年之前的中国人有着巨大不同。这种感觉在很大程度上已经成为当下中国人的一种确定无疑的存在理念和自我意识，同时也构成了指认、理解和阐述任何一种意识形态和理论观念的背景和视野，就像一场历史戏剧一样，演出已经到了"这一场"，开始出现了新的背景，有新的角色登场，还唱出了新的唱腔和唱词。而就中国文学的发展来说，现代中国文艺美学的发生就是在这新场景中出现的新文化角色。

当然，这个新角色不是也不可能单独出现，它是和一种新的文化背景及历史条件连在一起的，尤其是与西方文论流入中国有直接、密切的关联，并且是在这种新的语境中得到滋养、获得成长和成熟的生机的。而我们如果期望在历史、美学和价值观上理解、认同和把握它，就必须在一系列新的文化关系中了解、厘清和描述它的来源、基因和流变。

一、横向联结：关于现代中国文艺学美学发生的文化语境

20世纪的中国文艺美学处于一个思想解放、方法变革和价值转换的文

化语境中，它从对以往传统模式的怀疑、不满和叛逆开始，由此进入一个不断反思、自省和创新的时代。在这个过程中，人们逐渐从原来的历史时间思维隧道中走了出来，走向了一个广阔的横向文化连接和交流的纪元。而作为一种催生新文学意识的空间，19世纪末20世纪以来的中国社会，呈现出了前所未有的纷繁、复杂的情景。中国封闭的社会状态被打破之后，文化的横向联合和交流具有了可能性，西方各种思想文化大量涌入中国，造就了一个多种文化碰撞、磨合和创新的历史机遇。从横向来说，它们来自四面八方，带着不同国度、民族的情调和特点；从纵向来说，它们从古到今，不分先后，包括从古希腊文化到20世纪兴起的各种现代思想潮流。这一切同中国传统民族文化产生一种奇妙的结合，构成了中国现代文化意识发展中独特的形态特征。这是一个多层次的、动荡的文化整体，在它任何一个质点上的文化意识都不是单一的，它表现为多种文化因素相互作用的折叠现象。显然，这种折叠现象的丰富内容，并非一种多种文化意识相互搭配而达到的某种静态的平衡，而是在一种动态的、互相交流搏斗和印证的过程中显现出来的。它在每个现代中国文化人的心灵中，都留下了层次不同的阴影。

其实，当我们真正进入中国现代文艺美学领域的时候，我们就仿佛陷入了一个被压缩了的精神文化的"沉积"地带，这里聚集着从历史到现代，从四面八方集拢来的文化意识内容，它们隐藏在文艺美学理论和批评的不同层次之中，或多或少，或明或暗，参与着理论的建构和消解。也许这种复杂的思想现象很容易造成某种错觉，易使人陷入山重水复的迷惑之中。但是，如果对20世纪文艺美学的发生和发展的理解确定在某一固定的层次上，就会不可避免地形成片面性。

从某种意义上说，我们在考察和论述现代文艺美学的发生和发展的过程，同时也在重新理解和确定20世纪的文化状况和理念；我们在建设和确立一种现代文艺美学观念的同时，又不得不从检讨我们的文化观念和心态开始。事实上，学术和理论之本在于人心，没有完整健康的心态，就不可能有健康和卓越超群的理论创见。尤其对于现代中国来说，文化语境非常特别，在我们心里深处有根深蒂固的文化自豪感甚至优越感。与此同时，我们近百年来多次被外来势力征服，在经济和科技方面长期落后于他人，体验了从高贵自大的顶峰向卑贱弱小的深渊降落的痛苦过程，自尊心和自信心都曾落到最低点。对这种心态，鲁迅曾有过深刻的分析和描述。《阿Q正传》中所表现的阿Q式"精神胜利法"，就是这一过程心理积淀的结果，这种阿Q心态不但表现在中国人一般日常生活中，也渗透到了思想方式和理论方法当中。在文化的交流中，时常在自傲和自卑之间徘徊，这样不但会失去对西方文化整体的把握，而且也可能迷乱于传统文化的历史沼泽，后者有时是骄傲的资本，有时是自卑的源泉，文化心理优势会在瞬间变成劣势。

中国现代文艺美学发生的契机正是一种文化观念与心态的转换和更新。这一点从王国维、梁启超、章太炎等一些大师的学术经历和追求中就可以看出。他们不仅生活在世纪之交，而且整个心灵和精神都处在一种历史文化的转变之中，体现了新文化选择和思想精神。例如王国维就是和这种新的文化氛围一起进入20世纪的。从某种意义上说，他不仅是中国传统文艺精神的真正继承者和守护人，而且是中国现代文艺美学，乃至现代学术理念的开拓者，至少在中国文艺美学的世纪转化中，他是一个标志性人物。他的贡献体现了中国文艺美学从传统向现代、从中外隔绝向中外融合的、开放性的形态的转变。

显然，这不仅表现在王国维世纪初就自觉地借鉴西方的文艺理论方法来进行文学研究和批评，更表现在他对于文化和文学存在及其演变态势的一系列新的理解。尤其可贵的是，他不仅仅是从当时现实状态和需要出发，而且还是通过对历史和人类文化发展状况的考察和研究得出的理论，深刻意识到了中外文化相互借鉴、交流和融合的重要性和必要性，意识到文艺美学的世界性与人类性的性质和意义。由此，他并非以一种静态的、封闭的眼光来看待和理解中国传统文论的意义，而是从它们的生命发展中来肯定其价值。他认为，中国文论之所以辉煌灿烂，是因为能够不断吸纳、借鉴和消化各种域外文化，求通于各家学说。所谓"不通诸经，不能解一经"，正是古人留下来的至理名言。所不同的是，过去的诸经，可言之于诸子九流，可言之于佛学东渐，可言之于各种少数民族文化，可言之于南北文化的交流，而到了 20 世纪，就不能不言之于中西文化的比较和交流。所以他指出：

> 若夫西洋哲学之于中国哲学，其关系亦与诸子哲学之于儒教哲学等，今即不论西洋哲学自己之价值，而欲完全知此土之哲学，势不可不研究彼土之哲学，异日发明光大我国之学术者，必在兼通世界学术之人，而不在一孔之陋儒固可决也。①

这种洞见不仅打通了中西学术之关系，表达了一种从传统走向现代的世界意识，也是中国学术睁眼看世界，走向世界并融入世界的开始；而且为中国学术提供了一种新的方法论意识，这就是以一种开放的、中外沟通的思维方式重新研究和理解文学，以中喻西，以西比中，中西合璧，互相引展，探讨人类之共同问题，创造世界性之学问。②

应该说，方法论的问题首先是一个理论视野和胸怀问题。如果没有广阔的视野和胸怀，就谈不上文学方法上的革新和探索。对此，梁启超在步入 20 世纪之际，就有深刻感受，写下了著名的《二十世纪太平洋歌》。为了改造中国，他认为第一要务就是译书，为此他作出了艰辛的努力。正因为广泛接触了西方文化，他认为社会发展的根本动因之一是不同文明体系之间的相互碰撞和交流，而中国文化的复兴和学术的发展更离不开吸取外国文化，学习他国的文明新思想。因此他提出了迎接中西文明"结婚之时代"的思想："盖大地今日只有两文明：一泰西文明，欧美是也；二泰东文明，中华是也。二十世纪，则两文明结婚之时代也。吾欲我同胞张灯置

---

① 王国维：《奏定经学科大学文学科大学章程书后》，王国维《王国维先生全集》，大通书局，1976 年，第 1935 页。

② 关于这方面的详细论说，可参见殷国明：《20 世纪中西文艺理论交流史论》，华东师范大学出版社，1999 年。

酒，迓轮俟门，三揖三让，以行亲迎之大典，彼西方美人，必能为我家育宁馨儿以亢我宗也。"① 梁启超把握住了 20 世纪中外文明大交流的文化语境，对中国现代文艺美学的发生和发展产生了深远的影响。后来闻一多确定新诗的文学品质的时候，就沿用了"中西艺术结婚后产生的宁馨儿"的说法。

我们可以把这看作是一种"横向联结"的文化语境。如果说，在中国传统文论的演变中，纵向的观念的承接构成了重要因素关系的话，那么，现代文艺美学理论的发生，从一开始就突出了对横向文化空间的扩展。文化及文学理论观念方面的横向联结，转化成了时间，取代、弥补和充实了历史纵向发展中脱落的环节。

显然，意识到并把握横向联结的文化语境，不仅仅需要一种文化的广泛的包容力，而且需要一种独立选择的文化品质，这就是陈寅恪在"海宁王静安先生纪念碑"碑文中所写到的"独立自由之意志"。不过，由于中西文化的显著差异，由于对中国现实状态的介入角度的不同，更由于在不同时代气氛中的不同选择，这种"独立自由之意志"的表现也是多种多样的，并不能用一种标准来衡量和判断一切。例如，在中西文化交流和碰撞中，有人选择了批判论者的姿态，主要是运用西方的思想方法来批判和清算中国传统文化的积弊；有的则主张借用西方的思想理论，来回答和解决中国的问题，以洋为中用的方式来推进社会发展；还有的提倡以中国传统文化为本为体，吸收西方文化中的有益因素，建立新的有中国特色的思想理论和学术体系等。应该说，不同的态度和做法在不同情况下有不同的积极意义，它们的共同指向都是创造一种新文化，建设一种世界性的学术和学问。

---

① 梁启超：《饮冰室文集》（之七），中华书局，1989 年，第 4 页。

二、古今之争：关于文学"价值重估"中的时间向度

如果说，中国现代文艺美学的产生是在一种打通中外文化界限的、中西交往的语境中发生的，那么，文学理论和观念变革的核心就不得不涉及文学价值的重估和重建问题。显然，这也是和西方 20 世纪人文科学的发展相接壤的地方。因为从一定意义上说，"价值重估"也是 20 世纪西方文化意识发展中的重要内容，尼采的名言"上帝死了"彻底打破了对传统价值观念永世长存的迷信，唤起了人们对于一切既定的成规戒律和绝对理念的现实怀疑，人们从稳定、守成，走向了叛逆、求变和创新，从而形成了一个不断怀疑、突破和价值重构的过程。而在这个过程中，除了来自横向联结的思想动力之外，古今之争一直也是推动文学理论和观念变革的重要因素。换句话说，文化上的横向联结不是空洞的，它必须触及鲜活的历史中的人以及现实，与人们的生活欲望紧密联系起来，才能产生推动社会的文化效应；人们在这里不仅能够感受新的精神空间，更能意识和把握到时间的意义和价值，触摸到未来，并通过自己的努力去实现它。所以，所谓"价值重估"，不仅包含着对传统的思想意识和精神遗产的重新审视和评判，而且还是在建构一种新的时间观，在过去和未来之间设立一个明确的趋向。

也许这就是尼采在 20 世纪初能够迅速进入中国，能够和许多新文学的开拓者发生共鸣的原因之一。作为西方文化的一位惊世骇俗的"叛徒"，尼采以一种偏激热烈的叛逆精神，质疑和对抗整个欧洲的基督教文明以及传统的价值体系，不仅主张"一切价值重估"，而且把个人的怀疑和创造精神推向了一种极致，鼓吹"超人"意识。而就中国当时的情景来说，尼采不仅唤起了对传统意识怀疑的个性意识，而且触动了一种新的时间和新的时代观念。例如梁启超就从尼采身上首先感受到了"现在"，而王国维更是敏锐感受到了尼采思想的时代意义，他在《尼采之教育观》（1904）

中认为尼采"绝非寻常学士文人所可同日而语者",是"欲破坏现代之文明而倡一最崭新,最活泼,最合自然之新文化,以振荡世人,以摇撼学界者"。①

这种时间和时代意识在鲁迅的思想中表现得更为突出。1908 年,鲁迅在其《摩罗诗力说》篇首就引用了尼采的话语:"求古源尽者将求方来之泉,将求新源。嗟我昆弟,新生之作,新泉之涌于渊深,其非远矣。"在短短几句话中,就用到了三个"新"字,而"方来"无疑也是指向新的时间维度的,与他在文章中再三强调的"新声"相互回应。这种"新"的源泉、声音和作品,与作品中所一再提到的"古国""古范""旧习"等词语形成了强烈的反差和对比,表达了一种新的时代意识。可以说,在鲁迅一生的文学追求中,都没有改变这种思想初衷,为此他对一切旧的传统、习气和理念采取了坚决的否定态度。他有一段话非常著名:"我们目下的当务之急,是:一要生存,二要温饱,三要发展。苟有阻碍这前途者,无论是人是鬼,是三坟五典,百宋千元,天球河图,金人玉佛,祖传丸散,秘制膏丹,全都踏倒他。"②

显然,就中国现代文艺美学的发生来说,"新"构成一种价值趋向和思想动力。因为"新"就意味着对"旧"的怀疑、反抗和对现代、先进、进步的追求。所以,"五四"时期傅斯年等人所办杂志就取名为《新潮》;而"新潮"者原本是根据英文"Renaissance"(文艺复兴)而来的。这一特殊的译法实际上反映了那个时代人们对现代性的普遍理解。由此理论观念上的历史延续性被切断,或者说被划开一条明显的时代界线,新文学的面孔迥异于旧文学的理念,思想理论的创造也被赋予一种全新的含义。例如胡适所鼓吹的"文学改良"主张,就是为了建立一种当下的"活文学",他所反对的就是一整套旧的写文章的规则和话语。而陈独秀在《文学革命论》中提出的"三大主义"本身,就表达了一种时间和时代的演进,其中

---

① 王国维:《王国维哲学美学论文辑佚》,佛雏校辑,华东师范大学出版社,1993 年,第 174 页。

② 鲁迅:《鲁迅全集》(第三卷),人民文学出版社,1973 年,第 51 页。

用了三个"推倒"和三个"建设",很明确地表达了两种时代的泾渭分明。①

很多研究者已经指出了西方进化论思想对中国思想界的巨大影响。这是绝不可以低估的。从康有为、严复、梁启超、王国维、刘师培开始,"进化论"就深深卷入了中国文化的变革之中,成为建设新的学术意识的先声。在"五四"时期,它更是作为一种"近代文明之特征",作为"自宇宙之根本大法",作为"文学进化之公理",作为"新"的观念基础而被认同的。早在1914年,胡适就接受了"进化的观念",之后就把"历史的文化进化观念"作为自己"文学革命的基本理论"。而五四新文学的开拓者鲁迅、陈独秀、李大钊等人,都是进化论的服膺者和宣传者。所以茅盾在1920年就宣称:"新文学就是进化的文学","我们该拿'进化'二字来注释'新'字",② 而郑振铎则指出:"这两个主要的观念,归纳与进化,乃是近代思想发达之主因,虽然以前文学很少应用到它们,然而现在却成为文学研究者所必须具有的观念了。"③

应该指出的是,中国文论中并非没有进化的观念,例如刘勰在《文心雕龙》中就提出"时运交移,质文代变","歌谣文理,与世推移"(《时序》),并提出了"趋时必果,乘机无怯,望今制奇,参古定法"(《通变》)的思想,但是这种理念在传统文化语境中,并没有得到像"五四"时期那样的发挥光大。而到了20世纪初,在中国命运遭受危机的情况下,西方进化论的思想由外而入,与中国人急于走出古典、进入现代、走向世界的欲望一拍即合,形成了破除僵化思想意识和模式的思想武器,更新了中国的历史观念和时间意识。由此,"新生"与"死亡"有了一个明确的时间概念,特别是在中西方社会文化状态的比较中,它们表现出了其尖锐

---

① 陈独秀在1917年的《文学革命论》中提出的"三大主义"是:"推倒雕琢的阿谀的贵族文学,建设平易的、抒情的国民文学;推倒陈腐的、铺张的古典文学,建设新鲜的、立诚的写实文学;推倒迂晦的、艰涩的山林文学,建设明了的、通俗的社会文学。"

② 茅盾:《新旧文学评议之评议》,《小说月报》1920年第11卷1号。

③ 郑振铎:《郑振铎文集》(第6卷),人民文学出版社,1988年,第280页。

的压迫性，使中国的志士仁人产生了从未有过的危机意识。这样，所谓"今天"的概念，就从历史中突显出来了。例如李大钊在"五四"时期就专门写过赞颂"今天"的文章，呼唤一个青春的充满活力的中国。无疑，这里的"今天"，如同胡适所说的"活文学"、鲁迅所说的"新生"一样，指向的是当下和未来，而且在一定程度上和传统所理解的现实不同。它不但完全不同于"昨天"，而且对不同的人，尤其是不同思想状态的人，有着完全不同的内容。有的人身在今天，却活在昨天，根本无法意识到现在；而有的人身在传统的社会，却能够跳出历史的束缚，迎接未来的曙光。社会、现实和文化由此构成了一个多层次、多时代的空间。

这就为中国文学中的"古今之争"注入了新的历史内容。应该说，"古今之争"，是把人们的意识伸展到现代时代层面的一种价值冲突，是世界文学发展中的一个普遍情结，表现了人们在告别古典过程中恋恋不舍的惜别之意。从表面上看，"今"总是战胜和取代了"古"，但是从深层意义上讲，又总是"今"延续了"古"，由"古"决定了"今"。作为一种历史过程，古今实际上无所谓谁战胜谁，它们一直在不断转化之中。从西方人文思潮的发展来看，"古今之争"一直是文艺复兴运动以来的一条重要线索。从 17 世纪发轫于法国的古典主义（Classicism）思潮，到 19 世纪初风行美国一时的、以白璧德（Irving Babbitt，1865—1933）为代表的"新人文主义"（New Humanism）；从由法国人夏尔·贝洛（Charles Perrault，1628—1703）结集的《古今之比》（*Parallele des anciens et des modernes*），到 1920 年美国哈佛大学出版论文集《新与旧》，这一历史性的冲突和争论一直影响着现代文学及其理论的发展。所谓"古今之争"也就是新旧之争、传统与现代之争，而由此产生的"现代"一词决定了后来一系列文艺运动、思潮和思想的鲜明时间性。

应该说，中国的新文学运动就包含着一场深刻的古今之争和新旧之争。这是从它一开始发生就注定拥有的历史的"胎记"。且不说胡适的历史进化文学观念和白话文主张是在美国形成的，同时在创作和思想两方面深深受到"意象派"的影响；即就当时与"学衡派"的论争来说，也是从美国就开始的，并且明确地代表了当时美国文坛的两大思潮。如果说胡适汲取了美国当时包括"意象派"在内的新潮文艺思想的精神，那么当时同在美国留学的梅光迪、吴宓等人明显地师承白璧德的思想，其主要文学观念皆来自"新人文主义"理论。所以，早在1916年，梅光迪就对胡适的文学尝试和革命主张提出异议，认为它们和美国当时时髦的实用主义、意象主义等"狂澜横流"如出一辙，并极力维护文言文学的权威性和正统地位。而吴宓则在1921年就在《留美学生月报》发表了《中国的新与旧》，主张维护传统文化和道德的价值，反对用激进的方式全面否定和推翻文言文学的经典性。平心而论，"学衡派"诸人的主张和观念有许多精到的地方，因为他们本身都是主张中西贯通的，期望创造一种超越时间的、具有永恒价值的文学。但是在当时的历史条件下，他们在中国注定要遭到误解、嘲讽和群起而攻之的命运，不得不被排除到了文学的边缘。因为当时整个世界的文学趋势，都转向了变化和创新，时间的概念开始深深渗透到了文学意识之中，成了代表进步和现代性的基础。

由此，现代中国文学及其理论形成了沿时间推移演绎的向度，并在这个基础上形成了现代文艺美学中的"现代性"情绪。时间开始被一系列欲望和价值名词包装起来，意味着先进、革命、创新、理想、现代，并且与正确、超前、未来直接相连，它不但成了一种意识标准，而且成了一条无情的历史鞭子，不断抽打着文学及其理论的创造者，使文学创作和理论成了一种不断追逐新潮、追赶时间和与时间赛跑的运动，先进更先进，革命更革命，以不断地否定过去来肯定当下的价值。

显然，这是中国现代文艺美学的魅力，也是它的悲剧。它一方面把中国文艺理论和批评引向了一个变化和创新的时代，使理论界和批评界具有了从未有过的活力，激发了人们的怀疑精神、想象力和创造力；另一方面，则有意无意、有形无形地疏离了、割裂了当下与传统的联系，并且助长了文学意识中的功利性和工具论，使文学及其理论逐渐缩小了自己的文化空间，变得越来越小气、俗气和矫情。

三、"转型期"的理论态势——从一种选择到多种选择

如果从整个 20 世纪中国的文化态势来看，中国现代文艺美学发生在一种社会"转型期"的变革之中。所谓"转型期"，是指中国社会在整体上，在从一种传统性结构转向一个开放的现代化社会，从单纯的民族政体转向一个世界性的民主国家，从一种正统意识的文化形态转向多元化选择。这是一种文化语境，也是一种理论胸怀。就世界范围来看，从一种选择到多种选择，绝不只是一个有关现代文学发展的问题，而是人类生活各个方面——从政治体制到日常生活的一次进步的变更。确切地说，从一种选择到多种选择，不仅是一种对物质和精神生活追求的意向，而且成为一种现实，在过去看来是无法同时存在和相容的、不同质的事物，开始包容和并存于一个整体之内。显然，在人类的精神活动中，文学具有更自由和更狂放不羁的性格，因为它总是和人类最基本的感性和感情活动连在一起，而较少受到社会生活中某些规范和规则的限制和束缚。但是，也正由于这一点，人们常常会忽视相反的事实，这就是基于感情和感性活动习惯之上的文学观念具有相当的顽固性，如果没有某种真实的生活力量来冲击或破坏这种较为稳固的文学观念，它将会永远维持自己某种自足自满的境界，把文学限定在单一、狭小的范围内。在文学发展中，一种情调、一种境界或者一种创作方法，当它愈是发展到几乎完美的程度，也就愈容易被观念所复制，所强化，成为限定文学发展的障碍，甚至形成文学发展中的一种"僵局"。

中国文学的发展自元、明之后，就逐渐陷入了这种僵局。把唐诗宋词作为文学最高境界的思想观念，逐渐被强化和稳定，成为正宗文学的唯一选择；而这种观念反过来又强化和稳定了文学活动中的习惯化和形式化，形成了文学创作和欣赏活动中首尾相连、循环往复的局面。在这种情况下，文学发展中已有的和可能有的其他样式与情调，无论在形式上还是在

内容上，都不同程度地受到了冷落或者抑制，得不到充分的发展。

对于一个文学时代来说，最可悲的莫过于文学内部的互相排斥、消解和残杀，用一种观念去征服另一种观念，用一种理论去消灭另一种理论。显然，20世纪以来，中国文学创作中的僵局被逐渐打破了。尤其是"五四"新文学革命之后，正统的、文以载道的文学观念遭到了彻底的怀疑，旧的正宗文学样式失去了自己的统治地位，取而代之的是多种多样的文学观念的相互争斗和并存。多种文学样式和方法的运用与创新，使传统文学的一统天下被打破，一个多元化的文学时代到来了。这不仅使得中国现代文艺美学的发生和发展获得一种可能性，而且为造就一种新文学观和理论胸怀创造了条件。

这表现在，文学在社会生活面前开始接受着多种选择，而不仅仅是一种选择——来自政治或道德的选择。它来自政治道德也来自日常生活的娱乐消遣和职业的需要。新的生活和文化形态在自己形成过程中，对文学在各方面都进行着新的选择。各种外国思潮的涌入，造成中国现代意识发展多种因素的融合与并存的局面。各种思想文化流派都在以自己的标准选择和干预着文学，同时文学也是在对各种思想文化的选择中选择着自己的道路，在横向文化的联结中拓宽自己的天地，获得多种选择的发展机会。五四运动之后到20世纪30年代，中国文学取得从未有过的充分发展，从各个方面丰富了自己。一大批优秀文学家和理论家的出现，就是历史的明证。如果我们认真思考一下，在新文学发展的前三十年，社会一直处于那么不安定的局面，中国文学创作和批评竟然能取得如此辉煌的成就，确实是颇具意味的一件事。于是，一种文学及其理论发展的态势问题被提了出来。

中国现代文学完成了一个自我蜕变的过程，从一种选择到多种选择已成为当代一种自觉的文学意识。

首先，这种自觉的文学意识在观念上破除了对某一种文学规律或者方法的迷信。文学的出路，不能只靠某些独一无二的绝对真理一劳永逸地得到解决，人们从事文学活动，所关注的已不再是它的终极目标（更不是去印证某种理论，或者树立某种样板），而是文学过程本身。文学的出路表现在不断创新、不断试验的过程之中。在这种过程中，"唱反调"和"标新立异"会成为文学活动中的日常现象。人们在各种风格流派的纷争中越来越清楚地意识到，在两种或数种不同的文学追求中，并不意味着一方非压倒或者取代另一方不可；多种的文学选择的生命活力，恰恰取决于多种选择同时并存的情势之中，是一个追逐一个，一个影响一个，也是一个突出一个，并列存在，同时繁荣，多种选择构成一种总的文学态势，这才是文学的价值所在。文学上独树一尊的时代不再能够存在。

在这种情势下，在文学理论和批评中，一些旧有的敏感性的界定已经或正在消失，一个完整的、多元化的文学世界在人们头脑中开始建立起来。过去，一些政治和哲学上的术语，不科学、不适当地进入了文学领域，人为地扰乱了人们观察文学现象的视线，把艺术世界分成了几个彼此不相容的部分，切割了各种文学之间的横向联系。这不仅限制了文学可能进行多种选择的空间，而且从根本上失去了文学进行多种选择的自由。从整体上来说，文学的多种选择不仅是文学走向繁荣的必然趋势，更体现着当代文学所表现出的一种理论胸怀，使艺术的触角能够伸向广阔的文化空间，把理解、沟通、融合放在首位，相信自己，尊重他人，并不以我为尊，排斥异己。

与此同时，作为一种理论胸怀，从一种选择到多种选择，是和中国现代文学平民化过程紧密相连的，包含着文学民主化、自由化的因素。应该看到，中国现代文学历史发展的种种局限性，都是和中国全民族的文化水平提高的快慢连在一起的。中国现代文学的平民化过程发展得并不充分，形成了与整个文学观念的先导力量不和谐的状态，理论的超前性和接受的滞后性，使得中国文学每每向前举步之时或者举步之后，总要向后面久久地张望。所谓长期以来的雅俗之争，大众化问题，就表现了这种情况。除了各种其他原因以外，其中之一就是在中国文学发展中，缺乏一个真正民主的平民化过程。至今还有一种观念认为，中国文学的进步在普遍的意义上来说，首先是一种引导和培育的结果，而不是和人民生活息息相关的自由选择。所以，对于大量通俗文学作品的出现和流传，理论和批评往往处于非常被动的地位，人们往往只是看到它们的弱点和缺陷，却没有看到其中隐藏着文学进步的信息。因为这种信息并不是表面地浮现在作品的艺术质量和文学价值上面，而是表现在文学与人们日常生活日益密切的关系之上，它在无声无息地建筑着文学发展的基础。

文学的多种选择是在一定范围的自由选择基础上实现的，因为文学的选择应该是发自内心的一种自觉自愿，而不是被迫的，或者是他人赐予的，这种内心的选择是他人所无法替代的。文学发展的整体面貌就是建立在这种内在的选择之上。这种多种选择，不仅是指建立在横向的同一起跑线上的各种风格流派，还包括纵向的不同文化层次的不同选择。而在一个多元化的文学整体中，二者往往并没有明确的界限，甚至各有优势。很多被认为是低级的文学创作中，往往隐含着更多原生美的因素，成为文学进步潜在的基因。因此，文学的平民化过程具有人类生活不断完善的内容，标志着文学真正向人回归的历史过程。文学的平民化和通俗化是中国当代文学重要的走向之一。而随着人们文化水平的普遍提高和人们对于精神食粮的需求日益增长，更由于文学逐渐反归于人们的日常生活，成为人们可以自由发展自己个性，表现自己志趣的途径，文艺美学观念上的整齐划一也必然不复存在。

文学的多种选择不仅是某种途径和方法，也是一种生气勃勃的美学运动，它所表达的是文学理论和批评走向繁荣的尺度，也是文学自由发展的尺度。文学的历史发展不再是通过否定和否定之否定的过程达到自己的目的，也不会重复以一种文学的牺牲来换取另一种文学成长的悲剧，而是给各种文学提供一种能自我生存和发展的机会。文学世界首先是一个自由试验的场地，允许成功，也允许失败；允许长久存在，也允许昙花一现。它们的价值就在于给人类生活增加了一种生气，使人的生命创造力在那么一瞬间发出光亮。这种创造运动本身就属于永恒。人类一切潜在的创造力，潜在的心理欲望和要求，对未来莫可名状的期盼，在文学的多种选择之中，不再由于种种障碍，窒息在意识深处，而得以阐述和发挥。当然，这一切的完满实现并不只是理论上的，甚至也并非仅仅是文学本身所能决定的。相反，文学从一种选择到多种选择——我们所最感快慰的——将不是我们的自信所能把握的，而是不以人的意志为转移的文化趋势，理论的提出也许对此并没有什么决定作用。它唯一的意义可能就在于，对我们大多数人来说，理论的发现将会使我们减少一些心灵的痛苦，比较愉快地接受未来的一些文学事实。

（原载《中山大学学报（社会科学版）》2002年第2期）

第三辑
跨文化：建立一种博大的文学情怀

跨文化：文化冲突更扣人心弦

在我的理解中，"跨"还包含一种期望，这就是人类能够闯过面前的难关，在经济全球化的进程中，度过一段充满文化冲突的历史时期。

作为一种学术理念，"跨文化"（Cross culture）在当今世界正在获得越来越多的认同和响应，越来越多的国家设立了"跨文化"学院和相关的专门学科，通过各种方式进行跨文化交流和对话。

正如法国学者阿兰·李维比所说，"跨文化"理念是在"封闭的时代一去不复返"背景下产生的，"这就要求我们时刻准备接纳新的模式，那些能够描绘未来世界的新的社会模式、知识模式。我们所要准备的是对世界的再次发现"。

也许"跨文化"的特殊意味就表现在其鲜明的动词形态上，"跨"意味着一种交流、对话和融通，意味着对某种既定隔阂、差异和误解的洗涤和消除；它并没有设置特定的对象和内容，却面对着人类以往创造的所有文化遗产和观念形态。没有人会怀疑和否认以往人类文化遗产的巨大价值，因为它们已经在某种程度上构筑了人类存在的依据和精神家园；失去了它们，人类将不成其为人类；但是，谁也无法否定，人类在自身存在和认定方面正面临着巨大危机，人类在享受新物质文明的满足感之时，在精神和文化方面却经受着缺乏依托的考验；由于原有的传统的文化家园正在世界化经济发展的冲击下分崩离析，而新的坚实的文化台基并没有建立起来。

这就使得文化之间的冲突显得更加扣人心弦。因为不管人类是否接受文化差异的现实，是否意识到跨文化已经成为一种不可回避和无法阻挡的趋势，它们所造成的事实和效应已经存在于人们的日常生活之内，不断影响着人们的生活。在这种情况下，"跨"可能是互相冲突、矛盾、颠覆、侵占，在人们心灵上造成创伤，留下刀痕；也可能形成一种互相欣赏、交流、融合和丰富自我的良性状态，其关键取决于人们用什么态度来理解和对待，取决于人类自己发展和创造文化的理念和能力。因为文化的核心是人，人创造了过去的文化，人也是处理不同文化之间交流和对话的主体。当然，在我的理解中，这个主动的"跨"字，还包含一种期望，这就是人类能够闯过面前的难关，在经济全球化的进程中，度过一段充满文化冲突的历史时期。

无疑，正如我们所面对的世界一样，"跨文化"至今还存在着许多障碍和鸿沟，其中有历史的，也有现实的。历史形成的巨大的社会经济文化发展的不平衡现象，表现在世界的各个角落和方方面面，很多文化上的偏见和错觉，恰恰就形影不离，依存于这种社会现实中。它们阻断了人与人之间本真、自然和平等的人的交流，取而代之的是不同国家、社会阶层和等级的人的观念划分，所谓"文化"也逐渐失去了其人的内核，成为不同利益或阶层"割据"的领地。而正如一些学者所指出的，精致完备的现代国家制度的建立，并没有减少这种"文化割据"现象，反而加剧了在文化领域的工具化倾向，在不同文化之间制造了新的不信任感。

"跨文化"的意义和人类所面临的危机一样引人注目，它所面临的课题也就是人类必须面对的种种问题。在科技日益发展，人类能够轻易毁灭地球也毁灭自己的情况下，各个国家和民族都有权利和义务保持和发展自己的文化，也有同样的权利和义务分享人类整体文化，贡献于整体文化。由此，我愿意用中国传统的"通"的概念来理解和补充"跨"，和而不同，不同有"通"，因为"通"就是要克服万事万物之间的差别和隔阂，通过互相交流和对话，达到物物相通、人人相通的境界。

这种境界是可以实现的。1816 年，黑格尔在《哲学史讲演录》中还可以说"东方及东方的哲学之不属于哲学史"，而相信今天已很少有人认同这个观念了。人们意识到，人类哲学史应该是不同哲学体系和价值观的综合，而不能用一种"普遍性"来判断一切。这说明一百多年来世界文化的交流和沟通，已经极大地促进了各种历史传统和文化之间的互相尊重和理解，正在不断破除传统成见和文化壁垒，把人类结成一种多样化的精神整体。因此，在当今世界，人类要共同存在，共同繁荣，首先就要进行不同文化之间的沟通、对话和协调方面的工作，不断探索人类发展中的新命题，完善人类共同发展的文化观念和机制，在"跨文化"中创造人类新的文化。

（原载《社会科学报》2003 年 8 月 28 日第 8 版）

关于"9·11"事件的文化思考

就在跨入 21 世纪的门槛，正当人们高唱"全球化"的凯歌时，美国发生了震惊世界的"9·11"事件，它不仅使具有象征和标志意义的世界贸易大厦荡然无存，给整个世界的经济发展蒙上了一层阴影，而且在某种程度上改变了人们对于未来的期望值，使人们重新思考过去一系列乐观的价值取向，重新唤起了学界对于一系列重大国际、民族、经济、文化、战争与和平问题的怀疑精神。

本文认为，尽管"9·11"事件造成了灾难性的后果，在一段时间内将严重影响世界经济的发展，但是它也是一次重大的警示，用尖锐的事实暴露了当今世界存在的一系列人为的、严重的隐患和可能爆发的危机，这无疑表明：该是人们对于目前世界经济和文化状态进行整体性的全面审视和反思的时候了，也该是全世界人民来共同思考和参与"全球化"文明进程、共同发展和整合未来世界的时候了。

回顾："9·11"产生的世界文化根源

作为一次灾难性的恐怖事件，"9·11"的产生有其直接的国际政治原因和生成条件，但是如果我们排除或忽略了对于整个世界发展的大环境，尤其是长期存在的不正常、不平衡、不完善的世界文化状况的分析，就不可能对于这一事件的发生产生完整的理解，甚至不可能从中获取真正有益的教训，从而在今后的实践中加以补救。

应该说，对于纽约世界贸易大厦的撞击，本身就体现了对于长期以来美国极力推行和倡导"全球经济自由化"的一次攻击和否定，同时表明如今世界还有相当一部分人并不认可和接受这一趋势，他们不仅没有在这个过程中得到利益和实惠，而且感受到了生存和发展的危机——而这种危机不仅表现在经济生活方面，更直接地表现在文化方面，包括国家意识、文化传统、宗教信仰和精神家园等其他方面，由此导致了他们在心理方面强烈的对抗意识。因此，这种暴力的恐怖行为，说到底，是一种心理行为，是在文化心理上长期聚集的能量的一次爆发和宣泄。就这个意义上来说，"9·11"的爆发虽是一时性的，但是其背后却有漫长的经济文化的酝酿过程。

在此，我们不能不先注意到世界化、全球化经济发展过程中各种因素的不同作用。可以说，"经济全球化"的端倪可以追溯到工业革命的时代，蒸汽机的发明就已经拉响了它启动的汽笛。其后科学技术的发展，交通工具的更新，大机器生产的原料和市场要求，促成了欧洲工业化国家的一次大规模向外扩张和殖民潮流。正如历史学家已经向我们描述的那样，这种扩张尽管在一定程度上促进了世界范围内的工业化革命的形成，但是也带着浓烈的血腥味，不仅在欧洲，也在世界范围内引发了持续不断的战争，世界人民，尤其是亚非拉经济不发达国家地区的人民为此付出了惨重的代价。中国人民对此有深刻的感受和体验。而对于这种感受和体验的深刻反省和总结，已经构成了中国人当今现代意识的主要内容，这就是一要积极加入世界经济大潮，主动开放，自觉改革，合作发展；二是必须坚定不移地反对各种国际霸权主义，不能依仗经济、军事上的优势强人所难，侵犯和伤害弱小国家和民族。可惜，美国作为一个世界经济的头号强国，没有这方面的历史感受和体验。

值得一提的是，早在一百多年前，马克思和恩格斯就注意到了这种世界性经济的发展趋势，并且提出了自己的对策。他们一方面看到了世界化经济时代的来临给各国人民带来的挑战和机遇；另一方面，也强烈谴责了强势的资本主义经济对于其他经济体和地区的残酷掠夺。《共产党宣言》就是马克思和恩格斯在观察和总结世界经济总体发展状况基础上的产物，它从全世界受剥削的弱势群体利益出发，第一次提出了"全世界无产阶级联合起来"的口号。从一种新的世界化眼光来看，马克思、恩格斯所寻求的不仅是阶级的利益，而且是全人类能够和平、平等地共同发展和解放的远景。

因为，正如他们后来在许多著作和文章中强调的，如果不解决劳动阶级与资本家阶级的共同利益和发展问题，整个世界就不会得到真正安定发展的局面。在世界化原料和劳动力市场逐渐形成的情况下，劳动阶级也必须打破国界实现国际化的联合，才能完成"只有解放全人类，才能最后解放自己"的使命。无疑，马克思、恩格斯的思想具有超前的全球化的意义，他们的部分设想已经成为许多现代工业化国家的现实。

显然，自从《共产党宣言》的发表，一百多年过去了，世界几经风浪和波折，发生了很大的变化，尤其是在世界化方面，进入了一个全新的阶段——这就是"经济全球化"具体实施的阶段。一百多年来，不能说人类在思想意识方面没有认真的反思和长足的进步。随着世界科学技术的进步和文化更加广泛的交流，人们已经普遍意识到并开始自觉接受世界化和全球化的发展趋势，而强势的资本主义国家也意识到用武力掠夺的方式来开拓市场的荒谬性，基本摒弃了原来殖民的经济策略。

但是，这并不意味着如今世界已经消除了隔阂、冲突和爆发大规模危机的隐患，确定无疑地引来了一个"经济全球化"的辉煌世纪。"9·11"就是一个明证。经济全球化不仅仅是一个经济问题，也不能仅仅用经济的思维、经济的规则和经济的方式来解决和实现，它背后连带着人类不同种类和层面的文化以及人心，我们必须从一种整体的观点去思考和把握它。

观察:"经济全球化"与"文化世界化"

事实上,资本主义从一开始产生,就体现了一种"全球化"的思想,但是它却没有一种全球化的文化胸怀和思想力量来实现它;相反,资本主义在利益的驱动下,一直用一种武力掠夺的方式来实现自己的梦想,因此造成了许多国家和民族的历史伤害。通过对历史的反思你就会发现,近一百多年来,尽管世界在各方面都取得了巨大进步,但是人类并没有真正解决经济与文化发展的同步问题,甚至可以说,由于科技和生产力的飞速发展,以及商业贸易的世界性拓展,这个问题比过去表现得更为尖锐和突出了。

换句话说,这里有一个"速度比"的问题。在一百多年来的世界发展过程中,"经济全球化"的速度和规模越来越快,越来越大,已经远远超出了"文化世界化"的速度和规模,由此已经超出了目前人类文化状态所能容纳和接受的范围,必然会不断造成人们在心理承受和接受能力上的限制,甚至造成抗拒和对抗的情绪,为暴力冲突造成文化和心理基础。这就是"9·1l"产生的社会文化根源。它是在"经济全球化"的速度和规模大大超过世界文化交流、交融和整合过程的情况下产生的,表明世界在经济和文化发展方面极其严重的不协调性和不平衡性,期待人们在发展意识和策略方面的新的整合和创新意识。

在此,我们不能不重提马克思、恩格斯在一百多年前就提出的"世界文学"的口号,因为这个口号表明了这样一种思想,这就是经济全球化的发展必然也必须有一种世界化文化作为基础和条件;如果没有这个基础和条件,世界化的经济发展必然会导致冲突和战争,给世界带来灾难性后果。可惜,后来人类在匆忙追求经济利益的情况下,并没有真正重视世界文化的建设,尤其是没有形成一种全球各民族共同发展的文化意识,与此经济生产力的迅速发展反而促使了"文化优胜"心理的恶性膨胀,滋养了欧洲"法西斯主义"的倒行逆施，给人类造成了空前的灾难。这也说明，如果缺乏一种新的文化观，缺乏一种平等的相互合作和对话的氛围，经济发展及其实力的增强，反而会助长破坏性因素，助纣为虐，在整体上阻碍人类文明发展的进程。

第二次世界大战过后，各民族对于过去的灾难都进行了反思，建立了新的国家关系，促进了不同文化群体之间的相互交流和了解，为经济的进一步世界化和全球化创造了环境和基础。但是，由于科学技术的快速进步，经济全球化获得了前所未有的动力，而广阔的市场和商机又诱使人们不断追逐"全球化"；与此相对的是，文化的交流和对话却被人们在有意无意之中忽略了，误以为经济活动能够自然而然地解决一切问题，再加上其进程特殊的艰难性和诸多障碍，致使"文化世界化"步履艰难。因此，无论从规模还是速度来说，"文化世界化"都远远落后于经济发展形势的需要，人们对于文化交流和对话的重视程度，以及花在文化相互认同和磨合方面的资源和精力，都远远不足以弥合和消除相互之间由于历史形成的隔阂和敌意。

我们甚至可以说，与在经济方面的发展相比，在文化对话、交流和整合方面，至今世界还缺乏一种自觉的、持续不断的推动力量，无法形成一种与经济全球化相适应的文化协调意识和机制。

展望：21 世纪的跨文化交流和整合

从世界未来的发展来看，随着科学技术和生产力的发展，全球化是不可避免的趋势，问题在于它是一把双刃剑，人类必须有意识地进行调整和防范，避免遭受重大伤害。从思想角度来说，在世界范围内的新一轮文化反思，在加强和不断完善全球性经济协调和交流机制的同时，也应该启动世界性的跨文化、跨宗教、跨意识形态之间的交流和对话机制，加强和扩展有关文化组织和机制的世界化影响，不断减少和化解经济全球化进程中的矛盾和冲突。世界是一个整体，正如人的心灵和肉体一样密不可分，经济和文化之间的整体配合与和谐发展，才能获得一种健康的状态，才能为人类提供一个良好的生活环境。但是，在这方面，人类无疑面临着很多问题，存在着许多传统的心理误区。例如，从20世纪初开始风行的实用主义和商业主义潮流，一方面在美国造就了经济发展的奇迹，另一方面对于人类文化发展和心灵建设方面也产生了极大的副作用，助长了"经济唯一"的功利性追求和成功理念，压迫甚至泯灭了人类在人文精神和文化信念方面的价值追求。特别是由美国发起、席卷全球的商业化潮流，造就了单一的"唯经济效益""唯金钱"式的价值观，由此形成了在全球范围内"文化价值真空"的潮流和状态，极大地瓦解了人们对于不同文化价值的理解和包容，加重了不同文化、不同宗教信仰之间的隔阂和冲突的可能性。虽然马克思早就对于资本主义经济形态中的"拜物教"现象进行过深刻的揭露，但是由于后来遭到了来自"左""右"等多方面的修正，未能阻挡世界在整体上滑向纯粹商业化的状态。单一的"唯经济效益"的商业标准，造就了畸形的文化价值观和"文化优胜"心理，由此形成了当今世界"文化霸权"的土壤。有的发达国家和民族可以用"先进"的名义来推行自己的主张，甚至在自己利益得不到满足的时候，用武力或者经济制裁的方式，迫使别人就范。而一些经济不发达的国家和民族，也因此对于正常的经济全球化趋势产生本能的疑虑，害怕在心灵和文化传统方面受到伤害，由此失去自己的精神家园。所以，就人类的整体状态来说，灵与肉的矛盾正在以不同文化之间的碰撞和冲突的方式表现出来，经济发展的成果由此为文化方面的失落而付出代价。

没有比"9·11"事件的惨剧更能牵动人心的了。站在如此接近历史的废墟上进行反思，我们不得不承认以往的人文科学研究在这方面的软弱和无能，强大的商业化思考几乎摧毁了学者思考的神经。例如，没有人能够完全抵挡"生物进化论"的侵蚀，几乎自觉地认可"强者生存"的历史原则。从汤因比（Arnold Toynbee）的"文明挑战说"，到亨廷顿（Samuel P. Huntington）的"文明冲突论"，都没有完全摆脱"进化"观念的思路。

前者详细描述了世界不同文明的存在状况和价值，分析了它们之间发生冲突的不同结果，但是却过分拘泥于"消亡"的概念，因此并没有对于它们融合所产生的新文化形态给予足够的重视；后者则敏锐感觉到了世界的变迁，指出了"文明间的冲突将会取代意识形态式的冲突而成为世界上最主要的冲突形式"，但是却依然站在纯粹的"西方利益"本位的立场，因此有可能误导西方对于未来世界走向的把握。

但是这并不是最令人担忧的学术现象。最令人担忧的是当今学术已经失去了信念，部分甚至多半成了"工具理性"的附属品，或者仅仅作为一种资料的分析和归纳程序，或者干脆成为某一利益集团的咨询或参谋，在很大程度上失去了自己独立的品质，例如亨廷顿的文化研究就是如此。在这种情况下，人类失去了自己的思想库，失去了为人类总体利益代言的声音，却把思想文化研究领域变成了不同政治经济利益集团的"武器库"和"工具库"；掌握强大经济力量和舆论工具的可以大说特说，而弱小群体的人们只能哑口失语，或者听任别人制订的规则支配。显然，在世界经济走向全球化的同时，人类在思想文化上却失去或放弃了创造"通天塔"的努力，致使"全球化"仅仅建立在对于经济利益的期待和追求上面，无疑存在着巨大的隐患。所谓"面和心不和"，就是对于这种情景最好的形容。

因此，"9·11"的爆炸声不仅震撼了全球经济的发展，而且穿透了人们的思想和感情，暴露了在不同国家和民族之间人与人联系的脆弱性和虚假性，使人们看到了长期以来聚集起来的相互猜疑和仇恨的能量是多么巨大，一旦爆发后果是多么可怕。无疑，恐怖主义是现代世界肌体上的一个"毒瘤"，它本身产生于某种畸形的文化状态中，反过来又会对于人类关系造成极大的伤害和破坏，所以从根本上铲除和杜绝它是人类的共同任务。但是，所谓"从根本上"就是要从改善世界的文化状态做起，消除产生恐怖主义的土壤和条件，从源头上杜绝它。这就需要在实施经济全球化的过程中，世界各国，尤其是经济发达的国家，共同积极实施一种文化工程和"人心工程"，用文化交流、对话和融合的方式建设人心的纽带，放弃各种各样的文化霸权心理，促进一个与经济全球化相适应的"文化世界化"时代的到来。经济不是万能的,文化也不是无用的。

在 21 世纪,经济全球化已经显示出了其不可阻挡之势,而建设一种新的世界化文化势态和格局的工程也势在必行。无情的竞争应当伴随着有情的对话,利益的挑战必须渗透文化的交融,这样,人类在身心两方面才能都获得健康的发展和成长。

(原载《粤海风》2002 年第 1 期)

跨文化对话的必要和可能

国人对于宇宙和世界最古老的体认之一就是"道"。对于老子所说的"道",后人曾经有多种多样的阐释和演绎,但是这个词最基本的意义却引起了海德格尔的注意,在他看来这就是"道路"的意思,引申开去就是"通"或"通达"。而"通达"(Zugang)确实是海德格尔非常喜欢用的一个词,可以在他的著作中经常见到。而我认为,正是这个"道"或者"通"字,说出了世界本体论最本质的含义,也最恰当地为海德格尔苦苦探求的"存在"(being)提供了解释。当然,"通"不同于"跨",但我以为这几者也有相关相通的意义,"跨文化"最终是为了在多种文化之间架设桥梁和寻求沟通。这不仅是一种古老的人类美学思想的延展,更是现代世界所必须真实面对的问题。而它作为一种必要和可能,是首先要思考的问题。

一、世界越来越小,人与人之间的隔阂越来越大

随着科技进步和资讯发达,人们普遍感到地球越变越小,所以所谓"世界一体化"和"地球村"的议论也随之成为学界的热门话题。很多乐观的学者已开始勾勒出一幅"文化大团圆"的美妙图画,认为在"世界一

体化"这个不可阻挡的趋势面前，多种文化融通为一的命运已定。而正是在"这个世界越来越小"的情况下，人们又不得不面对另一种残酷的事实——人与人之间的隔阂却越来越大了，也许这正是工业化社会以来人类自己创造的一对"双生子"。人们在急速靠近宇宙太空的时候，却发现人与人之间的距离在迅速拉大，每个人都感觉到自己身陷"围城"，成为没有朋友和亲人的"陌生人"。

由此，人们更敏感地注意到了文化问题。因为人们发现，虽然百年来科技发展带来了人类生活方式的巨变；尽管世界经济一体化的趋向越来越明朗；尽管人们之间交往和交流的机会越来越多，原来封闭的国家和民族的生存状态已不复存在，但是人类之间的战争冲突并未由此消除甚至减弱，人类仍然生活在战争的阴影和恐惧之中。对于这一点，百年来接连发生的世界性大战和无一日平息的局部战争就是明证。至于挥之不去的恐怖主义和核战争阴影更是笼罩人心，21世纪仍然是一个令人胆战心惊的未来。显然，人们已经不能够按照原来的思路来理解和解释当今世界面对的问题，而仅仅用政治和经济手段也无法解决它们。人们逐渐意识到，隐藏在这些人类冲突背后的不仅仅是领土争端和经济利益争夺，也不仅仅是意识形态方面的深刻分歧，而且还有千年累积的文化和生活价值观念上的巨大隔阂。我以为，过去我们忽视了文化问题。20世纪一连串的事实都说明，如果没有文化上的深刻联系和沟通，政治上和经济上的联盟是非常脆弱的，特别是政治上的。政治常常是一个借口，经济往往是一种利害关系，而文化心理上的深刻差异和隔阂最难弥合，在一定条件下最容易产生对抗。所以未来21世纪很可能是一个"文化对抗"的时代，当世界各国的经济趋于统一的自由竞争时，政治上的对立会淡化，经济上会出现更广泛的合作和协调，而文化和文化心理上的对抗会增强；换句话说，前者是一种表面的对抗，后者是一种潜在的和深层次的，但是时时有可能导致强烈冲突的对抗。

很多学者都对20世纪两次世界大战的根源进行过剖析。应该说，世界性法西斯主义的形成就是一种畸形的人类文化现象。其根源之一就是"文化优胜心理",否则一个神经质的希特勒不可能一呼百应,造成那么大的气势。而这种历史悲剧的产生又恰恰源于人类历史,源于人类文化发展中长期彼此隔绝,而没有充分交流和认同的事实,也源于现行的并不完善的世界秩序和体制。而所谓"文化优胜心理"正是在这种状态下的历史产物。凡是具有一定的文化传统并对历史有所贡献的民族都会保留这种心理,至于它是否会恶性膨胀到无视其他民族文化产生的程度,不仅取决于其历史条件和时机——从历史上看,经济发展的优先地位,国力的相对强盛是最重要的因素,它能够使一个小国或民族产生征服世界的梦想,而且更取决于人们对于文化的理念,对于各种不同文化之间差异的理解和尊重。

二、国家政治意识的弱化和民族传统文化意识的增强

由此来说,一种跨文化的对话就显得格外重要了。如果说 20 世纪是一个政治对话和经济合作的时代,那么 21 世纪将是一个跨文化的对话时代。而唯独有了这种更深刻的文化对话,才有可能使政治对话和经济合作具有更大程度的可信度和安全性。因为跨文化的对话是寻求一种理解和信任。

这就必然涉及对各种传统文化意识的重新思考和评价问题。事实上,随着科技进步和世界一体化经济形势的形成,人们获得了更多的民主权利和选择余地。这一方面导致了国家政治意识的弱化,另一方面也造成人的归属感的危机。人们在日益失去或淡化政治定位和国家定位之后,需要建立新的心理归属感,因此文化意识日益显得突出。可以说,20 世纪出现的持续不断的文化"寻根"思潮就表现了这一趋向。因为传统的支撑人们精神家园的国家、政治等因素已弱化,人们需要重新认定自己。这就带动了整个人类对于传统民族文化的反思和肯定。

这种反思和肯定必然会引起多种多样的结果。从某种意义上来说,这种对传统民族文化的反思和肯定,本身就具有一种跨文化对话的性质,因

为它们将涉及不同形态的文化。尤其在一种开放的文化环境中，这种反思和肯定，会遭遇多种多样的观点，其自身也会表现为一种对既定单一文化理念的消解。这里我可以举出美国女作家谭恩美（Amy Tan）为例。她2岁时就移居美国，所受教育基本是美式的，以至于成人后不会说汉语，就文化意义上来说，属于典型的"失去记忆的一代"，一如她在小说《喜福会》（*The Joy Luck Club*）中所写到的"一个不知道自己母亲的女儿"。而她的创作就表现了对自己人格历史的文化追寻，其中铭刻着一种跨文化的理解和认同。作品中母亲和女儿的对话也是一次中国传统民族文化与美国现代文化的对话，而重建这两种不同文化之间的联系和沟通，正是表现了作者深刻的内在渴求。但是，这种传统民族文化意识的增强也可能隐藏着危机，即可能是造成文化对抗和冲突的基础，尤其是在某种文化封闭、缺少对话的情况下，对传统民族文化意识的过度迷恋会成为一种精神支柱，用以抵御外部世界和外来文化的冲击，成为人类之间交流和沟通的坚固屏障。显然，这种情景不仅会阻碍对话，而且会使政治和经济体制更具有对抗性。所以，世界的文化多元化也存在着两种前途，一种是充满敌意和隔阂的多元化，另一种将取决于人们对于自身文化品格的定位。

人的精神需要栖居之所，而在政治变幻不定，经济此起彼伏，人们生活漂泊不断的现代生活中，传统的历史文化就成为一种相对稳固和深厚的精神家园。由此人们不但获得了精神上安身立命的归属感，而且也拥有了和外部世界联系和沟通的基础。而在今日世界，文化的多元化存在不仅是一种国家和种族现象，而且已成为一种跨国家和种族的群落现象和个人现象，也就是说，多元化不仅存在于多个国家和民族之间，而且一个国家和民族也同时存在着多元文化群落，这也就使跨文化之间的对话显得更加必要和丰富多彩。

三、世界自然资源的衰竭和文化资源的意义

显然，跨文化对话的实现也就意味着一种文化观念和信息的转变。任何一种传统民族文化都不是一座"城堡"或者"围城"，无论用来抵御外在世界还是用来进攻和同化外来文化，都不应成为一种任何意义上的工具理念。因此跨文化对话的基本出发点应该是对人类多种生存和精神状态的体认，在于对人类在各种历史状态中生存和创造能力的理解和发现。因为任何文化都是人的创造，都从最广泛的意义上表现了人的存在状态及其意义。

正是从这个意义上来说，文化不仅是人类生存的精神家园，而且是一种可供人类持续发展的资源，对这种特殊资源的挖掘和发现，不仅能够促进人类之间的沟通和理解，从多个方面丰富和充实人的精神世界，而且还能够带动人类对物质世界的发现和创造，使人类的生存环境更加和谐和人性化。

显然，对文化资源意义的深一层体认同人类目前共同面临的自然资源衰竭现象密切相关。自工业化时代以来，人类在物质主义欲望的驱动下，对于自然资源进行了掠夺性的开发和利用，不仅造成了自然资源的衰竭，更导致了自然环境的失衡，极大损害了人与自然的和谐关系。这也必然导致人类文化环境的恶化。在我看来，尽管人们对于这一概念有多种理解，对文化环境的评估有多种尺度，但是都无法回避人与自然这一命题。而人类文化遗产中最可贵的一部分就是关于人类与自然相互依存的关系。

所谓各民族不同的文化传统，首先就是依据各自不同的自然生存环境发展而建立起来的。所以中国古代就有"道法自然"的说法。《易经》有言，"古者包牺氏之王天下也，仰则观象于天，俯则观法于地，观鸟兽之文与地之宜，近取诸身，远取诸物，于是始作八卦，以通神明之德，以类

万物之情"，① 这就是对文化起源最形象的说法。后来许慎（约公元 58—约 147）著《说文解字》，也引用了这个说法。而在世界其他诸种文化中，顺从和崇尚自然的话语同样引人注目。

其实，人与自然密不可分的关系也是各民族、各种文化相互对话的基础。人们一旦远离或者失去了这个基础，就会失去精神文化的真正依托。遗憾的是，当人类把所有的自然资源都当作工具、当作金钱的情况下，其生产出来的所有产品都只能是"物件"或者"东西"，而不是文化产品或者带有文化意味的产品。所以现代人的苦痛就在于他们不得不生活在"物件"和"东西"之中，被它们所包围，所窒息，根本无法和周围的环境进行人性的和自然的对话。这种痛不欲生的生存状态，我们在很多现代作家的作品中都能感受到。而人类的悲剧在于：人类消耗了自然，却没有从中得到真正的好处，反而消解了人的文化存在，使其成为物的奴役。

所以对文化资源意义的重新认识就显得更重要了。如果说人类当今所面临的最重要任务就是重建与大自然的平衡和谐关系，就不得不重视对人类各种文化资源的重新开掘发现，并把它们融合于人类生活之中。我想这种融合不是把文化当作标签，也不是当作相对于人类物质生活的另一种景致，而是把它们贯穿于人类生活的各个环节之中，创造出各种富有人性和自然意味的环境和产品。正是在这个意义上来说，跨文化对话不仅是理解和沟通，而且是一种挖掘和发现。在未来的 21 世纪中，文化产业和文化企业的崛起会更为突出，人们对于任何一种产品文化意味的要求会更加强烈，这也就决定了跨文化对话绝不仅仅是学苑的空谈。

四、世界经济竞争机制与人类文化"和亲"工程

当今世界的主题是"和平与发展"，但是如果没有和谐，就会没有保

---

① 郭彧译注：《周易》，中华书局，2006 年，第 380 页。

障。尤其是在世界经济竞争越来越激烈的情况下，利益之手在无形中左右着人们的感情，无情剥夺着人们相互之间的安全感和信任感。实际上，尽管人类相互之间的交流和对话越来越多，但真正意义上的文化对话却越来越少。这只要我们稍微注意一下书店里层出不穷的"商贸英语""商贸日语"教材就会一目了然。在这种情况下，人类绝大部分的交流和交往与其说是对话，不如说是竞争，所有的话语和行为方式都被包装和目的化了，都在寻求自己的利益。无疑，这种交流和交往不可能达到真正的相互理解和信任，相反，它们会给人们心灵带来越来越大的压力，彼此都深陷于一种内在的孤独之中。

这也许就是地球虽然越来越小，而人们之间的隔阂却越来越深的原因之一。当我们检讨当今人类交往和交际的生活方式的时候，就不能不放弃某种乐观的看法，以为只要科技和资讯的高度发达，就有可能消除各种不同文化之间的间隔，甚至出现一体化共通的世界文化景观。实际上，即便在未来的 21 世纪，我们也无法消除甚至减弱世界经济竞争的残酷性。这种残酷性在多种文化不和谐并存的情况下，很容易扯断和平的纽带，把人类推向战争的深渊。

因此，当今世界急需建设一种世界范围内的"文化和亲工程"（process of making culture relative），用沟通和理解的纽带加固和平的基础，推动人类各项事业的发展。这里之所以借用了"和亲"一词，因为这一观念在中国有着源远流长的历史基础，曾经创造过很多文化奇迹。实际上，人类拥有多种多样的文化，它们原本就有着各种各样的亲缘关系。因此滋养着人类共同的生存和发展欲望。只不过由于历史发展的不同机遇，这种亲缘关系有的失落了，有的被遮蔽了，有的显得模糊不清了。人类有必要也有能力把它们揭示出来，并继续加以发扬光大。

这也许是一个长期而艰巨的工程。而跨文化的对话就是其最基本的环节。人类要和平和谐发展，各种文化就得消除彼此之间的对立和隔阂，趋向和睦相亲。这一点正如乐黛云先生在《跨文化对话》的"卷头语"中所说："无论不同的文化体系多么复杂，无论人类多么千差万别，但从客观上看，总会有构成'人类'这一概念的许多共同之处，他们生活在同一地球上，必然会面对许多共同利益和共同问题。如关于未来和平发展的问题、生态环境的问题，还有'死亡意识''人类末日''乌托邦现象''遁世思想'等等问题。对于这些问题，不同文化体系的人们会根据他们不同的生活和思维方式作出自己的回答。这些回答回响着悠久的历史传统的回声，又同时受到当代人和当代语境的取舍和诠释，只有通过多种文化体系之间多次往返对话，这些问题才能得到我们这一时代的最圆满的解答，并向这些问题开放更广阔的视野和前景，在这一过程中，能够相互理解的话语也许就会逐渐形成。"

（原载《粤海风》1999 年第 3 期）

界限的模糊与消失

——21 世纪人文学科展望

当今的人文哲学所面临的危机来自其自身的发展。科学的分类化，使其失去了对世界和人生的整体性把握；方法的技术化，使其用机械方式来理解生命；目的的实用化，使其被理解为某种手段、工具和武器；确定的模式化，使其失去了和人们心灵沟通的能力。以上四点基本肢解了人文哲学的生命状态。

从最基本的学科建设方面着想，21 世纪的人文学科不仅需要超越不同学科的界限，进行新的综合，而且要跨越民族的、国家的、宗教的、文化的界限，创造出更新的精神境界和思想成果。

当我们即将跨入 21 世纪之时，人文学科正面临全球性的危机。这不仅表现在大学课堂上哲学和历史学的萎缩、伦理学的削减、艺术学与人类学的贬值，以及文科教授待遇偏低，博士生找不到工作等一系列相关现象上面，更明显表现在人文学科自身的丧失。这种丧失不仅是目的、方法和言语的丧失，而且是一种对象和思维方式的丧失。如今，当我们蹒跚在布满科学疑问洞穴和插着物质和实用主义旗帜的原野中，寻找自己的归宿时，竟然会找不到自己的家园。我们似乎要么认可西方后现代主义的全面解构之说，把以往所有的人文精神都看成是一种游戏，要么就从人类思维方式上再来一次革命，使人文文化在未来的 21 世纪死里逃生。

我们只有后一种选择。

当然，"死亡"并不可怕，无论是信仰之死；人文精神之死，还是人文文学理论和学科之死，因为它已经死过一次。

第一次就是"混沌之死"，这是庄子给我们留下的一个古老的寓言：

> 南海之帝为倏，北海之帝为忽，中央之帝为浑沌。① 倏与忽，时相与遇于混沌之地，混沌待之甚善。倏与忽谋报混沌之德，曰："人皆有七窍以视听食息，此独无有，尝试凿之。"日凿一窍，七日而混沌死。（《庄子·应帝王第七》）

根据庄子"齐物"和"道通为一"的哲学思想，哲学的最高境界就是理解、把握和描述一个整体的对象世界，唯独如此，哲学才是活生生的，具有生命力的。这不仅仅是庄子思想的魅力，其实也是一切古代思想智慧的生命源泉，因为古代人对世界智慧的把握确实是"混沌"的，它不仅包括了美学的、哲学的、历史的、社会学的、伦理学的各种内容，而且把自然和人文糅合在一起。所以古代哲人虽然没有现代人文文化学科如此精细和多样的分类知识，却创造了现代人难以企及的精神遗产。

但是，"混沌"是死定了的。这不仅发生在中国，也同样发生在古希腊文化之中。在西方文化的源头，哲学（philosophy）本来指一种综合的学问，囊括人类文化各方面的知识。所以恩格斯在《自然辩证法》一书中指出"最早的希腊哲学家同时也是自然科学家"，他们在探索世界和人生时，并没有画地为牢，把自己规范在某一个学科之中，他们宁肯相信"命运"（阿那克西曼德，约公元前 610—公元前 545），相信"一切皆流，无物常在"（赫拉克利特，约公元前 544—公元前 483），相信"灵魂"（苏格拉底，公元前 469—公元前 399），相信"神"（柏拉图，公元前 427—公元前

---

① 浑沌：也作混沌。

347），相信"太一"（柏罗丁，205—270）等，始终不愿意把自己归于某一种自然规律之中。直到中世纪宗教哲学的产生，人们把人文哲学所探究的最高目的托付给了上帝。不管这是否是一种历史的悲哀，人文哲学在失去了自己独立品格的同时，也避免了权力和技艺对它更直接的切割。

但是，当我们回顾今天的人文哲学景观时，"混沌"早已死去，思想和认识已经被划分成很多彼此界限分明的学科，本来唇齿不分的领域已变得老死不相往来，无数专门界定的概念、范式和术语成了学界难以逾越的鸿沟，所谓文史哲不分家早已成为过去陈腐的观念，今天的潮流是人人都试图使自己的研究题目专门化，圈子越缩越小，研究范围越来越窄，在质量上却越来越低，时代已难以出现人们所期望的大思想家和大学问家。

这"混沌"到底是怎么被误杀的？这"凶手"到底是谁？

无疑，今天人文哲学所面临的深刻危机来自其自身的发展，它不仅来自科学的分类化，还来自方法的技术化、目的的实用化和确定的模式化。这四个"化"基本肢解了人文哲学的生命状态。因为分类化，它失去了对世界和人生整体性的把握；因为技术化，它用机械方式来理解生命，用统计方式来测试人的心理满足感和幸福感；因为实用化，它被理解为某种手段、工具和武器；因为模式化，它失去了和人们心灵沟通的能力。由此，我们还可以发现一系列与之相关的论调，比如狭隘的善恶对立论、服务工具论、地域文化论、民族传统论、职业实用论、经济效益论，等等。

而更重要的，人文哲学已逐渐失去了自己以人为本的内核，失去了自己独特的价值取向和精神标准。

这种"误杀"还可以理解为一种自杀，它从现代人文学科的产生就开始了。

根据恩格斯的说法，现代哲学是在文艺复兴时期诞生的，是和中世纪宗教神学相对立的。所谓"人文主义"（Humanism）当时本来就有两种含义：第一种含义是有关人的学问和学科；第二种含义是人道主义。这两种含义在当时是紧密联系在一起的，它们从学科意义和价值取向方面奠定了现代人文学科的基础。

然而，这种情景一开始就隐藏着危险的转向，那就是把人的学问逐渐归结于自然科学，用自然科学方法和思路来解答人的问题。正如恩格斯所指出的，在反对神学哲学的斗争中，"同现代哲学从之开始的意大利伟大人物一起，自然科学把它的殉道者送上了火刑场和宗教裁判所的牢狱"。①在文艺复兴时期，为了彻底破除神学观念，自然科学的新发现自然成了人们打破禁锢的武器，使人们有建立认识和解释世界的新思想体系和方法。这是历史的进步。但是对人文学科来说，又隐含着一种新的危险。

一种最明显的倾向就是，自文艺复兴之后，现代哲学家越来越依赖自然科学的发现与方法，哲学逐渐被改造成一种自然科学体系，逐渐沦为自然科学的附属。

这就是人文哲学技术化的开始。其实，自哥白尼（1473—1543）提出太阳中心说，欧洲哲学就开始用自然物体及其运动规律解释世界和人生的路程。17世纪的哲学家多半醉心于用数学模式来研究哲学，使哲学思路发生了根本的变化。例如勒奈·笛卡尔（1596—1650）就尝试用数学方式来营造哲学，他一方面注重物质运动规律，把物质的广延性和机械运动观点和概念引进哲学；另一方面在方法上强调严格的演绎和推理，按某种固定规则从某种"公理"出发寻求真理。而差不多是同时期的弗兰西斯·培根（1561—1626）更是紧紧依靠新兴实验科学原理来建立自己哲学思想体系的，他在反对"玄想"的神学时，把自然的"原始物质"看成了解释一切生命现象的本质和基础。他所提出的"科学分类"和"经验归纳法"在哲学和逻辑史上揭开了新的一页，但是并没有脱离一般科学的思维逻辑方式。在这一点上，或许托马斯·霍布斯（1588—1679）表现得更明显，他不仅把物体看作是哲学的唯一对象，而且把人也看作是一种物体——不过是一种运动的物体而已，就像一架钟表一样，心脏是发条，神经是游丝，关节是齿轮。由此出发，他也完全用数学观点来解释人的思维活动，把理论思维看作是观念和概念的演算过程。

---

① 恩格斯：《自然辩证法》，人民出版社，1971年，第8页。

这种思维方式在后来的哲学发展中不仅没有得到修正，而且更进一步地技术化了。如果说 17 世纪的西方哲学思想偏重于数学思维模式，那么 18 世纪的思维方法则受制于新的力学模式，前者我们还可以举出荷兰的斯宾诺莎（1632—1677）、德国的莱布尼茨（1646—1716）等哲学家的名字，后者的代表则是启蒙时代的哲学家。

应该说，18 世纪的启蒙哲学充满着科学想象和比喻。例如，法国启蒙思想家伏尔泰（1694—1778）曾这样称赞另一位伟大的英国哲学家约翰·洛克（1632—1704）："洛克在人们面前逐步展现出人类的理性，就像一个出色的解剖学家逐步展示人体的机构一样。他处处借助于物理学的火炬，他有时敢于作出肯定的断语，但是他也敢于怀疑。"[①] 无疑，"解剖学家"，"物理学的火炬"等字样，在当时表示一种赞美。其实，用这种自然科学家的标尺来赞美另一位法国大师狄德罗（1713—1784）也非常适合，他在探讨人的心理过程中是一个出色的生理学家。在对科学的分类中，他借助了当时自然科学各个门类的知识。

这一时期的哲学思想尽管各种各样，但共同一点就是用自然科学的形式来解释人和人的精神活动。数学、物理学、生理学、天文学等术语普遍进入哲学，人们用空间、时间、质量、力、动量等术语来描述人的心理活动。尽管有些哲学家在词语上有所保留，但基本上都企图用物质的合理结构来解释人和人的心理。这在洛克的《人类理解论》和大卫·休谟（1711—1776）的《人性论》中，都没有例外。这两位哲学家都非常重视人——这一点将在人文思想史上流芳百世，但是都不由自主地，也许是自觉地求助于自然科学方法，把人看作一种自然客体，并且用自然科学方法进行考察和描述。无论是洛克的知觉论，还是休谟的经验论，都离不开实体或实体观念。至于牛顿经典力学理论的出现，更使人们相信用科学知识可以完美地解释世界，获得人类的终极真理。例如休谟就曾用类似牛顿万有引力观念来描述人类观念的相互联结。

---

① I·柏林编著：《启蒙的时代》，孙尚扬、杨深译，光明日报出版社，1989 年，第 116 页。

由此可见，到了 19 世纪，至少在思维方法上，人类哲学已被改造成了一种自然科学。其特点在于：一、用外在的实体存在来界定和解释人的精神现象，并且用这种方式来证明真伪；二、用逻辑的因果关系去探讨和解释人的行为和心理；三、企图用准确的概念对人及其精神现象进行描述和界定；四、用自然科学的观察、测量、证明等方式来探求人生真理；五、用自然科学方法给人文哲学分类。

显然，上面所说的思想方法至今仍然统治着人文精神学科的各个领域。在这里，我并不能由此一笔抹杀文艺复兴以来人文哲学所获得的巨大成就。其最显著的成果之一，就是实现了一次重大转变：这就是把神的哲学变成了人的哲学，变成了人学。而这个人不是概念的人，也不是自然客体意义上的人，而是活生生的、有血有肉的、历史的人。这也是 "Humanism" 的真正含义。也正是在这个意义上，我们看到了现代人文哲学发展中的致命偏向。

这种偏向到了 19 世纪并没有得到真正的纠正，虽然一些伟大的哲学家已敏锐地感觉到了这一点。例如恩格斯就多次指出过把近代科学方法移植到哲学理论的弊害，他在《反杜林论》一书中指出："这种考察事物的方法被培根和洛克从自然科学中移到哲学中以后，就造成了最近几个世纪所特有的局限性，即形而上学的思维方法。"这种情况必然造成人文哲学自身的衰败。哲学成了没有血肉的抽象。对此，马克思专门写了《哲学的贫困》，描述了当时哲学的危机和衰败。

今天看来，在哲学思想上，19 世纪是一个充满矛盾的时代。许多哲学家看到了人文哲学学科的危机，但是又不可能摆脱传统的思路；他们极力寻求一条完美的哲学之路，但是又不由自主地陷入了更危险的境地。在这个时代，我们看到了像黑格尔（1770—1831）这样的集大成者，还有像克尔凯郭尔（1813—1855）、尼采（1844—1900）这样企图背离以往现代哲学思路而另辟蹊径的哲学家。前者以一种封闭自我循环的辩证法编织了一个"绝对理念"花环，它几乎和牛顿的经典力学理论体系一样完美。牛顿的"绝对时间"和"绝对空间"与黑格尔的"绝对理念"相互映照。如果把前者看成是场所，把后者看作是一件雕塑的话，这确实是一种绝妙的搭配，只不过显得太人工化和概念化了。终极真理只不过是一种抽象的假设，走到了"绝对"也就意味着死亡。后来的克尔凯郭尔、叔本华、尼采都存在着一种倾向，就是把哲学从冷冰冰的理念中，从逻辑演绎中解救出来，给它赋予激情、意志和生命，这使得哲学更具有了"人气"，而不必再到自然科学的法则中寻求庇护。

但是，哲学并没有真正走出贫困。也许是西方自古以来"逻各斯"（Logos）力量太强大了，也许自然科学方法对人文哲学的渗透太彻底了，难以摆脱被技术化、模式化的命运。例如尼采的悲剧就是这样，他非常反感把逻辑和理性范畴看作是真理标准，想把人从自然状态中解脱出来，结果却陷入了另一个人种遗传学的圈套——超人不是"人类"，取决于一种生物的权力意志增长。

尼采哲学的悲剧意味着人类精神学科步入了一个更可怕的时代——实用化时代。这时候，人文精神学科随着资本主义经济的发展更趋于功利化，开始变成人类各个民族、各个国家甚至各个阶级谋求自己利益、攻击和打击对方的手段和武器。换句话说，20世纪的人文学科已经被彻底"物化"了，这不仅表现在它的思想方式上，而且直接体现在它的目的上。在这个时代，哲学已不是一种理想或理念，更不是一种文化修养和真理追求，而成为一种操作行为和权力话语。在这里，我只想举出实证主义哲学作为例证，说明人文精神学科如何顺其自然地投入了物化世界的怀抱。前者的代表孔德（1798—1857）之所以能引起20世纪人们的普遍兴趣，就在于他把"对事实的解释限制在现实的范围之内"，成为能看得见摸得着的实在。也就是说，哲学应该如同物理学家（而不是神学家和形而上学家），去精确地发现规律。这实际是自然科学方法论对人文精神学科的全面征服，比当年的培根、洛克、休谟走得更深更远。至于实用主义，更是一种看得见摸得着的思想方法，它强调的就是实际、实用和获得实利。用詹姆士（1842—1910）的话来说，就是"证实"和"见效"，"它检验或然真理的唯一标准，就是看哪个能给予我们最有效的指引，哪个最能适应生活的各部分，把它与经验的各种要求全部结合起来，毫无遗漏。"① 根据这段话，我们可以设想，实用主义哲学最好的标本应该是现代社会层出不穷的各种"实用大全"。

与此同时，20世纪不仅是人文精神学科被精细分类的时代，更是一个心智分裂的时代。前者只要看看文史哲如今"老死不相往来"的现状就一目了然，而后者则表现在哲学研究中从未有过的人与自然的分裂，往往是没有人的自然和没有自然的人相互对抗。一方面，科学哲学在不厌其烦地讨论模式、结构和科学发现的逻辑，另一方面存在主义哲学、弗洛伊德主义哲学在不断阐释人类孤独的痛苦存在。人与自然在当今哲学中表面上越走越近，实际上越离越远，现代人文精神学科不仅可能失去自然，而且可能失去自身。

所以"混沌"难得不死。

当人类就要进入21世纪的时候，我们很难忘记20世纪人类在精神和肉体上承受的磨难，而这种磨难无不和这个时代人类人文精神的迷途和衰落有关。

——由于自然进化论对人类精神的征服，军国主义者能够心安理得地强占别国土地，掠夺他人财产，弱者从此得不到保护。

——在遗传学基础上培育而成的法西斯主义，给人类造成了两次世界大战的灾难后果，至今仍然是产生种族暴力的思想温床。

——由于哲学成为工具和武器，导致了人类半个世纪意识形态的对抗和"冷战"局面，根源不过是为了争论"唯物"或者"唯心"。至于由此引起的国与国、国家内部人与人之间的对抗和冲突，则更是无法估算。

——由于人文精神学科的分类化、技术化、模式化和实用化，人类的精神文化日趋"物化"，文化和心理素养不断下降，已形成世界性的精神文明危机。

如此等等，我们还可以举出很多。

---

① 洪谦主编：《西方现代资产阶级哲学论著选辑》，商务印书馆，1982年，第154页。

由此，人们不能不对现行的人文精神学科的分类、思维方法和判断标准提出疑问，例如：

人类的精神和文化现象都必须以客观实体为出发点，都必须以此来确定它的真伪吗？如果是这样来研究宗教，只能得出荒谬的结论。

是否能用物质实体的观念来解释人类的感觉、思想和感情呢？人不是化学方程式，人的感情更不是物理运动，不可能用科学测量的方法或用精细的逻辑方法统计或演绎出来。能够用推理和求证的方法来判断和证明人类精神现象和历史进程的对或错吗？因为科学实验是可以反复求证的，但是人类精神和历史过程是不可能重复的。

如果说自然科学能够发现一些规律、法则，并带有普遍性，那么人文精神学科的任务也是去发现"放之四海而皆准"的真理吗？如果是这样的话，不同的人不是会有不同的"唯一"标准了吗？

是否有可能像自然科学那样判断人文精神学科的真假、对错和有用无用呢？我们利用科学知识可以制造工具，不断扩大对自然的掌控，但是人文知识并不一定如此，人文知识可以充实和完善人的精神世界，使人的身心愉快，境界提升，但并不一定变为物质力量。如此等等，这诸多的疑问实际上就是20世纪人文精神学科给我们留下的最宝贵的财富。这是世纪的遗产，能够帮助我们总结过去，创造新世纪的人文精神文化景观。

我们从何做起？割裂成碎块的人文学科现状，需我们去整合；日益严重的人文精神危机，需要我们去解除；缺少生气的文化环境，需要我们去改造。从最基本的学科建设方面着想，我想有这样几个"工程"：

第一是"填"，填平各个学科之间现有的鸿沟，使它们能连成一片，在填平的地方可以发展和建立边缘学科。

第二是"通"，就是要打通各个学科之间的联系，在各个学科、各种精神文化现象之中寻找共同话题，发现共通语言。

第三是"联"，面对共同的话题，共同的问题，各个学科要有联合，互相交通和启发。

第四是"合"，也就是新的综合。人文学科要达到一定的境界，并上档次，必然要建立在一种新的综合之上。这种综合不是合并，而是在对人的精神文化更深刻更全面的把握基础上，广泛吸收人类的各种知识，创造出更新的精神境界和思想成果。

21 世纪的人文学科不仅需要超越不同学科的界限，进行新的综合和创造，而且要跨过民族的、国家的、宗教的、文化的界限，至少使原来的界线趋于模糊，去寻找和发现人类共同关心和渴望的文化景观。

"混沌"将会在 21 世纪重活。

1995 年 3 月 30 日

（原载《上海文化》1995 年第 4 期）

由冲突到创新：
19—20世纪中国思想史的一条线索

近代以来，中国社会经历了激烈的动荡和变革，思想文化从相对的封闭状态向开放与改革的方向变迁，从而出现了新的格局和特点。其中，西方文化的传入及其引起的中西碰撞、冲突与交流，不仅是一种引人注目的文化事实，也是我们了解和反思历史变迁的交叉口与基本点。这是仅仅用"由冲突到创新"这一命题无法完全概括的；但是，作为一条历史的线索和思想文化纷争的焦点，这种梳理与探索无疑会为我们认识过去和开创未来提供有意义的资源及视野。尤其是当我们把目光首先集中在最能体现中国思想文化变革的一些标志性纷争、理念、事实、事件和人物上面的时候，历史会为我们提供认识未来理性的光亮和路标。

一、中西文化冲突与"现代中国"的发生

没有人否认，20世纪的中国是"现代中国"，这是一个与传统中国不同的概念。这不仅已经成为当下中国人一种确定无疑的存在理念和自我意识；同时，也构成了指认、理解与阐述任何一种意识形态和理论观念的背景及视野，就像一场历史戏剧一样，演出已经到了"这一场"，开始出现

了新的背景，有新的角色登场，还唱出了新的唱腔和唱词。但是，这一新概念与存在意识是如何产生的？它与过去、现在和将来的中国有什么联系？这无疑是探索"现代中国"问题的基本课题。因为这个新概念不是也不可能单独出现，它和一种新的文化背景与历史条件连在一起，尤其是与西方文化流入中国有直接、密切的关联，并且是在这种新的语境中得到滋养、获得成长和成熟的生机的。而我们如果期望在历史、思想文化和价值观上理解、认同和把握它，就必须在一系列新的文化关系中了解、厘清和描述它的来源、基因与流变。

20 世纪的"现代中国"是 19 世纪乃至整个传统中国的"儿子"。从文化角度来说，这个新生儿有些反叛的气息；而传统的"父亲"正处于内外交困的状态。这也为中国人重新认识世界提供了一个契机，把思想变迁推到了一个思想解放、方法变革和价值转换的文化语境之中，进入了一个不断反思、自省和创新的时代。在这个过程中，人们逐渐从原来历史时间的思维隧道中走了出来，走向了一个广阔的横向文化连接和交流的时代。

19 世纪以来，中国的封闭状态被打破，越来越多的人自觉地把中国和世界联系起来，使中西文化关系成了一个引人注目的命题。这至少有两层意思：一是就中西关系而言，它触及了中国人很深亦很敏感的文化心理，触动了中国人几千年来形成的世界观念和新的变化。二是就中国文化的命运和价值而言，凸现了中国如何走向世界同时保持本民族文化传统的问题。显然，作为相互冲突又无法避免交会的两种文化，中西方各拥有自己特殊的传统。它们既有相互矛盾的方面，又有相互一致的地方；既有相互联系和兼容的一面，又有差异和对抗的一面；既蕴含着历史意识的沉淀，又熔铸着现实生活的冲突。

于是，作为一个文化概念，"现代中国"首先必须确立自己与世界的关系，尤其是与西方文化的关系。中国文化原本就是世界文化的重要组成部分，本身并不存在走向或游离于世界之外的问题，但是，在 19 世纪的中国，这却成为一种"悬疑"。就拿"世界"这个概念来说，中国人对它并不陌生，但是由于与外界漫长的隔绝，直到清朝乾隆年间，仍以"统驭万国"的"天朝上国"① 自居，自认为是世界中心，固守着"溥天之下，莫非王土。率土之滨，莫非王臣"的观念。加上封建王朝极力维持一种"野蛮的闭关自守的，与文明世界隔绝的状态"，② 人们思想上存在一种奇怪的观念，即认为中国就是整个世界文明。而当国门一旦打开，一个远超过去想象的"世界"仿佛"天外来客"突然闯入，并且故意和"天朝"作对，必然会引起困惑和挫败感。

因此，当西方文化通过舰船枪炮进入中国，不仅给中国人带来了震撼和侮辱，更带来了民族的危机感和忧患意识。这不仅使中国人看到了自己的弱势，更感受到了自己文化家园与学术理性面临的挑战，它不得不开始自省和反思。正如朱维铮在《万国公报文选·导言》中所说，自鸦片战争起，清帝国被迫与域外侵略者打仗，总是不战也罢，战则必败，败必丧权，已成惯例。为此，每次战败，总在朝野人士中激起反省，引发某种自改革的吁求，甚至在鸦片战争前，自改革吁求中便蕴含着对于中世纪式帝国体制合理与否的疑问。但这只是历史思潮的一面，另一面也不可忽视，就是18世纪以来清帝国的文化政策所扶掖的天朝至上论，由天朝迭败于西夷所引出的屈辱感，已硬化成一种畸形的文化保守主义，并凝成憎恶西方一切事物的排外情绪。③ 这种"天朝至上论"并没有也不可能阻挡人们对于中国文化的反思，但是，中西文化从敌视、冲突到交流、融合和相互渗透却经历了一个漫长的过程。比如，1876年，作为清政府驻使欧洲第一人的郭嵩焘，因为在自己的日记中如实记录了西方的一些实际情况，说明西方已先进于中国，就曾在国内激起了轩然大波。梁启超曾如此谈到这件事：

光绪二年，有位出使英国大臣郭嵩焘，做了一部游记。里面有一

---

① 钟叔河：《从东方到西方》，上海人民出版社，1989年，第30页、第1—3页。
② 马克思、恩格斯：《马克思恩格斯选集》（第二卷），人民出版社，1972年，第1—8页。
③ 朱维铮：《万国公报文选》，生活·读书·新知三联书店，1998年，第22页。

段，大概说：现在的夷狄和从前不同，他们也有二千年的文明。嗳呦，那可了不得。这部书传到北京，把满清士大夫的公愤都激动起来，人人唾骂……闹到奉旨毁板，才算完事。①

　　郭嵩焘的见解之所以引起公愤，究其原因，无疑是和当时有些人对西方的认识与态度有关。第一，不愿承认一个比中国更先进的世界存在，因为这就意味着所谓"天朝上国"神话的破灭。第二，不愿放弃旧体制旧观念，对外界有敌对情绪。第三，无法理解有这样一个新世界存在的可能性；这个世界对他们来说，确实是太陌生，太难以把握，而且太具有威胁性了。事实上，即便当时人们已经意识到了自强和"师夷之长技"，但是对西方世界的了解还非常浅薄，甚至不知道美国人也使用英文。② 费正清、赖肖尔在《中国：传统与变革》一书中特意描绘了 19 世纪"中国人眼里的西方"：

　　　郑和下西洋和明代欧洲人首次来到中国所留传下来的民间知识被草率地连同错误、误解以及其他一切抄写出来，并被当成 1800 年有关欧洲的信息。这是一种经过无数次转抄已经过时的知识，除了这种知识之外，唯一的其他知识来源是那些到广州来的西方人本身，但他们为数很少并且与商人的交往比与学者的多。在缺乏比较准确的资料的情况下，19 世纪早期中国的研究者们把千百年来在与亚洲邻近民族打交道中产生的旧框框套在欧洲人和美国人身上，就像亚洲内陆草原上时隐时现、不断变换名称和居住地的游牧民族一样，那些派商人来广州的西方民族，在中国著述的记载中，幽灵般地变换着和改变着身份。它们的名称已完全搞混了，1819—1822 年阮元主持编选的广东省志中，在菲律宾群岛的西班牙人被说成居住在奎隆（在南印度）和摩鹿加群岛之间，而且只谈到明代的事。葡萄牙的位置被说成在马六甲

---

① 钟叔河：《从东方到西方》，上海人民出版社，1989 年，第 182—183 页。
② 钟叔河：《从东方到西方》，上海人民出版社，1989 年，第 182—183 页。

附近，而英格兰则被作为荷兰的别名，或是荷兰的属国。法国最初是佛教国家，后来变成了天主教国家（在中国，人们普遍认为基督教是佛教的旁支），最后，法国被说成与葡萄牙是同一个国家。①

因此，可以这么说，自 19 世纪以来，中西关系构成了中国文化意识中最为复杂的一个"情结"。"西方"本身在中国人的意识中具有双重意味：一方面，它不仅毁灭了中国昔日的光荣感，而且也对今日中国构成潜在的威胁，弄得不好，这个西方会把中国征服，或者把中国"开除球籍"；而另一方面，西方又成了中国的希望所在，中国唯有向西方学习才能得救，西方在某种程度上就是世界的代名词。所以，"世界"与"西方"在国人的意识中有相互对立、分庭抗礼的一面，也有难解难分的一面。偏向哪个极端，只是因时因地而异。于是，西方对中国人来说构成了一个新的需要重新了解和学习的知识系统，中国人在逐渐接受、认同和理解"西方"这一概念的过程中，思想意识上经历了种种曲折与冲突。

这说明，在"现代中国"的形成过程中，西方及西方文化的含义，是在中国人重新睁开眼睛看世界和看自己的过程中逐渐完成的，而中国的现代化变革始终与对于西方的认识和想象紧密相连。如果说，正如费正清、赖肖尔所指出的，"影响中国现代变革的主要因素在于中国的重心深埋于中国内部"，② 那么，西方文化的进入，不仅激发和加强了这种社会变革的要求，更使得变革与反变革的斗争和模式有了新的内容。由此，中西方文化的冲突从某种程度上表现了传统中国与现代中国理念的冲突；而反对或支持"西化"，成了传统中国与现代中国文化长期对峙的某种口实。

显然，冲突与传统紧密相关。传统的力量越大，冲突就愈激烈，愈久远。这在西方基督教进入中国之后，就随之凸现出来了。例如，1868 年由美国传教士林乐知（Young John Allen, 1836—1907）在上海创办的《中国教会新报》，不久（自 1874 年）就正式改名为《万国公报》（*Globe Maga-*

---

① 费正清、赖肖尔：《中国：传统与变革》，江苏人民出版社，1992 年，第 274 页。
② 费正清、赖肖尔：《中国：传统与变革》，江苏人民出版社，1992 年，第 262 页。

zine)，这不仅体现了创办者思路的转变，也说明中国与世界尤其与西方的冲突和交流问题已经备受人们注意。因为"世界"或者"万国"是"现代"产生的前提与萌芽。由此可以看出，当时中西文化冲突所引起的反响和思考，已经不仅仅局限于基督教在中国的传播，而且涉及了中国如何与世界进行交流和接轨的问题。这一问题也不仅仅是科学技术方面的，而是涉及教育、文化、信仰等多个方面。尤其是对于中国传统文化及其存在价值的重新审视，已经从根基上动摇了"天朝至上论"。例如，谢卫楼在《论基督教与中国学术更变之关系》中就对"儒学为体"的"大德之基"提出了疑问，从多个方面说明儒教与新学的隔阂，并指出："知中国此番之更变，实为大更变，于国政民风、交际往来皆当弃旧换新。"[1] 而范纬在《论儒教与基督之分》中，态度更为激进，认为"儒之势力尤大，则以其依附于政治法律与风俗伦理也"；而"孔子者至守旧之人也"，"儒教者至守旧之教也"。他还在文章的最后写道：

> 作此论者，非有所恶于儒教，或有仇于孔子也。生长于儒教之国中，读儒家言者三十年，初不知世界尚有他教足与之并。然而睹祖国之危险，伤同族之艰难，不能不张目以望。平心以思，彼欧美各国其富强之基，文明之本，究竟安在？考其政治法律风俗伦理之源，夫乃知有基督教。取基督教之经而读之，夫乃识耶稣。于是回思孔子，追忆儒书，几若别有天地。悲夫我中国，惜哉吾少年。迷途之返，庶在今日。[2]

这种观点虽有些偏激，但是与那些外国传教士大谈"耶稣示人以四海为兄弟""救世教成全儒教说"相比，更具有革命性的意义。这也说明，冲突不仅表现了差异，同时包含着互补；往往初期差异越大，冲突越激烈，就越意味着相互需要的空间越大。而中西文化之间的冲突，也在某种

---

① 朱维铮：《万国公报文选》，生活·读书·新知三联书店，1998年，第166页。
② 朱维铮：《万国公报文选》，生活·读书·新知三联书店，1998年，第170页。

程度上体现和表达了传统中国向现代中国的转变。也正是在这种中西方文化的冲突中,现代中国在传统中国的襁褓中诞生,并呱呱坠地于世界东方的地平线上。

二、文化妥协与"体用之争"的长期性

可惜,历史尚没有准确描绘出"现代中国"诞生的情景,但是 20 世纪初新文化运动的爆发,至少能够给予人们一种文化"再生"的感觉——如同郭沫若在《女神》中所描述的那只凤凰一样。不过,从另一方面来说,中国步入"现代",原本就是艰难的,往往一只脚跨入,而另一只脚则继续留在传统中。所以,20 世纪不仅是中西文化冲突、交流和交会的时代,也是现代中国与传统中国相互交战和整合的世纪。这也决定了在中西文化交流中"体用之争"的特殊性和长期性。

其实,当鸦片战争的硝烟散去之时,中国为了"自强",已开始向西方文化有限度地学习,其具体表现在"师夷长技以治夷"以及后来"中学为体,西学为用"策略的实施上面。在这个过程中,中西文化在中国这块土地上对接,逐渐从冲突和对峙走向了妥协,由物质的外部形态进入了文化内部。而张之洞提出的"中学为体,西学为用"的口号,即使从一般学理方面来说,也不难看出这是一个"既华而不实又可能使人误入歧途"①的口号,并且其中所包含的悖论是明显的;但是,当人们回顾历史,又不能否定其中包含的"进步"因素。况且,张之洞是以一种"官学合一"态度提出这个口号的,本身就反映了中国社会和文化存在状态的复杂性、矛盾性甚至逻辑上的荒谬性。正因为如此,它才表达了当时乃至后来很长一段时间内的中国"国情",从而体现了一种特殊的思想方式和思维状态。它虽然在学理上似是而非,相互矛盾,却恰好反映并符合了统治者在矛盾

---

① 费正清、赖肖尔:《中国:传统与变革》,江苏人民出版社,1992 年,第 383 页。

甚至在荒谬中求生存和求发展的需要。因为这是一个非常务实的概念，其目的和重点在于"用"，而不是"体"。所谓"用"，其根本就是如何保持清政府的统治，保护其官僚集团的利益；在这个根本目的之下，所谓"体"是不明确的，可以进行各种各样的解释和变换。而博大精深的中国传统文化，又为对这个"体"进行解释提供了宽广的余地。因为自鸦片战争以来，清政府从西方文化中"获益"最多，不仅依靠洋人洋力镇压了国内的反抗者，还通过学习西方，强化了权力体制，使之更加完善有效，从而使自己的腐朽统治得以延长半个多世纪之久。

但是，"中体西用"的口号毕竟涉及了文化本体。"文化"这一概念对于中国人有着特殊的意味。在这一思想中，原本就包含着对于中国传统文化的"拯救"意识，接受"西学"的目的是"存中学"。这在张之洞《劝学篇》中讲得很明确："今欲强中国，存中学，不得不讲西学。"正如后来"全盘西化论"者陈序经所言：

照他的意见，西学是不可不讲的；不讲西学，则中国弱；中国弱，则必至于亡；中国亡，则中学也随之而亡，所以不但为中国强盛计，不得不讲西学，而且为保持中学计，也不得不讲西学。所以中学为体，西学为用，是两件缺一不成的东西，一者虽是本，一者虽是末，然无本固没有末，然若没有末——西学——照张南皮的逻辑，也恐没有本，中学固不可无，而且要先学，然为保持中学计，西学是不可不讲的。[1]

由是来看，"劝学"隐含着一种微妙的歧义内容——或许与当时中国文化状态有相似意味。从表面上看，张之洞主要是劝人们学中学，要保持中国文化；但是从现实需要来说，他是劝大家学西学。尽管后来陈序经对于这一说法的自相矛盾和荒谬之处揭示得头头是道，但是他还是过于轻视

---

[1] 杨深：《走出东方——陈序经文化论著辑要》，中国广播电视出版社，1995 年，第93 页。

了这一逻辑所拥有的时间性和生命力。他那种"本来这种理论,现在已没有人去相信,他已成了历史上的一种陈迹"① 的说法,显然过于轻率了。"中学为体,西学为用"的思维模式不仅在当时没有成为陈迹,而且至今仍然缠绕于中国社会变革之中,只不过变换了不同"体"的说法而已。这一论争的长期性,如同徐中玉所指出的:

> 中西文化的认同当然不是直线递进,而是有些回环反复的,但基本上对西学的认识讲求以及所受影响,已经越来越扩大深化了。如何评价这些现象?如果西学已经无从抗拒,那么究竟应该把它放在怎样一种位置上才合适?哪是"体",哪是"用"?要不要截然划分"体"与"用"、"中"与"西"?这些问题会不断冒出来,引起争议,提出各自的回答,必不可免。②

这是因为,"体用"之分不仅必然涉及中国文化的根本问题,并且一直延伸到了传统与现代、中国与世界相互冲突与渗透的过程之中;体用之争不仅表现了在新的文化情势中"体"和"用"的分裂和分离,而且体现着新文化价值观的产生。

在中国传统思想意识中,体用是一个整体,"体用不二"和"体用一源"不仅是中国传统哲学的思想基础之一,更是与中国长期超稳定的文化体系结构相吻合的。已有学者指出,体用之分原本体现的是思维思辨上形而上的"道"与形而下的"器"之间的关系,隐含着无与有、仁与礼、大与小、情与理等一系列重要内容。但是到了宋明理学期间,朱熹在"道"和"器"之间确立了"理"的观念,意味着对体用关系的一次新的文化整合。因为"理"虽然还是"万物化生"的本原,是"器"所不能穷尽的;

---

① 杨深:《走出东方——陈序经文化论著辑要》,中国广播电视出版社,1995年,第93页。

② 徐中玉:《激流中的探索——徐中玉论文自选集》,华东师范大学出版社,1994年,第422页。

可它已经不像"道"那么空泛和空灵，仅仅是一种属于思辨的、形而上的哲学范畴；在某种程度上，它有点和黑格尔的"绝对真理"或"绝对理念"相通，又加入了一些既定的意识形态色彩，强调了其中伦理道德、纲常名教的内涵，具有了某种形而下的、可实践性的特点。由此可见，"体"和"用"的内涵与关系不是固定的，而是互相移动和转化的，它们随着人们的认识和文化的演进在不断出现新的内容。特别到了近代，西方文化的冲击，为中国"体用"观念的变化和演进创造了一个前所未有的语境，使人们不得不用一种新的态度与语言来看待和描述它们的内涵及关系，由此导致了新的充满中西、新旧、古今冲突的论争。随着历史的演变，人们对于西方文化的认识越来越多且越来越深，这"体"就变得越来越收缩了，而"用"却越来越扩大了范围。到了 19 世纪末，政治制度和国体都到了非变不可的时候，意识形态和文化观念也必然不能墨守成规，"体"再一次受到深刻的质疑和挑战。

由此，在中西文化交流和论争中，人们不能不注意一对新的概念，即"国情"和"价值"。前者隐含着对于文化的学术定位，而后者往往决定着文化思潮在中国的命运。换句话说，如果文化亦有"价值"和"使用价值"之分的话，关注"国情"者往往注重的是文化的"使用价值"，所谓"西学为用"的立足点就在于此。而从学术和学理方面来说，首先要弄清其"价值"，即从人类精神与世界文化角度去认识和把握其意味及意义。"国情"与"价值"经常会出现很大的矛盾，"符合国情"者未必具有"价值"，而有"价值"者未必在中国有"使用价值"。而西方文化之进入中国，往往首先引起的讨论是是否符合"国情"，而未必是从学术与学理层面上认识其价值。这不仅构成了学术界与政府决策者之间长期的隔阂与矛盾，也从某种程度上造成了中国学术建设的缺陷："学"往往被"用"所制约。

从世界文化和民族传统角度上来说，何为体、何为用，这本身就存在着很大分歧。按照张之洞最早的提法，"体"似乎是指中国的伦理道德和与之相适宜的一整套政治礼法制度，极具民族和传统色彩；而"用"无非是指西方的技艺和技术，可以用来造枪造炮和其他物品，属于一种舶来品。但是，从学术理性角度来说，则具有另外一种含义，"体"之与"用"，"学"之与"术"，具有某种超越地域传统限制的人类性、科学性和世界性的性质。在中国，这是一个视野逐渐扩大和深化的过程。对于这种"体"和"用"的内涵与关系的转化，路新生曾给予了新的解析。他从对近人魏源、冯桂芬、郑观应、王韬、张之洞等人有关思想的分析中得出如下结论：

> 随着西学之"用"对中学之"体"的一点一滴的侵蚀，西学之"用"本身也经历了一个由"形下"往"形上"走的自身发育的过程，它的位置不断"上移"，恰与中学之"体"的"下移"形成鲜明的对比。到了甲午战败之后，西学本身已经走过了一条由器物到学校教育到政治制度的逐渐"上升"的路程，它现在正在向着思想观念形态的领域内渗透——西学的"形而上"到了这时初具形样了。值得注意的是，正是在甲午战败之后关于体用问题的大讨论中，中国的思想界出现了个别的翘楚。这是一些早年受过西方文化的熏陶与严格训练的人，正是他们，在探讨救亡图存的方略的过程中开始有了方法论方面的认识——他们开始了对思想观念形态领域内的问题的重视，开始了对包括形而上在内的"学"的重视。他们由对洋务运动的批判而否定"中学为体，西学为用"，又由对"体用"内涵的深刻理解进而探讨到学术的独立性问题。[①]

这一精彩的解析，已经涉及了"现代中国"概念的产生——实际上这是在思想文化上与世界认同的过程。因为从本质上说，中国是一个文化概念，是思维想象与创造的产物。当人们寻求、创造新社会的同时，也在造就新的"中国"概念，建造"现代中国"思想库和知识体系。在这里，所

---

① 路新生：《论"体""用"概念在中国的"错位"——"中体西用"观的一种解析》，《华东师范大学学报（哲学社会科学版）》1999 年第 5 期。

谓"文化妥协"，有了更为复杂的含义。因为"国情"因素的加入，作为精神文化和意识形态的"文化"，不能不向社会生活实际靠拢，接受后者的质疑和选择。而中国社会变迁中的"新与旧"与文化发展中的"中与西"发生了对接，使现代与传统的冲突和衔接具有了新的内容。在这种情景下，文化保守主义和激进主义不仅应运而生，而且直接与西方文化发生关联，有了直接交锋的机会。

三、从"学无中西"到"融化新知"

值得注意的是，"文化"问题在中国引起如此关注，一直是中国学术界敏感的话题，是现代中国的主要特点之一。现代中国依然是文化中国，这是因为中国的"文化"不同于西方的"Culture"来自耕种以及土地利用之义，而是包含着某种侵入、劝服，即"以文化之"之义，有动词的含义。所以，接受其他文化，就有一种"被征服"的意味；加之中国一向以"礼仪之邦""精神文明"著称，崇尚"文化本位"或"文化立国"，文化就成了中国人的命根子，不管情景如何，一切问题似乎都要经过"文化"这一关。所以，"体"与"用"作为一个文化命题，不仅是形而上的"学"和形而下的"术"的关系，而且也是海德格尔苦苦探索的"在"与"存在"的关系。这是一个古老的命题，但是在一个新的文化时代，中国人必须再次面对。中西文化之间如此剧烈的冲突，就隐含着一种"征服"与"被征服"、"剥夺"与"被剥夺"的关系。况且，西方文化最初进入中国，是"以力服人"而不是"以理服人"的。

因此，中西文化冲突首先唤起了国人对于"文化中国"的反省、更新意识。"文化危机"意识的产生，也打开了中国学术文化的眼界，逐渐告别仅从中国看文化及其变迁的观念，诞生了一种新的文化观，即"学无中西"之论。王国维（1877—1927）的学术思想最明显地体现了这一点。面对西方文化的进入，王国维不仅深刻意识到了当时中国文化精神的贫弱状态，而且领悟到了文化交流以及接受外来文化的重要性。他指出：

> 外界之势力之影响于学术，岂不大哉。自周之衰，文王、周公势力之瓦解也，国民之智力成熟于内，政治之纷乱乘之于外，上无统一之制度，下迫于社会之要求，于是诸子九流各创其学说，于道德政治文学上，灿然放万丈之光焰，此为中国思想之能动时代。自汉以来，天下太平，武帝复以孔子之说统一之，其时新遭秦火，儒家唯以抱残守缺为事，其为诸子之学者，亦但守其师说，无创作之思想。学界稍稍停滞矣。佛教之东，适值吾国思想凋敝之后，当此之时，如饥者之得食，渴者之得饮，担簦访道者，接武于葱岭之道，翻经译论者，云集于南北之都。自六朝至于唐室，而佛陀之教极千古之盛矣。此为吾国思想受动之时代，然当是时，吾国固有之思想与印度之思想互相并行而不相化合，至宋儒出而一调和之，此又受动之时代而稍带能动之性质者也。自宋之后以至本朝，思想之停滞略同于两汉，至今日而第二之佛教又见告矣，西洋之思想是也。①

正是出于这种对历史的理解，王国维认为，中国文化过去之所以博大精深者，乃在于它吸收和化合了各种不同的域外文化；而今日文化之发展也必然需要吸收西洋文化，与西方文化沟通。过去所谓"不通诸经，不能解一经"，是古人留下来的至理名言。所不同的是，过去的诸经，可言之于诸子九流，可言之于佛学东渐，可言之于各种少数民族文化，可言之于南北文化的交流，而到了 20 世纪，就不能不言之于中西文化的比较和交流。于是，他发表了如下的看法：

> 若夫西洋哲学之于中国哲学，其关系亦与诸子哲学之于儒教哲学等。今即不论西洋哲学自己之价值，而欲完全知此土之哲学，势不可

---

① 王国维：《王国维文学美学论著集》，北岳文艺出版社，1987 年，第 106 页。

不研究彼土之哲学。异日发明光大我国之学术者，必在兼通世界学术之人，而不在一孔之陋儒固可决也。①

余正告天下曰：学无新旧也，无中西也，无有用无用也。凡立此言名者，均不学之徒，即学焉而未知学者也。

何以言学无中西也？世界学问，不出科学、史学、文学。故中国之学，西国类皆有之，西国之学，我国亦类皆有之；所异者，广狭疏密耳。即从俗说，而姑存中学西学之名，则夫虑西学之盛之妨中学，与虑中学之盛之妨西学者，均不根之说也。中国今日实无学之患，而非中学西学偏重之患。

故一学即兴，他学自从之，此由学问之事，本无中西。②

这种洞见，不仅打通了中西学术之关系，表达了一种从传统走向现代的世界意识，也是中国学术睁眼看世界、面对世界并融入世界的开始，而且为中国学术提供了一种新的方法论意识。这就是以一种开放的、中外沟通的思维方式重新研究和理解文学，以中喻西，以西比中，中西合璧，互相引展，探讨人类之共同问题，创造世界性之学问。③

不过，由于中西文化的显著差异，由于对中国现实状态的介入角度不同，更由于在不同时代气氛中的不同选择，文化抉择更需要"独立自由之意志"，不能用一种标准来衡量和判断一切。例如，在中西文化交流和碰撞中，有人选择了批判论者的姿态，主要是运用西方的思想方法来批判和清算中国传统文化的积弊；而有的则主张，借用西方的思想理论来回答和解决中国的问题，以洋为中用的方式来推进社会发展；还有的提倡，以中国传统文化为本为体，吸收西方文化中的有益因素，建立新的有中国特色的思想理论和学术体系，等等。应该说，不同的态度和做法在不同情况下有不同的积极意义，它们的共同指向都是创造一种新的文化，建设一种世

①　钟叔河：《从东方到西方》，上海人民出版社，1989年，第106页。
②　王国维：《王国维文学美学论著集》，北岳文艺出版社，1987年，178—180页。
③　殷国明：《20世纪中西文艺理论交流史论》，华东师范大学出版社，1999年。

界性的学术和学问。这种观念显然超越了张之洞"体用之分"的思想模式，至少在学术理念上打破了传统中国学术思想的封闭性，体现了与世界同步相随、同声相求的新趋势。

在 19 世纪至 20 世纪之交，随着中西思想的交流和传播，很多学人都已经意识到，中国及其文化的未来都不可能脱离世界的大背景和大环境，必定也离不开与外来文化的交流和交融。在这方面，梁启超（1873—1929）的"中西文明结婚论"的提出，具有非常重要的意义。他通过考察和总结世界多种文明发展的历史经验后认为：

> 每两文明地之相遇，则其文明力愈发现，今者之左右世界之泰西文明，即融洽小亚细亚与埃及文明而成者也。而自今以往，实为泰西文明与泰东文明（即中国文明）相会合之时代，而今日乃其初交点也。故中国文明力未必不可以左右世界，即中国史在世界史中，当占一强有力之位置也。虽然此乃将来所必至，而非过去所已经。①

由此，他还如此热情洋溢地宣称：

> 生理学之公例，凡两异性结合者，其所得结果必加良。此例殆推诸各种事物而皆同者也，大地文明祖国凡五，各辽远隔绝，不相沟通，惟埃及安息，借地中海之力，两文明相遇，遂产出欧洲之文明，光耀大地焉。其后阿拉伯之西渐，十字军之东征，欧亚文明再交媾一度，乃成近世惊天铄地之现象，皆此公例之明验也。我中华当战国之时，南北两文明初相接触，而古代之学术思想达于全盛，及隋唐与印度文明相接触，而中世之学术思想之放大光明。今则全球若比邻矣，埃及安息印度墨西哥四祖国，其文明皆已灭，故虽与欧人交，而不能产新现象，盖大地今日只有两文明，一泰西文明，欧美是也；一泰东

---

① 梁启超：《饮冰室文集》（之六），中华书局，1989 年，第 2 页。

文明，中华是也。二十世纪，则两文明结婚之时代也。吾欲我同胞张灯置酒迓轮俟门，三揖三让，以行亲迎之大典，彼西方美人，必能为我家育宁馨儿以亢我宗也。①

不过，这"西方美人"迎进来不难（她自己也会闯进来），但让其生育"宁馨儿"却不是一件易事；即使生下来，哭闹之声也难免不绝。就拿在西方文化思潮直接影响下发生的五四新文化运动来说，其"白话文"的倡导就再次唤起了中国传统文化存在的危机感，使一些很早就接受西方文化影响、具有变革意识的文人采取了文化保守主义的立场。严复和林纾就是很好的例子。

严复（1854—1921）可算得上是中国近代极具影响力的改革家之一，他不仅翻译了《天演论》《原富》《群学肄言》《法意》《穆勒名学》等西方思想名著，而且身体力行，启动了中国的政治变革运动。从政治主张和思想观念来看，严复在很大程度上已经具有了现代意识。即使在美学和艺术观念上，严复也很推崇和看重自由的意义。他曾指出："夫自由一言，真中国历古圣贤之所深畏，而从未尝立以为教者也。彼西人之言曰：唯天生民，各具赋畀，得自由者乃为全受。故人人各得自由，国国各得自由，第务令毋相侵损而已。侵人自由也，斯为逆天理，贼人道。"②

林纾（1852—1924）同样如此。他不仅是最早笼统地翻译和介绍西方文学作品的人，而且还在政治和文化观念上都颇具改革和创新意识。他在林译小说的一些序和跋中所体现的比较文学的眼光与意识，至今也不能说落后和保守。他的《论古文白话之相消长》历来被认为是反对白话文的檄文，但是如今细读之下就会发现，林纾并非不识时务之人。正如这篇文章的题目所示，他早就看到了语言文字随时代变化的事实，而白话正是这一变化的明显趋势。所以，他在文章中提出如此疑问："今官文书及往来函札何尝尽用古文？一读古文则人人瞠目，此古文一道已历尽灭之秋，何必再

① 梁启超：《饮冰室文集》（之七），中华书局，1989 年，第 4 页。
② 严复：《严复集》（第 1 册），中华书局，1986 年，第 2—3 页。

用革除之力？"①

　　他还在文章中一再赞赏了《水浒》《红楼梦》等古典小说的语言文字。可见，林纾并不是对白话文怀有偏见，他所看不惯的是对古文及古代文学一味否定的态度。因为在他看来，古文和白话原本在历史发展中是相互联系的，"即谓古文者，白话之根柢，无古文安有白话？"所以，他并不认为语言文字能够决定文化作品的思想价值和意味，而中国文化和西方文明的区别也并不在于用白话或者用文言；相反，他认为新学和旧学、西方文化和中国传统文化尽管有区别，但是在思想本质上并没有根本的矛盾和冲突，中国传统文化和西方文化并不是对立的，而在很多方面是相通的。换句话说，文学或文化作品的价值和意义主要表现在内涵方面，如"忠臣义士从血诚流出文字则万古不可漫灭"，② 而语言文字只是一种形式而已。所以，他在《致蔡元培书》中特别指出了这一点：

　　　　外国不知孔孟，然崇仁仗义，矢信尚智，守体五常之道，未尝悖也，而又济之以勇。弟不解西文，积十九年之笔述，成译著一百二十三种都一千二百万言，实未见中有违忤五常之语，何时贤乃有此叛亲蔑伦之论，此其得诸西人乎？抑别有所授耶？③

　　于是，林纾提出"天下唯有真学术真道德始足独树一帜，使人景从"，而绝不能以为有了白话文就改变了一切。其实，西方文化向中国文化的渗透，包括向语言方面的渗透，早在 19 世纪就开始了。这首先表现在语言意识方面。例如，1898 年《马氏文通》上卷出版（次年下卷出版）就是一大文化事件。此书的出版，不仅开启了中国现代语言学的世纪之门，更使人们开始以一种新的观念和思路来看待和理解自己的语言及其规则。著者马建忠（1845—1900）是 19 世纪少见的学贯中西、见多识广的中国学人。

---

　　① 张若英：《中国新文学运动史资料》（影印本），上海书店，1982 年，第 99 页。
　　② 张若英：《中国新文学运动史资料》（影印本），上海书店，1982 年，第 99 页。
　　③ 张若英：《中国新文学运动史资料》（影印本），上海书店，1982 年，第 102 页。

他不仅具有深厚的国学功底，而且留洋访学多年，在西方学过数学、物理、化学、天文、地理、生物、历史、地质等课程，通过了巴黎考试院文科和理科考试，在法律和外交学方面也极具学养。由于他不仅熟悉中国典籍，而且精通拉丁语、法语、英语和希腊语，并且能翻译俄语，所以曾是一位出色的公使翻译。他花费毕生精力来完成这部划时代的语法著作也并非偶然，因为他通过自己的亲身考察意识到了语言与社会发展之间尤其与科学技术发展之间的关系，他甚至认为中国之所以科学落后，就在于中国没有"葛朗玛"（grammar，英语中语法之意）理论，故中国人学语言文字要比西方人花费更多的时间。这种看法似乎过于简单，但是却表现了马建忠对语言理论和社会文化状态关系特殊的敏感性。所以，马建忠从中西文化比较的角度如此指出：

> 余观泰西童子入学，循序而进，未及志学之年，而观书为文无不明习；而后视其性之所近，肆力于数度、格致、法律、性理诸学而专精焉。故其国无不学之人，而人各学有用之学。计吾国童年能读书者固少，读书而能文者又加少焉，能及时为文而以其余年讲道明理以备他日之用者，盖万无一焉。夫华文之点画结构，视西学切音虽难，而华文之字法句法，视西文之部分类别，且可以先后倒置以达其意度波澜者则易。西文本难也而易学如彼，华文本易也而难学如此者，则以西文有一定之规矩，学者可循序渐进而知所止境；华文经籍虽亦有规矩隐寓其中，特无有为之比拟而揭示之。遂使结绳而后，积四千余载之智慧材力，无不一一消磨于所以载道所以明理之文，而道无由载，理无暇明，以与夫达道明理之西人相角逐焉，其贤愚优劣有不待言矣。①

所以，《马氏文通》的出现不仅是一个语言学方面的新事物，更是一

---

① 吕叔湘、王海棻：《马氏文通读本》，上海教育出版社，1986 年，第 7 页。

个富有历史意义的文化事件。它不仅反映了当时文化交流会对语言以及语言意识发生的影响，而且体现了中国文化试图从语言上突破传统硬壳，寻求与外在文化交流的愿望和努力。这种洋为中用的尝试，把汉语真正推向了世界性和人类性的研究阶段。从此，对中国汉语特点的任何研究和把握，都不再是一种在单一民族和地域范围内的判断，而成为一种在比较和沟通基础上的发现。

因此，五四运动所采取的文化激进的方式，可能会产生一些文化上的"后遗症"，但是从根本上来说，废除文言文实际上撼动了中国文化之根——首先是传统经典的传承成了问题。后来"学衡派"文人梅光迪、吴宓等人就非常敏感于这一点。吴宓就有如此说法：

> 文化二字，其义渺茫，难为确定。今姑不论其二字应为狭义广义，但就吾国今日通用之义言之，则所谓新文化者，似即西洋之文化之别名，简称之曰欧化。自光绪末年以还，国人动忧国粹与欧化之冲突，以为欧化盛则国粹亡，言新学者则又谓须先灭绝国粹，而后始可输入欧化。其实二说均非是。盖吾国言新学者，于西洋文明之精要鲜有贯通而彻悟者，苟虚心多读书籍，深入幽探，则知西洋真正之文化与吾国之国粹实多互相发明，互相裨益之处，甚可兼蓄并收，相得益彰，诚能保存国粹而又昌明欧化，融会贯通，则学艺文章必多奇光异彩。然此极不易致，其关系全在选择得当与否。西洋文化中究以何者为上材，此当以西洋古今之博学名高者之定论为准，不当依据一二市侩流氓之说，偏浅卑俗之论，尽反成例，自我作古也。①

这里，吴宓从一种文化本能出发，感到了传统文化所面临的巨大危机。他对于文言文存在意义的注重，在于其关乎中华文化的命运。他如此说：

---

① 张若英：《中国新文学运动史资料》（影印本），上海书店，1982 年，第 159 页。

但所虑者，今中国适当存亡绝续之交，忧患危疑之际，苟一国之人皆醉心于大同之幻梦，不更为保国保种之计，沉溺于淫污之小说，弃德慧智术于不顾。又国粹丧失，则异世之后，不能还复；文字破灭，则全国之人不能喻意，长此以往，国将不国，凡百改革建设皆不能收效。①

显然，他在对中西文化关系的看法上，和林纾很接近，认为"今即以文学言之，文学之根本道理以及法术规律，中西均同"。他在《评新文化运动》一文还特别指出："孔子曰：必也正名乎。苏格拉底辩论之时，先确定词语之意。新文化运动其名甚美，然其实则当另行研究。故今有不赞成该运动之所主张者，其人非必反对新学也，非必不欢迎欧美之文化也。若据以反对该运动之所主张者，而即斥为顽固守旧，此实率而不察之谈。"② 梅光迪（1890—1945）同样如此。吴宓曾如此记述他们在1918年8月在美国聚谈的情况："梅君慷慨流涕，极言我中国文化之宝贵，历代圣贤、儒者思想之高深，中国礼俗、旧制度之优点，今彼胡适等所言所行之可痛恨；昔伍员自诩'我能覆楚'，申包胥曰'我必复之'；我辈今者但当勉力为中国文化之申包胥而已，云云。宓十分感动，即表示：宓当勉力追随，愿效驰驱，如诸葛武侯之对刘先主'鞠躬尽瘁，死而后已'，云云。"③ 所以，梅光迪在《评提倡新文化者》一文中说：

国人倡言改革，已数十年，始则以欧西之越我，仅在工商制造也，继则慕其政治法制，今且兼及其教育哲理文学美术矣。其输进欧化之速，似有足惊人者，然细考实际，则功效与速度适成反比例。工商制造，显而易见者也，推之万国，无甚差别者也；得其学理技巧，

---

① 张若英：《中国新文学运动史资料》（影印本），上海书店，1982年，第154页。
② 张若英：《中国新文学运动史资料》（影印本），上海书店，1982年，第155页。
③ 吴宓：《吴宓自编年谱：1894—1925》，生活·读书·新知三联书店，1995年，第177页。

措之实用，而输进之能事已毕。吾非谓国人于工商制造已尽得欧西之长，然比较言之，所得为多。若政治法制，则原于其历史民族，隐藏奥秘，非深入者不能窥其究竟。而又以东西历史民族之异，适于彼者，未必适于此，非仅恃模拟而已。至于教育哲理文学美术，则原于其历史民族者尤深且远，窥之益难，采之益宜慎。故国人言政治法制，垂二十年，而政治法制不良自若；其言教育哲理文学美术，号为"新文化运动"者，甫一启齿，而弊端丛生，恶果立显，为有识者所诟病，惟其难也。故反易开方便之门，作伪之途，而使浮薄妄庸者，得以附会诡随，窥时俯仰，遂其功利名誉之野心。夫言政治法制者之失败，尽人皆知，无待余之哓哓，独所谓提倡"新文化者"，犹以工于自饰，巧于语言奔走，颇为幼稚与流俗之人所趋从。故特揭其假面，穷其真相，缕举而条析之，非余好为苛论，实不得已耳。①

所以，"学衡派"不仅在保存中国文化之本方面不遗余力，同时还提倡不断吸收新学，增新中国传统文化——这就是"昌明国粹，融化新知"主张的提出。据汤一介介绍，这一思想的形成至少可以追溯到1915年。当时汤用彤先生就提出"发挥国有文化，沟通西洋事理"② 的观点，深得吴宓的赞同。尽管这一主张出现后，受到了当时来自多方面的批评甚至攻击，但却引起了中国学术界对于传统文化价值的普遍关注，就连胡适等人也意识到了"国学"的重要意义，发起了"整理国故"运动。由此，"五四"后的中国有了整理、学习和总结中国传统文化的第一次高峰。

四、从"全盘西化"到"文化创新"

"学衡派"的出现在中西文化交流史上具有重要意义。西方文化保守

① 张若英：《中国新文学运动史资料》（影印本），上海书店，1982年，第137页。
② 张岱年、汤一介等：《文化的冲突与融合》，北京大学出版社，1997年，第98页。

主义根源于欧洲文艺复兴以后的"古今之争"。"古今之争"刺激了传统，也唤起了人们的传统意识，并引申出了一种新的文化价值观念，这就是所谓"现代"（Modern）意义。正因为如此，20 世纪初，美国出现了"新人文主义"（New Humanism），其代表人物欧文·白璧德（Irving Babbitt，1865—1933）继续为西方传统的价值观念和学术理念辩护。白璧德及其"新人文主义"属于西方"文化保守主义"一脉，"学衡派"与其在思想理论上一脉相承。梅光迪、吴宓、胡先骕等人留学美国多年，在思想上追随白璧德，是美国"新人文主义"在中国的传人。1920 年，美国哈佛大学推出论文集《新与旧》之后，吴宓立即写出了《中国的新与旧》一文，不得不说是对这一世界文化现象的一种自觉回应。这不仅表现了中国"文化保守主义"与西方的接轨，成为世界文化保守主义思潮的一翼，而且说明中国的传统理念同样受到"西化"的影响，与西方文化互相渗透与呼应。

作为"洋化"的传统学人，"学衡派"对西方文明的优点和中国当时的贫弱同样颇有感受，而且期望中国进行变革，所以他们对新文化运动的批评以及对于传统文化价值的独特看法，就不能不具有特殊的意义了。可惜，尽管"学衡派"诸人的主张有许多精到之处，主张中西贯通，期望创造一种超越时间的、具有永恒价值的文学。但是在当时的历史条件下，他们注定和白璧德的"新人文主义"在美国的遭遇一样，在中国要遭到误解、嘲讽和群起而攻之，最后被排除到了文学的边缘。这也许因为 20 世纪的中国文化在态势上是一个不断革命的时代，对于各种文化遗产和成果，容易采取简单肯定或否定的态度，并以极端的方式解决问题。

这也与中国接受西方文化的广泛性、复杂性有关。应该说，中国封闭的社会状态被打破之后，文化的横向联合和交流具有了可能性，西方各种思想文化大量涌入中国，造就了一个多种文化碰撞、磨合和创造的历史机遇。从横向来说，它们来自四面八方，带着不同国度和民族的情调与特点；从纵向来说，它们从古到今，不分先后，包括从古希腊文化到 20 世纪兴起的各种现代思想潮流。这一切同中国传统民族文化产生一种奇妙的结合，构成了中国现代文化意识发展中独特的形态特征。这是一个多层次的、动荡的文化整体，在它任何一个质点上的文化意识都不是单一的，而表现为多种文化因素相互作用的折叠现象。显然，这种折叠现象的丰富内容，并非一种多种文化意识相互搭配而达到某种静态的平衡，而是在一种动态的、互相交流搏斗和印证过程中体现出来的。它在每个现代中国文化人的心灵中，都留下了层次不同的阴影。

这不仅造就了中西文化交流的丰富性，也使得中西文化之间的互相吸取、认同和渗透增加了很多困难和挫折。尤其是中国一直处于一种旧的理性观念被摧毁、被否定，而新的理性尚未真正建立起来，旧的人文体系遭到怀疑，而新的知识价值观尚未确立的时期，所以在文化意识上没有能力用理性的方式来解决社会问题，而只能企求用革命的名义和方式解决问题。在这里，所谓旧的理性，笔者指的是中国传统的以伦理道德为核心的制度理性，而新的理性则是以知识为基础的现代理性。中国 20 世纪启蒙运动的核心就是从伦理道德向知识理性的转变，其艰巨性和困难性就在于它需要在全社会建立起一种知识的权威性和价值观，用科学方式建立起一种新的知识结构和学术体系。因此，在中西文化交流关系上的两极选择始终引人注目，这包括极端文化保守主义和极端文化激进主义持续不断的论争。

既然有坚决保古的一派，就必然产生极端反传统的一派；而新与旧的激烈对峙又会把中西文化传统推向极致，产生"保存国粹"与"全盘西化"的激烈争论。20 世纪 30 年代陈序经"全盘西化论"的提出以及由此引发的文化争论，可以视为中西文化交流史上的一次真正的"两极碰撞"——因为在此之前确实没有人明确提出过"全盘西化"，也没有人如此肯定地把中国问题的解决归结为文化选择：

> 我们的结论是，救治目前中国的危亡，我们不得不全盘西化。但是要彻底地全盘西化，是要彻底地打破中国的传统思想的垄断，而给个性以尽量发展其所能的机会。但是要尽量发展个性的所能，以为改变文化的张本，则我们不得不提倡我们所觉得西洋近代文化的主力：

个人主义。①

事实上，中国固已逐渐地趋于全盘西化的路上，就是事实上的世界也逐渐趋于西洋文化的路上。换言之，所谓西洋文化，可以叫作现代文化，或是世界的文化。她是世界文化，因为世界任何一国都是采纳这种文化，她是现代文化，因为现代任何一国，都是朝向这种文化。简单地说，西洋的文化，是现代世界的文化。

假使中国要做现代世界的一个国家，中国应当采纳而且必须适应这个现代世界的文化。②

陈序经是在分析批判了中国近代以来社会发展情况和各家文化观点后提出自己观点的。正如他自己所梳理的那样，尽管以前并没有人像他这样明确提出过"全盘西化"的主张，但是也并非空穴来风。我们且不谈陈独秀、胡适、钱玄同、林语堂等都曾有过类似的言论，单就从"五四"新文化运动以及由此形成的思想方法和观念上看，"全盘西化论"的产生也有其必然的原因和理由，其所提倡的"进化论"对于中国新文化观念和价值取向提供了观念基础。从康有为、严复、梁启超、王国维、刘师培开始，"进化论"就深深卷入了中国文化的变革之中。在"五四"时期，它是作为一种"近代文明之特征"，作为"自宇宙之根本大法"，作为"文学进化之公理"，作为"新"的观念基础而被认同的。而"五四"新文学的开拓者鲁迅、陈独秀、李大钊等人，都是进化论的服膺者和宣传者。所以，茅盾在 1920 年就宣称："新文学就是进化的文学"，"我们该拿'进化'二字来注释'新'字"。③ 而郑振铎则指出："这两个主要的观念，归纳的考察与进化，乃是近代思想发达之主因，虽然以前文学很少应用到它们，然

---

① 杨深：《走出东方——陈序经文化论著辑要》，中国广播电视出版社，1995 年，第 139 页。
② 杨深：《走出东方——陈序经文化论著辑要》，中国广播电视出版社，1995 年，第 168 页。
③ 茅盾：《新旧文学评议之评议》，《小说月报》1920 年第 1 期。

而现在却成为文学研究者所必须具有的观念了。"① 胡适在《历史的文学观念论》中也是用它向文化"正宗"观念提出挑战的，基本理念就是"文学者，随时代而变迁者也"，"此可见文学因时进化，不能自止"，所以"今日之中国，当造今日之文学，不必摹仿唐宋，亦不必摹仿周秦也"。② 他把文学价值观从古典的时空搬到了"当下"的语境，也就是说，文学的生命力和魅力来自当代性，其价值的兑现在于"当下"社会发展需求，符合"当下"人们审美要求，其重心就是中国文学从"过去式"的话语形态中解放出来，变成一种"现在进行时"的文学。

由此，五四运动的意义在于开创了一个文化新时代，其关键就是一个"新"字；而这个"新"，正是在古今文化的对比和转化中体现出来的。没有这种对比和转化，也就没有新文化的意义。正是如此，"五四"新文化形成了沿时间推移演绎的向度，并在这个基础上形成了中国文化发展中的"现代性"情结。时间被一系列欲望和价值名词所包装，意味着先进、革命、创新、理想、现代，并且与正确、超前、越来越美好的未来直接相连，成了一种意识形态标准，使文化思想和理论成了一种不断追逐新潮、追赶时间并且与时间赛跑的运动，比先进更先进，比革命更革命，以不断地否定过去来肯定当下的价值。这一方面强调了文化的创新性和当代性，并且为这种意义铺设了随时代演进的思路，另一方面，则凸现了其进化论的单一性，为日后学术建设中的偏颇埋下了伏笔。这表现在日后产生的意识形态决定性和绝对性理念的盛行上，"进化"成了一种绝对的标尺，用"新"来衡量一切的价值和意味。"进化论"打破了中国原来封闭的文化语境和观念，把文化及其思想发展推入到了某种传统与现代、古典与时尚、内部因素与外来影响的多重冲突的激流之中。而在这种"新"的状态中，文化及文学变迁的历史变数越来越多，而其历史传承的稳定性则越来越小。

---

① 郑振铎：《郑振铎文集》（第 6 卷），人民文学出版社，1988 年，第 280 页。
② 姜义华：《胡适学术文集——新文学运动》，中华书局，1993 年，第 21 页。

也许正是在这种情况下，一些中和、调和的文化观念反而被忽视了。例如，杜亚泉（1873—1933）就东西方文化问题的一系列论述和主张，至今看来还有意义。在社会改革和中西文化交流中，他主张温和渐进和"延续主义"，不失为一种在时代波涛中的自由思想和独立见解。它们至少能够引起我们对于开发传统文化资源、与世界文化接轨等问题多方面的思考。

显然，陈序经赞成"学无中西""体用不分"，但是他之所以提倡"全盘西化"，其立足点也在于文化有"新旧之分"，① 因为"我们认为旧学是旧时代的产儿，新学是新时代的产儿"。于是，他如此向主张"中西折中"的观点发问："试问滚滚而来的欧风美雨，是不是现代世界文化的趋势？如其不是，那么我们所当据以为评估我国所固有文化的特质的现在世界的趋势，是哪一样？"② 为此，他还乘势追击，分析批判了从古到今的中国复古思想以及排外思潮，认为近代以来相信辜鸿铭"复古"言论的人似乎有"变态心理"。所以，基于"中国文化的发展是向前的"，"文化既是人的创造品，不外是人的工具，人类的灵魂精神固可以从文化中见之，然而她的真谛并非保持文化，而在于创造和改变文化"，"所谓全盘西化正所以重视我们的文化"，"再从而发展之，扩大之，则不但我们自己占有世界文化的优越地位，就是我们祖宗在历史上所做过的成就和所得到的光荣，也赖我们而益彰"。

我们不得不说陈序经的论说是有力的，因为他紧紧抓住了"发展"和"先进"这个立足点，但是这种观念是否符合"国情"、是否得到人们的普遍认同，则并非仅仅靠逻辑和学理能够解决的。实际上，决定中国"国情"尤其是理论命运的重要一方面，就是中国人的传统理念和思想感情；任何一种理论，无论多么完美无缺，如果过不了这一关，就注定无效。就

---

① 杨深：《走出东方——陈序经文化论著辑要》，中国广播电视出版社，1995年，第94页。

② 杨深：《走出东方——陈序经文化论著辑要》，中国广播电视出版社，1995年，第107页。

此来说，陈序经的主张一方面非常注重社会功利性和现实性；另一方面，又显得太虚幻、太迷信文化本身的力量了。就前者来说，"全盘西化"的目的就是针对当下中国，为当下中国的现代化服务的，它不是一个学术问题，而是一个实践问题。就后者来说，陈序经又强调"文化决定论"，明知道任何一种文化都不可能一日造成，一日改宗，但是偏偏要说"中国的问题，根本就是整个文化的问题"，① 并且要赶快西化。这就必然造成了其理论在中国四面楚歌的处境。因为用"文化"来救国，实在有点太空泛了，并不具有实践性和可操作性。继而用"全盘西化"方式来解决中国问题，首先刺激了大多数国人的"集体无意识"，不可能在感情上获得通过和认同，同时也不在乎这种论说在逻辑上、条理上甚至实践上有多少依据。决定一个社会发展趋势的，是这个社会意识和无意识的合力；理论观念只有符合其合力的导向才有可能发挥效应。

不过，作为一种大胆的论说，陈序经的"全盘西化论"进一步刺激和引发了中国学术界对于现代化的思考，并把"西化"问题纳入了世界化范围进行讨论，希望用智慧的方法融合中西方文化，消除二者之间的矛盾。胡适也是如此。这位很早就有"全盘西化"倾向的学人，在 20 世纪 30 年代的这场论战中却提出了一种折中调和观点，提议用"充分世界化"来代替"全盘西化论"。还有人干脆认为最好不谈西化，而谈"现代化"。这说明，有关"全部西化论"的讨论，虽然不能决定中国现实的发展方向，但是却开拓了整个社会的思维，将中国文化进一步推向了世界文化潮流之中。

而从另一个角度来说，正是西方文化的传播唤起了中国文化创新之欲。这也是尼采（Friedrich Nietzsche）在 20 世纪能够迅速进入中国，和许多新文学的开拓者发生共鸣的缘由之一。例如，梁启超就从尼采身上首先感受到了"现在"；而王国维更是敏锐感受到了尼采思想的时代意义，认为尼采"决非寻常学士文人所可同日而语者"，而是"欲破坏现代之文明

① 杨深：《走出东方——陈序经文化论著辑要》，中国广播电视出版社，1995 年，第 221 页。

而倡一最崭新，最活泼，最合自然之新文化，以振荡人，以摇撼学界者"。①

如果从整个 20 世纪中国的文化态势来看，中国社会和文化都处于一种"转型期"的变革之中。所谓"转型期"，是指中国社会在整体上从一种传统性结构转向一个开放的现代化的社会，从民族政体转向一个世界性的民主国家，从一种正统意识的文化形态转向多元化选择的转变过程。这是一种文化语境，也是一种理论胸怀。就世界范围来看，从一种选择到多种选择，从多种文化的冲突、交流和渗透，到融合各种资源进行创新，是贯穿社会生活各个方面——从政治体制到日常生活的一次进步的变革。确切地说，文化创新不仅意味着在文化上从一种选择到多种选择，而且意味着对于各种文化之间对立与分野的超越——不必用一种文化去"化"另一种文化，用一种观念去征服另一种观念，用一种理论去消灭另一种理论，而是用一种世界性的眼光和胸怀，去接纳和培育各种各样的个性的文化创造，把过去看来是无法同时存在和相容的、不同质的事物，熔铸于一个整体之内。人们与文化一直处于互动过程中，文化为人类服务，而人类关注和创造文化。文化发展和出路就在于不断创新、不断试验、不断挑战这一过程本身。在这种过程中，唱反调和标新立异会成为文化活动中的日常现象，多种的文化选择的生命活力，恰恰取决于多种选择同时并存的情势之中，是一个追逐一个，一个影响一个，也是一个突出一个，并列存在，同时繁荣、多种选择，构成一种总的文化态势。这才是文化创造的价值所在。

文化创新是需要在一定范围的自由选择基础上实现的。因为文化创新是发自内心的一种自觉自愿的行为，而不再是被迫的，或者是他人赐予的。它需要多种文化资源和自由选择的空间。这种自由选择，不仅是指建立在横向的同一起跑线上的各种风格流派，还包括纵向的不同文化层次的不同选择。而在一个多元化的文化态势中，各种文化资源各有优势，一些被认为是"落后"的文化形态中，往往隐含着更多的原生美的因素，成为

---

① 王国维：《王国维文学美学论著集》，北岳文艺出版社，1987 年，第 174 页。

文化创新潜在的基因。所以，文化创新也是一种生气勃勃的美学运动，它所表达的是社会文化走向繁荣的尺度，也是文化自由发展的尺度。文化的历史发展不再是通过否定和否定之否定的过程达到自己的目的，也不会重复以一种文化的牺牲来换取另一种文化成长的悲剧，而是给各种文化提供一种能自我生存和发展的机会。

（原载《河北学刊》2004 年第 1 期）

中国文化与美国文化：
转型期的导向和历史选择

中国现代文化，目前处于一种"转型期"之中，旧的信仰和价值观念在解体，意识形态在悄悄地蜕变，充满着许多怀疑、困惑和不确定的因素。事实上，"转型期"中的多种文化，无论是中国文化还是美国文化，都是互相交流和照应，而不是相互吞食和消灭，其结局必然是这些对立与隔阂的消失，是一种新文化形态的出现。

一、关于中国和美国的文化发展观

文化发展观，即如何看待人类文化的发展，如何对待文化间的相互交流和矛盾差异，如何设想文化发展的未来等，在这方面，比较一下中国和美国学者的文化观念，是十分有趣的。中国是一个文化古国，文化传统根深蒂固，对于文化发展的理解有其独特的含义。值得总结的是，中国文化不但历史悠久，而且是在融合了许多民族文化之后才形成了自己的传统。从当年华夏百族、战国风云、五代十国，一直到汉藏和亲、金元入关、满治九族，多种文化的撞击和融合一直不断，才形成了当今中国的文化格局。应该说，中国文化曾有过相当开放和多元化的时代，比如从商周到战国时代，文化上一直是多元并存，一般诸侯国都有自己的文化，中央政府或者盟主国并不干涉过多。但是，随着中央集权式的封建专制体制的确立和长期运作，中国传统的文化观念也出现了复杂的变化。

一般来说，中国传统的文化观念强调世界大同、文化融合，并不排除外来文化，而且好学和"拿来"思想很突出，所以一般受传统文化影响较深的学者对于接受和借鉴外来文化并不反感，问题在于接受和借鉴的过程和结果。由于历史的原因，中国文化在文化理想上非常重视"一"的概念，中国学者比较认同和接受多种文化的观念，并且把文化发展的未来设想为一种多样文化融为一体的文化。由此，一些文化人特别醉心于用某一种思想或主义来统一全世界文化的理想，实际这种意识也反映了他们内心深处的一种幻想，似乎在世界上必定有一种适合于全体人类的理想的文化形态，是世界文化最终共同的归宿。这种融为一体的文化理想是导向消除各种文化之间差异的，其背后潜藏着一种对文化差异，对各种文化并存和多元化状态的矛盾和抵触。按照这种文化理想的操作方式，对于不同的文化必然首先是鉴别和改造，尔后通过咀嚼和消化，使它成为"我"的一部分。所以，中国传统的文化观是复杂和矛盾的，一方面，它愿意接受一切外来文化，学习它们的长处，而另一方面，它不容许其他文化保持其本来的特性，而非要把对象化成自己的不可。在一种文化的大同世界里，任何一种文化个性的东西都是很难存在的。显然，这种矛盾性只有近代以来才显示出来，因为中国人这时才发现世界还存在着另外一种"中心"文化。

文化上的"中心主义"以及由此产生的征服欲，曾经是历史上无数次战争的根由之一，它们不仅阻碍了社会进步，而且摧毁了大量的人类文化。而每一次，制造悲剧者都会打着"推广文明"或"拯救他人"的旗帜。希腊罗马文化的消失，白人殖民者对土著印第安文化的摧毁，纳粹对犹太人的屠杀，都对人类文化造成了重大伤害。至于宗教战争，更是这方面最残酷、最疯狂的现象。想用武力来推广信仰，谋求一统天下，结果留下的只能是人类至今不能消解的世代怨仇。

这一切都宣告了传统的"文化一统天下"理想的破灭，也使各种各样的"文化中心主义"遭到根本的怀疑。当传统的文化状态被破坏之后，传统的文化思想模式自然也受到了挑战。对待当今世界文化的发展，首先是抛弃"以我为中心"的观点，尊重和理解多种文化并存和共同繁荣状态，这个问题无论在东方，还是西方，都同样具有重要意义。在美国，各种文化混合存在，文化问题也就更引人注意。因为这不仅是一个未来文化发展的问题，而且是和日常生活密切相关的一个问题，涉及国家的安宁、社会的进步、人民的安居乐业等方面。

在这种情况下，"文化中心论"必然在美国处处遭到挑战，一般美国学者都比较倾向文化多元化的观点，对于未来文化融合和统一并不抱幻想，相反，他们认为，当今世界的文化危机在于一些独特的民族文化濒临绝境，保持土著文化也就成了文化人的一种职责。

二、美国文化的"转型期"

20世纪以来，美国这个移民国家的文化一直对世界产生着巨大的影响。其实谁都知道，美国并没有深厚的文化积累，但是，美国文化在世界上却能产生如此巨大的影响，确实是值得分析的。

我认为，美国文化很明显地体现了一种世界化的潮流，虽然现在还很难对其命名，但是，一种新的文化意识形态，正在这个多种文化并存的国家形成。这种新的文化意识形态不同于欧洲文化，更不同于东方文化，而是一种多元性的、与世界各种历史文化相联系的文化。从这个意义上来说，美国代表了一种世界文化发展的导向。

由此，我们可以说，美国文化也处于一种"转型期"之中，当然，美国文化的"转型期"和中国文化的"转型期"，在很多方面有明显的不同，但是它们却共同代表了一个文化时代——世界从传统的、分离的、唯我独尊的小文化走向现代的、交流的、彼此尊重的大文化。

诚然，美国文化有自己特殊的因素，决定了文化导向和历史选择。第一，美国文化是混血的移民文化，多种文化并存，但是几乎没有自己文化的"根"；第二，美国文化受西欧影响很大，很多东西是从西欧移植过来的，带有"影子"文化的性质。第一个因素决定了以西方文化为中心的思想不可能为全体美国人所接受，也不可能成为全体美国人彼此精神联结的纽带，也不会使他们拥有共同文化上的归属感。而第二个因素决定了美国必须从欧洲文化的影子中走出来，才能真正建立起属于自己的文化，形成美国文化的历史感。所以，美国更迫切需要建设一种新的文化，否则社会经济文化发展就会出现不协调的震荡。

实际上，这种情况已经影响了美国社会环境，造成了许多社会问题。文化上的脆弱，导致了人的精神上、心理上的脆弱，无法承受经济高速发展所带来的压力，不能持久地认定人生的共同意义，很容易趋向某种极端、虚无和病态的选择，吸毒、暴力、色情和种族冲突现象层出不穷，都直接与美国的文化环境有关。很多美国人都已经或正在意识到这个问题的重要性，并试图加以改变。比如，美国一些地区开始改革历史和社会学教学，使用新的教科书，企图用一种新的文化观念来阐释美国文化和历史。新的课程内容主要加强多元化历史文化的容量，除了强调西方文明构成了美国主体政治体制、法律和意识形态的源头之外，还要准确地描绘美国社会在文化和种族上的差别，所以诸如印第安人、伊斯兰教、犹太教、非洲黑奴、中国历史等文化知识，都列进了教学内容。这种历史架构实际上是把美国文化和世界历史结合了起来。

这套总题为"美国的未来"的新教材的出现，无疑是美国文化向新形态转变的一个明显的例子，它在很多方面体现出新的文化观念。第一，用历史多元化的观念来说明和解释美国文化的形成，强调了它的世界性，它不仅介绍了哥伦布发现新大陆之前的美国土著文化，而且把文化源流扩展到了美索不达米亚、埃及、中国、印度等文化古国和文明发祥地；第二，修正和淡化了传统的欧洲文化中心论观念，强调美国文化是由多种文化构成的，各种文化之间是平等的、互补的，等等。这些都表现出对传统文化观念的挑战。

三、文化"趋同论"及其他

综上所述，无论是在后工业化的美国，还是在正在走向现代化的中国，都面临着一个文化转型问题。这种趋向我们甚至可以推及整个人类文化，无不处于一种动荡、怀疑和转型过程中，而就此来说，各种文化的历史传统不同、现实状态不同，必然转型期的特点也不同，这就又产生了一个普遍问题，即各种小文化的转型与整个世界大文化转型的联结问题，而这种联结不可能是形态上的划一或归一，而是文化导向上的认同。

也许正因为如此，20世纪60年代以来，"趋同论"曾在全世界产生了极大的反响，至今还影响着人们的思维。与此同时，各种各样有关"大趋势"的理论此起彼伏，也成为一种时尚的学说。毫无疑问，"趋同论"的某些观点还是符合社会发展趋势的，比如，工业化在全球引起的人类行为和价值观念的变化等。

但是，"趋同论"过于迷信工业和科技进步的力量，反而忽视了文化传统的独立性和特殊意义，因此"趋同论"难以解释和面对多种文化及其文化心理之间的复杂关系，世界经济的大交流和大市场走向大趋同，很可能只是一厢情愿的设想。而更重要的是，"趋同"于什么，是一个核心问题，无论对于美国文化，还是中国文化，都一样重要。

就世界来说，文化趋同是以工业文明和高科技发展为导向的，如果承认这点，我们又会再一次地堕入"文化中心论"的怪圈之中，无法摆脱"文化优劣"的思维模式。这样，各种文化不仅不能趋同，反而会造成更大的隔阂和冲突。其实，很多国家的人民在走向现代化过程中，都充满着困惑感。这种困惑往往就来自认知上的矛盾。从某种意义上说，这种文化上的困惑感、恐惧感并非毫无缘由。

20世纪以来，西方文化借助经济上的优势传播极快，席卷全球，引发了人们对于东方传统文化价值的怀疑。这情景不仅在东方较为落后的国家是这样的，就连经济发展迅速的日本也不例外。举一个很小的例子，据统计1992年日本翻译了美国3000多种图书，而美国只出版了8种日文图书。很多学者不得不抱怨，如今日本的大学生都知道海明威、马克·吐温，但美国的大学生并不一定知道日本的川端康成，这种"不平等交流"的情景在东方国家普遍存在。但是，这种情景会不会带来"西方化"却是另一个问题。因为这不但取决于各个国家都有自己独特的文化传统，而且要看今天世界文化的导向和选择。

就拿中国和美国文化的互相影响来说，虽然美国文化在中国的传播远比中国文化在美国传播要广，但是美国自身的文化也在不断地发生变化，只有看到了这两方面的情况才能消除所谓"西方化"的恐惧感。如果连美国文化也正在从"西方文化中心论"中摆脱出来，那么彼此的文化交流也就谈不上什么"西方化"了，所谓文化交流中的"量"的多少，并不能改变文化的"质"。

如果用一个不恰当的比喻，文化发展就犹如一条河流，文化转型就像是一次改道，各种文化因素是水，改道后的河流依然是河流，水仍然是水。就这个意义上来说，中国文化摆脱旧文化的轨道，摆脱传统的价值观念，而转变成为现代文化，但是中国文化还是中国文化，不会变成西文化或者其他文化。

（原载《开放时代》1993年第5期）

往来无穷，交流创新

——关于 20 世纪中西文艺理论交流的研究

一、关于"同"和"通"

在中国古代，"同"和"通"是一种相关联的整体性观念。这不仅是对世界状态的一种动态描述，更是对于人认识和把握世界方式方法的一种高度概括。也许从原始思维角度来讲，人类面对千差万别的事物，通过比较沟通来扩大丰富自己的精神，从而有助于认识和把握世界。而中国古代在这方面形成了一套系统完整的哲学美学方法论体系，贯穿于整个历史哲学与美学的历史探索。有了"同"和"通"，中国哲学美学可以说是无处不到，无所不通，从《易经》"始作八卦，以通神明之德，以类万物之情"，到刘勰妙言"通变"之术，从董仲舒讲的"同类相动"到王国维沟通中西美学的悲剧观念，不仅创造了东方神秘主义的幽深奇境，而且打开了更全面广泛融合世界多种文化的最高概念，"道"本身就包含有"通"的意义，所以海德格尔读《老子》时，就认为"道"就是路，因为有路才能"通"。

　　这也是我们今天认识和把握 20 世纪中西文艺理论交流景观的一个起点。当我们放眼近一个世纪以来文艺理论的发展时，就会发现古人的智慧明灯仍然在那里闪闪发光。应该说 20 世纪中国文艺理论发展本身，就是一部新的、更大范围内的"同"与"通"的历史。中国人在文学中再一次发现了"同"——这个"同"是走向世界，与世界文化相交接、相交流、同呼吸、共命运的"同"，同时又是在多样性的文化选择中保持和发扬自己特色的"通"的意义。在这个过程中，"通"成了中外古今文艺理论交流融合的桥梁，中西传统在这里进行碰撞和交流，传统与现代在这里进行对话和应变。

　　20 世纪中西文艺思想的交流已被一些学者纳入了新的文学史框架之中。这首先是因为理论思想本身在 20 世纪中国文学中具有特殊的意义。所谓特殊是指 20 世纪中国文学产生和发展的文化语境与西方不同，它不仅是一种文化转型期的文学，而且还是在各方面都直接受到外国（主要指西方）文化思潮冲击和影响下的文学。所以我曾把这种情况称为"意识的先导性"。也就是说，在文学发展中，常常在并没有相应的文学创作实践作为基础，甚至文化阻力相当大的情况下，作为理论观念的意识首先进入了文学，继而才引起了创作上的变化和反响。所以 20 世纪中国文学总是先有了"主义"的理论（虽然并非完备和完善的理论）和提法（虽然并非准确的提法），然后才有了这一方面的创作，而且这种情况经常和所谓"'真伪'或者'是否合乎国情'"之类的争论搅和在一起。

　　中西文艺理论的交流引起了一系列文学裂变和矛盾，人们当然感觉到了理论与创作、创作与欣赏、创新与传统之间的巨大鸿沟，冲撞的阵痛和断裂的困扰时常发生，构成了 20 世纪中国文学发展中持续不断的文化焦虑。人们总是有一种失去了确定精神意识的支撑点的感觉，在种种理论选择中不知道应该依据何处，是东方的源流，还是西方的文化，是中国的传统，还是外国的现代。而在不同的文化情势下又常常不得已从一个支点跳到另一个支点。所以，从"新方法热"又转到"国学热"，此类的循环转向在中国现代已多次发生，看来还得继续下去。

我并不对这种情况过于悲哀。相反我倾向于把这种情况看作是一种交流的持续过程。因为人们之所以感到迷乱和困惑，是因为还没有真正理解和把握东西方文艺理论交流的内在意蕴，并没有真正在东西方文艺理论交流之中发现、理解和把握它们的相通之处。换句话说，这种交流是发生了，但是并没有完成，因为它还没有真正地"通"，也没有在文学意识中形成某种浑然一体的观念。

二、关于"变则通，通则久"

在中西文艺理论交流中"通"是要靠坚实的学术建设起来的，要达到庄子所说的"道通为一"的境界，要克服和超越东西方文化中的各种限定，对于中西文艺理论交流现象的发生和发展进行细致的分析和探究，从多样性的冲突中"复通为一"，从一种理论的变化和变异中"知通为一"，从而使文学从各种对立的文化观念和意识形态中解脱出来，恢复到它本原的、无东西方文化限定的生命状态，否则，中国文学意识中的"朝三暮四"、忽西忽东状态会一直困扰文学和人心。

学者辜鸿铭1924年说道："有名的英国诗人吉卜林曾说：'东就是东，西就是西，二者永远不会有融合的机会。'"这句话在某种意义上说有它的合理处。东西方之间确实存在着很多差异，但是我深信，东西方的差别必定会消失并走向融合，而且这个时刻即将来临。虽然，双方在细小的方面存在许多不同，但在大的方面、更大的目标上，双方必定要走向一起。这里当然包括中西文艺理论的交流。也许"同"的相同意义只能是一种期待和希望，只能表现在大的方面、大的目标上。如果说"同"具有同源、同在的意思的话，那么同源至今还是一种假设，而"同在"则是一种现实状态，它是一种多样性相通的共同存在。所以，如果说"同"是整体性的"通"，那么"通"就是一种具体的、在交流中彼此契合、内外相通的精神跃进和充实的过程。《易经》曰，"一合一辟谓之变，往来不穷谓之通"，对于 20 世纪中国的文学在观念和创作上的巨大变化，我们只有在这种不停的相互交流、比较和对话中，才能"变而通之以尽利"，才能"推而行之谓之通"（《易经·系辞上》）。

可惜，这种"通"的学术工作做得不够，这也是导致 20 世纪中国文学经常出现精神迷乱和困惑的原因之一。这一方面是由于 20 世纪中国东西文艺理论交流速度实在太快了，内容太丰富了，这种交流只能流于表层的介绍和宣扬，而缺乏深层次的沟通和理解，因此交而不合，流而不通。而另一方面则确实因为近百年学术环境和氛围欠佳，学术研究难于获得一段较长的时间和宽松的空间。这也就更使得有志于此、潜心研究的学者数量极少。缺少厚的积累，自然也难有"通"的见识。

当然，在东西文艺理论中求"通"不易。《易经》中说："易穷则变，变则通，通则久。"说"通"首先要明白其"变"。同时，真正的"通"经得起时间检验，有概括性，能够"以通神明之德，以类万物之情"（《易经·系辞上》）。就文艺理论来说，要达到"易穷"就很不容易，这意味着对东西方的一些基本文学观念和观点有比较深入的研究和认识。至于这些观念和观点在历史传播和阐释中的变异和转换，要搞清楚就更难了；如果这种变异和转换在某种相对稳定和单纯的环境中进行，尚比较容易理出线索和脉络；至于在一种跨文化的环境中交流，那就更难上加难了。

三、"通"——关于一种理论方法和思维方式

求"通"不仅要研究交流发生的原因、动机及其内在机制，探索一种理论在不同文化语境中的变异和重新塑造过程，而且要在对形而下的具体现象和材料分析研究中，发现在大文化范围内推而行之的、形而上的文学之道。就前者来说，20 世纪中西文艺理论的交流过程蕴含着独特的文化意味，其本身就蕴藏和表现着某种创造力。各种西方文艺理论流入中国，不仅影响了中国文学，而且其本身也得到中国文化的重新塑造，它们被简化、被切割、

被补充和被丰富。这里牵扯到种种隐性文化传统及心理因素。

交流永远是双向的，不管这种交流是何种流向，交流永远是一种往来、一种对话和一种彼此磨合。从表面上看，20 世纪中国的东西文艺理论交流主要是西方流向东方，外国影响中国，所以人们往往看不到或者忽略了同时进行的另一种流向和影响。一些研究者只是在目所能及的范围内考察这种交流，所以只注意到表面的河流，而看不到或者忽视了另一种潜在的或隐性的河流，它从东方流向西方，以东方的文学精神影响和陶冶着西方文学。

其实，交流本身就已经动摇了以西方理论和本源为中心的观念。理论的进步与理论之间的相互交流，总是以这样或那样的关系彼此促进的。这对于西方文艺理论的发展同样具有重要意义。18 世纪以来，很多欧美传教士或学者进入中国，以不同的方式了解中国文化，学习中国文学，并把它们介绍到了欧美，对西方思想文化的发展产生过重要影响。欧洲的"中国学热"在 18 世纪已很风行。生活在 19 世纪与 20 世纪之交的中国学人辜鸿铭曾谈到欧洲新道德文化意识的产生与东方文化传播之间的关联，他写道："但值得奇怪的是，迄今为止一直没有人知道也估计不了这些法国哲学家的思想，究竟在多大程度上应归功于他们对耶稣传教士带到欧洲的有关中国的典章制度所作的研究。现在无论何人，只要他不厌其烦地去阅读伏尔泰、狄德罗的作品，特别是孟德斯鸠《论法的精神》，就会认识到中国的典章制度的知识对他们起了多大的促进作用；如果它对杜·克罗斯所谓的'理性胚芽'的兴起没起什么作用，至少对我们今天所讲的自由思想之迅速发展与传播是起过促进作用的。……这对上帝神灵真是一个极大的嘲讽，在此，我不禁要指出，那些来到中国，要使异教的中国人皈依其宗教的罗马天主教传教士们，他们应当使自己成为给欧洲传播中国文明思想的工具。"

这种说法有点夸大，但至少可以提醒我们注意文化交流（包括文艺理论交流）的双向性，研究这种交流不能拘泥于表面而要注重探索更深远的精神沟通。

（原载《文论报》1999 年 10 月 21 日）

"诞生在火车上的现代主义"

——与顾彬先生分享并请教一个话题

关于 20 世纪中国文学中的现代主义，一直是学术界乐于讨论的话题，而关于其起源和发生，更是令人感兴趣的问题。顾彬先生显然对于这个问题有足够的关注和准备，所以在其《二十世纪中国文学史》中就有了如下的断语："中国的现代主义在 1925 年诞生于上海震旦大学——一所创建于1903 年，由法国耶稣会士负责管理的学校，它通常来说界定在 1927 到1932 年间，加上它的后续影响可以一直算到 1937 年。"① 若换一个视点和语境来考察，这个断语似乎又显得太拘谨与拘束了，并不能反映 20 世纪中国文学中现代主义发生的契机与特点，甚至还可能造成新的意识遮蔽——因为现代主义问题毕竟是把握和理解 20 世纪中国文学整体面貌的一个关键因素。

---

① 顾彬：《二十世纪中国文学史》，范劲等译，华东师范大学出版社，2008 年，第 156页。

一、关于《里昂车中》的魅影

我更倾向于从更广泛的视角去考察中国文学中现代主义的产生，由此，与其说20世纪中国文学中的现代主义诞生于震旦校园，不如说诞生于一列奔驰的火车上。大约在20世纪20年代的一天，在法国里昂的一列火车上，坐着一位出生于中国广东的忧郁诗人，当他望着窗外闪过的异国景象的时候，一系列意象在眼前浮现，形成了独特的诗行，其中有：

> 细弱的灯光凄清地照遍一切，
> 使其粉红的小臂，变成灰白。
> 软帽的影儿，遮住她们的脸孔，
> 如同月在云里消失！

> 朦胧的世界之影，
> 在不可勾留的片刻中，
> 远离了我们，
> 毫不思索。

> 山谷的疲乏惟有月的余光，
> 和长条之摇曳，
> 使其深睡。
> 草地的浅绿，照耀在杜鹃的羽上；
> 车轮的闹声，撕碎一切沉寂；
> 远市的灯光闪耀在小窗之口，
> 惟无力显露倦睡人的小颊，
> 和深沉在心之底的烦闷。

这就是那首《里昂车中》，是中国最早的象征派诗人之一李金发的作品。李金发早年留学法国，接触到了西方现代主义文学，并生发了自己对于诗的新的感悟与理解，对此后来他这样表达，"诗意的想象，似乎需要一些迷信于其中，如此它不宜于用冷酷的理性去解释其现象，以一些愚蒙朦胧，不显地尽情去描写事物的周围……"① 由此，他不仅在当时诗坛上获得"诗怪"之称，也被公认为中国象征主义诗派的开山鼻祖。诗歌展现了一种陌生的、飘忽的、难以把握的艺术魅影；联系到当时在法国的境况，年轻的李金发正处于内心极度孤独穷愁之时，与法国维尔仑、波德莱尔等人的诗歌发生共鸣，也是不难理解的事。所以，我也完全有理由和顾彬先生一样自信，认为中国的现代主义诞生于这列法国里昂的火车上。

顾彬先生是以上海以及"海派"文化为基础来探讨这个问题的，与此遥遥对峙的是中国北方文化以及"京派"文学，突出了中国文化从传统性向现代性的转移。就此来说，上海作为中国 20 世纪中西文化交汇之地，作为商业和时尚之都，作为新思想、新观念、新潮流的流行区位，自然为各种文学流派的产生提供了良好的环境和氛围。显然，把上海作为现代主义的诞生地不仅有话可说，而且与中国国内 20 世纪 90 年代学术界风起云涌的"上海热"不谋而合，形成了一种中外学者心照不宣的共识。况且，不仅戴望舒、施蛰存等中国"现代派""新感觉派"出现在上海，就连李金发本人也是从上海出发到法国又回到上海发展的，所以，把中国现代主义的诞生地归在上海并不唐突。

在《二十世纪中国文学史》中，顾彬先生对于上海及其文学的关注是异乎寻常的，在他眼里，上海不仅是"国际现代派的一个中心"，而且是中国文化革新的"秘密首府"。当然，还有一点也格外引人注目，上海作为一个"异域文化之场所"，"现代意味着西方的现代"。② 就这一点来说，把 20 世纪中国文学中的现代主义放在当时最摩登的电影院、咖啡馆、跳舞

---

① 李金发：《艺术之本原与其命运》，载《美育》1929 年第 3 期。
② 顾彬：《二十世纪中国文学史》，范劲等译，华东师范大学出版社，2008 年，第150—153 页。

厅和最长的宾馆酒吧台,都有充分的理由。但是,为什么要指定在震旦大学呢?顾彬先生当然有自己的考虑。不说戴望舒 1925 年转入震旦大学就读过,就从他为此所做注脚——"一所创建于 1903 年,由法国耶稣会士负责管理的学校"——就能看出其精细用心。不过,这一暗示性的注脚并不能完全掩盖其用笔的乖巧,顾彬先生在这里所显露的文学性远远超过了其确凿性,为我们留下了广阔的历史空间。如果说,新文学运动的摇篮是北京大学,那么,把现代主义的诞生地说成是震旦大学(如今的复旦大学)又有什么不可呢?就此来说,顾彬先生的说法不仅颇有文学色彩,且体现出了一种颇有未来眼光的叙述策略——也许很快就有人以顾彬先生的话为由,建构一个"现代主义圣地"的大学神话,届时顾彬先生的名字会永远刻在这所大学的碑铭上。

这当然不是什么坏事。就连顾彬先生自己也承认,这是一个"不太清楚"的概念。也许文学史就没有什么定论,否则就不会不断有人提出"重写文学史",而就在我们讨论"火车上"与"校园内"的区别时,在美国的张旭东教授却把鲁迅的《阿 Q 正传》作为中国现代主义起源的范本,并用如此不容置疑的口吻进行定位:"没有人能否认,在鲁迅乃至所有新文学作品里面,《阿 Q 正传》是唯一一部达到或接近高峰现代派作品所心向往之的那种'纪念碑式的''自足的象征宇宙般的''源头性的''涵盖一切,解释一切'的高度,以至于能以其形象的独一无二性同历史对峙、以自身形式的力量确立某种形而上的'世界图景'的作品。"[1]

虽不知顾彬先生是否属于"没有人能否认"之列,但是可以肯定的是,在欧洲的顾彬先生不同于张旭东教授。在顾彬先生的这种叙述策略背后,是否还有美国与欧洲学者在对待中国文化方面长期以来形成的彼此心理对峙,也是值得考量的因素。确实,五四新文学运动受当时美国新潮文化的影响,所以中国现代主义文学的发生与欧洲文学有着直接的关联,而这一切诚如顾彬先生在书中所说,现代性往往与西方性连在一起的,但

---

[1] 张旭东:《中国现代主义起源的"名""言"之辩:重读〈阿 Q 正传〉》,载《鲁迅研究月刊》2009 年第 1 期,第 25 页。

是，即便如此，是否可以把 20 世纪中国文学所发生的一切看作是西方文化及其文学的投影呢？而中国现代主义的原创性与本土性又如何界定呢？由此，我们不能不探讨在两种不同说法背后可能存在的更深层也更确切的分歧。

二、"路生"：关于中国现代主义的本土特色

显然，把中国 20 世纪文学的现代主义的诞生地定格在一个大学校园和一列火车上一样，都是一种文学性的描述——这也许是写文学史的一种特权，其允许在一定范围内发挥一定的想象性，由此我们也不必在其确凿性上吹毛求疵。况且，从表面来看，顾彬先生的断语似乎比我的更有合理性与现实根据，至少其支点建立在本土环境中，远不同于在异国的一列火车上，且作者是孤零零的一个人。

把问题引展开来，这里所涉及的问题，就不仅是中国现代主义源于何处的问题，还关系到对于中国现代主义发生的特殊语境和意义的认识与把握，即本土化文化疆域的界定。顾彬先生的著作在这方面丝毫没有作茧自缚的意思，不仅注意到了中西方文化及其文学的不同特点和语境，而且力争在 20 世纪中国文学中寻求一种普遍性的价值和意义。于是，顾彬先生确实走进来了，不仅走进了中国和中国历史，而且走进了当代中国的思想动脉与文化心理之中；更难得的是，他甚至走进了中国人的情感世界。由此可以说，这是一本百年来外国学者写的最贴近中国的一本文学史。但是，顾彬先生走进来了，但还没有走出去——而中国 20 世纪文学是一种"走出去"的文学，具有"走出去"的主体意识和动能。所以，中国文学中的现代主义与西方不同，如果说，西方的现代主义诞生在家里的话，那么，中国的现代主义最显著的特点就是诞生在路上——因此我把它称为"路生"，是中国文学在走向世界过程中的文学产物。换句话说，西方的现代主义是一种本土文化现象，而中国的现代主义则是一种跨文化现象，也理

应从跨文化角度去理解和解读。

　　应该说，本土化并不等于发生在本土，也并不为走出国门的文学创作设限。所以，"在路上"生的"孩子"并非就不是中国人，关键是对于其主体基因属性的认定。而所谓"在路上"，不仅赋予中国现代主义文学特殊的语境和氛围，也使其创作拥有了一种别样的感觉和因素，呈现出一种不安定、不稳定、不和谐、不自在、不熟悉、不确定的状态。"在路上"，自然不同于"在家里"，其始终处于一种漂流、陌生、朦胧、烦忧、变幻、孤独和无所凭依的行进之中，所遭遇和感受到的只有邂逅、飞动、瞬间、摇曳、消失、离别以及在记忆中重现等时空的片段与流痕——而这不仅是李金发《里昂车中》的显著特点，也是中国现代主义创作带有普遍性的表现元素。顾彬的这本著作本身就是一种跨文化写作的产物，体现一种在全球化语境中学术思维的开拓与发展。

　　"路生"就是在异质、异样、异域文化语境中的酝酿和诞生。其实，戴望舒的创作同样带有明显的"在路上"的特征——应该提及的是，对上海来说，他是一个外省人，同样体验着一种"在路上"的人生。就拿顾彬先生十分欣赏的《雨巷》来说，就表现了一种在路上的哀怨，把一次偶然的、陌生的邂逅，凝结为一生一世的拥有，是遗憾也是永远的美丽。

　　应该说，在20世纪中国文学中，"在路上"并不仅仅是一种作家创作的个人现象，而是一种集体的文化状态。这一点，在李欧梵先生早期讨论中国浪漫主义的论著中，已经有过仔细的论述，没有压抑、挣扎和出走，实际上就没有中国的新文学。可惜，到了20世纪末，李欧梵先生已经失去了"在路上"的热情和气力了，或者说已经忍受太多"在路上"无家可归的感觉了，这时候，走向未来远远没有回到过去那么轻松，于是加入了类似中国国内春运似的返乡大潮（这里指的是文化和精神上的），把"现代"的归属地或落脚点放在了上海，在20世纪30年代的咖啡馆内流连忘返。在此，我甚至愿意把李欧梵先生的学术生涯与20世纪中国现代主义的历程联系在一起，从出走到回归，李欧梵先生和中国现代主义一道完成了一种精神追求的轮回。当游子开始怀旧的时候，同时也是作为一种充满生命活力的现代主义寿终正寝之时。

也许这是一种世纪的回归，现代主义不可能与世长存。其实，如果把现代主义扩大到现代性来讨论——这也是顾彬先生和李欧梵先生的共同关注点之一，中国20世纪文学中"路生"现象就更为突出了。这一点，只要看看20世纪中国现代文学中有多少重要作家曾经出国游历，有多少重要文学事件、思潮、流派是在海外酝酿和发起的，就一目了然了。其中最具有象征意义的或许是梁启超写在十九二十世纪之交的《二十世纪太平洋歌》，其中写道：

> 亚洲大陆有一士，自名任公其姓梁，尽瘁国事不得志，断发胡服走扶桑。扶桑之居读书尚友既一载，耳目神气颇发皇。少年悬弧四方志，未敢久恋蓬莱乡，逝将适彼世界共和政体之祖国，问政求学观其光。乃于西历一千八百九十九年腊月晦日之夜半，扁舟横渡太平洋。其时人静月黑夜悄悄，怒波碎打寒星芒，海底蛟龙睡初起，欲嘘未嘘欲舞未舞深潜藏。其时彼士兀然坐，澄心摄虑游官茫，正住华严法界第三观，帝网深处无数镜影涵其旁。蓦然忽想今夕何夕地何地，乃在新旧二世纪之界线，东西两半球之中央。不自我先，不自我后，置身世界第一关键之津梁。胸中万千块垒突兀起，斗酒倾尽荡气回中肠，独饮独语苦无赖，曼声浩歌歌我二十世纪太平洋。

无独有偶，中国20世纪第一次关于白话文的论争也是在船上开始的。不过，那是在美国，1916年6月的一天，胡适和几个朋友在湖上泛舟游玩，结果出了点小意外，引出了一场关于白话文的争论。据胡适回忆："我回到纽约之后不久，绮色佳的朋友们遇着了一件小小的不幸事故，产生了一首诗，引起了一场笔战，竟把我逼上了决心试作白话诗的路上去。"后来，胡适所写的第一首白话小诗《蝴蝶》以及在国内掀起大潮的《文学改良刍议》，也都是在美国完稿的，其中不乏受到当时美国意象主义因素的参与。至于鲁迅，其第一次萌生办杂志《新生》的念头，以及为这个杂志所准备的《人之历史》《摩罗诗力说》等多篇具有现代意识的文章，也都是在日本写就的。所以，"路生"不仅是中国 20 世纪现代主义文学的本土性特色，也是贯穿于整个现代文学发展过程中一种引人注目的普遍现象。

三、认同：关于跨文化语境中的中国原创性

无疑，对于一种精神的空间现象进行确切的物理地点定位，不能排除某种模糊的象征性的做法，否则，很多游历多国、有多种文化体验的作家，即使身分数段也不能满足各方面的要求。就此来说，顾彬先生的断语无错可言，只是就其象征性和叙述策略而言，隐含着某种局限性。正如我在上面所说，顾彬先生确实"走"进来了，他破除了中西文化的壁垒，并不像很多外国学者那样隔岸观火式地研究中国文学，而是以一种休戚相关的姿态加入了当下的讨论之中，在追寻甚至实践着一种超越不同文化界限的文化认同——这不得不说是博大的胸怀，也不可能不引起中国学界同人的关注。这一点从这本著作的基本框架、史料和参考书索引中就能看出，顾彬先生基本把握了近年来中国国内在现当代文学研究方面的思路和动向，并巧妙地设置了自己的叙述框架与思路。

也许这正是顾彬的著作受到很多赞扬的原因，同时也构成了其难以自拔的困境。换句话说，顾彬先生在追寻这种认同感的过程中，不得不面对来自历史与现实、全球化与本土化的双重挑战，不小心就会顾此失彼陷入集体设置好的思维与话语怪圈。但是，也许就连顾彬先生也没有想到的是，20 世纪 90 年代以来，中国的现当代文学研究就逐渐陷入了这样一种思维与话语怪圈，即沿着西方学界设置好的思想预期与话语逻辑，把 20 世纪中国文学研究纳入了由西方主导的现代性体系之中，逐渐消解了中国文学主体的原生性与原创性。而在这个过程中，不论是对西方的认同还是与其对峙，都无法超越既定的话语系统，真实呈现中国文学的意愿与面貌，甚至，中国 20 世纪文学史有可能成为西方现代性话语系统的注脚与影子。

　　于是，西方文学由此会不会成为中国文学的范本，如何评价和叙述这种"范本"意识，成了顾彬先生必须时刻面对的问题。例如，在对白话文学的评述中，顾彬先生就发现："一种以'民众'的语言和形式写出的现代文学几乎无望获得普遍认可。因此'白话'急需一种可倚重的平衡砝码，这个砝码就是西方范本。"① ——就当时现代文人来说，这种认识不仅是有意义的，而且相当普遍，但是深入具体文学实践中就会发现，受欢迎的作品并不都是依照"范本"创作的，而白话文创作的遗失在很大程度上就是过度依赖西方范本——这种情形到了20世纪30年代逐渐被人们所认识，于是出现一波大众化、民族化、通俗化讨论的热潮。不幸的是，由于各种原因，讨论的结果："西方化"最终成了失落的替罪羊，而艺术原创性并没有得到积极的肯定和倡扬；相反，政治和意识形态话语的介入，为文学创作设置了绝对皈依的范本，为中国文学主体性的失落营造了新的语境——从此文学创作中的"我"在很长一段时期销声匿迹。

　　就此来说，中国新文学第一批作家不论从知识储备还是创作意识来说，都比后来的作家充足和开放得多，他们几乎都是以一种创造主体的姿态走出国门，继而投身文学创作的，目的就是要冲破国内传统的桎梏，创造一种属于未来的文学。即便他们中的一些人，包括鲁迅，对于中国传统文化采取了一种激进的批判态度，但是始终强调艺术的原创性；他大力提倡主动"拿来主义"，但是并非西方范本和话语的追随者。在这里我们不难发现，在接受和吸取西方文化影响方面，存在着不同选择，尤其在被视为"创造的资源"与"范本"之间，存在着深刻的精神差异。李金发也是如此。他的诗创作固然深受法国象征派诸位诗人的影响，但是并非为了模仿某种范本，而是根植于自己的生活体验，为了表达和缓解自己的切身感受。也许正因为如此，文白夹杂的语言形式并没有影响到其诗情的表达，更没有影响他对于中西文化中共通诗意的理解。对于后一点，李金发后来有过如此的感慨："余每怪异何以数年来，关于中国古代诗人之作品，既

----

① 顾彬：《二十世纪中国文学史》，范劲等译，华东师范大学出版社，2008年，第72页。

无人过问，而一意向外采辑，一唱百和，以为文学革命后，他们是荒唐极了的，但从无人着实批评过，其实东西作家随处有同一之思想、气息、眼光和取材，稍有留意，便不敢否认。余于他们的根本处，都不敢有所轻重，惟每欲把两家所有，试为沟通。或即调和之意。"①

这里显示了一种跨文化的原创意识，也表达了对于当时文学批评界的担忧。其实，被顾彬先生奉为"中国现代主义的中心文本"②的《雨巷》，也不能仅仅作为"西方范本"加以诠释和赞赏，相反，这首诗所包含的中国意蕴和色彩要比诗人后来写的任何一首诗都浓厚得多，甚至"太中国了"，就连戴望舒自己也觉得《雨巷》不够现代，不久就改变了自己的诗风。

至于顾彬先生在书中所提到法国诗人施笃姆的四行诗《有遇》，只能说明人类诗意的凝聚可能有很多共通的交叉点，会在很多情景中有所共鸣；实际上，在中国古代诗词中，相似的"偶遇""有遇""邂逅"的主题并不缺乏。因此这应该是中外文学中一个共通主题，而不好说戴望舒在此就"拾取了西方现代派的一个惯用主题"。③如果如此推论的话，戴望舒至多是法国象征派的一个边缘诗人，而中国的现代主义不过是西方的一个分支而已。显然，顾彬先生并无此意——这里只是一种理解的忧虑罢了，顾彬先生也许只不过在把20世纪中国文学史呈现为接受西方影响的历史而已，相对忽视了其作为主体主动参与和创造历史的一面。而中国20世纪现代主义的产生与发展同样呈现出一种主动性态势——它不是一种守候在"家中"、被动接受外来影响的文学现象，而是一种主动走出去，开创自己更开阔精神空间的文化行为。由此，对于作家的创作渊源，我更喜欢用"资源"或者"源流"来讨论，尽量少用"范本"这个概念。所以，我的讨论也宁愿"在路上"，不管是在异乡的火车上还是轮船上。

但是，这种主动性姿态从一开始就受到了阻碍和误解，尤其在文学研

---

① 李金发：《食客与凶年》，北新书局，1927年，第435页。
② 顾彬：《二十世纪中国文学史》，范劲等译，华东师范大学出版社，2008年，154页。
③ 顾彬：《二十世纪中国文学史》，范劲等译，华东师范大学出版社，2008年，156页。

究和观念方面，一方面受到意识形态功利化的牵制，另一方面则来自文化视野与尺度的限制。尽管在 20 世纪初王国维就提出"学无中西、新旧与有用无用之分"的观念，但是若能够真正超越地域文化界限去解析和把握文学以及文学史，至少还待时日。于是，我在这里把中国 20 世纪文学中现代主义的诞生地从国内搬到了国外，从大学校园搬到了一列火车上，恐怕不得不面对更多的，首先是来自主流学术的质疑。因为这也是中国学者所面临的难度。对中国学者而言，真正走进西方文化不容易，而从西方文化中走出来更显不易，所面对的最大挑战便是——或者沉沦或者回来——丧失主体的创造性。这对于外国学者进入中国文化也同样如此，走进来就实属不易——而顾彬先生确实做到了，而再走出去，自然面临着更大的考验。

"走出来"不是"回去"，欧洲学者不是再回到欧洲文化乃至西方文化中去，或者像很多中国学者一样，费了很大气力走进西方文化，最后还是回到自己出发的地方一样——由此我经常想起鲁迅小说《在酒楼上》中的一段对白："我在少年时，看见蜂子或蝇子停在一个地方。给什么来一下，即刻飞去了，但是飞了一个小圈子，便又回来停在原地点，便以为这实在很可笑，也可怜。可不料现在我自己也飞回来了，不过绕了一点小圈子。"没有人愿意如此兜圈子，把自己的判断力限制在某种既定的文化圈层之内。但是，我们能不能不再"飞回来"，而是能够真正冲破文化隔阂及其长期造就的局限，飞到一个新的境界中去——这无论对于中国文学还是中外研究者，都是一种新的挑战和课题。

（原载《广东社会科学》2009 年第 5 期）

全球化浪潮与现代中国文艺美学的拓展空间

近代以来，中国社会经历了激烈的动荡和变革，文化也从相对的封闭状态向开放与改革的方向变迁，使文学创作和理论演进出现了新的格局和特点。其中西方文论的传入与现代中国文艺美学的发生，不仅是一种引人注目的文化事实，也是我们了解和反思历史文学变迁的一个交叉口和基本点。而随着经济全球化的进展，现代中国文艺美学的建设和发展也面临着新的挑战和机遇。

由此，我们不能不对日益复杂多变的批评和理论格局进行新的检索和思考。而如今，中国文艺理论呈现出了令人欣慰的局面，各种各样的批评观点与方法在批评实践中涌现出来，它们以自己独特的智慧之光向文学世界投射出各色的光束，照应了创作，也表现了自己；充分的个性表达充实和丰富着批评世界，同样在各种不同色泽批评构图的对比中，突出了这种个性表达。而全球化的文化浪潮正在把一种"大象无形"的美学理想广泛散播。

一、交流和接轨：走出"城堡"的文艺美学

从 20 世纪整个文艺理论发展过程来看，交流作为一种空间的扩展，并不是在扩大中西文化的距离和界限，而是在化解和消融其所造成的隔阂和

距离，使理论创造进入一种"大方无隅"的境界，即文学思考无新旧之分、无中西之分、无古今之分的世界。这时，不仅中西文艺美学理论的区别变得模糊了，而且其地域文化属性也不再明显和突出了。但是任何一种理论创造又都融合了多种文化意识的成果，表现为一种人类性的思想发现。正是从这个意义上说，在中西文艺交流中，无形迹的现象更引人入胜，因为它隐藏着更多和更深的秘密，包括文化的和个人的。就 20 世纪来说，一种广阔的世界文化背景与视野的拥有和建立是最基本、最具有挑战性的学术理论工程。这意味着一个超越本身传统思想观念的、更为广泛的理论价值体系的确立，人们不再仅仅从本民族和本地域文化传统出发去理解文学的意义，而是在不同文化传统的共同理想中寻求沟通和理解。

20 世纪文学时代，有人称之为一个"批评的时代"。我想，这并不是说这个时代创作不重要，而是说批评在这个时代担负着更重要的责任。其原因之一，就是在世界性的文化大交流中，人们在思想上和信念上面对着从未有过的纷繁情况。科学的突飞猛进改变着人们的生活方式，也改变着文学艺术的面貌，太多的现象令人称奇，太快的变化令人无所适从。但是正是在这种情况下，文艺理论和批评陷入了两难的境地，一方面是理论批评家面对纷繁的艺术现象，必须眼观六路，耳听八方，时刻准备获取各种各样的信息，关注各种各样的新理论和新话题，满足各种各样的需要；另一方面他必须要有自己的个性、自己的观点，坚持自己的信念。前一种情况很可能使理论批评家变成一个迎合者，不断变换面孔，在文艺界招摇过市；后一种情景又可能使理论批评家过度自恋、孤芳自赏，进入一种"高处不胜寒"的境界，成为某种思想模式的守护者，以此来抵挡各种文化的困惑。

尤其在一个文化交流的时代，不同文化意识和价值观念往往会对原本既定的理论和批评圈子形成冲击。因为传统往往造就了这样一些理论的"城堡"和"庙堂"，它们有自己特定的文化围墙、特定的话语和特定的氛围，并由此形成自己特定的权威。而当文学理论和批评一旦（被动或者主动）走出这些"城堡"和"庙堂"，希望以自己的独立方式显示自己的时候，就意味着脱离了过去文化圈层的庇护，走向了荒原或者市场。

在从传统到现代，从单一的民族文化走向全球化语境的过程中，很少人意识到这条理论批评之路的艰难，其中潜伏着多少迷惘、痛苦和失落。在这个过程中，他们也许一路上发现的都是"囚牢"和"监狱"，它们囚禁着一层层理论和批评，从"文化的黑屋子""意识的误区"，到"阶级的局限""语言的囚牢""现代化的陷阱"，无不构成了对理论批评的制约和束缚。一个世纪以来，理论批评家一路披荆斩棘，不断追求一种自由创造的境界和自我意志的完美实现。但是在不断地惊喜之后总是不断地失落，一方面是由于自己所创造的理论的昙花一现；另一方面则是现实文化语境中不断出现的创新的障碍。

正如我前面所说的，建立一种有利于理论个性发生的文化语境，是 20 世纪中国现代文艺美学建设的基础使命。我们不能企求得更多。显然，纯粹自我的完全实现，只是 20 世纪文学中创造的一个理论神话，是借助于人们对于自由的想象和向往而建立起来的，并鼓励人们不断摆脱传统的思维模式，把文学理论和批评推向一个更广阔的境界。但是，结果往往只有两种：一种是退回到过去的"城堡"或"庙堂"，一种就是走向荒原。而面对荒原的，就是前卫的、边缘的和创新的理论批评家。因为，当一切既定的理论基础，包括特定的传统、现实条件、历史条件、语言、习惯，成了被否定和解构的对象时，理论批评家自然就把自己推向了边缘和荒原，成了被放逐的对象。尤其在全球文化大裂变时期，传统的既定的精神家园的围墙被拆除或者冲毁了，理论批评家——如果他真正意识到了这种变化的话——注定首先成为"无家可归"或"有家不归"的流浪者和漂泊者，因为原来精神文化意义上的"家"已经不存在，或者无法认同了；如果他们渴望有个"家"的话，那么就要重新寻找资源，重新设计，建立一个新家。因为他们站在思想的前沿，而且已经把传统的一切甩在了身后，既没有既定的原则和"主义"来指导他们，他们也不屑于重新接受过去思想模式的规范。

所以，在某种意义上，如今理论批评的自由、荒原和边缘会成为同义词。批评家成了文化漂泊者，他们流浪在现实的边缘、文化的边缘和语言的边缘。当年艾略特创作《荒原》，现在成了一种对理论批评的预示，理论批评家从历史主义的原野走向了自由的荒原。在这里，理论批评似乎可以摆脱一切过去需要顶礼膜拜的经典作家以及价值标准，根据自我的性情进行发挥，对一切艺术现象进行自由解释和自由判断，随心所欲地解构一切和重建一切。

在一种毫无节制和规范的情景中，一切都成为可能。这时，理论批评会成为一种游戏，就像儿童搭积木一样可以随时拥有另一种新花样并随时推翻它。但理论批评家对于自己手中的"积木"太敏感了，它们不过是虚无的、无真实意义的"行迹"，而自己所建造的一切都只是一种"白色的神话"而已。本来，伸张自我是为了使批评获得更大的独立性和自由度，但是走到尽头，批评得到的是孤立而不是独立，自欺而不是自由，陷入了另一种可怕的重复之中，批评走出了对过去的经验、既定理念的重复而成为一种自我重复，自己设定自我、阐述自我和表现自我。这时候，理论批评不再有一种发现的乐趣，而成为一系列自恋、自怡、自苦、自负、自轻、自弃、自恨、自利、自顾、自反、自欺，甚至自杀的思维活动，不断处于紧张和自我拼搏之中。批评家不断进行着一场又一场的"自我保卫战"，在人群中冲出来又杀进去，内心中痛苦难耐。

在这种情况下，理论批评的幻觉，恐怕是最常见不过的一种文化现象。理论批评家大踏步地走上舞台，向人们宣告自己已斩断了传统，撕裂了语言。但是还没有从舞台上走下来，就已看到传统的河道像弥漫着语言的网络铺天盖地，自己根本无法回避和逃脱。幻觉一旦消失，理论批评界再次恢复一片荒凉的景象。有人指出文化也有一种泡沫现象，幻觉式的文学理论和批评是其中一个特例。理论批评的幻觉不仅与一代理论批评家的自恋息息相关，而且经常表现为一种自觉的自欺。仅仅为了显示自己，宁愿倡扬一些连自己都不相信的推论。

如果是这样，荒原的意象已经不再存在。如果说在思想解放的年代，最早的一批走向荒原的理论批评家为了开路，仍有一种悲壮的色彩，那么，在一种商业文化的广告和包装气氛中制造幻觉，已经趋向于媚俗和实利了。在这里，制造幻觉或者想象，是由一系列有意识的操作过程构成的，造势、包装、隆重推出、八方呼应、重点宣传等，理论批评活动再次沦为被操纵、操作的工具。从这个意义上说，对于政治意识形态话语的解构和颠覆，并没有真正解除对理论批评的束缚，反而堕入了另一种"商业政治"的话语圈套。理论批评成了一种有意识的包装和推销，而不是一种发现和创造。理论批评家可以利用艺术，借助于美的言辞和话语来实现艺术之外的目的。

这是另一种危机。理论和批评走出了政治意识形态的"城堡"和"庙堂"，但是禁不住金钱和权力的诱惑，转身进入了"拍卖行"和"超级市场"。所以，理论批评的"自我"仍然处于艰难的构建时期。20世纪初，王国维等人坚守的独立人格和自由意志，如今依然面临着各种生死攸关的考验。在理论批评活动中，一个个性的自我不能不处在一种荒原和被放逐的境地，只有在同一系列现实、语言、文化和时髦话语的搏斗中才能获得实现。

二、击碎话语"泡沫"：发现艺术的"原生美"

显然，这个自我不能建立在对一切文化遗产否定和摈弃的废墟之上。因为否定和摈弃了一切，就意味着否定和摈弃了自我的存在。面对荒原，理论批评家是要在荒原上种花，培植新的美的生命；漂泊在边缘，理论批评家是要开拓新的疆界和领域，在文化的交叉地带建设新的精神家园。

而这一切都离不开对理论批评信念和理念的重新定位。走出"城堡"，面对荒原，理论批评家是否还有自己的自信和自在？是否能够获得自己自由自在的生命形态？理论批评的目标和源泉到底是什么？……这一系列问题，都继续摆在理论批评家面前。

我以为，尽管理论批评的方法多种多样，形式千姿百态，但是都离不开对美的发现和创造。发现美、阐释美、完善美和创造美，这是文艺理论和批评的魅力及价值所在，也是它生命的源泉。而一旦失去了美的目标和源泉，文艺理论和批评就会很容易失去自己独立的生命和意志，陷入其他意识形态话语附庸和工具的地位。而在这里，我并不否认理论批评所具有的社会教育、文化传播、思想创新等方面的功能和特性，也不否认它与其他人文学科，诸如社会学、人类学、哲学、伦理学等密不可分的联系，但是如果割断了它与美以及美的艺术形态的关系，或者忽视了它们之间的血缘关系，就意味着失去了自己的"根"，就会危及自己独立的价值和地位。如果把批评看作是一棵独立的大树，那么它的根就是美，就是对艺术的发现，而这个根深扎在文化土壤之中，一切哲学、社会学、伦理学、历史学甚至美学，都是滋养它、支持它的沃土，而不是它的根。所以，批评的目的和哲学等其他人文学科不同，它有自己独特的价值取向。

20世纪批评的困惑常常有相同的情形。为了使自己从传统的限定中解脱出来，批评家只顾不断否定旧的方法，又不断尝试新的方式，结果一次又一次卷入到社会学、心理学、语言学、文化学的涡流之中，反而失落了自己本原的追寻，远离了对美的发现。所以，我们在注重思想和知识启蒙的同时，却忽略了美或艺术启蒙，或者仅仅把后者放在附庸的地位。

对美的发现并不排斥社会学、哲学、心理学、语言学、文化学的介入，同时也欢迎各种各样的批评方法，但是这里所强调的根本对象是美，是对美、对美的形态和形式、对文学艺术魅力的发现以及阐释，它不是对社会道德、哲学概念、心理学术语、语言学规律的讨论和判断。许多令人生厌的批评大概就是这样，下笔千言万语但离美万里千里。还有一些理论批评家，热衷于对概念的"发现"和论争，结果却连自己也感到不知所云了。所以，理论批评的失落就是美的失落、艺术魅力的失落。显然，对理论批评家来说，美无论表现为神话还是幻觉，都是具体的，呈现和隐藏在生命的艺术形态和活动之中。批评不排除神话和幻觉，但是不去制造它们，而只是通过开掘和阐述，把其中的美和魅力揭示出来。有时候，在美的东西被制约被遮蔽的情况下，理论批评家甚至会不顾一切地摧毁和解构往日的神话和幻觉，还给世界一个美的真实。

所以，批评重在发现。这不仅在过去的时代是重要的，在今天也更为重要。20世纪的文坛，与其说处在一个批评的时代，不如说是一个发现的时代，因为这个时代更需要发现。在一系列急速的变革中，不仅以往被认定是"真理""普遍规律"等的观念遭到了怀疑，而且人们对自身的生存方式和文化处境也发生了质疑。这一切都不可避免地加剧了艺术和批评的裂变，一下子迸发出了如此繁多的怀疑和假说，过去的偶像摇摇欲坠，而现代艺术画廊经过一场疯狂涂抹，人们已难找到何处能通向美的归宿。他们期待着批评，并把这个时代赋予了理论批评家，让他们在前沿开路搭桥。

这是世纪给理论批评出的难题，理论批评家难以推卸这一时代的重任。因为发现的意义在于创新，理论批评家已不可能像过去那样稳操胜券，处处引经据典，用过去的理念和标准来阐述美和艺术，甚至不能用现在流行眼光来分析和评判。他必须有所发现，在过去中发现未来，在稳定中发现冲撞，在荒原上发现通向美的灯塔的小路。要达到这一点，对于理论批评主体的要求就更高了。理论批评家不再能充当偶像的守护者或者某种理念和集团的代言人。在这个信息广泛传播的时代，人们也不再需要此类的理论批评家。理论批评家由此也不能不告别过去近似世袭的领地，去当云游四方的美的探索者和冒险者。这时候，发现的可能性首先取决于批评家个性的审美能力和视野。他不仅能超越过去的束缚，而且能够拒绝今天各种各样的包装和诱惑，在生活中，在作品中，在生命中发现独特的美和魅力。如果稍微一动摇，被外在的、其他的东西所侵蚀所诱惑，这种发现的独特性就会打上折扣，发现的意义自然就会被削弱了。

所以，对于走出"城堡"的理论批评来说，发现是从遮蔽中发现，从无有中发现，从荒原上发现，是用心智的艺术之光去照射去探微。发现美是一个连续的过程，理论批评家必须迎战封闭、虚假和冷漠。"就此止步"的警告牌可能立在每一个批评的街口，理论批评家不能不独闯禁区，舍身悬崖，发现别人未能发现的艺术奥秘。

在这里，我们不能不面对 20 世纪文艺理论批评所面临的新的挑战。这就是在一种新的开放的文化语境中，理论批评家再也不能仅仅依据一种文化眼光，仅仅出于一种传统的理念，来评价和阐释艺术创作和价值了。因为各种艺术创作越来越不受某种文化的局限，其资源和情致的来源也越来越多样化、多元化，越来越体现为一种多种文化和艺术融会贯通的结果。而理论批评家要想接近它们，发现它们的奥秘，必然要解除一层层遮蔽和束缚，使其本原有所显露。可惜，正是不自由的批评和自由的美构成了发现过程的张力，理论批评家也许只能像古代夸父逐日一样追寻美，而后留下的遗产是一片后人赞美的桃林。正是在这个意义上来说，理论批评的发现又是一种对美的完善。

但是，由于各种各样文化观念的限制，人们往往只能从某种框架、模式和类型中去认识美，把美看作是某一种民族的、文化的或者宗教的东西，由此制造各种各样限定的学说，把这一种美和那一种美分离开来甚至对立起来，使它们互不流通互相隔阂，并处于一种不自由的状态；而在以往的文学观念中，理论批评是一种不断克服矛盾的辩证运动，每前进一步都伴随着树立一个自己的对立面，然后通过搏斗摧毁它，由此不断连续，一次又一次分裂、摧毁和重建。批评本身也就处在这种不断地分裂、对立和重建之中，永远不可能调动起整个精神的力量，去发现和体验完整的和本原的美。因为这种完整和本原的美不可能通过一个个美的碎片拼凑而成。

因此，在全球化的文化浪潮中，理论批评家要实现自己的美学价值，就不能不面对一种新的挑战，穿越一切不同的文化体系、圈层及其之间的差异和间隔，跨越各种各样来自民族、阶级和国家的文化界限以及意识形态中的各种根本限定和障碍，破除各种由此产生的接受和沟通的障碍，在文化的、社会的边缘和夹缝中发现和挖掘文艺的相通之处和共同美的规律。

三、跨文化：一种新的理论批评的生长点

理论和批评都需要跨越，需要寻找共同的感觉、话题和规律。因为在不同的文化情景中，文学以及文学状态往往有不同的特点，它们一方面构成了美的多样性，同时也最容易借言辞的力量把人们引向歧途。例如，不同的"主义"、潮流和流派在不同的文化情景中往往有很大的区别，而理论家批评家也往往习惯于用某种特定观念加以评说。对于这种情景，钱锺书先生就有深切感触，他曾说道："这种现象并不稀罕。习惯于一种文艺传统或风气里的人看另一种传统或风气里的作品，常常笼统概括。比如在法国文评家眼里，德国文学作品都是浪漫主义的，它的古典主义也是浪漫的和非古典的（unclassical）；而在德国文评家眼里，法国的文学作品都只能算古典主义的，它的'浪漫主义'至多是打了对折的浪漫（only half romantic）。德、法比邻，又同属于西欧文化大家庭，尚且如此，中国和西洋更不用说了。"①

当然，这种区别并不能阻止它们在文学理论和批评魅力方面的发挥，除非理论批评家过于拘泥于概念和名词，而不是从具体的艺术作品，甚至是描写中去寻求沟通。也正是由于这一点，钱锺书的文学研究注重从文本的细节开始，其结论也是从具体的文学鉴赏和批评中生发的。也许正因为如此，钱锺书特别推崇艺术中的"通感"，而其通感理论的发现和延展也是从古今中外具体的文学作品中生发出来的。因为通过"通感"，我们可以发现在不同的文化语境和文本中，艺术魅力的契合和相通之处。它不仅是一种感性的创作心理状态，而且是一种文艺美学的理论境界。钱锺书曾如此说道：

---

① 参见钱锺书：《中国诗与中国画》，见《钱钟书作品集》，敦煌文艺出版社，1997年，第500—501页。

　　一家学术开宗明义之前，每有暗与其理合，隐导其说先者，特散
钱未串，引弓不满，乏条贯统纪耳。群言岐出，彼此是非，各挟争心
而执己见。然亦每有事理同，思路通，所见遂复不期而同者，又未必
出于蹈迹承响也。若疑似而不可遽必。毋宁观其会通，识章水之交贡
水，不径为之谱牒，强瓜皮以搭李皮。故学说有相契合而非相授受
者，如老、庄之于释氏是已；有扬言相攻而隐相师承者，如王浮以后
道家伪经之于佛典是已。①

　　可见，通感表现了钱锺书研究和理解各种不同类型文学的一条思路和
方式，即用细读和文本比较的途径，捕捉和理解不同情景中人类共通的艺
术感觉。可以说，这是融合了古今中外许多文学理念，特别是文艺心理批
评学派和新批评学派观念的一种方法，特点是把感受批评与文本分析研究
紧密结合，化为一体，寻求一种理解和贯通艺术创作的"理论之眼"。可
见，钱锺书是有意识追求一种契合——这同时也是消除一切文化之间隔阂
的艺术过程。对钱锺书来说，达到一种沟通和契合，是他一直探讨和追求
的境界。在文学理论和批评实践中，他非常注重发现中外古今文论中的契
合之处，很看重"观其会通"的效果，而不是仅仅强调中国文论的固有特
点。他不但很欣赏庄子《齐物论》中的思想，也很欣赏朱光潜《文艺心理
学》中的观念，"一切艺术鉴赏根本就是移情作用，譬如西洋人唤文艺鉴
赏力为 taste，就是从味觉和触觉上推类的名词"。例如，他在《谈中国诗》
（1945 年 12 月 6 日）一文中，就强调"中国文学跟英美人好像有上天注定
的姻缘"，"中国诗不但内容常常相同，并且作风也往往暗合"。他还指出：

　　所以，（给）你们讲，中国诗并没有特特别别"中国"的地方。
中国诗只是诗，它该是诗，比它是"中国"更重要。好比一个人，不
管他是中国人，美国人，英国人，总是人。有种卷毛凹鼻子的哈巴狗

---

① 　参见钱锺书：《管锥编》（第 2 册），生活·读书·新知三联书店，1979 年，第 440
　　页。

儿。你们叫它"北京狗"（Pekingese），我们叫它"西洋狗"，《红楼梦》的"西洋花点子哈巴狗儿"。这只在西洋就充中国而在中国又算西洋的小畜生，该磨快牙齿，咬那些谈中西本位文化的人。每逢这类人讲到中国文艺或思想的特色等等，我们不可轻信，好比我们不上"本店十大特色"那种商业广告的当一样。中国诗里有所谓"西洋的"品质，西洋诗里也有所谓"中国的"成分。

在我们这儿是零碎的，薄弱的，到你们那儿发展得明朗圆满。反过来也是一样。①

可以说，钱锺书在这里所关注的"姻缘"或者"暗合"，就是中外文学的契合之处。但是要想得到它就须有一种比较和沟通的眼光，能够穿越文化、语言和习性之间的种种障碍和间隔。这确实需要一种更深厚的学术功底和基础，因为："假如一位只会欣赏本国诗的人要作概论，他至多就本国诗本身分成宗派或时期而说明彼此的特点。他不能对整个本国诗尽职，因为也没法'超以象外，得其环中'，有居高临远的观念。"所以，几乎和朱光潜一样，钱锺书也对王国维"隔"与"不隔"的说法很感兴趣，很早就写了《论不隔》（1934年7月）一文，就是一个偶然的发现——由阿诺德（Arnold）挪用柯尔律治的诗为翻译标准而联想到王国维的"不隔"——批评家的不约而同！而这种兴奋又正是与这种理论发现连在一起的："这样'不隔'说不是一个零碎、孤独的理论了，我们把它和伟大的美学绪论组织在一起，为它衬上了背景，把它放进了系统，使它发生了新关系，增添了新意义。"钱锺书当时对于"不隔"的理解就已传达了他对理论的某种思考："'不隔'不是一桩事物，不是一个境界，是一种状态（state），一种透明洞澈的状态——'纯洁的空明'，譬之于光天化日；在这种状态之中，作者所写的事物和境界得以无遮隐地暴露在读者的眼前。

---

① 原载《大公报》1945年12月26、27日综合第19期、20期，据在上海美军俱乐部的讲稿节译。

作者的艺术的高下，全看他有无本领来拨云雾而见晴天，造就这个状态。"①还有一种说法是钱锺书1988年9月写到的："我的和诗有一联'中州无外皆同壤，旧命维新岂陋邦'；我采用了家铉翁《中州集序》和黄庭坚《子瞻诗句妙一世》诗的词意，想说西洋诗歌理论和技巧可以贯通与中国旧诗的研究。"②

所谓"透明洞澈"的"无遮隐"和所谓"贯通"，都与一种契合的理论追求相连。这和钱锺书在《谈艺录》中所言"造化之秘，与心匠之运，沆瀣融会，无分彼此"是相通的。李洪岩在《钱锺书与陈寅恪》一文中曾称，"这是一种超越中西、南北、体用等界限的文化观"，我很赞成。要言之，如同钱锺书先生自述，就是"故必深造熟思，化书卷见闻作吾性灵，与古今中外为无町畦，及乎因情生文，应物而付，不设范以自规，不划界以自封，意得手随，洋洋乎只知写吾胸之所有，沛然觉肺肝中流出，曰新曰古，盖脱然两忘之矣"。③ 无疑，这种契合的学术追求对中国文艺理论和比较文学产生了深远的影响。例如著名学者王佐良1985年出版了他的比较文学研究集《论契合》，就把契合看作是一种文学发展的重要法则，他说："契合表现在文学的所有方面。除了超越世纪之外，它不受任何时期的限制。对古代作家的兴趣的契合会显示在不同时代的作品中。……也许最引人注目的契合是在人们最意想不到的地方发现的：在两种拥有完全不同语言和传统背景的文学之间。"（笔者译）④ 至于他对于中西文学在诗歌和戏剧方面的比较研究，特别是现代诗在中国20世纪40年代演进情况的考察，为中国文艺批评提供了有益的价值。

应该说，美本身就是一种透明的、具有通灵魅力的人类"语言"，是人类所乐此不疲建造的"通天塔"。可惜，在发现美和创造美的过程中，

① 钱锺书：《钱钟书作品集》，敦煌文艺出版社，1997年，第677页。
② 钱锺书：《钱钟书作品集》，敦煌文艺出版社，1997年，第653页。
③ 李洪岩、范旭仑编：《钱锺书评论》（卷一），社会科学文献出版社，1996年，第65页。
④ See Wang Zuoliang, *Degrees of Affinity*: *Studies in Comparative Literature*, Foreign Language Teaching and Research Press, 1985, p. 1.

理论家批评家不可能是完全自由的，理论批评的氛围和途径也是有局限性的。这是因为艺术的品格永远是和独断不相容的。随着一种多元化文学观念的建立，人们越来越对文学发展过程中的个性冲突怀抱一种宽容的态度。这种宽容并不是一种无可奈何的态度，而是渗透着一种对整个历史发展过程的新理解。从根本上来说，文学的丰富和发展是一种历史文化的积累和认同过程。在这个过程中，每一个个性因素的充分发展，都是在整体的多样化背景下实现的。历史进程的乐观之处，并不在于一种文化压倒另一种文化，取得至高无上的统治权；而在于它们之间的相互依存、共同存活和发展。在文化或思想上的"罢黜百家"，独尊一种，正是导致最深刻历史悲剧的根源之一。在我们过去的文学批评中，所谓吐故纳新、破旧立新，大家都在争"绝对正确"，我"是"你必"非"，你对我必错，并在文学发展中形成一种互相撞击、互不相容、头尾相随的恶性循环。其原因之一就是缺乏一种多种文化相融合的思想意识。

正因为如此，当代文艺理论和批评需要一种跨文化的意识和知识，不断理解和吸收历史创造的一切艺术成果，感受和理解各种不同文化艺术的意韵，建造着自己的大厦。当它拥有的知识文化愈多，感受和理解的文化艺术领域就愈广泛愈深刻，能够不断通过智慧的探索、思想的创新，开拓新的艺术疆土，发现新的艺术奥秘。由此，艺术王国中一些模糊的行迹变得清晰了，不自觉的变得自觉了，飘忽的成为有序的了；很多零乱的、被散布在偏僻边缘领地中的艺术因素和片段，由于理论批评的步履开始和整体文学发生密切的联系，从而进入艺术王国的"版图"。20世纪几乎有所建树的批评家都显示了这种独特的跨文化、跨文学的美学胸怀和研究能力。和同时代的批评家相比，他们在艺术上从来不会是那种心胸偏窄的人，不会固守着某一种既定的艺术风范或者艺术观念，以此量人量物，拒绝和排斥一些不同文化圈层的品味、观念和艺术现象；相反，他们总是能够冲破旧的文化观念和艺术规范，能够比一般人感受得更多，理解得更多，从而能够在历史和未来之间、在不同的文化圈层之间发现更深刻的艺术联系。

　　所以，一种跨文化的文学理论和文学批评，是中国 20 世纪文艺美学发展的一个新质点。实际上，在批评活动中，最深刻也最不易察觉的批评障碍来自理论批评家主体自身。这是由于大多数批评家曾长期接受着一种陈旧思想模式的教育，思想定型在一个封闭的意识环境中，很多错的东西已经不知不觉地沉淀下来，成为我们的潜意识中的内容。它常常在无形中牵引着我们，很容易使我们回归到一种单一而又窄小的意识轨道上去。这种潜在的批评障碍同样也是一种多层次的存在，它们不仅隐藏在一般审美兴趣与艺术经验之中，而且以各种方式存在于批评的概念与范畴之中。而后者常常更不易被人察觉。

　　因此，"跨文化"本身就体现为一种美学价值，它是和一种开放的思想品格连在一起的，并且在一种不断走向更宽阔的文化氛围过程中实现的。这种理论和批评应该，也必然是建立在文学的横向联系和纵向发展的交叉点上的，它不断向横向的文学空间扩展，并在这种扩展中经受磨炼，开阔自己的胸襟，感受和理解更多不同风格的文学现象，逐渐使自己坚强的个性与整个多样化的现实达成一种默契和谅解，然后用自己的方式去沟通它们。因此，"跨文化"也是中国现代理论批评自身获得发展和扩展的新向度，它所包容的是一个同文学创作同样的无边无垠的世界，不断从已经开发的领域，向正在开发和尚未开发的领地发展。

　　这是一种新的理论批评视野。它建立在一种历史与未来、传统与现代趋向统一的精神之上，所依据的是一种动态的历史过程。文化和传统不可能消失，而未来就在于历史的再造。作为一个理论批评家，他是在追求一种完美的境界和广阔的真理，但是他所意识到的真理，所发现的美，只是世界的一部分，是有局限有缺陷的。它们的意义不仅仅在本身，而在于与人类和历史文化的某种联系。这时候，尽管他走的是一条小路，但是一个无限的美学疆界会在眼前展开，并显示出辉煌的亮色。

（原载《社会科学》2003 年第 2 期）

西方文学研究方法与本土实验的意义

——关于全球化语境中中国文艺美学的选择与创新

在全球化语境中，中国现代文艺美学的发展，面临着新的挑战与考验，也出现了新的格局和特点。其中西方文论的传入与现代中国文艺美学的发生，不仅是一种引人注目的文化事实，也是我们了解和反思历史文学变迁的一个交叉口和基本点。这也许是用"西方文学研究方法和本土实验"这一题目所无法概括和指认的。因为在历史文化的交流和碰撞中，西方文学研究方法本身是无法也不能用来做"实验"的，而所谓"本土"在文化意义上又是极为模糊的概念。我们所面对的历史情景——无论从观念形态还是从实际操作方法来说——都比现在所设置的论题复杂也丰富得多。

但是，从整体上来看，如何理解交流与接轨、衔接与跨越、复制与创新等问题，是值得我们目前认真探讨的，也许由此我们能够从中发现文艺美学发展的新格局，引申出通向未来的路径。

一、交流与接轨：中国与世界之间的多重想象

20 世纪文学时代，有人称之为一个"批评的时代"，这说明文艺美学

理论与批评在这个时代具有更重要的意义。其原因之一，就是在世界性的文化交流中，人们在思想上和信念上面对着从未有过的纷繁情况，社会发展的突飞猛进改变着一切，太多的现象令人称奇，太快的变化令人无所适从。全球化的声浪正在把一种"大象无形"的美学理想广泛散播，似乎不断化解和消融着各种不同文化之间的隔阂和距离，使理论创造进入一种"大方无隅"的境界，即文学思考无新旧之分，无中西之分，无古今之分的世界，这时，固有的界限变得模糊了，其地域文化属性也不再显得那么明显和突出了；任何一种理论创造都融合了多种文化意识，表现为一种人类性的思想发现。

正是在这种情况下，文艺美学发展陷入了两难境地。一方面，面对纷繁的艺术现象，理论批评家必须眼观六路，耳听八方，获取各种各样的信息，关注各种新理论和新话题，满足各种各样的需要；另一方面他要有自己的个性，自己的观点，坚持自己的信念。前一种情况很可能使批评家理论家变成一个迎合者，不断变换面孔，在文艺界招摇过市。后一种情景又可能使理论批评家过度自恋，孤芳自赏，进入一种"高处不胜寒"的境界，使理论和思想远离丰富的文艺实践和人们的日常审美活动。

由此，交流与接轨成了中国文艺美学发展的一个新的课题。交流，才能获取更多的信息；作为一种空间的扩展，就必须从过去定向的思维隧道中走出来，放弃过去传统的既定的理论和批评圈子的"城堡"和"庙堂"，去面对不同文化意识和价值观念的冲击。因为这些"城堡"和"庙堂"，表现为某种特定的话语权威，它们原本有自己特定的文化围墙、特定的话语和特定的氛围。文学理论和批评一旦（被动或者主动）走出，企图以自己独立方式显示自己的时候，显然也就意味着脱离庇护，失去了某种精神依托和依据。

交流是一条从传统到现代，从单一的民族文化走向全球化语境的不归路，唯一的归宿就是能够与世界接轨，不断反思、自省和创新，面向世界，走向世界。在这个过程中，也许并不是所有人都意识到了其实现之艰难，其中潜伏着多少迷惘、痛苦和失落。交流不仅要冲破过去理论上的一系列"囚牢"和"监狱"——它们曾一层层囚禁着理论和批评，从"文化的黑屋子""意识的误区"，到"阶级的局限""语言的囚牢""现代化的陷阱"，无不构成了对理论批评的制约和束缚，还要面对一系列无处接轨的失落——因为并没有一个现成的、完全符合预先想象的彼岸在那里等待。接轨并不是那么一帆风顺。理论批评家一路披荆斩棘，不断追求，但是在不断地惊喜之后总是不断地失望，一方面是由于自己所创造的理论总是昙花一现，另一方面则是世界的彼岸总是显得那么遥不可及。

面对种种艰难与困惑，结果往往只有两种：一种是退回到过去的"城堡"或"庙堂"，一种就是走向荒原，进行探寻。所谓自由的、前卫的、边缘的、先锋的和创新的理论批评家，就是这样产生的。因为，当一切既定的理论基础，包括特定的传统、现实条件、历史条件、语言、习惯，成了被否定和解构的对象时，理论批评家自然把自己推向了边缘和荒原，成了被放逐的对象。尤其在全球化语境中，传统的既定的精神家园的围墙被拆除或者冲毁了，理论批评家——如果他真正意识到了这种变化的话——注定首先成为"无家可归"或"有家不归"的流浪者、漂泊者和探索者，他们注定要流浪在现实的边缘、文化的边缘和语言的边缘；因为原来精神文化意义上的"家"已经不存在，或者无法认同；如果他们渴望有个"家"的话，那么就要重新寻找资源，重新设计，建立一个新家。

所以，在某种意义上，如今理论批评的自由和荒原、边缘已经成为同义词。理论批评家从历史主义的原野走向了自由的荒原。在这里，理论批评似乎可以摆脱了一切过去需要顶礼膜拜的经典作家以及价值标准，可以根据自我的性情进行发挥，对一切艺术现象进行自由解释和自由判断，随心所欲地解构一切和重建一切了；但是事实并非如此。因为这里潜伏着另一重危险。毫无节制和规范，会使理论批评成为一种游戏，像儿童搭积木一样，随时自我解构和颠覆。走到尽头，理论批评得到的是孤立而不是独立，是自欺而不是自由，是可怕的自我重复。这时候，理论批评不再有一种发现的乐趣，而成为一系列自恋、自怡、自苦、自负、自轻、自弃、自恨、自利、自顾、自反、自欺，甚至自杀的思维活动，不断处于紧张和自我拼搏之中。

　　况且，交流和接轨都不是一厢情愿的事，对于中国文艺美学来说，还要面临历史意识的挑战。交流不仅要真实面对世界，还要面对一个真实的世界。真实面对世界，需要勇气和力量；面对真实的世界，则需要广阔的心灵视野和知识背景。而对于中国人来说，在"世界"与"中国"之间存在着一种复杂的心理"情结"，其中有分庭抗礼的一面，也有难解难分的一面。前者由于历史隔绝久了，因此把中国文学和世界文学完全看成两码事，两种不同的体系；后者则反映了中国传统文化的自尊心，意识到了"世界文学"对中国文学具有挑战性、诱惑力和压迫性。所以，所谓接轨的意义，不是既定的，而是在交流中才能逐渐显露出来的。这不仅来自历史，更来自现实的发展。一方面，世界本身在发展，文艺美学在其概念和含义上不断变化。历史上的世界文学和今天的世界文学以及我们将面临的世界文学，在格局上、趋向上、特点上都有很大的不同，我们很难选择一个固定的模式和价值标准来比较。另一方面，中国文学也在变，这种变化在于其本身的特点和格局，也在于它对外国文学的接受与认同的程度和方向。例如，过去中国文学受邻近民族和国度的影响极深，印度佛教的传入曾一下子把中国文学带入一个新的境界，但是如今，中国文学中充满着来自遥远的西方世界的文学信息。在这种情况下，一些过去虚构的文学历史的"共同性"和"差异性"，会随着交流的扩大而显得简单甚至可笑。而更重要的，当我们在文学研究和理论上追寻文学的共同性之时，历史又提醒我们要强调、保持和发展民族性、差异性和独立性。

　　于是我们发现，接轨并不是向某一种文化方向的移动，而我们过去想象中的某个"彼岸"与刚刚告别的"城堡"一样具有封闭性和欺骗性。比如，简单地用西方文艺理论模式来解释和概括中国文艺现象，削足适履，不仅达不到接轨的目的，反而妨碍了我们对文学的认识，失去了中国文艺美学资源原本的魅力与特点，结果世界没有"接上"，自己倒先丧失了。在这种"接轨"中，我们将面临着两方面的危险性：一方面可能是为了维护这些概念或模式在西方文学中本原的意义，从而不可避免地"牺牲"中国文学的实际状况，丧失或部分地丧失中国文学的一些固有的，不能用这些概念来表达的特点；另一方面，如果坚持中国文学的一些固有特点，就不得不修正甚至改变这些概念原来的意义，因此就出现了所谓中国的现实主义、浪漫主义或其他主义的问题。

这种概念的交叉和矛盾，实际上反映了中国文学与世界文学在意识上某种"错位"和"不对称"现象。所谓"错位"，指的是中国文学的发展和西方一般文学发展过程不同，因此西方一般的文学概念或模式并不一定适用于中国，在理论上讲得通的，在文学实际中并非能一致；在形式上相类似的，在精神意蕴上并非能吻合。一些同样名目的创作观念、思潮和文学运动，在中国和在西方也有可能属于不同的意识范畴，在表达和意义方面有不同的偏重，因此，西方的一些概念或范畴在中国文学中并不一定能找到相对称和对应的概念或范畴，反之亦然。

可见，简单利用和借鉴西方理论概念或模式，来实现中国文学与世界文学的接轨，不见得可行。况且，如果由此就用另一个中心来替代，寻找另一个依托，仅仅用一种选择来否定、排除其他可能的选择，用一种新的统一模式来取代文学的多样化，那么，交流就成了一种终结，接轨就成了新一轮的作茧自缚。因为中国文学和世界文学并非一种简单的对应关系——用某一种流行的世界文学概念或模式来解释中国文学，或者把中国文学纳入某种概念或模式之中，这是一种互相补足和修正对方的关系。尽管很多西方的文学概念和术语经过若干年的颠簸后，可能就会真正成为中国文学中的一部分，并且带着中国风格和气派再融入世界文学中去。

正是从这个意义上说，交流与接轨本身应该是一种动态的、创造中的概念，它们并没有现成的、既定的指向和内涵。与什么接轨，怎样接轨，都不可能简单设定。我们只能在交流中发现，在发现中接轨。或许只有一种前提是肯定的：交流和接轨都是一种机遇与挑战，意味着一种超越本身传统思想观念的，更为广泛的理论价值体系的确立，人们不再仅仅从本民族和本地域文化传统出发去理解文学的意义，而是在不同文化传统的共同理想中寻求沟通和理解，建立一种有利于理论个性发生的文化语境，借助于人们对于自由的想象和向往，使文艺理论不断摆脱传统的思维模式，走向一个更广阔的境界。理论批评家要实现自己，就不能不面对挑战，穿越所有不同的文化体系、圈层及其之间的差异和间隔，跨越各种各样来自民族、阶级和国家的文化界限以及意识形态中的各种根本限定和障碍，破除各种由此产生的接受和沟通的障碍，在文化和社会的边缘与夹缝中发现和挖掘文艺的相通之处和共同的美的规律。

在这个过程中，尽管走出城堡的理论批评家，已不可像过去那样稳操胜券，处处可能引经据典，用过去的理念和标准来阐述美和艺术，甚至不能用现在流行的眼光来分析和评判，但是他毕竟有了更广阔的天地，有了更多样的资源与参照，也有了更多可能在过去中发现未来、在稳定中发现冲撞、在荒原上发现通向美的灯塔的小路，在文化的交叉地带开拓新的疆界和领域，建设新的精神家园。

二、衔接与跨越：传统与现代之间的多向度选择

显然，交流和接轨不能建立在对一切文化遗产否定和摈弃的废墟之上。因为否定和摈弃了一切，就意味着否定和摈弃了自我的存在。在历史层面上，走出"城堡"，面对世界，中国文艺美学的发展不能不面对如何衔接与跨越的问题。所谓衔接，就是与中国传统文化及文艺美学的连接，持续中国的民族化、特色化与历史化进程；所谓跨越，就是如何消除传统与现代之间的隔绝与鸿沟，实现在新历史时空中的持续发展。如何衔接一直是一些理论批评家关注的命题。例如，在文学理论和批评实践中，钱锺书就非常注重发现中外古今文论中的契合之处，很看重"观其会通"的效果。他一直关注如何在各种文化语境中实现不同文本的互相沟通和契合、如何消除文化隔阂问题、如何达到一种沟通和契合等一系列问题，并创造出了自己独有特色的理论。

他不仅强调中国文论的固有特点，欣赏庄子《齐物论》中的思想，也

很赞赏朱光潜《文艺心理学》中的观念，认同"一切艺术鉴赏根本就是移情作用，譬如西洋人唤文艺鉴赏力为 taste，就是从味觉和触觉上推类的名词"。为此，钱锺书认为，中西古今文论都存在着某种"姻缘"或者"暗合"，但是要想得到它就须有一种比较和沟通的眼光，能够穿越文化、语言和习性之间的各种障碍和间隔。这确实需要一种更深厚的学术功底和基础，因为"假如一位会欣赏本国诗的人要作概论，他至多就本国诗本身分成宗派或时期而说明彼此的特点。他不能对整个本国诗尽职，因为也没法'超以象外，得其环中'，有居高临远的观念"。著名学者王佐良同样注意到了这个问题，他在 1985 年出版的《论契合》（*Degrees of Affinity*）中写道："契合表现在文学的所有方面。除了超越世纪之外，它不受任何时期的限制。对古代作家的兴趣的契合会显示在不同时代的作品中。……也许最引人注目的契合是在人们最意想不到的地方发现的：在两种拥有完全不同语言和传统背景的文学之间。"（笔者译）①

从根本上来说，文学的丰富和发展是一种历史文化的积累和认同过程，在这个过程中，每一种个性因素的充分发展，都是在整体的多样化背景下实现的。历史进程的乐观之处，并不在于一种文化压倒另一种文化，用新文化消灭旧文化，取得至高无上的统治权，而在于它们之间的相互依存，共同存活和发展。应该说，传统与现代，是世界文学发展中的一个普遍情结，表现了人们在告别古典过程中恋恋不舍的惜别之意。从表面上看，现代总是战胜和取代了传统，但是从深层意义上讲，又总是现代延续了传统，由传统决定了现代。当然，作为一种历史过程，传统与现代无所谓谁战胜谁，它们一直处于不断转化之中。

但是，现代中国文艺美学发生发展的特点在于，它是在一种差异和差距很大的社会与文化冲突的碰撞中进行的，本土传统文化与外来现代文化之间有着明显的鸿沟，以至于新理论、新观念的产生与出现，往往表现为一种偏激与极端，呈现出强烈的革命色彩。例如，五四新文学最终就是以

---

① See Wang Zuoliang, *Degrees of Affinity*：*Studies in Comparative Literature*, Foreign Language Teaching and Research Press, 1985, p. 1.

革命的方式完成的，尽管它也经历过"改良"阶段。所以，即使远在美国，胡适信奉历史进化论，主张白话文，也会遭遇到梅光迪、吴宓等人的阻击与反对，因为他们明显感受到了中国传统文化和道德价值观所遭到的冲击，不得不挺身而出，为传统的延续直言。这种传统与现代之间特殊的冲突与互补现象，从一开始就深深渗透到了文学意识之中，构成了日后中国文艺美学理论在传统与现代之间不断调整与更新的内在动力和基础。

于是，在中国文艺美学内部，滋长了一种跨越意识，成为其注定拥有的历史的"胎记"。显然，跨越意识与一种开放的思想品格紧密相连，表现为构成了一种追求新价值标准的思想动力，突出了对于传统的怀疑、反抗和对现代、先进、进步的向往。这种跨越当然应该也必然是建立在文学的横向联系和纵向发展的交叉点上的，但是实际上它更加强调不断向横向的文化空间的学习和扩展，并在这种扩展中获取资源，感受和理解更多不同风格的文学现象，逐渐使自己坚强的个性与整个多样化的现实达成一种默契和谅解，然后用自己的方式去沟通它们。应该说，"跨越"是中国现代理论批评自身获得发展和扩展的新向度，它所包容的是一个同文学创作同样的无边无垠的世界，不断从已经开发的领域，向正在开发和尚未开发的领地发展。

这种跨越意识在鲁迅的思想中表现得更为突出。1908 年，鲁迅在其《摩罗诗力说》篇首就引用了尼采的话语："求古源尽者将求方来之泉，将求新源。嗟我昆弟，新生之作，新泉之涌于渊深，其非远矣。"在短短几句话中，就用到了三个"新"字，而"方来"无疑也是指向新的时间维度，与他在文章中再三强调的"新声"相互回应。这种"新"的源泉、声音和作品，与作品中所一再提到的"古国""古范""旧习"等词语形成了强烈的反差和对比，表达了一种新的时代意识。鲁迅在一生的文学追求中，都没有改变这种思想初衷，为此他对一切旧的传统、习气和理念采取了坚决的否定态度。他有一段话非常著名："我们目下的当务之急是：一要生存，二要温饱，三要发展。苟有阻碍这前途者，无论是人是鬼，是三坟五典，百宋千元，天球河图，金人玉佛，祖传丸散，秘制膏丹，全都踏倒他。"①

同时，跨越意识之所以激动人心，还在于其坚信历史的进化论，相信传统和历史一定会让位于现代与未来。在"五四"时期，进化论就作为一种"近代文明之特征"，作为"自宇宙之根本大法"，作为"文学进化之公理"，作为"新"的观念基础而被认同的。胡适、鲁迅、陈独秀、李大钊等人，都是进化论的服膺者和宣传者。所以茅盾在1920年就宣称："新文学就是进化的文学"，"我们该拿'进化'二字来注释'新'字"。② 而郑振铎则指出："这两个主要的观念，归纳的考察与进化，乃是近代思想发达之主因，虽然以前文学很少应用到它们，然而现在却成为文学研究者所必须具有的观念了。"③

所以，"五四"时期北京大学傅斯年等人所办杂志就取名为《新潮》，反映了那个时代人们对现代化的普遍理解。由此理论观念上的历史延续性被切断了，或者说被划开了一条明显的时代界线；而陈独秀在《文学革命论》中提出的"三大主义"本身，就表达了一种时间和时代的演进，其中用了三个"推倒"和三个"建设"，很明确地表达了两种时代的泾渭分明。

这当然为中国文艺美学注入了新的历史内容，但是相对而言，传统与现代的衔接问题却被忽略了，而后者，日后却越来越引人注目。也许正是这种衔接的缺失，造就了20世纪中国文艺理论建设中的"失语"现象，它反映了从传统到现代历史转变中的失落和困惑。不同文化体系之间的陌生感和互相纠缠，导致了传统与现代之间难以沟通的尴尬。在文艺美学发展中，西方观念无法在传统文化语境中找到表达，传统话语一时无法适应和承担现代观念的解释，这些问题一直困扰着人们。

于是，"失语"不仅产生在理论观念与话语之间，也表现在中国内在美学精神与现代新的话语系统之间。由此，我们不得不重新评估迅速兴起

---

① 鲁迅：《鲁迅全集》（第三卷），人民文学出版社，1973年，第51页。
② 茅盾：《新旧文学评议之评议》，《小说月报》1920年第11卷1号。
③ 郑振铎：《郑振铎文集》（第6卷），人民文学出版社，1988年，第280页。

的"白话文"运动对于中国文艺理论发展造成的负面影响，至少，它赤裸裸地剥夺传统文学合法性的方式，造成了传统话语的失落，窒息了传统的言说能力，使之无法直接参与到现代文艺美学的创造之中。

这种传统与现代相互无法衔接与沟通的状态，极大地影响了现代文艺美学建设。就从言说角度来说，这是五四新文学运动中冲突和矛盾的深化和延伸，一方面表现在传统理论的失落，其理念、范畴和观念在现实中越来越显得不合时宜；另一方面，则是大量陌生的西方新名词、新术语的涌入，代表着某种新思想新观念，具有诱惑力，但是又总是与中国文化及国情、与中国人的解读和理解方式存在着相当的距离，令人难堪和难以接受。人们不仅面对现代话语的冲击，又背负传统的重负；生活在当代思潮的喧嚣之中，又难以从沉默的传统那里获得慰藉。由此，20世纪中国现代文艺美学就成了一种"半哑半聋"的言说，而大量西方"主义"及其新名词大闹文坛，但是优秀的传统资源却沉默不语。由于话语形式或者游离于传统之外，或者属于观念上的"舶来品"，理论和言说失去了依据或者本体，可以随意解释为多种主观假想和臆断，使歧义现象无处不在。

没有衔接，就没有跨越；没有衔接的跨越，是虚假的跨越。在文艺理论和批评上，我曾讽刺过一种"先起名字，后生孩子"的现象，指的是理论批评家先从西方借来一些新观念、新术语和新名词，然后再在中国生产或炮制出一个主义或一个流派，意图、主题和思想先行，而后来的只是解说、附会和注解。例如王元化就曾指出过："我觉得，在治学上无论是我们喜欢搬弄僵化的教条，或是过去德国思想家喜欢制造强制性的大体系，或是现在某些海外学者喜欢用材料去填补既成的理论图式，都是不足道的。"①

可惜，在传统与现代冲突与磨合中，两者并不存在着天然的契合关系，所以在理论和实践等各个方面，都存在着隔阂和差距。如果人们过分迷信"现代性"，重心不自觉地偏向"时代需要"或者"先进"一边，把

---

① 王元化：《清园论学集》，上海古籍出版社，1994年，第455页。

传统仅仅看作是"过去"，是可以轻而易举超越的，那么，在引进和应用西方理论方法的时候，就很容易产生一种先入之见，把西方的理论观念看作是一种既定的"规律"或者模式，用来取代对于文艺现象深入的理论性的研究，于是就在理论批评中滋长出一种"以论代史""以论代方法"的倾向。

事实上，这是一个长期存在的文化现象。不可否认，历史在其不断演进的过程中，既有一种历史的承接关系，也存在某种不可同日而语的变数。但是，如何完成中国传统文艺美学与现代文艺美学之间的衔接，至今还是一个需要继续探讨的课题。或许跨越是可以实现的，但是它最终不能失去历史的支撑，成为无源之水、无本之木。由此我们可以说，20世纪中国文艺美学，是一个传统与现代相互磨合的理论时代，它不仅为新的理论之树带来了生命活力，而且为传统文化的"老树开新花"提供契机。

三、复制与创新：注入新的生命意识

值得庆幸的是，一种新的理论批评视野实际上已经出现。它建立在一种历史与未来、传统与现代结合的精神之上，所依据的是一种动态的历史过程；文化和传统不可能消失，而未来就在于历史的再造。这在一些文学基本问题研究上，已经显示出辉煌的亮色。比如，"文学是人学"正在成为传统与现代衔接关系上的契合点。"五四"时期，也许在周作人的"人的文学"中，我们还可以读到它们之间的"断裂"，因为周作人是在几千年"人荒"基础上谈"人"的，所张扬的"人"必然是前所未有的。所以，周作人的"人"在很大程度上是从西方"借来"的。尽管这是一种新的文化的载体，尽管这里的人表现了一种新的现代意义上的"人的知识"和理念，但是这种"人"毕竟缺乏一种历史的、多文化的支撑，尤其是中国传统文化资源的融会贯通。所以，随着文艺和学术的进展，包括周作人自己，也开始十分注意挖掘和倡扬中国传统文论中的"人"的精神和灵气。到了 20 世纪 50 年代钱谷融先生发表《论"文学是人学"》，更是明确地提出，"人学"作为一种美学，具有古今中外相通的人类性的意义。尽管这种情景由于历史的原因遭到了挫折，但是中外学者在沟通传统与现代方面的努力，持续加强了"人学"的文化内涵。而到了 80 年代之后，"文学是人学"已经不再限定在"现代"意义上，而成了一种具有中国气韵的、与古今中外文学融为一体的精神理念。

显然，这里凸现出另外一个值得关注的问题：复制与创新。文艺美学发展必须依靠创新，这不仅是交流和接轨的需要，也是衔接与跨越的生命所在。但是，应该看到，在全球化语境中，创新的意味与途径都已经大大改变了；人们之所以强调创新、呼唤创新，并不仅仅由于时代的需要，还在于人类的原创力甚至原始感受力，在全球范围内受到的严重挑战；所谓"创新"正在被日益高技术化中的"复制"所包围、所淹没，正在陷入平面化、表面化与时尚化，正在变成昙花一现的话语泡沫。

这也许正是全球化带来的。当高技术的传媒把世界变成一个村庄之时，复制不仅成为文化传播的途径，而且在一定程度上成了人们日常精神生活的实质。因为在传播信息、营造效果和满足人们日益增长的文化消费追求方面，再没有比复制更简便、更经济、更有效的方法了。尤其在全球化初期——以传播媒体为主要导向，人们的好奇心和接受能力主要依赖媒体，间接获得的过量信息必然会挤占甚至消解人们独立实践和思考的时空，所以复制不可避免地成为生活的主要形式。低成本的复制，会满足人们在物质与精神生活方面的需要，不仅加速了文化传播的速度，而且也瓦解和消解了文化偶像、经典文库的唯一性和永恒性。

复制当然有照搬、模仿、平面化、简单化、消解性等缺点，但是我们还是无法否定它所显示出来的新的文化意义。应该说，在全球化时代，复制与创新有着密切的关系。复制往往是创新的开始和基础，复制中常常有创新的因素；而创新往往是高层次、有贡献的复制，创新离不开一定程度的复制。只不过，复制的东西往往都消费掉了，而创新的东西却能够积累下来，成为历史。因此，如何理解和处理复制与创新之间的关系，如何在复制中创新，已经成为全球化时代的焦点问题。

现代中国文艺美学发展自然存在同样问题。从历史角度来看，学习、引进和借鉴现代西方理论方法，就存在着某种复制现象。也许正因为如此，在这个过程中出现了各种令人不满意的情况。但是，这种复制还是有意义的。其重要表现在两个方面：一是这种复制主要是横向的，表现为向更广阔文化空间的扩展，在客观上改变了中国长期以来纵向复制的状态，打破了重复历史、复制经典的僵化局面；二是打开了文化眼界和沉闷的状态，满足了人们对于新的生命形式、形态和文化景观的好奇心和向往之情。所以，从整体上来说，现代中国在接受、引进和借鉴西方理论观念过程中，虽然存在着各种模仿、照搬甚至生吞活剥、"全盘西化"等复制现象，但是其中还是具有某种深刻的甚至改变历史的创新因素，为现代中国文艺美学的发展积累了丰富的文化资产。

实际上，我们需要用新的视点来考察复制与创新问题。从中国特定的文化状态来说，复制也许是不可避免的。但是，是仅仅出于某种功利目的，以满足某种文化消费需要而获得名利，还是出于良知，追求真理，去"盗取普罗米修斯的天火"，这将具有不同的文化价值。而后者无疑更具有创新意义，因为其中熔铸了理论家思想者的生命追求。他们之所以要选择、借鉴和运用外来思想资源，并不是为了解释原有的观念，而是希望用它们获得新的认识，开创新的天地。因此，即使在复制之中，也有新的语境、新的感受和新的发现。其实，所谓创新，并不意味着以全新的姿态、用全新的知识，对于世界做出全新的解释，这实际上是不可能的；甚至也不在于你是否运用了新理论新方法，而在于你是否投入了自己真实的生命，对于文学进行了独特的探索，显示了自己独立的人格与意志。

无疑，在中国现代文艺美学发展中，创新不仅是一种文化期待，也是一种不断深化的历史追求。例如，在"五四"时期，胡适就提出了"尝试"二字，还专门写了《尝试篇》，其中写道："我生求师二十年，今得'尝试'两个字。作诗做事要如此，虽未能到颇有志。作《尝试歌》颂吾师，愿大家都来尝试！"

在这里，"尝试"表达了一种激动人心的开始，标志着一种突破，一种风气之先。而我之所以特别看重"尝试"所体现的学术态度和启蒙意义，不仅因为这是现代学术理性精神的萌芽，而且在于这种态度至今还有待于提倡和发扬。因为经历了几千年封建专制统治的中国，实在太缺乏"尝试"，太需要"尝试"了。拿鲁迅的话来说，这是一个"搬动一张桌子"也要付出血的代价的社会，人们不敢想，不敢说，不敢做，不敢越雷池一步，所以才"天不变，道亦不变"，中国人的理性精神在压抑状态中变异为一种生存之术，最忌讳的就是尝试和创新。也许在中国，创新的价值并不容易一下子被人们所认识、所理解和所接受，所以胡适才用"尝试"。

如果说中国的现代化过程充满艰难、曲折和凶险的话，那么文艺美学的尝试、冒险和实验同样承担着这种历史的重负，必然也会遭到各种各样的排斥、误解和反对。所以，如果说，只有"尝试"才能创新，那么敢于尝试就意味着某种精神上的"冒险"——在危险的情况下进行"尝试"，或者去做某种不可能成功的事情，就是"冒险"。

鲁迅一直呼唤着敢发新声的"精神界战士"和敢于冲破一切束缚的文坛闯将。郁达夫曾写下过如此的文字："艺术家是灵魂的冒险者，是偶像的破坏者，是开路的先驱者。"而徐志摩也不例外，他是一个提倡"灵魂的冒险"的诗人，他要在"沙滩上种花"，即使根本无望成功，也要死命一搏。对此，"新月派"诗人办的《诗刊》第 2 号上的"序言"中有一段文字："……我们是要在危险中求更大更真的生活，我们要追随这潮流的推动，即使肢体碎成粉，我们的愿望永远是光明的彼岸。能到与否至有否那一个想象中的彼岸完全是另一个问题，我们的意识守住的只是一点志愿的勇往，同时我们的身体与灵魂在这骇浪的击撞中争一个刹那的生存，谁说这不是无上的快感？"

从某种意义上说，"尝试"和"冒险"都是创新必须承担的风险。对真正的艺术探索来说，它们本身就是一种价值。因为它是一切方法论突破和创新的基础。在 20 世纪 80 年代，"实验"二字有如世纪初的"尝试"

一样，在文学创作和批评领域突破了一种又一种禁锢，开拓了一片又一片新的艺术疆界，在理论探索中形成了一个尝试新方法、探索新理论的热潮。人们热烈议论王蒙小说创作中的"意识流"、袁可嘉的"现代派"、E. M. 福斯特的《小说面面观》和高行健的《现代小说技巧初探》，把文艺美学方面的创新推向了一个新层面。

可以说，在现代中国文艺美学发展中，创新意识是最重要的基础和动力，它是中国现代文学的基本精神之一。尽管它们在不同的历史时期有不同的说法、不同的内容，但是却表现了同一种时代精神和美学追求，冲破传统，蔑视常规，突出个性，注重创意。在美学观念上，它颠覆了传统艺术的"模仿说"和"反映论"，催生了一种新的艺术意识。甚至可以如此表达，尝试、冒险、实验、创新，这是20世纪现代中国文学发展的一种自然趋势和历史逻辑，所谓现代中国文艺美学发展就是一系列不断尝试、冒险、实验和创新的过程。创新对于文艺理论批评家提出了最高的要求。他们必须拥有多文化的意识和知识，不断理解和吸收历史创造的一切艺术成果，感受和理解各种不同文化艺术的意韵，建造自己的大厦；当拥有的知识文化愈多，感受和理解的文化艺术领域愈广泛愈深刻，才有可能通过智慧的探索、思想的创新，发现新的艺术奥秘。

（原载《暨南学报（人文科学与社会科学版）》2004年第2期）

跨文化：文艺理论创新平台与新空间

从 20 世纪整个文艺理论发展过程来看，交流作为一种空间的扩展，并不是在扩大中西文化的距离和界限，而是在化解和消融其所造成的隔阂和距离，使理论创造进入一种"大方无隅"的境界，即文学思考无新旧之分、无中西之分、无古今之分的世界，这时，不仅中西文艺美学理论的分别变得模糊了，而且其地域文化属性也不再显得明显和突出了；但是任何一种理论创造又都融合了多种文化的意识成果，表现为一种人类性的思想发现。

在这里，我们不能不面对 20 世纪文艺理论批评所面临的新挑战，这就是在一种新开放的文化语境中，理论批评家再也不能仅仅依据一种文化眼光、仅仅出于一种传统的理念，来评价和阐释艺术创作和价值了，因为各种艺术创作越来越不受某种文化的局限，其资源和情致的来源也越来越多样化、多元化，越来越体现为一种多种文化和艺术融会贯通的结果。而理论批评家要想接近它们，发现它们的奥秘，必然要解除一层层文化以及意识形态的遮蔽和束缚，使其本原有的显露出来。可惜，正是不自由的批评和自由的美构成了发现过程的张力，理论批评家也许只能像古代夸父逐日一样追寻美，最后留下的遗产是一片后人赞美的桃林。正是在这个意义上来说，理论批评的发现又是一种对美的跨文化的透视。

一、跨文化：一种新的学术视野

显然，作为一种学术理念，"跨文化"（Cross-culture）在当今世界正在获得越来越多的认同和响应，越来越多的国家设立了"跨文化"学院和相关的专门学科，通过各种方式进行跨文化的交流和对话。而就"跨文化"理念的内涵来说，可以理解为一种新兴的人文学科，也可以认为是一种新的学术视野和思维方式，其核心是打破原有习惯性的思想方式，超越单一的文化价值标准，取而代之的是一种多元化、多向度和综合性的文化视野和思考方式，目的是在各种不同的文化之间建立联系、促进交流和寻求沟通，努力创造一种人类共通、共享和共同理解的人文语境和文化平台。

正如法国学者阿兰·李比雄所说，"跨文化"理念是在"封闭的时代一去不复返"背景下产生的，"这就要求我们时刻准备接纳新的模式，那些能够描绘未来世界的新的社会模式、知识模式。我们所要准备的是对世界的再次发现"。[①] 其实，尽管"跨文化"观念近几年才在学界开始流行，但是它的酝酿、产生和发展却经历了很长的历史时期，体现了人类在世界一体化进程中对于未来新的畅想和思考。对此，早在现代资本主义崛起的岁月，马克思和恩格斯就已经预见到人类文化将进入一个新的时代，不仅文化疆界会不断被打破，而且会出现新型的"世界文学"景观。在此后的一百五十多年间，随着科技进步和生产力的发展，各种文化之间的相互交流和对话越来越多，越来越深入，不断在思想文化领域引起新的争论和探索，创造了一种前所未有的人文学科的思想空间和氛围。正是在这种语境中，"跨文化"拥有了自己的参与者、研究者和实践者，逐渐成为人类共同的自觉的人文意识。

---

① 乐黛云、李比雄（Alain Le Pichon）主编：《跨文化对话（一）》，上海文化出版社，1998年，第4页。

也许"跨文化"的特殊意味就表现在其鲜明的动词形态上，"跨"意味着一种交流、对话和融通，意味着对某种既定的隔阂、差异和误解的洗涤和消除；它并没有设置特定的对象和内容，却面对着人类以往创造的所有文化遗产和观念形态。没有人会怀疑和否认以往人类文化遗产的巨大价值，因为它们已经在某种程度上构筑了人类存在的精神家园和依据；失去了它们，人类将不成其为人类。但是，谁也无法否定，人类在自身存在和认定方面正面临着巨大的危机，人类在享受物质文明的新的满足感之时，在精神和文化方面却经受着缺乏依托的考验：由于原有的传统文化家园正在世界化经济的发展冲击下分崩离析，而新的坚实的文化台基并没有建立起来。

这就使得文化之间的冲突更加扣人心弦。因为不管人类是否接受文化差异的现实，是否意识到跨文化已经成为一种不可回避和无法阻挡的趋势，它们所造成的事实和效应已经存在于人们的日常生活之中，不断影响着我们的生活。在这种情况下，"跨"可能是互相冲闯、矛盾、颠覆、侵占，在人们心灵上造成创伤，留下刀痕，也可能形成一种互相欣赏、交流、融合和丰富自我的良性状态，其关键取决于人们用什么态度来理解和对待，取决于人类自己发展和创造文化的理念和能力。因为文化的核心是人，人创造了过去的文化，人也是处理不同文化之间交流和对话的主体。当然，在我的理解中，这个主动的"跨"字，还包含一种期望，这就是人类能够闯过面前的难关，在经济全球化的进程中，度过这段充满文化冲突的历史时期。

无疑，正如我们所面对的世界一样，"跨文化"至今还存在着许多障碍和鸿沟，其中有历史的，也有现实的。历史形成的巨大的社会经济文化发展的不平衡现象，仍然体现在世界的各个角落和方方面面，很多文化上的偏见和错觉，恰恰就形影不离，依存于这种社会现实中。它们阻断了人与人之间本真、自然和平等的交流，取而代之的是不同国家、社会阶层和等级的人的观念划分，所谓"文化"也逐渐失去了其人的内核，成为不同利益或阶层"割据"的领地。正如一些学者所指出的，精致完备的现代国家制度的建立，并没有减少这种"文化割据"现象，反而加剧了在文化领域中的工具化倾向，在不同文化之间制造了新的不信任感。

这种境界是可以实现的。1816年黑格尔在《哲学史讲演录》中还可以说"东方及东方的哲学之不属于哲学史"，但是相信今天已经很少人认同这个观念了。人们意识到，人类哲学史应该是不同的哲学体系和价值观的综合和总合，不能用一种"普遍性"来判断一切。这说明一百多年来世界文化的交流和沟通，已经极大地促进了各种历史传统和文化之间的互相尊重和理解，正在不断破除传统成见和文化壁垒，把人类联结成一种多样化的精神整体。因此，在当今世界，人类要共同存在，共同繁荣，首先就要进行不同文化之间的沟通、对话和协调方面的工作，不断探索人类发展中的新命题，完善人类共同发展的文化观念和机制，在"跨文化"中创造人类新的文化。

因此，在全球化的文化声浪中，理论批评家若想实现自己的美学价值，就不能不面对一种新的挑战，就要穿越一切不同的文化体系、圈层以及其间的差异和间隔，跨越各种各样来自民族、阶级和国家的文化界限以及意识形态中的各种根本限定和障碍，破除各种由此产生的接受和沟通的障碍，在文化和社会的边缘与夹缝中发现和挖掘文艺的相通之处和共同的美的规律。

这也就意味着文艺理论研究与创新不能仅仅从本民族和本地域文化传统出发，还要在不同文化传统的共同理想中寻求沟通和理解，在多种文化碰撞、交叉与糅合中确立自己的价值与意义。在这种情况下，不同文化的意识和价值观念必然会对原本既定的理论和批评圈子形成冲击。过去，由于各种各样文化观念的限制，人们往往只能从某种框架、模式和类型中去认识美，把美看作是某一种民族的、文化的或者宗教的东西，由此制造出各种各样限定的学说，把这一种美和那一种美分离开来甚至对立起来，使它们互不流通互相隔阂，处于一种不自由的状态；而不同的文化及其文化观往往成为不同文学观念的对立面，处于不断的矛盾、搏斗、分裂、摧毁、否定和重建过程中。

因为特定的文化传统往往造就了一些理论的"城堡"和"庙堂",它们有自己的特定的文化围墙、特定的话语和特定的氛围,由此也使理论家批评家滋长了某种特定的文化依赖性,一旦脱离了过去文化圈层的庇护,或者遭遇到其他文化理论的冲击,就失去了往日的自信心和原创力。为了使自己从传统的限定中解脱出来,一些理论批评家只顾不断否定旧的方法和不断尝试新的方式,结果一次又一次卷入社会学、心理学、语言学、文化学的涡流之中,反而失去了自己本原的追寻,远离了对美的发现。于是,如何建立一种有利于理论个性发生的文化语境,把文学理论和批评推向一个更广阔的境界,成了中国文艺美学建设的基础使命。

正是在这种新的人文环境中,理论和批评都需要跨越,寻找共同的感觉、话题和规律。因为在不同的文化情景中,文学以及文学状态往往有不同的特点,它们构成了美的多样性,同时也最容易借言辞的力量把人们引向歧途。

例如,不同的"主义"、潮流和流派,在不同的文化情景中往往有很大的区别,而理论批评家也往往习惯于用某种特定观念加以评说。对于这种情景,钱锺书先生就有深切感触,他曾说道:"这种现象并不稀罕。习惯于一种文艺传统或风气里的人看另一种传统或风气里的作品,常常笼统概括。比如在法国文评家眼里,德国文学作品都是浪漫主义的,它的古典主义也是浪漫的,非古典的(unclassical);而在德国文评家眼里,法国的文学作品都只能算古典主义的,它的'浪漫主义'至多是打了对折的浪漫(only half romantic)。德、法比邻,又同属于西欧文化大家庭,尚且如此,中国和西洋更不用说了。"①

二、历史语境:不断趋向更开阔的学术空间

其实,所谓"跨文化"并不是突兀出现在我们面前的。中国现代文艺

---

① 钱锺书:《钱钟书作品集》,敦煌文艺出版社,1997年,第500—501页。

理论与批评原本就是以文化上的开放性、现代性和创新性为特征的，继承、发展和丰富了中国古典文学的历史成果、经验、经典和境界的创造。从时间上来讲，它是在新历史语境中的延续和创造性发挥，是一种没有终结的美学创造过程；从空间上讲，它是在一种开放的、与外国文化及文学交流和碰撞的语境中产生和变迁的。正是从这个意义上说，中国传统文化以及文学、外国文化以及文学的影响和中国的当代生活和意识，构成了中国现代文艺理论研究与创新生成和发展的历史源流和美学动因；而它们三者之间的交流、碰撞和融合造就了中国现当代文学创作和理论创新丰富多样的景观。

因此，中西文艺理论交融和交流，是 20 世纪中国现当代文学的重要历史景观之一，它表明中国文艺理论开始发生某种结构性和历史性变化，由此进入了一个传统意识与现代性文化交汇融通的时期，其理论和批评形态呈现出向开放性、多元化和民主化发展的趋向，体现出新的美学要求和发展态势。应该说，中国文艺理论与批评就发生在一个思想解放、方法变革和价值转换的文化语境中，它从对以往传统模式的怀疑、不满和叛逆开始，由此进入了一个不断反思、自省和创新的时代。

在这个过程中，人们逐渐从原来历史时间的思维隧道中走了出来，走向了一个广阔的横向文化连接和交流的纪元。而作为一种催生新文学意识的空间，19 世纪末 20 世纪以来的中国社会，呈现出了前所未有的纷繁复杂的情景。中国封闭的社会状态被打破之后，文化的横向联合和交流具有了可能性，西方各种思想文化大量涌入中国，造就了一个多种文化碰撞、磨合和创造的历史机遇。从横向来说，它们来自四面八方，带着不同国度和民族的情调和特点；从纵向来说，它们从古到今，不分先后，包括了从古希腊文化到 20 世纪兴起的各种现代思想潮流。这一切同中国传统民族文化产生一种奇妙的结合，构成了中国现代文化意识发展中独特的形态特征。

这是一个多层次的、动荡的文化整体，它在任何一个质点上的文化意识都不是单一的，而是多种文化因素相互作用的折叠现象。所以，20 世纪中国文艺理论的发展从一开始就体现了文化观念和心态的转换和更新，体现了中国文艺美学从传统向现代，从中外隔绝向中外融合的、开放性的形态的转变。这一点从王国维、梁启超、章太炎等一些大师的学术经历和追求中就可以看出。他们不仅生活在世纪之交，而且整个心灵和精神都处在一种历史文化的转变之中，体现了新的文化选择和思想精神。

例如王国维就是在接受和借鉴西方文艺理论方面的一个标志性人物。他的贡献不仅表现在世纪初就自觉地借鉴西方的文艺理论方法来进行文学研究和批评，更表现在他对于文化和文学存在以及演变态势的一系列新的理解，他深刻意识到了中外文化相互借鉴、交流和融合的重要性和必要性，意识到了文艺美学的世界性、人类性性质和意义。

作为一种文化理念，"跨文化"可以追溯到19世纪中叶，因为从那个时候起，中国传统的学统开始面对第一次深刻的危机。从"中学为体，西学为用"，到梁启超"译书为强国第一义"，绝对"单纯"的"国学"已经很难做下去了。正是在这种情况下，王国维提出了"学无新旧也，无中西也，无有用无用也"的观念，可以说这是王国维自己学术实践的一大特色，例如，在其《〈红楼梦〉评论》中，王国维就采取了"中学西注"的方法，用西方叔本华的思想来探索《红楼梦》的人生含义和艺术价值。王国维之所以这样做，除了个人的学术感悟之外，还在于他已经清楚意识到，在新的历史条件下，"中西二学，盛则俱盛，衰则俱衰，风气既开，互相推助"① 已经成为一种气候，做学问再也不能拘于一孔之见、一隅之得了。

因此，"跨文化"首先是一个理论视野和胸怀问题。如果没有广阔的视野和胸怀，就谈不到文学方法上的革新和探索。在20世纪的中国尤其如此。对此，梁启超在步入20世纪之际，就有深刻感受，并在由日本开往美国旧金山的船上写下了《二十世纪太平洋歌》。为了改造中国，他认为第一要务就是译书，为此他做出了艰辛的努力。正因为广泛接触了西方文化，他认为社会发展的根本动因之一是不同文明体系之间的相互碰撞和交

---

① 王国维：《王国维文学美学论著集》，北岳文艺出版社，1987年，180页。

流，而中国文化的复兴和学术的发展离不开汲取外国文化，学习他国的文明新思想。因此他提出了迎接中西文明"结婚之时代"的思想："生理学之公例，凡两异性结合者，其所得结果必加良。此例殆推诸各种事物而皆同也，……今则全球若比邻矣，埃及安息印度墨西哥四祖国，其文明皆已灭，故虽与欧人交，而不能产新现象，盖大地今日只有两文明，一泰西文明，欧美是也；二泰东文明，中华是也。二十世纪，则两文明结婚之时代也。吾欲我同胞张灯置酒，迓轮俟门，三揖三让，以行亲迎之大典，彼西方美人，必能为我家育宁馨儿以亢我宗也。"①梁启超的说法对中国20世纪文艺理论的发展产生了深远的影响。后来闻一多确定新诗的文学品质的时候，就沿用了"中西艺术结婚后产生的宁馨儿"的说法。

钱锺书先生在广泛吸取外国文化资源基础上，就格外注重追求一种契合的理论境界，其做学问的过程就是在各种不同的文化与文本之间追求互相沟通和契合的过程——这同时也是消除一切文化之间隔阂的过程。对钱锺书来说，何以能达到一种沟通和契合，是他一直探讨和追求的境界。在文学理论和批评实践中，他注重发现中外古今文论中的契合之处，很看重"观其会通"的效果，而不是仅仅强调中国文论的固有特点。他不但很欣赏庄子《齐物论》中的思想，也很欣赏朱光潜《文艺心理学》中的观念："一切艺术鉴赏根本就是移情作用，譬如西洋人唤文艺鉴赏力为 taste，就是从味觉和触觉上推类的名词。"可以说，钱锺书在这里所关注的"姻缘"或者"暗合"，就是中外文学的契合之处，但是要想得到它就须有一种比较和沟通的眼光，能够穿越文化、语言和习性之间的各种障碍和间隔。这确实需要一种更深厚的学术功底和基础，因为"假如一位只会欣赏本国的诗人要作概论，他至多就本国诗本身分成宗派或时期而说明彼此的特点。他不能对整个本国诗尽职，因为也没法'超以象外，得其环中'，有居高临远的观念"。

可以说，20世纪以来，在中国学术界，中西学研究互相推助、中西方

① 梁启超：《饮冰室文集》（之七），中华书局，1989年，第4页。

文献互相参照的做法得到了广泛认同和使用，并且造就了许多领域的开拓和创新。从广义上讲，胡适的学术成就也渗透着一种"中西互注"的精神。从提倡"尝试"，到"白话文学史"的写作，始终贯穿着西方学术观念的参照甚至引导。至于在语言研究方面，基本奠定了用西方研究方法来分析、归纳中国材料的格局。显然，这并非意味着一种世界性、人类性的学术胸怀已经建立。"五四"之后很长的一段时期内，中国文艺理论建设是以打破传统、走向世界为主的，所以，中国传统的资源往往处于被"注"或者被甄别的地位，不能体现出其世界性、人类性的价值。也许正因为如此，王国维提倡的"中西互注"的方法受到了挑战。不但王国维由此感到了传统中学的绝境，就连胡适也觉得有了"整理国故"的必要，因而学界出现了提倡"国粹"的呼声。

显然，一个多世纪以来，中国文化态势发生了巨大变化，由重在向外国文化汲取、重在中西文化交融互补，逐渐趋向了在融通多种文化基础上的理论创新。所谓理论创新，也正是在一种跨文化的交接中提出的。换句话说，创新与开放原本就是互相联系的。

这是一种新的理论胸怀，也是一种新的文化要求。就中国现代文艺理论的发生和建设来说，"新"可能有各种不同的价值趋向和思想动力，但是都无法离开与西方文化的联系。所以，"五四"时期北京大学傅斯年等人所办杂志就取名为《新潮》；而"新潮"者原本是根据英文"Renaissance"（文艺复兴）而来的。这一特殊的译法实际上反映了那个时代人们对现代性的普遍理解。胡适当年所鼓吹的"文学改良"主张，也直接吸取了西方"意象派"文艺观念的影响。五四新文学的开拓者鲁迅、陈独秀、李大钊、周作人、茅盾等人，都是西方文艺理论的"盗火者"，他们在不同程度上对于现代文艺理论的产生和扩展做出了重要贡献。鲁迅在这方面具有独特的意义。1908年，鲁迅在其《摩罗诗力说》篇首就引用了尼采的话语，"求古源尽者将求方来之泉，将求新源。嗟我昆弟，新生之作，新泉之涌于渊深，其非远矣"。在短短几句话中，就用到了三个"新"字，而"方来"无疑也是指向新的时间维度的，与他在文章中再三强调的"新声"相互回应。这种"新"的源泉、声音和作品，都与学习和借鉴西方文化思想紧密相连。这也就是后来鲁迅所主张的"拿来主义"——这不仅表达了一种新的文化意识，而且构成了 20 世纪中国文艺理论发展和建设的思想基石。没有空间，就不可能创新。因此，"跨文化"本身就体现为一种美学价值，它是和一种开放的思想品格连在一起的，并且是在一种不断走向更宽阔的文化氛围过程中实现的。这种理论和批评应该也必然建立在文学的横向联系和纵向发展的交叉点上的，它不断向横向的文学空间扩展，并在这种扩展中经受磨炼，开阔自己的胸襟，感受和理解更多的不同风格的文学现象，逐渐使自己坚强的个性与文化多样化达成一种默契和谅解，然后用自己的方式去沟通不同文化状态中产生的文学现象和作家作品；它更是中国现代理论批评自身获得发展和扩展的新向度，它所包容的是一个同文学创作同样的无边无垠的世界，这个世界不断从已经开发的领域，向正在开发和尚未开发的领地发展。

这是一种新的理论批评视野。它建立在一种历史与未来、传统与现代相统一的精神基础之上，是一种动态的历史过程；在这个过程中，独特的文化和传统不会也不可能消失，而是在多种文化的对比与互补中得到扩展，成为人类共同、共通和共享的文化资源，其意味不仅仅在本身，而在于与人类整体文化的某种联系；理论创新也正是在这种多文化的再造中实现的，有价值的东西会变得更加纯粹，更加有个性。

三、理论创新：关键在于"道通为一"

所以，跨文化是中国文艺理论创新的一个台基。这也给文艺理论工作者提出了新的要求。实际上，中国文艺理论创新的最大局限就来自理论批评家自身的品质和素质。由于各种原因，我们曾长期受制于一种比较单一、封闭的理论框架与思维之中，一些褊狭的文化观念已经不知不觉地沉淀下来，成为潜意识中的内容，并非那么容易消除的；它常常在无形中牵引着我们，成为理论创新的障碍。

在这方面，中国文艺理论建设也有过曲折的经历。回顾"五四"之后一段时间学术研究的变化过程，就很有意味。虽然"中西贯通"早已为学界接受，但是人们对于"中学西注"和"西学中注"有着各种不同的着眼点。特别是由于进化论意识的影响，中国的"现实需要"远远强过对于学术价值的估量，因此中西之取舍也逐渐趋向了单一化和功利化，结果用一个"主义"来解释一切的教条盛行，最后导致了新与旧的"断裂"，中西学术的空前隔绝。就这一点来说，就连胡适早期的学术研究，也多以"现实"为指归，明显地体现出了西学的"理论指导"意义。

应该说，就学术研究和理论创新而言，近代以来，中国就从"六经注我、我注六经"境界中跃出，进入了"中学西注""西学中注"的跨文化的学术视野之中。由此"中学"与"西学"之争就持续不断，构成了中国学术发展的一条线索，也在学界造成不少困惑。原因是，中学西学之争不仅关系到不同文化背景、知识体系与价值标准问题，而且还牵扯到民族感情。不过，这种情况毕竟改变了中国人做学问的传统格局，引进了一个新的维度，从传统的"六经注我""我注六经"的思维框架中又出一途，即"中学西注"和"西学中注"的思路，使中国学术步上了无分中西、中西融通的阶段。王国维因此也确立了自己在中国学术史上的独特地位。他认为，中国文论之所以辉煌灿烂着，是由于能够不断吸纳、借鉴和消化各种域外文化，求通于各家学说。所谓"不通诸经，不能解一经"，正是古人留下来的至理名言。所不同的是，过去的诸经，可言之于诸子九流，可言之于佛学东渐，可言之于各种少数民族文化，可言之于南北文化的交流，而到了20世纪，就不能不言之于中西文化的比较和交流。所以他指出："若夫西洋哲学之于中国哲学，其关系亦与诸子哲学之于儒教哲学等。今即不论西洋哲学自己之价值，而欲完全知此土之哲学，势不可不研究彼土之哲学。异日发明光大我国之学术者，必在兼通世界学术之人，而不在一孔之陋儒固可决也。"①

这种洞见不仅打通了中西学术之关系，表达了一种从传统走向现代的世界意识，是中国学术睁眼看世界、面对世界并融入世界的开始，而且为中国学术提供了一种新的方法论意识，这就是以一种开放的、中外沟通的思维方式重新研究和理解文学，以中喻西，以西比中，中西合璧，共同探讨人类之共同问题，创造世界性之学问。

王国维的见解显然继承和发展了中国文化的历史精神。因为"通"是中国传统文化的金石所在。在《老子》中，"同"与"通"就是相通的，而庄子据此提出了"道通为一"的观念，补充了儒家提出的"和而不同"的思想。"不同"不等于"不通"，而"通"是"和"的基础。所以，后来的《易经》糅合了儒道两家学说，一方面提出了"殊途同归"的理念，同时又强调"穷则变，变则通，通则久"的思路。就文艺理论来说，达到"穷"就不容易，这意味着对于各种文化中产生的理论观念都有所认识，然后才谈得上变化创新，发现具有普遍意义和意味的、在多种文化中"共通"的思想学说。由此来说，《易经》中所言"一合一辟谓之变，往来不穷谓之通"本身就体现了一种跨文化的交互精神，只不过如今可以简言之为"一中一西谓之变，往来不穷谓之通"，只有不断交流，不断开放，才能创造出"推而行之谓之通"的新路径和新理论。

因此，"跨"不是目的，而"通"才能真正发现不同文化的价值和魅力。和而不同，不同有"通"，因为"通"就是要克服万事万物之间差别和隔阂，能够通过互相交流和对话，达到物物相通、人人相通的境界。也许正因为如此，钱锺书特别推崇艺术中的"通感"，而其通感理论的发现和延展也是从古今中外具体的文学作品中生发出来的。因为通过"通感"，我们可以发现在不同的文化语境和文本中艺术魅力的契合和相通之处。它不仅是一种感性的创作心理状态，而且是一种文艺美学的理论境界。如果说"通感"表现了钱锺书研究和理解各种不同类型文学的一条思路和方

---

① 王国维：《奏定经学科大学文学科大学章程书后》，《王国维文学美学论著集》，北岳文艺出版社，1987年。

式，即用细读和文本比较的途径捕捉和理解不同情景中人类共通的艺术感觉，那么，从理论创作角度来说，这也是融合了古今中外许多文学理念，特别是文艺心理批评学派和新批评学派之观念的一种方法，特点是把感受批评与文本分析研究紧密结合，化为一体，寻求一种理解和贯通艺术创作的"理论之眼"。

所以，和朱光潜一样，钱锺书也对王国维"隔"与"不隔"的说法很感兴趣，很早就写了《论不隔》（1934年7月）一文，就一个偶然的发现——由阿诺德（Arnold）挪用柯尔律治的诗为翻译标准而联想到王国维的"不隔"——而感到如此欢欣鼓舞："多么碰巧，这东西两位批评家的不约而同！"这种兴奋又正是与这种理论发现连在一起的："这样'不隔'说不是一个零碎、孤独的理论了，我们把它和伟大的美学理论组织在一起，为它衬上了背景，把它放进了系统，使它发生了新关系，增添了新意义。"我以为，钱锺书当时对于"不隔"的理解就已传达了他对理论的某种思考："'不隔'不是一桩事物，不是一个境界，是一种状态（state），一种透明洞澈的状态——'纯洁的空明'，譬之于光天化日；在这种状态之中，作者所写的事物和境界得以无遮隐地暴露在读者的眼前。作者的艺术的高下，全看他有无本领来拨云雾而见晴天，造就这个状态。"① 还有一种说法，是钱锺书1988年9月写的："我的和诗有一联'中州无外皆同壤，旧命维新岂陋邦'；我采用了家铉翁《中州集序》和黄庭坚《子瞻诗句妙一世》诗的词意，想说西洋诗歌理论和技巧可以贯通于中国旧诗的研究。"②

"不隔"就是"通"。换言之，一切文艺创作和理论不就是为了消除人与人之间的"隔"，以达到"通"的境界吗？这里所谓"透明洞澈"的"无遮隐"，所谓"贯通"，都表达了一种文化相通、人心相通的境界。这和钱锺书在《谈艺录》中所言"造化之秘，与心匠之运，沆瀣融会，无分彼此"是相通的。要言之，如同钱锺书先生自述："故必深造熟思，化书

---

① 钱锺书：《钱钟书作品集》，敦煌文艺出版社，1997年，第677页。
② 钱锺书：《钱钟书作品集》，敦煌文艺出版社，1997年，第653页。

卷见闻作吾性灵，与古今中外为无町畦，及乎因情生文，应物而付，不设范以自规，不划界以自封，意得手随，洋洋乎只知写吾胸之所有，沛然觉肺肝中流出，曰新曰古，盖脱然两忘之矣。"①

无疑，这种求"通"的学术追求对中国文艺理论和比较文学产生了深远的影响。应该说，美本身就是一种透明的、具有通灵魅力的人类"语言"，是人类所乐此不疲建造的"通天塔"。可惜，在发现美和阐释美的规律过程中，理论批评家往往是不自由的，是有局限性的。正因为如此，当代文艺理论和批评需要一种跨文化的意识和知识，不断理解和吸收历史创造的一切艺术成果，感受和理解各种不同的文化艺术的意韵，不断通过智慧的探索、思想的创新，开拓新的艺术疆土，发现新的艺术奥秘。

（原载《中山大学学报（社会科学版）》2005 年第 1 期）

---

① 李洪岩、范旭仑编：《钱锺书评论》（卷 1），社会科学文献出版社，1996 年，第 65 页。

空间的魅力：文化原型的转型与变形

——以"人狼情结"为例

从文化心理层面来说，艺术创作是一种跨文化现象，同一意象在不同的文化环境中，会出现不同的变体。就拿人狼情结来说，在西方和在中国有不同的命运和想象。我们可以提出一个假设，就是目前留存的中国汉语典籍只是农业文明产生后的产物，而由于种种历史文化原因，中国有关农业文明的记载中断了，或者被大规模地删除和改造了，成为中国文明"失落的环节"。也许由于中国黄河农业文明的过早成熟，历史付出了有关动物神话传说丧失的代价。这也就形成了中国文化历史不完整记载的因素之一。有资料可查的只有近三千年的历史，而大量的前农业社会状况的见证，还有待于继续挖掘和发现。

例如，现存的中国神话传说中的动物与西方不同，多半表现为某种奇异的形态，不是很具体实在，有些是从异国他乡道听途说来的，一是充满着想象的色彩，二是不同动物组合而成的形象较多。这一方面反映了汉民族在历史上与其他民族和国度文化交流的情况，另一方面则说明中国汉族很早就很难直接与野生动物打交道，已经逐渐忘却了自己与动物共处的生活情景。而就前者而言，汉族本身的繁衍成长就是各种部落文化交融合并的结果，其文明的成熟主要就表现在各种图腾文化的综合融通方面。作为一种民族图腾的象征，龙的形象的演变形成过程就是一个最好的例子。

一、"转生"的秘密

于是，由于文化氛围的不同，人狼情结会遭遇到各种不同的情况，并在严酷的文化禁忌中"死去"或是藏匿起来，也会在适宜的文化条件下"转生"。

例如，在希腊文化中被禁锢的狼，会在罗马神话中重新复活，就是一种"转生"现象。被遗弃在台伯河中的一对双生子，可以被解读为一种被禁忌的动物情结和想象，在他们血管里流淌着原始时代的英雄血液，一旦被放入一种合适的文化氛围中，就会孕育出新的文化英雄。所以，救起和养育这对双生子的那头母狼，分明就是一种文化图腾和部落的象征，其为西方神话中被放逐的人狼提供了转生的母体。

其实，在很多原始宗教中，都保持着"转生"的理念，用生命形态的转换维系着人类与自然的亲密关系，也由此折射出人类对于自身的认知。从某种意义上说，人类对于自身的认识是不能仅仅通过自我反省达到的，还需要他者作为镜像。对于原始阶段的人类来说，这个镜像就是自然，尤其是各种各样的动物。所以，人与动物的互相转化，不仅表现了人类对其动物遗传基因的认同，还寄予了人类对于自身状态的想象和期待。例如，人类从兔子那里感受到了敏捷，从老虎那里体会到了威武，也就自然从它们身上理解了人的本能与性格的某种特质，并把具有这种特质的人与相关动物联系起来。因此，古人甚至相信，人就是由动物变化而来，或者说，某种或某些动物会在某种情况下变化为人。

宗教同样面临着人性的质询。卡西尔曾经指出："在宗教生活的一切较高形式中，'认识你自己'这句格言都被看成是一个绝对命令，一个最高的道德和宗教法则。在这种命令中，我们仿佛看到了最初天生的求知本性的突然倒转——我们看见了对一切价值的另一种不同估价。在世界上一切宗教——犹太教、佛教、儒教和基督教——的历史中，我们都可以看到它们各自的这种发展步骤。"① 所以在各种宗教中，都持续着自己独特的多个转生或托生的传说。

例如，在佛教中，就存在着五道轮回的观念，认为生命是一种大流转，通过卵生、湿生、化生和胎生和发生轮回，而修佛成佛之路往往需要经历多次轮回。例如释迦文佛的弟子阿难就经历了如此磨难。在《大正藏》中就有如此记述：

> 阿难经历过多少回投胎转世，世世代代，都有忍耐功夫，怒气全消。基于这个因缘，他出生后才马上有端正的体态。父母眼见他的体态端庄，皆大欢喜，才取名叫阿难，意思是欢喜。②

尽管佛教充满着戒贪灭欲的禁忌，但是从原生态的渊源来考察，依然保存着与动物世界的亲缘关系，其中关于舍利弗前世的故事就更为意味深长：

> 从前，有一个国王被蛇咬了。眼见就要命绝，他召唤一群名医进来，吩咐他们治疗蛇的毒害。此时，医生们说："只有迫使那条蛇再把毒液吸入，大王的毒害才能医好。"
>
> 于是，一群名医各自施展咒术，竟让先前咬过国王的那条毒蛇前来。医生们堆起柴薪燃火，命令毒蛇："你再把毒汁吸出来，否则，我们要把你丢进火里去。"
>
> 毒蛇暗自寻思："我已经把毒汁吐出，怎能再度把它吸回来呢？简直比死还难。"
>
> 考虑的结果，它下决心，竟毫不迟疑地跳进火里去。当时的毒

---

① 恩斯特·卡西尔：《人论》，甘阳译，上海译文出版社，2004年，第6页。
② 龙树菩萨：《大智度论的故事》，刘欣如译，芳川修订，花城出版社，1995年，第79页。

蛇，投胎转世，就是现代的舍利弗。世世代代，意志坚决，绝不会动摇。①

蛇当然不是狼，但是从隐喻的意味来说，它们都源自人类罪恶的文化原型，都体现了人类对于原始兽性的恐惧和禁忌。

其实，在佛教故事中，有着众多类似《圣安东尼的诱惑》的故事，记述了人类在文明进程中共同经历的内心挣扎和搏斗过程，因为成佛的过程也是不断战胜诱惑的过程。这种恐惧和禁忌日后得到了更夸张的演绎，构成了恐怖的地狱景观，无数的酷刑等待着有罪的灵魂，不仅有牛头马面的虐待，更要上刀山、下火海、挨铡刀等，最后还要转生为畜生终生受难。用佛教的思路来理解艺术原型和意象的转生，也具有一定的有效性。

二、"变形"的密码

对于生命的轮回，佛教原本就有"六道四生"的说法，所谓"六道"，指的是地狱、饿鬼、畜生、阿修罗、人、天六种众生；所谓"四生"就是胎生、卵生、湿生、化生四种，据《俱舍论》卷八所载，从母胎而出生者，称为胎生，如人、象、牛、马、猪、羊、狗、猫等；由卵壳出生者，称为卵生，如鸡、鸭、孔雀、蛇、鱼、蚁等；由粪聚、注道、秽厕、腐肉、丛草等润湿地之湿气所产生者，称为湿生，如飞蛾、蚊蚰、蠓蚋、麻生虫等；无所托而忽有，称为化生，如诸天、地狱、中有之有情者，皆由其过去之业力而化生。换句话说，胎生是在母胎内成体之后才出生的生命；卵生是在卵壳内成体之后才出生的生命；湿生是依靠湿气而受形的生命；化生是无所依托，自然变化而生或只凭业力忽然而生的生命。后来，

---

① 龙树菩萨：《大智度论的故事》，刘欣如译，芳川修订，花城出版社，1995年，第45页。

明代杨卓在《佛学次第统编》中又有自生（自此所生，此生之上，无复更生）、他生（从他而生，以对自故，说名他生，若就他自，亦是自生）、共生（谓自他和合而生）、无因生（谓不自不他不共，无因而生）的说法，使转生的因缘更加多样。

人狼情结也有胎生、卵生和湿生的呈现，其在不同环境和语境中通过不同的怪兽意象表现出来。例如各种各样湿生的水怪和海怪，就是西方神话传说中常见的恶魔形象。而卵生的蛇，作为诱惑的原型，与人狼情结的历史一样久远。至于胎生的形象，最原始的莫过于北欧神话中的芬里尔（Fenrir）了，他是破坏及灾难之神洛基和女巨人安格尔所生的恶狼，由于生性凶残，被天神先后用铁链锁和神奇的无形绳索锁住，但是芬里尔最后还是挣脱了这些束缚，开始吞食日月，吞食世间万物，与诸神之王奥丁开战并杀死奥丁，最后被奥丁之子召集的天神诛杀。但是，根据预言，芬里尔将会在若干个世纪后再次出现，给世界带来新的灾难。据说，在英国系列小说《哈利·波特》中出现的狼人芬里尔（Fenrir Greyback）就是其转生的后裔。

把恶人看作是狼的转生当然也属于这种想象的延伸。例如，在"仇狼"文化氛围中，中国人就习惯用"狼心狗肺""狼子野心"等来形容坏人。这种情景我们甚至可以追溯到久远的历史意识中，例如在《史记》中，在司马迁对于纣王的描述中，我们不难感受到这位暴君野兽般的体态和性格，由此也传达出了汉族文化对于恶人恶行的定位。

当然，最神奇的转生就是化生了，因为这是一种不受形迹束缚的再生状态，可以在任何情况下、以任何形态呈现和复活；也就是说，人狼情结是无处不在的，并不局限于狼这一种动物，它是一种原始基因的综合，是人性中不可或缺的一部分。

也许正因为如此，人狼情结往往被指认为恶魔的化身。在西方，恶魔本身就是一个多样化的意象，在英文中也有多种叫法，比如 Demon、Devil、Familiar、Diablo、Satan 等，在不同的文化渊源与语境中呈现出不同的意象。

"转生"也可以理解为"再生"（reborn），也就是在某种特殊文化语境中的重新复活。在基督教文化中，存在着两种具有"再生"和"复活"能力的原型，这就是上帝和撒旦，前者代表了人类永恒的向往和追求，后者则体现了人类难以摆脱的罪恶基因。

所以，在艺术创作中，我们会发现更多样的"转生"现象，在原始神话中"人狼情结"会在不同类型的作品中再生。作为一种文化原型，"人狼情结"总是随着社会和文化的各种变迁，获得展示自己的方式和机会。从这个意义上来说，艺术创作堪称是人类的集体梦幻，我们从这些梦幻中可以深入人性深处，清楚地追溯出其原始脉络。

显然，人狼情结的"转生"不仅使其在跨文化语境中得以传播，而且也意味着自身的不断换身和变形。在西方文化史上，这种人变狼的故事相当普遍，在文学创作中一再得到渲染和复制，其自身形态也不断变幻。奥维德（Ovid，公元前43—公元17）的《变形记》（*The Metamorphosis*）就是体现这种原始思维的典型范本。尽管这部作品的终极价值取向乃是神性的归宿，但其表现了人类从动物世界脱颖而出的文化记忆，每一步都显示了人与动物难解难分的亲缘关系。在《变形记》中，人狼情结再次得到生动呈现。其中里康是一个嗜血成性的国君，不仅自己食人，而且用人肉招待天神，结果天神震怒，并把他变成了狼。

如今《变形记》成了西方文学史上的经典，不断引起学者的关注。黑格尔在其《美学》中就多次专门提到《变形记》，论述了它作为古典性艺术类型的意味和意义。按照他的观念，原始艺术向古典艺术过渡的重要一环，就是贬低动物在人类文化中的地位，"例如奥维德所详细描绘的那些变形，显出了他的聪明才智和微妙的情感和见识，但是也写得很啰唆，缺乏内在的伟大的主导的精神，只是把单纯的神话游戏和外表的事实杂凑在一起，其中看不到一种较深刻的意义。但是那些变形并不是没有深刻意义的，这些变形记就材料来看，大部分是很离奇粗俗的，这并不是由于当时文化的腐朽，而是像《尼伯龙根歌》一样，是由于一种粗野自然状态的腐蚀；从第一卷到第十三卷，就内容来说，它们比荷马史诗还更古老，其中夹杂着宇宙学以及腓尼基、佛里基亚和埃及等国的一些外来象征因素，诚然是按照人的方式来处理的，但是粗俗的底子还是保存着……"①

作为德国古典美学最完美的代表，黑格尔对于《变形记》的不满完全可以理解，因为尽管《变形记》已经确立了神的统治地位，但是还远远没有达到黑格尔所向往的"绝对理念"的标准。但是，反过来说，正是由于《变形记》还保留着人与动物血肉相连的原始文化色彩，才一直不断地被人们所注意；更是由于人类内在心理中原本就保存着动物性，才使人们不断回望人类的过去及其文学作品。

在人类历史上，还有许多类似的传说诉说着同样的主题。

关于"人变狼"的说法，在历史上流传着各种文本。这种文化原型散播到了民间，就形成了各种怪异的传说。从现有的资料来看，欧洲确实存在着多种"人变狼"或"狼变人"的说法。在有些地方，就流传着巫师能够通过某种巫术变成狼的说法，由此他就拥有了狼的性情和力量。这些巫师还具有某种神奇魔法，可以把他人变成狼，由此实施对于一些恶性的惩罚。在欧洲，还有一种流行的说法，认为狼人的生存需要吸食人的血肉，它们往往夜间来猎人，而在黎明时分会重新变成人；这时候，狼会脱掉狼皮，把它藏在什么地方。而如果把它放在寒冷的地方，那么作为人的他会整日冷得发抖；如果狼皮被其他人或动物发现和损坏了，这个人就会死去。还有一种流传很广的看法是，一个人变成人狼，是由于用了一条狼皮制成的皮带所致；在德国，被吊死的人皮制成的皮带具有同样的魔力，但是人狼在受伤的那一霎间就会变回人形（这也是人们无法见到病中或死后人狼真实面目的原因），而在受伤的地方会留下伤痕。

其实，"转生"也意味着"变形"。

显然，与这种"人狼情结"相关的，是人们对于这种文化心理现象持久的关注和解释，由此构成了人类文化史上的一条重要线索。例如，在《原始文化》中，爱德华·泰勒（Edward Burnett Tyler，1832—1917）曾对

---

① 黑格尔：《美学》（第二卷），朱光潜译，商务印书馆，1996 年，第 182—183 页。

于"人变兽"神话进行过分析，特别指出了其与病态的妄想、梦想与幻觉的关系："病人可怕的想象和神话的关系，特别鲜明地表现在极为流行的信仰的历史中，这种信仰通过了蒙昧的、野蛮的、古代的、东方的和中世纪的时期，迄今仍存在于欧洲的迷信中。这也是一种人变狼的学说。某些人具有天赋的才能或掌握有一种暂时变成猛兽的魔术。这种观念的起源还远没有查明。然而对于我们来说，这种观念到处流传的事实应当是特别重要的。但是，应当注意，这类概念与万物有灵观是完全一致的，按照这种理论，人的灵魂能够脱离他的身体而转移到任何一种动物或鸟的身上去；同样也跟人能够变为动物的观点完全一致。这两种观念在蒙昧阶段及晚些阶段上的人类信仰中起了相当大的作用。"① 他还写道：

> 人变狼论本质上也同样是暂时的灵魂转生论或变形论。在各种精神紊乱的情况下会真正发生这样的事：病患者们带着全部恐惧的特征走来走去，容易咬人或杀害人，甚至自以为变成野兽。相信这类变化的可能性，或许是在心中激起病态幻想的真正原因，这也是想象物取代此人本身的原因。无论如何，这些荒诞的迷误是存在的，医生们把神话的术语狼人症加在它们上面。相信人能变成狼，相信人能变成虎等等，这就为那些自以为是这些动物的人提供了有力的证据。此外，职业男巫也采取了这种观念，他们什么样的骗术都干得出来，会假装用巫术把自己和别人变成野兽。②

这也许是对于"人狼情结"的一种解释，但是我们也会发现，这只是

---

① 爱德华·泰勒：《原始文化》，连树声译，上海文艺出版社，1992年，第308页。这里还应该注意，泰勒完全意识到了人狼传说对于西方文化"特别重要"的意义，但是同时也指出了在研究方面的薄弱环节。这再次提醒我们注意西方文化研究中存在着的"忌讳"和"遮蔽"现象。连泰勒自己，也只是用"万物有灵观"来统而论之，并没有正揭示其"特别重要"的意义。

② 爱德华·泰勒：《原始文化》，连树声译，上海文艺出版社，1992年，第308—309页。

一种泛化的、笼统的解释，并没有对于这个问题做出更加细致的分析。这也许与作者的思维方式有关。19世纪以来，人类学的发展日新月异，人们不仅注重收集各种原始资料，而且注重从个案的分析中找到属于人类文化发展的共同线索和普遍规律。

所以，探源一种文化原型的发生，并不能仅仅局限于人与自然的关系，它不仅与万物有灵观有关，牵涉到了各种艺术意象，还与人类自身的成长有关，人们通过各种方式展示着自己与动物甚至大自然之间的生命联系，并且把这种关系不断扩展或者浓缩，形成某种特殊的象征物。

三、隐喻的变幻

显然，文化原型熔铸着人类对于自身以及与自然关系的各种体验与认识。但是，当人类步入文明时代之后，如何解释和面对这种体验与认识，就成为一种颇为矛盾的难题。

例如，黑格尔曾注意到了人与狼的关系，并且考察过各种"人狼"传说，但是如何进行解释和评价就颇费心思。就《变形记》来说，黑格尔一方面非常重视其中昭示的作为古典性艺术类型的意味和意义，但是另一方面又认为，奥维德笔下的"变形"已经脱离了远古的动物崇拜意识，体现为一种对于神或人过错的惩罚，由此说明古典性艺术形成过程的第一要点就是"贬低动物性因素"。[1] 于是，他不得不寻找一种完美的范本，试图通过古希腊雕刻《拉奥孔》来表达一种完美的理念，说明人类的痛苦正是在动物的纠缠咬噬中最大限度地显露出来的。但是，这似乎并不能消解动

---

[1] 黑格尔：《美学》（第二卷），朱光潜译，商务印书馆，1996年，第179—180页。黑格尔在这里还指出："在印度人和埃及人中间，一般在亚洲人中间，我们看到动物或至少是某些种类的动物是当作神圣而受到崇拜的，他们要借这些把神圣的东西显现于直接观照。因此，在他们的艺术中动物形体形成了主要因素，尽管它们后来只用作象征，而且和人的形状配合在一起用，再到后来只有人才作为唯一真实的东西呈现于意识。"

物意象在这件伟大艺术作品中的意义，相反，正是这种人与动物之间的纠缠和搏斗，才深刻揭示了人性深处的真相，显示了人类潜意识中的生命涌动。这也以另一种方式显示了古希腊神话中动物与人和谐相处的美学意义。如果是这样，著名的音乐之神（Orpheus）就不会经常与动物，包括野狼，如此亲近相处了。

由此可以看出，人类文明的发展确实存在着"否定与肯定"交互更替的现象，远古"动物变人或神"的神话传说逐渐被演绎成"神或人变动物"的想象；由于人之为人，以及人与自然关系的变化，泛神主义（Pantheismus）自然会被主宰并超越自然的新神所取代——而对于黑格尔来说，要摆脱这种原始的动物崇拜，就不能不创造一种唯一的美的尺度——这就是"绝对理性"。

这不仅是德国古典哲学的最高峰，也是人类理性时代和崇拜的极致表达。由此，人类开始用科学理性、政治理性、工具理性逐渐取代了宗教理性，但是始终没有摆脱对于某种唯一的、完美的、终极的、普世的精神存在的追寻和依赖。人类文明愈来愈体现为一种固执己见的精神想象和文化构思。

就此来说，与黑格尔相比，显然荣格对于动物则更宽容一些，他提出原型理论基本来自原始动物崇拜，其中一种英雄原型就是罗马神话中"双胞胎"意象。当然，如果仅仅拘泥于某种意象也容易导致认识和研究人类文化心理的模式化，用一种既定的文化类型去界定和规范活跃的、新的人类文化体验和经验，在这种理念引导下，似乎所有人类文化创作都不过是原型的副本（并且因此才有意义），人类历史也不过是某种原型复制的过程而已。这样，不仅使我们思路有可能被束缚在既定的历史语境中，而且也会造成认知方面的文化心理遮蔽。

这也意味着隐喻的变幻。就人狼情结的文化存在方式来说，只是一种想象和隐喻，只有通过不断地"化身"来呈现自己。

由此我们只能这样设想，人类早期对动物图腾崇拜的选择是多元化的，但是同时又是易变的，是一个充满变化，充满相互影响、融合、合并、冲突的过程。在这个过程中，有的类型从无到有，从小到大；有的从有到无，从大到小甚至于消亡。各种各样图腾崇拜和神话传说中的原型，就像撒在历史河道上的种子，有的数千年后还是种子，有的则是先盛后衰或者未盛就衰，而有的则命大福大，在人类历史流变中逐渐成长发展，在精神文化意识中占据重要地位，比如中国的龙意象就属此类。

各种文化原型也是在这个过程中逐渐产生和扩展出来的。它也许最初并不起眼，而且不断遭到误解、打压和压制，甚至在一段时间内被迫销声匿迹，但是，由于时代的变迁，它们会根据人们的精神需要，再次在人类文艺创作中复活，并由于艺术家的不断探讨、更新、引申和创造而变得更加丰富，更加深入人心。

因此，追溯任何一种文化原型的渊源，远远不能局限于其本身的历史发展过程，因为它不仅直接表现了人与动物的关系，连接着森林、原野以及大自然的一切造化，而且熔铸着艺术家在不同时代投入的独特创意。例如公元 1 世纪的盖厄斯·佩特罗尼乌斯（Gaius Petronius）在其《萨蒂里孔》（Satyricon）中也记述过人狼，但是从手稿书名就可以看出，其主角是"人羊神"（Satyr）。

而值得注意的是，在古希腊神话中，人羊神原本是一个笑态可掬的形象，但是在《萨蒂里孔》中却增加了肉欲色情的内容，成了纵欲狂欢的象征。据说，作者佩特罗尼乌斯原本是罗马皇帝尼禄（Nero）的侍奉者，因为自由无度，口无遮拦，受到嫉妒者的陷害，最后被迫自杀，但是他留下来的手稿记录了那个时代各种风俗人生，尽现了罗马尼禄皇帝时代，上层奢华糜烂的生活状态。在那个时代，他们不顾一切追求感官的欢愉，食与性的狂欢成了当时社会生活的时尚。也许正因为如此，尽管这部著作写于公元 61 年左右，直到 1664 年才正式印行于世，但是它仍然成了西方历史上"最不道德的书"之一，在 20 世纪 30 年代还遭到过英国警察局的禁止与销毁。

显然，"人羊合体"这一意象在西方神话传说中有多种文本和说法，我们同样很难弄清楚其确切来源。如果我们再深入追究的话，就会发现，不仅人与狼在文化上有亲缘关系，羊与狼同样有着相互"替代"的迹象。所谓"森林之神"的人羊神的前身很可能就是人狼神，就像中国的齐天大圣孙悟空被天庭一度封为弼马温一样，其作俑者皆是人类的文化想象。正是人类根据自己在不同文化时代的需要，创造了新神，颠覆了旧神，并为自己的出尔反尔制造了各种文化逻辑。这种情景在狼崇拜的历史变迁中同样引人注目。①

　　但是，我们可以肯定的是，人类不可能抹杀自己内心中的原始基因，也不可能完全堵住其生命的宣泄。例如，追求感性的欢愉与狂欢，不仅是西方文化具有感官冲击力的重要源泉，还为此造就了各种刺激人欲望的文化景观。直到今天，西方社会还热衷于举行各种狂欢节和嘉年华会，人们借助这些机会来纵情欢乐。而在这些狂欢的场景中，我们总能发现人狼情结的影子，其有时以"人羊神"的意象呈现，有时还以"酒神"的名义出现在不同生活场景与艺术创作之中。

　　这在当代文艺创作中有更多的体现。在一个五光十色的多媒体时代，文化原型已经成为不断被挖掘、复制、包装和再创作的重要资源，有不少成功的范例，其创新之处往往来自奇异的转生与变形，来自艺术家独特的文化思索和创意，值得我们深入探讨和研究。

　　　　　　　　　　　　　　　　　（原载《花城》2010 年第 4 期）

---

　　① 关于从狼神到酒神的变异，可参见殷国明：《西方狼》，上海文化出版社，2005 年。

批评：对文化圈层间隔的穿越

一

　　随着人类生活相互交流的国际化时代的到来，文学创作也进入一个开放的世界化境界之中，形成了对文学作品新的艺术要求。好的文学作品对人类生活不仅要有巨大的凝聚力，而且需要一种巨大的穿透力，能够翻山越岭，远涉重洋，在相距遥远的人们的心灵中引起相通共鸣的感情，感受到一种温情或希望。

　　这并不是一件轻而易举的事情，人类从本原上来讲根本的、难以沟通的差别是不存在的，但是事实上由于各种历史生活原因，造就了多种多样的文化群落；每一个文化群落都构成一种生活氛围，形成一种特定的价值观念系统和一种生机勃勃的生活状态和心理状态，也形成一套起码在这个群落中被认同的形式化的概念、思路以及判断生活的起点和终点。对于外来文化和思想的渗透，它们是一座天然的屏障，很多思想文化和艺术作品虽然也包含着几乎一致的善良愿望，但就被这种形式化了的文化群落的外壳无情地拒在门外，不得不进行长久的徘徊和等待。当然，更多的事实也许是这样的，作家在作品中所表现的思想，仅仅停留在了这种"外壳"简单的冲突之中，甚至把这种外壳当作这种文化的内核，由误解造成了感情上的格格不入。

对艺术创作来说，情况就显得更为复杂了。艺术是具体的，它需要用具体的实际的事实和感情来表达自己，而且注定要和一些日常的具体生活细节和心理活动纠缠在一起，而很少有机会用理性的语言去解释和表白自我，消除误会和误解。对于艺术来说，这些具体的生活事实本身就是一种文化的标志，通过它们向人们揭示各种文化意识的生命内核，也许再也没有比这种具体艺术事实本身更好的人类心灵和文化的交流使者了。然而，正因为这个"使者"特有的日常生活品质，平易近人，所以它理所当然地要经受最日常、最具体生活的检验。在不同的文化圈层中，每一个艺术接受者都有资格去充当这种检察官。在这里，艺术家无法采用任何瞒天过海之术，无法用替代品漂洋过海。有时候，对艺术欣赏者来说，这种虚假的替代会有形无形地成为他们理解整个作品的障碍物，减少欣赏者和艺术家更多心灵交流的机会。

记得作家陈若曦在自己一部小说中谈到过电影《牧马人》在美国放映的情况，其中写了作品中人物对于影片中有关华侨的部分有这样一种感受："人在旧金山住了一年，才发现从前肯定的部分应该加以修正。旧金山不是工业城市；小商云集，却鲜有华裔的大企业家。这里的华侨是白手起家，很重视子女教育，很少出现败家子。电影中说许文再婚的子女不成器，并不典型。如今再看这部片子她仍然佩服饰演老华侨的刘琼演技老练，但只惋惜编剧者不曾亲到美国走一趟。稍微了解一下美国，便不会出现像刘琼的台词'我要一杯咖啡，热的'，结果引起观众哄堂大笑。"① 在这段话中，我对前面的"典型"问题并不感兴趣，倒确实对"一杯咖啡"感到有点惋惜。这"一杯咖啡"问题在我们的艺术作品中经常出现，特别是在一些表现农村或战争生活的电影中更加明显，所引起的当然也并非只是"哄堂大笑"的效果。

---

① 陈若曦：《突围》，友谊出版公司，1983年，第76页。

　　这种情况使艺术家感到有点尴尬，因为其作品在一定范围内被检验通过（例如在国内），而走出了这个范围就疵瑕自显（例如在国外）。尽管无伤大体，也不能不说有点遗憾，同时也很容易使得理论家处于一种尴尬的境地。

　　也许正因如此，最近还有一位外国批评家对于中国学者缺乏外语功底表示遗憾。① 其实，作家也许更容易摆脱这种尴尬境地。因为他不熟知生活的一切细节，很大程度上不是由于他的艺术直觉能力问题，而是来自外部的社会条件限制。而且，假如他稍微安分守己一点，去写自己熟知的生活，就很容易避免这种失误，这是显而易见的事实。所以，在并不具备条件的情况下，创作家勇敢地涉足他并不熟悉的生活园地，已体现出其独特的意义。人们并不会过分地苛求于他，报以热烈掌声的机会是居多的。这种掌声表明艺术创作家起码是已经完成了自己能够完成的世界。

　　显然，还有未完成的世界却是属于批评家的，这也是真正的艺术批评应该用自己的勇气和智慧占据的世界。记不清是哪个名人曾说过类似意义的话了："凡是伟大的作品的出现，总是先给人一种不太好受的感觉。"我们无法验证这种"不太好受"是否具有普遍意义，更不能证明使人一开始就不太好受的作品就是伟大的作品。但是我确信，在艺术活动中，确实一些好的作品，一开始使人感到不太好受的情形是经常发生的。这一方面也许是作品中包含了许多使人们感到陌生甚至异己的因素；另一方面，生活圈层和文化氛围的差异也在促使某种心理对抗力量的产生和增长。

　　这就是艺术的尴尬。

　　我认为，真正的艺术批评不是在创作家已经完成的那个世界中建立的，而正是面对这种艺术的尴尬，在某种"不太好受"的情形中产生的，这也正是批评显示自己价值和魅力的世界。

　　当然并不否认在创作家已经完成的那个世界中也应有批评家活动的余地，尤其是批评家也会有感到疲劳、需要享乐一阵的时候，这时他会走到

---

　　① 这里指的是德国批评家顾彬，他在多个场合表示了这种意见，引起了一些中国学者的议论。

一座已经建造好了的精致的花园中，和人们一起欣赏亭台楼阁、数猜灯谜、评点典故，体现出比他人更高的情致和审美眼光，博得喝彩；和艺术创造家一起分享这种已完成世界的快乐，并且相敬如宾，在人们赞叹声中互相引为知己。此时批评家并未给艺术世界增色，但也有锦上添花的功劳。因为在这个被人们基本上认可的世界里，并不是人们可以一览无余的，毕竟还有许多通幽之径、精雕妙景未被人们全部领略到。

于是，批评家应该带领读者突破文化的界限和极限。事实上，一个文化思想比较封闭的时代或者国度，并不是没有或缺乏理论家与批评家，而是大多数批评家都拥挤在作家作品的世界之中——这个世界是依靠作品在本身充分实现自己价值的过程中建立的，批评家的见识往往拘泥于某种既定的文化意识框架。在这种情况下，作品艺术价值的实现其实完全可以在"无批评"状态下自我完成，批评躲在作品自身的文化框架和冲击波之后，至多不过是分享快乐而已。这时候，常常是批评家容易陶醉的时候，而这种陶醉也使他失去自己为艺术真正建功立业的机会。作为"食客"的艺术批评家是可悲的，并且陶醉太多了还会给艺术带来沉重的负担。

二

因此，批评需要一种穿越。从艺术运动的整体观念来说，批评能不能建立起自己的世界，关键在于它是否真正参与了开拓艺术境界的运动。而这一点的实现，最根本的前提是批评家在艺术活动中先于他人意识到生活和文化圈层的间隔，并实现文化和艺术的沟通与理解。为此，批评家的艺术神经在艺术作品价值自行实现的范围内要向最边缘的地方延伸，在艺术作品一时还无法伸展到的地方开拓一个世界，让创作家来分享这个世界的一切，然后他又奔向更遥远的地方。

在这个过程中，作品意义的实现往往需要批评家在文化空间上披荆斩棘。就艺术传播过程来说，任何一个艺术作品生命的开始、成长和扩散，都是和各式各样的批评连在一起的，包括至今已流传甚广的伟大作品。它也并非一下子占据整个世界的，而是从一个小小的圈层开始延展，逐渐地向更大的圈层伸展。艺术生命的力量就是在这种伸展过程中显示出来的。在这种伸展中，最好的作品也不得不需要时间，需要等待，直到其他圈层的人们具备了和自己相类似、能相通的心灵结构。我想，假如没有批评，这种等待将会长久得可怕，甚至可能是一场"等待戈多"式的悲剧，当然，我指的批评不是狭义的，而是包括各种类型的、有形或无形的、有名或无名的、有意识或无意识的批评活动。

由此来说，批评家所面对的世界，是充满差异间隔、层峦叠嶂的。如果说过去这个问题是潜在的，那么，在如今全球化语境中，任何一个批评家——无论你身在何处，都必须面对这个问题。所谓世界化、人类性的艺术设想，对批评家来说意味着连续不断地拼搏，是一场没有休止的，包括许多琐碎工作的博弈，因为很多文化之间的间隔是隐形的、细微的，要穿越它们需要耐心的认知和理解。好在如今人类性和世界化的意识正在不断地增强，甚至有时候我们会为批评家笔端下轻而易举地流出那么多"世界化""人类"的字眼感到惊讶，仿佛在批评世界中这是可以任意进行拍卖和交换的。不过有一点是肯定的，在一个文学观念和批评意识发生大转变的时期，我们首先需要一种博大的文学胸怀，从过去狭小的文学价值观念中解脱出来，进入一个新的世界。我们为此需要打开这个世界的大门，但是，如果我们只有一些空旷呼喊的口号，这个世界将显得过于抽象，过于无迹可寻。

其实，恰恰是一些思想敏锐，才情并茂的批评家，首先感觉到了这个问题，这也许是他们批评的锋芒真实地触及了人们的心灵，从而也真实地感觉到了不同生活和文化圈层中文学的隔阂。吴亮在 20 世纪 80 年代就提出了"当代小说与圈子批评家"的问题；在这之前，还有人提出过"审美群体小型化"问题，但是都没有引起学界足够的注意和讨论。初一看，这种"圈子批评家"的提出是一种狭窄的观念，起码显得不那么"全方位"，不那么"超越"，然而真正进入文学世界认真考察一番，批评家能够意识到一个"圈子"并且理解它，并从对这个"圈子"文学的真正理解中引申出自己的批评观念、批评理论，乃是批评的真实基础。但是，建立这种基础并非一件易事。意识到这个"圈子"并占据了这个"圈子"，才可能谈得上"全方位"，批评才具有现实的美学意义。从这个意义上来说，"圈子批评家"的提出是中国当代文学批评的进步，说明批评开始意识到全球化文化潮流的力量和挑战，批评家不得不面对一个繁杂无比、风来雨去的世界，并急切地在这个世界为自己营造一个避风挡雨的圈子，以免于四方飘零或者寄人篱下。

但是，"圈子"的意识其实是对层峦叠嶂文学世界的一种感应，而绝非批评家的美学目标。所谓"圈子"对批评家来说，所触及的不仅包括他所能理解和熟悉的那部分文学事实，更重要的是包括在这个圈子之外的，他所感到陌生甚至异己的文化事实，这就是属于"圈外之圈"的生活和艺术存在。一定的圈子都是在这些圈外之圈之中存在的，而且是通过这些圈外之圈来显示自己独特的风采的。一定的圈层对圈外之圈有一种对抗力、影响力，圈外之圈对它也有一股自然而然的压迫力，由此构成一种互相感应的共体存在。

其实任何圈子的批评家都是站在这种互相感应氛围中的，批评的主要意义并非在这个圈子内实现的，而是面对圈外之圈实现的。批评家对某个圈层文学的一切评价，其实都毫不影响这个圈子本身的存在，这个圈子已经被创作家和欣赏者构筑得相当好了。所以，批评家必须面向圈外之圈，把自己的感情、感觉传达给他人，用别样的方式使他人也乐意接受同样的事实，使艺术的信息通过批评的渠道流向各个方向。这时候，批评家对于某个圈层艺术真正的了解和理解，使他的发言具有真诚的感情，构成穿透人心灵的诱惑力。这正是批评的艺术魅力所在，也是任何形式上的兼容并包、廉价的热情和扶植所无法取代的。

于是，创作家建造了一个"圈子"，而属于批评家的圈子却是在"圈外之圈"——这是一个偌大的文化艺术世界，隐藏着无限神秘的内容。批评家需要在这个世界中重新进行寻觅和探索，去寻觅他在先前自己"圈子"里感受到的东西，去证实那个圈子赋予他的艺术之梦。为此，批评家是一个历史的探险家，一个心灵的探险家，他在任何一个艺术的洞穴里发现一线艺术的真理，他就想要在整个世界中得到证实，他愿意走遍历史的荒漠，穿越生活的密林，突破地域文化、等级阶层的隔阂，为的就是得到那么一点相知，那么一瞬的共鸣。

批评的满足就建立在这里。艺术家在一个角落找的东西，批评家却在另外一个角落感到或找到了它。对于中原古老文化之谜，批评家会在陌生的希腊神话、罗马殿堂遗址中寻觅相通、相关的因素；康德、黑格尔的哲学为此会和大观园中的人情世态相互映照。各个"圈子"的批评家都在建造着一种共体文化与普遍性价值，不论他是否自觉地意识到了这一点。批评活动的这种意义往往又是十分内在的，在很多情况下，批评家似乎在维护着某个圈子的文学，其内在的运动却是外向的，向着其他文化及文学圈层渗透。

显然，文学的圈层是多种多样的。一个阶层，一个地域，一个职业范围会形成一个小圈层；一个民族，一个国度的文化会形成一个大圈层。批评的进步不在于批评家立于哪个圈子，而在于他的思维不断从小圈层向大圈层的渗透和伸展。比较文学的产生和发展就是建立在这样大圈层的相互渗透和伸展上的。现代文学批评中很多理论和理论方法的发现，都在一个更大的文化圈层中试验和证实着自己，批评家在不同的文化圈层中力图构想出一种相通的模式。现实主义和浪漫主义文学理论就是把艺术与生活确立在某种统一的关系上，来对不同文化圈层的文学进行分析理解的。精神分析学说帮助文学批评建立一个统一的基点，深入文学的主体世界之中，探索文学的秘密。总之，批评本身在人类生活中在建设着一种新的文化——批评文化，以自己独特的方式完成着各种文化新的综合过程。

这个综合过程不断清除着各种生活与文化之间形成的障碍，以及清除由这种障碍形成的人与人之间的误解和互相轻视与仇视的情绪，使人们对自身和他人生活都得以正确理解。

三

从这个意义上来说，批评首先是一种传播和传递文化的使者，而且是用最贴近于人类心灵感情的方式进行传播和传递的。这毫不奇怪。在文学艺术中，任何经院式的、自以为是的态度，都不能代替文化心态之间的互相沟通。这种沟通有时在三言两语之中就完成了，但是它所依据的基础却可能是几千年社会历史发展的结果。有时候，批评家面对最简单的艺术事实，却要进行大量的琐碎的搜集和分析工作，原因就在这里。这在愈是相距较远的文化圈层之间就表现得愈明显。

当我们洋洋洒洒地对中国某一个现代作家高谈阔论之时，西方的一些研究者往往会对我们极为忽视的某一个细节感兴趣。在美国的大学里，很多文学博士、硕士的论文题目都显得非常狭窄。他们也许会对萧红与萧军之间是否有爱情很感兴趣，为此他们会寻找大量非常琐碎的例证来说明自己的观点。这在中国的一些批评家看来，显得很不可理解。因为我们长期以来似乎已经默许了某种既定的、宏大的批评尺度，喜欢从社会时代或者政治观念的角度去进行文学判断，而很少注意到文学作品的文化色彩，以及在心态和文化上的隔阂甚至隔绝。在这种情况下，我们的批评家常常有意识无意识地在进行纯粹的自我表述，仿佛他所面对的都是完全把握和理解了的艺术事实，而他所做出的艺术判断是普天下皆通的事实。其实，稍微跨出原有的文化圈子就会发现，批评家所说的一切，别人根本不懂，根本不知道你是从何说起，你的结论从哪里来，到哪里去。

所以，真正理解和穿越不同文化的间隔是非常艰难的。有时候非通过最简单的文化事实不可，观念常常是无能为力的。如果根据一定的生活观念来判断艺术，那么往往会陷入一种盲目的自以为是的境地。在文学批评领域中大谈"误解"的作用，其实是一种文学批评无能为力的表现，起码在其深层意义上表达了一种批评中的悲观主义，因为除非我们承认，在不同的文化圈层之间完全没有沟通的可能，我们是不会放弃建立不同文化之间的认同感的。实际上，由于社会条件、文化环境和思维习惯的不同，不同文化圈层之间在创作和批评上的"误解"是必然产生的现象。但是，所谓创造性的发挥首先是建立在不同文化交流认识的基础上，也是在不同文化相互认同基础上的一种思维延伸，而绝不是"误解"的创造物，这时所谓"误解"不过是对不同文化交流认同的一种错觉而已。相反，在不同文化圈层互相交流之间的"误解"程度，恰恰表现了不同文化之间交流的可怜程度。我相信，随着文学走向世界，这种"误解"会越来越少，不仅共同语言会越来越多，而且会逐步趋同于某种普遍的价值观念。

因此，当文学批评走向开放，愈来愈自觉地把自己建立在多种文化交流基础上的时候，中西、新旧、传统与现代之间的界限会越来越模糊，王国维在20世纪初提出的"学无中西、新旧和有用无用之分"的见解会成为共识。而文学批评的功能就是消除误解，填平鸿沟，弥补断裂，在跨文化语境中创造一种新的认同、和谐和理解。

就此来说，误解是沟通的障碍，在误解没有消除情况下的沟通，只是虚假的、暂时的和表面的。但是由于不同的文化历史背景，在文学交流中的误解时常发生，有时甚至会形成截然不同的结论。无法消除误解的批评，自己也无法伸展自己，对此，中国当代文学批评经过了长期的磨难。例如西方大量现代主义作品，就曾长期成为我们文学批评误解的对象。根据我们习惯的法则，一切表现自我的作品都成了颓废主义文学甚至反动文学，甚至人家最美丽的爱情描写，我们也误以为是"黄色瘟疫"等。对于文学作品是如此，对于文艺理论同样如此。无知导致了误解，而误解妨碍了沟通和理解。

显然，批评要穿越不同文化圈层的隔阂，消除心灵上的误解，不仅需要宽广的艺术胸怀，还需要各种各样的文化知识，包括多种多样的文化体验和生活经验。面对不同的文化场景、语境、现象和观念，批评必然会冲出以往教条、观念和话语营造的文化樊笼，重新走向生命和生活，为生机勃勃的生命和生活而开拓，并在这个过程中，建立起真正属于自己的理论思想。批评本身是现代社会中的一种独特文化，而这种批评文化是在综合各种文化因素基础上建立的，它需要各种文化的滋养。批评沟通各种不同文化间隔的过程，同时也是自我不断丰富发展的过程。

因此来说，在现代艺术中，批评的魅力是在动态的美学运动中显示出来的，它不需去固守任何一个创作或理论方法的据点，不会回避任何一种文化现象；它破除着一切，同时又包容、吸收着一切。这正如勃兰兑斯所说："批评是人类心灵路程上的指路牌。批评沿路种植了树篱，点燃了火把，批评披荆斩棘，开辟新路，因为，正是批评撼动了山岳——撼动了信仰权威的山岳、偏见的山岳、毫无思想的山岳、死气沉沉的传统的山岳。"①

（原载《南方文坛》1988 年第 4 期）

---

① 勃兰兑斯：《十九世纪文学主流》（第 5 分册），张道真等译，人民文学出版社，1988 年，第 383 页。

结语：有容乃大

——关于 20 世纪中国文艺理论创新空间的拓展

在源远流长的中国文艺理论与批评发展中，20 世纪是一个特殊的历史时期，也是一个新的阶段。尽管经过了很多曲折和反复，但是从总的趋势上看，它以文化上的开放性、现代性和创新性为特征，继承、发展和丰富了中国古典文学的历史成果、经验、经典和境界的创造。从时间上来讲，它是在新的历史语境中的延续和创造性发挥，是一种没有终结的美学创造过程；从空间上讲，它是在一种开放的、与外国文化及文学交流和碰撞的语境中产生和变迁的；从价值追求方面来讲，它与中国人民冲破禁锢，面对挑战，在新的历史时空中追求自由、民主和幸福的心理欲求与精神蜕变过程密切相连，紧密相关，也是后者的艺术展现和美学见证。正是从这个意义上说，中国传统文化以及文学、外国文化以及文学的影响和中国的当代生活和意识，构成了中国现当代文学生成和发展的历史源流和美学动因；而它们三者之间的交流、碰撞和融合造就了中国现当代文学创作和理论创新的丰富多样的景观。

因此，中西文艺理论交融和交流，成了 20 世纪中国现当代文学的重要历史景观之一，它表明中国文艺理论开始发生某种结构性和历史性的变化，进入了一种传统意识与现代性文化交汇融通的时期，其理论和批评形态呈现出向开放性、多元化和民主化发展的趋向，体现出新的美学要求和发展态势。

一

应该说，20 世纪的中国文艺理论与批评就发生在一个思想解放、方法变革和价值转换的文化语境中，它从对以往传统模式的怀疑、不满和叛逆开始，由此进入了一个不断反思、自省和创新的时代。在这个过程中，人们逐渐从原来历史时间的思维隧道中走了出来，走向了一个广阔的横向文化连接和交流的纪元。

作为一种催生新文学意识的空间，19 世纪末 20 世纪以来的中国社会，呈现出了前所未有的纷繁、复杂的情景。中国封闭的社会状态被打破之后，文化的横向联合和交流具有了可能性，西方各种思想文化大量涌入中国，造就了一个多种文化碰撞、磨合和创造的历史机遇。从横向来说，它们来自四面八方，带着不同国度和民族的情调和特点；从纵向来说，它们从古到今，不分先后，包括从古希腊文化到 20 世纪兴起的各种现代思想潮流。这一切同中国传统民族文化产生一种奇妙的结合，构成了中国现代文化意识发展中独特的形态特征。这是一个多层次的、动荡的文化整体，它在任何一个质点上的文化意识都不是单一的，而表现为多种文化因素相互作用的折叠现象。

20 世纪初发生的以"五四"新文学运动为起始的中国文艺理论创新，在文学创作和观念上的缘起可以追溯到 19 世纪中叶，甚至更早些。近代以来，由于社会生活的变化和西方文化的传入，中国的国情、民情和人心都开始发生一种变化。在"五四"新文学运动之前，就有很多优秀的诗人、文学家和理论家通过创作、言论等各种方式呼唤和推动着文学方面的变革，例如林则徐、王韬、龚自珍、容闳、严复、黄遵宪、林纾、章太炎、梁启超、王国维、辜鸿铭、苏曼殊等，都为文学发展的这种转向和转型做出了重要贡献。

就 20 世纪中西文艺理论交流和交融过程来说，可以简要地划分为三个阶段。第一阶段是观念和格局的转变时期；第二个阶段是思想、学术深化与迂回的时期；第三个阶段是学科与方法的复兴与探索时期。当然，这种划分不过是一种对于不同历史时段的某种历史特点的观察而已，并不意味着某一阶段就完成了某种思想使命。应该说，一些重要的思想和学术命题是始终贯穿在 20 世纪中西文艺理论交汇和交流中的，至今还有待于我们进一步挖掘、发现和创新。

20 世纪中国文艺理论的发展一开始就体现了文化观念和心态的转换与更新；体现了中国文艺美学从传统向现代、从中外隔绝向中外融合的、开放性形态的转变。这一点从王国维、梁启超、章太炎等一些大师的学术经历和追求中就可以看出。他们不仅生活在世纪之交，而且整个心灵和精神都处在一种历史文化的转变之中，体现了新的文化选择和思想精神。而鲁迅、胡适、陈独秀、郭沫若、周作人、郁达夫、茅盾、冰心、王统照、叶圣陶、沈尹默、刘半农、李金发等人的文学创作和理论实践，不仅带来了文学观念、情感内容、语言载体、表现形式和手法等各方面的革新和解放，使白话文学成为文学的正宗，而且实现了文体和艺术价值观念方面的大解放和大转折，造就了一种多种思潮、流派和风格相互争鸣、冲撞、借鉴和融合的文学发展态势。

王国维在接受和借鉴西方文艺理论方面，是一位标志性人物。他的贡献不仅表现在世纪初就自觉地借鉴西方的文艺理论方法来进行文学研究和批评，更表现在他对于文化和文学存在及其演变态势的一系列新的理解，他深刻意识到了中外文化相互借鉴、交流和融合的重要性和必要性，意识到了文艺美学的世界性、人类性性质和意义。由此，他并非以一种静态的、封闭的眼光来看待和理解中国传统文论的意义，而是从它们的生命发展中来肯定其价值。他认为，中国文论之所以辉煌灿烂，是由于能够不断吸纳、借鉴和消化各种域外文化，求通于各家学说。所谓"不通诸经，不能解一经"，正是古人留下来的至理名言。所不同的是，过去的诸经，可言之于诸子九流，可言之于佛学东渐，可言之于各种少数民族文化，可言之于南北文化的交流，而到了 20 世纪，就不能不言之于中西文化的比较和交流。所以他指出："若夫西洋哲学之于中国哲学，其关系亦与诸子哲学之于儒教哲学等。今即不论西洋哲学自己之价值，而欲完全知此土之哲学，势不可不研究彼土之哲学。异日发明光大我国之学术者，必在兼通世界学术之人，而不在一孔之陋儒固可决也。"① 这种洞见不仅打通了中西学术之关系，表达了一种从传统走向现代的世界意识，是中国学术睁眼看世界，面对世界并融入世界的开始，而且为中国学术提供了一种新的方法论意识，这就是以一种开放的、中外沟通的思维方式重新研究和理解文学，以中喻西，以西比中，中西合璧，互相引展，探讨人类之共同问题，创造世界性之学问。②

方法论的问题首先是一个理论视野和胸怀问题。如果没有广阔的视野和胸怀，就谈不到文学方法上的革新和探索。在 20 世纪的中国尤其如此。对此，梁启超在步入 20 世纪之际，就有深刻感受，在由日本开往美国旧金山的船上写下了《二十世纪太平洋歌》。为了改造中国，他认为第一要务就是译书，为此他作出了艰辛的努力。正因为广泛接触西方文化，他认为社会发展的根本动因之一是不同文明体系之间的相互碰撞和交流，而中国文化的复兴和学术的发展更离不开汲取外国文化，学习他国的文明新思想。因此他提出了迎接中西文明"结婚之时代"的思想：

> 生理学之公例，凡两异性结合者，其所得结果必加良。此例殆推诸各种事物而皆同也，……今则全球若比邻矣，埃及安息印度墨西哥四祖国，其文明皆已灭，故虽与欧人交，而不能产新现象，盖大地今日只有两文明，一泰西文明，欧美是也；二泰东文明，中华是也。二

---

① 王国维：《奏定经学科大学文学科大学章程书后》，见《王国维先生全集初编》（第五册），台北：大通书局，1976 年，第 1935 页。

② 关于这方面的详细论说，可参见殷国明：《20 世纪中西文艺理论交流史论》，华东师范大学出版社，1999 年。

十世纪，则两文明结婚之时代也。吾欲我同胞张灯置酒，迓轮俟门，三揖三让，以行亲迎之大典，彼西方美人，必能为我家育宁馨儿以亢我宗也。①

梁启超的说法对中国 20 世纪文艺理论发展产生了深远的影响。后来闻一多确定新诗文学品质的时候，就沿用了"中西艺术结婚后产生的宁馨儿"的说法。

这是一种新的理论胸怀。就中国现代文艺理论的发生和建设来说，"新"可能有各种不同的价值趋向和思想动力，但是都无法离开与西方文化的联系。所以，"五四"时期北京大学傅斯年等人所办杂志就取名为"新潮"；而"新潮"者原本是根据英文"Renaissance"（文艺复兴）而来的。这一特殊的译法实际上反映了那个时代人们对现代性的普遍理解。胡适当年所鼓吹的"文学改良"主张，也直接吸取了西方"意象派"文艺观念的影响。而五四新文学的开拓者鲁迅、陈独秀、李大钊、周作人、茅盾等人，都是西方文艺理论的"盗火者"，他们在不同程度上对于现代文艺理论的产生和扩展做出了重要贡献。而鲁迅在这方面具有独特的意义。1908 年，鲁迅在其《摩罗诗力说》篇首就引用了尼采的话语："求古源尽者将求方来之泉，将求新源。嗟我昆弟，新生之作，新泉之涌于渊深，其非远矣。"在短短几句话中，就用到了三个"新"字，而"方来"无疑也是指向新的时间维度的，与他在文章中再三强调的"新声"相互回应。这种"新"的源泉、声音和作品，都与学习和借鉴西方文化思想紧密相连。这也就是后来鲁迅所主张的"拿来主义"——这不仅表达了一种新的文化意识，而且构成了 20 世纪中国文艺理论发展和建设的思想基石。

———————————

① 梁启超：《饮冰室文集》（之七），中华书局，1989 年，第 4 页。

二

中国传统文艺理论中有一种"大象无形"的观念，表达了一种超越形迹的美学理想。从整个中西文艺理论发展过程来看，交流作为一种空间的扩展，并不是在扩大中西文化的距离和界限，而是在化解和消融其所造成的隔阂和距离，使理论创造进入一种"大方无隅"的境界，即文学思考无新旧之分，无中西之分，无古今之分的世界。这时，不仅中西文艺美学理论的分界变得模糊了，而且其地域文化属性也不再明显和突出了。但是任何一种理论创造又都融合了多种文化的意识成果，表现为一种人类性的思想发现。正是从这个意义上说，在中西文艺交流中，无形迹的现象更引人入胜，因为它隐藏着更多和更深的秘密，包括文化的和个人的。就 20 世纪来说，一种广阔的世界文化背景和视野的拥有与建立是最基本、最具有挑战性的学术理论工程，但这并不容易，因为这意味着一个超越本身传统思想观念的，更为广泛的理论价值体系的确立，人们不再仅仅从本民族和本地域文化传统出发去理解文学的意义，而是在不同文化传统的共同理想中寻求沟通和理解。

经过"五四"新文化运动的洗礼，中国文艺理论与批评的发展逐渐进入一个建设时期，在中西文艺理论借鉴和交流方面，也呈现出某种新的视野和理论方式。正如陈寅恪在"海宁王静安先生纪念碑"碑文中所写到的，"独立自由之意志"是在新的开放性的文化语境中进行理论借鉴创造的必要素质。由于中西文化的显著差异，由于对中国现实状态的介入角度的不同，更由于在不同时代气氛中的不同选择，中国的文艺理论家、批评家在中西文化交流和碰撞中，采取了不同的态度和取向。有人选择了批判论者的姿态，主要是运用西方的思想方法来批判和清算中国传统文化的积弊；而有的则主张借用西方的思想理论，来回答和解决中国的问题，以洋为中用的方式来推进社会发展；还有的提倡以中国传统文化为本为体，吸收西方文化中的有益因素，建立新的有中国特色的思想理论和学术体系，等等。应该说，不同的态度和做法在不同情况下有不同的积极意义，它们的共同指向都是创造一种新的文化，建设一种世界性的学术和学问。

20世纪30年代之后，中西文艺理论交汇和交流进入了一个复杂的迂回时期，一方面是在学术与理论方面的深化研究，另一方面则是在思想与批评方面向"革命"的转向。前者造就了一些学者对于传统文学与西方理论关系的关注，深化了中西文艺理论之间关系的研究，后者则形成了以苏俄现实社会主义体系为麾旗的导向。当艺术家、作家们各取所好，在不同西方文学思潮、流派和作家作品影响下进行创作之时，理论家、批评家也开始在文艺理论和观念方面进行新的探索。

正是在这种情况下，传统意识与西方理论之间的冲突与磨合问题开始凸显，为中西文艺理论交汇和交流提出了许多新的课题，例如是否可以用西方"体系"的观念来理解中国传统文论，中国传统文论在方法论意义上具有什么价值，是否可以用科学的方法论来解决艺术上的问题，等等。

当一批激进的文学家、批评家开始从苏俄社会主义文艺思想中获得启迪之时，林语堂、梁实秋、朱光潜、宗白华、梁宗岱、钱锺书等人，也开始认真寻找中西文艺理论的交汇点。林语堂通过借鉴西方"表现主义"理论，重新挖掘和发现中国古文论中的"性灵说"；而梁实秋则根据西方"新古典主义"的理论，提出了以"普遍人性"为标准的文学价值观；朱光潜则先从评说西方各家学说出发，重估中国诗学传统的价值；钱锺书是用细读和文本比较的途径捕捉和理解不同情景中人类共通的艺术感觉。可以说，这是融合了古今中外许多文学理念，特别是文艺心理批评学派和新批评学派观念的一种方法，特点是把感受批评与文本的分析研究紧密结合，化为一体，寻求一种理解和贯通艺术创作的"理论之眼"。

例如，《通感》是钱锺书对中西文论中相关问题进行比较研究的结果。钱锺书认为"通感"不仅是中国诗文中"古代批评家和修辞家似乎都没有理解或认识"的一种描写手法，而且也是中西文论中相当薄弱，但是却又非常有价值的一个话题。就后者来说，这是一个真正的"以天窥管，以海测蠡"的过程，钱锺书能够在中西学问的广阔天空和古今文学的汪洋大海之中，凭借"通感"来发现和追求一种中西文艺理论的契合状态和境界。这种理论境界就是所谓"透明洞澈"的"无遮隐"，也就是所谓的"贯通"。正如李洪岩在《钱锺书与陈寅恪》一文中所说，"这是一种超越中西、南北、体用等等界限的文化观"，我很赞成，要言之，如同钱锺书先生自述，就是"故必深造熟思，化书卷见闻作吾性灵，与古今中外为无町畦，及乎因情生文，应物而付，不设范以自规，不划界以自封，意得手随，洋洋乎只知写吾胸之所有，沛然觉肺肝中流出，曰新曰古，盖脱然两忘之矣。"① 钱锺书的不同之处在于，他有意于发现东西方文化及文学中的共同现象和规律，但是并不落于传统的文艺美学理论的俗套，一定要建立某种完美无缺的体系。无疑，钱锺书的学术追求对中国文艺理论和比较文学产生了深远的影响。例如王佐良 1985 年出版了他的比较文学研究集《论契合》，就把契合看作是一种文学发展的重要法则，他说："契合表现在文学的所有方面。除了超越世纪之外，它不受任何时期的限制。对古代作家的兴趣的契合会显示在不同时代的作品中。"

三

到了 20 世纪 80 年代，中国大陆的文艺理论与批评领域经过一个长期的迂回时期，再次走出封闭，重新融入中外交汇和交流的发展潮流之中，出现了借鉴、研究和探讨西方文艺理论以及中西文学关系的热潮。值得一提的是，当大陆文艺理论和批评界处于迂回低迷之时，中国台湾、香港、澳门等地区的理论家和学者，以及一些海外学人，并没有停滞研究和借鉴西方文艺理论资源的工作，在中西交流和理论建设方面做出了醒目的贡献。他们的工作及其成果为日后推动中国文艺理论建设的复兴起到了重要

---

① 参见钱锺书：《钱锺书评论》（卷一），李洪岩、范旭仑编，社会科学文献出版社，1996 年，第 65 页。

作用。由此"综合"成了 20 世纪 80 年代以后中国文艺理论和批评界流行的说法，其表现了一种开放的眼光和胸怀。钱中文在《文学理论流派与民族文化精神》一书中就专门谈了"走向综合"问题，他认为现代文艺理论研究，从方法观点看，正走向综合，必须广泛学习、采用和借鉴各国、各民族的思想方法。①

从学科层面来说，比较文学学科的重建及其方法的广泛运用，极大地推动了中西文艺理论的交汇和交流，拓宽了理论研究的视野和领域。在钱锺书、杨周瀚、季羡林、徐中玉、钱谷融、贾植芳、王元化等学者带动下，一大批中青年学者开始自觉地博取中西古今文化，借鉴百家学说，在中西文化交汇和交流的世界文学大背景下进行思考和研究。在这种情况下，借鉴和学习西方文艺理论资源已经并不单单作为一种批评的方法，而成为一种理论建构的必要基础。中西交汇和交流意识已经熔铸到了具体的学科理论建设之中，例如文艺心理学、文艺人类学、文艺社会学、文学史研究等诸多方面。随着一批有质量的有关中外文学交流的专著出现，中西文艺理论交汇和交流已经从一个热门话题，变成了一种扎实有内容的、涉及文艺理论多个层面的、有历史价值的学科和领域。

处在一个理论的开放时代，中国文艺理论对于西方的借鉴和研究突破了过去"纯粹工具"的理念，呈现出比过去更宽、更广的视野，也进入了更具体、更深入的层面。一方面，中国理论思维走出了单纯的苏俄模式，但是并没有忘记吸收其优秀的文学遗产，例如对于车尔尼雪夫斯基、别林斯基、杜勃罗留波夫等人文论的重新讨论，对于俄国形式主义文论及巴赫金、舍斯托夫等人的借鉴与研究；另一方面，文学研究加快了对于西方现代文艺理论的研究，并且并没有流于形式。例如，对于一些有影响的西方理论家，诸如尼采、黑格尔、柏格森、弗洛伊德、克罗齐、萨特、海德格尔等人的研究，都出现了有深度的研究成果。例如，乐黛云的尼采研究，鲁枢元对于弗洛伊德的理解，陈平原对于林语堂与克罗齐关系的考察，解

---

① 钱中文：《文学理论流派与民族文化精神》，吉林教育出版社，1993 年，第 53 页。

志熙的萨特研究，余虹的海德格尔批判，陈晓明、王岳川、张颐武对于后现代主义的追踪介绍，钱林森的中法文学关系研究，等等，都从不同方面体现了中西文艺理论交流研究方面的实绩。除此之外，一些精心组织的学术丛书也不能不提，例如北京大学出版社出版的，由胡经之教授主持的"文艺美学丛书"、饶芃子主编的"传统文学与当代意识丛书"，花城出版社推出的"中国文学在国外丛书"，湖北教育出版社的"中华翻译研究丛书"，上海外语教育出版社的"外国文学研究资料丛书"，等等，都在不同方面集中了学者的智慧，对打通中西、古今、现代文学与传统文学的关系有所贡献。

值得注意的是，随着学者们的深入探索，在中西文论交流的文化背景下，对于中国传统文论的研究也获得了长足进展。中西比较开始向中西对话、中西参照和中西交流方面转化，并且不仅仅局限于文学观念、流派和思潮方面，还呈现出向文化心理、审美积淀、思维方法和价值观念方面的渗透，出现了一些富有特色的研究专题和学术领域，例如对于中西民俗和民间文化方面的研究、"龙文化"与"狼文学"的个案分析、现代传媒与传统社会之关系研究，等等，由此初步形成了一种博采中西、吸纳百家、兼容并包的理论胸怀和研究格局，为富有创造性理论成果的出现建立了基础和氛围。

在这个过程中，一种学无中西、古今、现代与传统的理论视野与价值观开始获得广泛认同。因为 20 世纪以来，东西方尽管存在很多差异，但是距离正在逐渐缩小，因为人类本身有很多相同或相通之处，经常会面临同样的问题，面对同样的挑战，会有同样的欲望和追求，所以文艺理论方面必定会有更多共同的话题和共生共鸣的现象。因此，我在拙作《20 世纪中西文艺理论交流史论》一书中曾写道："就 20 世纪中国东西方文艺理论交流来说，这就是一个中西交融、中外相通的过程，从中将产生出一种全新的美学方式，它使人们对文学的理解从片面的文本研究中解脱出来，而进入一种跨文化的原创—交流—再生的动态过程，进入一种文化与心理多层次的对话领域。人类对于美的共同追求和美本身的原始魅力，或许就存在于这种交流活动的不断交替演化之中，存在于文艺理论这种永无止境的通变之中。"